MARCUS IMBSWEILER

Abschiedstour

Kollers achter Fall

GMEINER SPANNUNG

Besuchen Sie uns im Internet:
www.gmeiner-verlag.de

Im Ehnried 5, 88605 Meßkirch
Telefon 07575/2095-0
info@gmeiner-verlag.de

1. Auflage 2015

Lektorat: Claudia Senghaas, Kirchardt
Herstellung: Mirjam Hecht
Umschlaggestaltung: U.O.R.G. Lutz Eberle, Stuttgart
unter Verwendung eines Fotos von: © eyetronic – Fotolia.com
Druck: GGP Media GmbH, Pößneck
Printed in Germany
ISBN 978-3-8392-1739-9

Personen und Handlung sind frei erfunden.
Ähnlichkeiten mit lebenden oder toten Personen
sind rein zufällig und nicht beabsichtigt.

PROLOG

Eine Handvoll Häuser, irgendwo im Kraichgau. Flimmernde Hitze verwischte die Konturen.

Keine Menschenseele unterwegs.

Windstille. Mittagsruhe.

Ein Gasthof mit Blumenkästen vor den Fenstern. Parkende Autos neben einer Linde. Getreidefelder, die in der Sonne leuchteten. Ein Kapellchen, schmal wie ein Handtuch.

Und: eine Telefonzelle.

Ich wartete. Eine Katze strich langsam an den Autos vorbei. Ihre Bewegungen waren fließend, der Schwanz stand senkrecht in die Höhe. Einmal blieb sie stehen und streckte sich. Dann streunte sie weiter, ohne Eile, ohne Jagdtrieb. Als sie die Telefonzelle erreichte, schnupperte sie kurz. Bog um die Ecke und verschwand.

Erneut versank alles in Stille.

Mit einem Ruck löste ich mich aus dem Schatten einer Scheune und schlenderte über den Parkplatz. Aus den geöffneten Gasthoffenstern drangen gedämpfte Stimmen. Weit oben auf einem der Hügel zog ein Traktor seine Runden. Über ihm kreisten zwei Raubvögel.

Die Telefonzelle war gelb, wie alle Telefonzellen früher. Bevor sie magenta wurden oder farblos oder gleich ganz abgeschafft. Es war ein Wunder, dass es in diesem Nest überhaupt so einen Kasten gab. Ein Zeichen des Himmels, könnte man sagen.

Die Tür der Zelle öffnete sich mit einem hässlichen Quietschen. Drinnen herrschten Temperaturen wie in einer Sauna. Der schwarze Telefonhörer glühte förmlich. Ich legte ihn oben auf den Metallkasten, hielt die Tür mit einem Fuß auf und durchsuchte meine Hosentaschen. Trotz offener Tür brach mir sofort der Schweiß aus allen Poren. Mein T-Shirt saugte sich an den Schulterblättern fest. Der Parkplatz war noch immer menschenleer.

Ich fummelte ein 20-Cent-Stück aus der Tasche. Zwei Mal fiel es durch, bevor der Apparat es akzeptierte. Ein paar Sekunden hielt ich den Telefonhörer unschlüssig in der Hand, dann wählte ich die Privatnummer von Kommissar Fischer.

Das Freizeichen ertönte. In einer Ecke der Zelle hing ein riesiges Spinnennetz mit vertrockneten Fliegen darin. Das Telefonbuch lag zerfleddert auf dem Boden.

»Fischer?«

»Max Koller.«

»Sie?« Er schnappte nach Luft. »Wo stecken Sie, Mann?«

»Irgendwo.«

»Sind Sie wahnsinnig, einfach durchzubrennen? Was glauben Sie eigentlich, wer Sie sind? Das bringt doch nichts!«

Ich schwieg. Poltern war Fischers Lieblingsbeschäftigung, vor allem mir gegenüber. Also ließ ich ihn schimpfen, was die alte Lunge hergab. Irgendwann würde er fertiggepoltert haben.

»Sie kommen jetzt sofort zurück und erzählen meinen Kollegen, was an diesem Abend passiert ist. Hören Sie? Wir brauchen Ihre Aussage. Sie reiten sich immer tiefer in die Scheiße! Herrgott noch mal, Koller, wir können doch über alles reden. Was ist? Hat es Ihnen die Sprache verschlagen?«

Sein Gepolter ging in Husten über. Ich wartete, bis er sich gefangen hatte, dann räusperte ich mich. »Herr Fischer …«

»Was denn?«

»Ich war's.«

»Was?«

»Ich habe Schmider umgebracht.«

Wieder vernahm ich seine unkontrollierten Atemgeräusche. »Reden Sie keinen Quatsch, Koller!«

»Doch.«

»Hören Sie auf!«, brüllte er mit überschlagender Stimme. »Aufhören! Kapieren Sie eigentlich nie, wann Schluss mit lustig ist? Hier geht es um Mord, da haut man nicht einfach so ab und spielt seine Spielchen mit der Polizei!«

»Es ist kein Spiel.« Mit dem freien Arm wischte ich mir den Schweiß von der Stirn. »Tut mir leid, Herr Fischer. Es ist kein Spiel. Ich habe diesen Schmider umgebracht. Ich weiß es. Seit heute.«

»Das meinen Sie nicht ernst.« Das Gebrüll hatte Fischers Stimme nicht gut getan. Er klang heiser.

»Schön wär's.« Ich stieß die Tür noch ein wenig weiter auf. »Wissen Sie, ich habe in den letzten Tagen einiges über mich erfahren. Dinge, die mir nicht gefallen. Die ich verdrängt habe, einfach weggeschoben in einen versteckten Winkel. Es ist kein Spaß, sich so kennenzulernen, ehrlich nicht. Aber ich will nicht jammern. Ich bin nicht das Opfer, ich bin der Täter.«

Auf der anderen Seite der Leitung war es ganz still. So still, dass ich in der Ferne Motorengeräusch hörte. Ich warf ein 10-Cent-Stück nach. Mehr passende Münzen hatte ich nicht. War ja auch egal. Was hatten wir noch groß zu bereden? Das Wichtigste war gesagt.

»Wo sind Sie?«, fragte Fischer schließlich.

»Unterwegs. Auf dem Weg nach Heidelberg.«

»Und ist das wirklich wahr, was Sie da sagen? Sie sind Schmiders Mörder?«

»Ja.«

Er stöhnte auf.

Ich nahm den Hörer in die andere Hand. »Wie viele Jahre kriege ich für Totschlag? Ich glaube nicht, dass es Mord war. Nicht im juristischen Sinn. Dazu hatte ich viel zu viel getrunken. Naja, ist auch egal.« Das Motorengeräusch kam näher. Ich schaute nach draußen.

»Stellen Sie sich, Koller …« Mein Kommissar pfiff aus dem letzten Loch. Ein Reifen, der Luft verlor. Mensch, Herr Fischer, reißen Sie sich zusammen! Ich bin am Ende, nicht Sie. Wenn Sie jetzt in Tränen ausbrechen, kann ich Sie nicht trösten.

»Ja«, erwiderte ich und schaute hinaus. Hinter den Bäumen blitzte es silber-blau auf. Ein Streifenwagen.

Reflexartig zog ich den Fuß aus der offenen Tür, lehnte mich an die Wand der Telefonzelle und ging langsam in die Knie. »Ja«, wiederholte ich, während ich gen Boden sank. »Ich stelle mich. Aber nur bei Ihnen.«

Er seufzte. »Ich bin nicht mehr zuständig.«

Der Wagen rollte auf den Parkplatz. Während sich die Tür der Zelle quietschend schloss, machte ich mich klein und immer kleiner. Bis das Kabel des Hörers straff gespannt war. Ich linste hinaus. Zwei Polizisten entstiegen dem Wagen und blickten sich um. Wachsamkeit pur, Witterung aufnehmend. Rechte Hand immer in Hüftnähe. Die suchten jemanden! »Herr Fischer«, flüsterte ich. »Damit eines klar ist: Ich komme nur zu Ihnen.« Dann begann es im Hörer zu piepsen, und ich verstand nicht, was Fischer sagte. Seine Kollegen verdrehten die Hälse, vergewisserten sich, kontrollierten. Der eine zückte ein Handy.

»Verstehen Sie?«, sagte ich noch, dann brach die Verbindung ab. Vorsichtig ließ ich den Hörer los. Er baumelte noch eine ganze Zeit lang am Kabel.

In der Zelle war es jetzt ganz ruhig. Gesprächsfetzen von draußen, undeutlich. Ströme von Schweiß liefen mir über das Gesicht. Die vor Hitze berstende Landschaft. Die stillen Gebäude. Ich sah, wie sich der eine der beiden Bullen in Bewegung setzte. Langsam schritt er über den Parkplatz Richtung Gasthaus. Der andere beendete sein Telefonat und folgte ihm.

Ich wartete, bis die beiden nicht mehr zu sehen waren. Danach wartete ich noch ein bisschen. Und erst dann stieß ich, immer noch kniend, die Tür der Zelle auf. Mit einer Hand, ganz behutsam. Sie quietschte trotzdem. Der Platz vor dem Gasthaus blieb menschenleer. Ich richtete mich auf, schlüpfte ins Freie und rannte los. Die Katze von vorhin kam mir in die Quere und flüchtete panisch. Ich rüber zur Scheune, wo mein Fahrrad stand. Mein gutes altes Rennrad, Treuestes der Treuen. Draufschwingen und Vollgas. Gummi. Pedale. Wie man so sagt bei Fahrrädern. Nach 200 Metern schon das Ortsausgangsschild mit dem Namen: Oberhof, durchgestrichen. Die Straße wurde zum Feldweg. Rechts und links loderten die Ähren, vor mir ging es bergauf. Steil bergauf. Ich schwitzte wie ein Ochse. Und doch hörte ich nicht eher auf zu treten, bis ich die Hügelkuppe hinter mir gelassen hatte. Bis ich außer Sicht war und sicher sein konnte, nicht verfolgt zu werden.

KAPITEL 1

»Maria!«, brüllte Tischfußball-Kurt durch die Kneipe und reckte den Hals. »Maria, verdammt noch mal!«

Na, da schauten wir aber. Schauten, starrten ihn an, warfen die Stirn in Falten. Sogar seine beiden Dackel, die in einer Ecke dösten, riskierten einen Blick. Hatte der Kerl tatsächlich nach Maria gerufen? Heute?

Jetzt fiel es ihm auch auf. Er wurde rot. Dampfend rot gewissermaßen. Kurt kann nicht erröten wie ein normaler Mensch. Nicht allmählich, meine ich. Wenn, dann immer gleich Vulkan. Immer knapp vor der Eruption. Seine Augen traten hervor, während er sich schämte. Er versuchte es mit einem Ablenkungsmanöver und hob sein Orangensaftglas zum Mund, aber das war leer. Genau deshalb hatte er ja nach Maria gerufen. Auch wenn Maria an diesem Abend fehlte.

»Kann doch passieren«, zischte er und fuchtelte mit dem leeren Glas herum. »Gewohnheit! Ist euch auch schon passiert, oder?«

»Nö«, sagte der schöne Herbert, während wir anderen mit den Achseln zuckten.

Kurt warf ihm einen vernichtenden Blick zu.

Maria war nicht da, weil sie krank war. Nicht irgendwie krank, sondern richtig. Es geht zu Ende, hatte jemand behauptet. Und wenn nicht mit ihr, dann mit ihrer Kneipe, dem ›Englischen Jäger‹. Der Mietvertrag lief aus, deshalb war Maria jetzt krank. Oder umgekehrt. In den letzten Jahren hatte die Kneipe immer mal wieder vor dem Aus gestanden, aus den verschiedensten Gründen, und jetzt war es so weit. Totgesagte leben länger? Vielleicht. Endlos leben sie deswegen noch lange nicht.

»Ich besorge Nachschub«, erbot ich mich. »Ein Orangensaft und wie viel Bier?«

Ungefähr ein Dutzend Finger reckten sich. Ich kniff die Augen zusammen und versuchte zu zählen, aber zählen war nicht. Zählen wird eh überschätzt. Bis du da durch bist, haben die, die sich jetzt nicht melden, längst wieder Durst. Bring mir gleich zwei mit, Max. Und eins für den Weg. Der schöne Herbert meldete sich überhaupt nicht, er besaß nämlich nur eine Hand, und die klammerte sich am Bier fest. Dafür wackelte er mit einem Ohr. Außerdem sah ich manche Finger doppelt. Also kämpfte ich mich zur Theke durch und orderte eine ganze Kiste. Plus einmal O-Saft.

»Echt?«, fragte der Junge, der bediente. Er schwitzte über das ganze Gesicht.

»Wie, echt? Was soll der Scheiß?«

Wortlos verschwand er in der Küche. Als er wieder auftauchte, schwitzte er noch mehr. Er wuchtete die Kiste auf die Theke und drückte mir eine Bierflasche in die Hand.

»Schreib's auf«, sagte ich und wollte los. Aber dann hielt ich inne. Irgendetwas stimmte nicht. Wieso hatte der Typ mir eine Flasche Bier …? Ich schaute die Kiste genauer an.

»Idiot! Was soll ich mit einer ganzen Kiste O-Saft? Willst du uns vergiften? Eine Flasche, Mann! Und eine Kiste Bier, nicht umgekehrt.«

Unter dem Gelächter und den Kommentaren der Umstehenden tauschte der Jüngling die Getränke aus.

Ist doch wahr. Eine Kiste Orangensaft, und das zum Abschied vom ›Englischen Jäger‹! Sakrileg.

Vor ein paar Wochen hatte ein Zettel an der Eingangstür geklebt. Zum Soundsovielten schließe der ›Englische Jäger‹ endgültig und unwiderruflich. Maria selbst hatte unterschrieben, andernfalls hätten wir an einen Scherz geglaubt. An einen verdammt schlechten Scherz. Wie unsere Stimmung war, kann man sich denken. Ich meine, es hatte sich angedeutet. Schon seit Jahren. Maria wurde nicht jünger, irgendwann ließ sie sich vertreten, dann kam ihre Krankheit. Trotzdem. Zu fünft oder sechst hingen wir um den Tisch rum und schwiegen uns an. Immer, wenn ich etwas sagen wollte, spürte ich, dass ich nur zu Plattitüden fähig war. Tischfußball-Kurt starrte mit roten Augen gegen die Decke. Einer hustete wie Kafka in seiner übelsten Zeit. Leander, unser Wald- und Wiesen-Philosoph, hielt den bärtigen Schädel gesenkt. Auf der Tischdecke vor ihm breitete sich ein kleiner runder Fleck aus. Später noch einer. Und noch einer.

»Das ist ja verheerender als damals«, murmelte Herbert mit kurzem Seitenblick auf den leeren Ärmel seines Sakkos.

Von der einen knappen Ankündigung abgesehen, machte Maria um das Ende ihrer Kneipe kein Aufhebens. Sie hatte wohl andere Sorgen. Ein paar Tage später jedoch hingen überall Zettel in der Stadt, die zum Abschiedsabend des ›Englischen Jägers‹ luden. Mit der Folge, dass der Gastraum jetzt brechend voll war. Voll mit Leuten, die noch einmal billiges Bier trinken, die noch einmal an die guten alten Zeiten erinnert werden wollten. Stühle und Tische gab es nicht; in weiser Voraussicht war alles vorher weggeräumt worden. Trotzdem standen die Gäste dicht an dicht. Es war laut, es war drückend, Trotz und Ausdünstungen lagen in der Luft, und von den Einnahmen allein dieses Tages ließ sich Marias Ruhestand hoffentlich etwas erträglicher gestalten.

»Prost«, sagte einer und hob seine Flasche. Wir knallten unsere dagegen, riefen ebenfalls Prost und legten den Kopf in den Nacken. Viel mehr passierte nicht. Wenn wir uns nicht zuprosteten, schwiegen wir oder sagten einen Satz, der im Großen und Ganzen dasselbe ausdrückte. Ein Prost mit Subjekt, Objekt und Prädikat gewissermaßen. Die reinste Beerdigungsstimmung.

Und was tut man, wenn man sich auf einer Beerdigung langweilt? Man lästert über die anderen Gäste. Anschauungsmaterial gab es reichlich. Es war ein Kommen und Gehen im ›Englischen Jäger‹, man sah Leute, die noch nie oder seit Dekaden nicht mehr hier gewesen waren, die von der Kneipe bloß gehört hatten und sie wenigstens einmal live erleben wollten, bevor sie für immer schloss. Nostalgiker. Neugierige, Eventsüchtige. Leichenfledderer!

»Jetzt kommen sie und halten Maulaffen feil«, brummte Herbert mit aller Verachtung, zu der er fähig war. »Jetzt, wo alles zu spät ist.«

Leander, der heute aussah wie Harry Rowohlt in seinen bärtigsten Zeiten, nickte versonnen.

Auch der Nächste, der zur Tür hereinwalzte, hatte den ›Englischen Jäger‹ seit Jahren gemieden. Und wohl schien er sich immer noch nicht zu fühlen. Tischfußball-Kurt saß bereits in den Startlöchern, um über den neuen Gast herzuziehen. Aber da war ich vor.

»Fatty!«, brüllte ich und verschluckte mich fast am Bier. »Ich fasse es nicht. Friedhelm Sawatzki! Wirklich, das haut mich um.«

Das war natürlich Quatsch; eher haute und rempelte ich alle anderen um, die mir im Weg standen. Fatty schaute denn auch skeptisch, als ich auf ihn zustürmte wie Moses durch das Rote Meer, und noch viel skeptischer schaute er, als ich ihm um den Hals fiel.

»Ganz schön hacke, unser Ermittler, was?«

»Mensch, Fatty, das ist echt ein feiner Zug von dir, heute zu kommen. Daran erkennt man den wahren Freund.«

»Schon gut.«

Vor ewigen Zeiten, in unseren Heidelberger Anfangsjahren, war Fatty ab und zu mit mir im ›Englischen Jäger‹ gewesen. Am Puls des Proletariats, wie er sagte. Um die antikapitalistische Theorie an der trinkfreudigen Praxis zu erproben. Aber irgendwie hatte seine Theorie nicht zur Praxis der Kneipe gepasst, nicht zu unserem sinnfreien Gelaber, zu Herberts Weltschmerz und zu Kurts Cholerik. Die übliche Zersplitterung der Linken, man kennt das. Außerdem erzählen sie im ›Englischen Jäger‹ gern Witze über Dicke. Irgendwann also war Fatty meiner Lieblingskneipe fern geblieben, um stattdessen in überteuerten Altstadtlokalen bürgerlich-gepflegt sein Weizenbier zu schlürfen. Bis heute.

»Echt, Fatty, ich könnte heulen vor Rührung!«

Entsetzt sah er mich an. »Wenn du das tust, bin ich sofort wieder draußen.«

»Na komm, nimm dir erst mal was zu trinken, dann sehen wir weiter. Es gibt sogar Weizenbier!«

»Muss das sein?«, knurrte Tischfußball-Kurt, als ich mit meinem dicken Freund in die Runde zurückkehrte. »Da kriegt man doch Platzangst, wenn so einer reinkommt.«

Viel Bewegungsfreiheit blieb nicht, da hatte er recht. Was aber keinesfalls an Fatty allein lag. Und plötzlich wurde es noch enger. Ich hatte Fatty gerade eine Flasche Weizenbier in die Hand gedrückt (»Kein Glas?« –

»Quatsch nicht, trink!«), als Gedränge am Eingang entstand. Einen richtigen Aufruhr gab das. Wir spürten es als Druckwelle, die durch die Menschenmasse hindurch bis zu uns schwappte und uns zusammenpresste. Ich steckte zwischen Fatty und Herbert fest, an meinen Beinen drängten sich Kurts Dackel.

»Finger weg, du Schwuchtel!«, brüllte Kurt, ohne dass ersichtlich war, wen er meinte.

»Nicht so drücken!«, schrien einige. »Raus mit denen!«

»Ist das hier immer so?«, ächzte Fatty.

»Verpisst euch!«

Und dann sah ich rosa. Rosa im ›Englischen Jäger‹? Das geht gar nicht, hätte unsere Kanzlerin gesagt, und in diesem Fall gab ich ihr Recht. Nichts gegen ein rosa T-Shirt, jeder leistet sich mal einen Fehlgriff – aber gleich fünf, sechs, sieben von der Sorte? Dazu geknotete Luftballons als Kopfbedeckung und um den Hals eine Fliege in XXL. So enterten die Jungs das Gasthaus, mit einer heiteren Unverfrorenheit, wie man sie sonst nur von Fußballfans kannte. Dass sie besoffen waren – geschenkt. Dass sie sich zum Affen machten in ihrem infantilen Outfit – ebenfalls geschenkt. Aber dass sie unsere heilige Zeremonie störten, den Abschied vom ›Englischen Jäger‹, das war unverzeihlich. Als Polonaise in Pink quetschten sie sich durch die Menge, grüßten, sangen, pfiffen. Und filmten, klar. Abwechselnd hielten sie ihre Smartphones hoch in die dunstige Kneipenluft. Es gab wütenden Protest, doch das störte unsere Helden nicht. Die ließen an ihrer Teflon-Lustigkeit einfach alles abprallen.

»Ich hasse diese Junggesellenabschiede«, stöhnte Herbert.

»Ah«, sagte ich. »Ah ja.«

»Faschisten«, plärrte Tischfußball-Kurt. »Neofaschisten! An die Wand mit ihnen!«

Keine Ahnung, ob die rosa Jungs Faschisten waren. Vermutlich nicht. Kurt hat auch Herbert schon als Faschisten bezeichnet, nur weil der in einer schwachen Stunde seinem rechten Arm hinterhertrauerte. Mich sowieso, aus den verschiedensten Gründen. Wenn ich seinen Orangensaftkonsum ekelhaft fand oder mich über seine Dackel lustig machte. Faschismus pur! Wie auch immer, politisches Irrläufertum konnte man den frohgemuten Eindringlingen kaum unterstellen. Alles andere schon.

»Widerlich, so was«, meinte einer.

Sein Nebenmann ergänzte: »Fragt sich ohnehin, was es zu feiern gibt, wenn einer heiratet.« Ich schickte ein Prost in seine Richtung.

»Warum kommen die überhaupt hierher?«, sagte Herbert. »Sollen sie doch in der Hauptstraße bleiben oder in der Unteren, da finden sie genug Idioten für ihre Spielchen.«

Kurt sagte nichts, sondern fletschte die Zähne, als sei Kannibalismus die einzige Sprache, die Junggesellen verstünden.

Fatty rempelte mich an. Ob versehentlich oder um meine Aufmerksamkeit zu gewinnen, ließ sich in dem Gedränge nicht sagen. »Kannst du dir vorstellen, dass ich demnächst auch so rumlaufe?«

»Ist nicht wahr!«

»Doch. Ein Kumpel von mir heiratet. Der freut sich schon seit Wochen auf die Polonaise durch die Altstadt.«

»Und du machst da mit?«

Er zuckte mit den Achseln. »Die Zeiten ändern sich. Als du damals geheiratet hast …«

»Hab ich nicht«, unterbrach ich ihn.

»Ich meine, gebechert wurde da auch, Ehrensache. Aber still und für uns, ohne andere Leute damit zu behelligen. Stimmt's?«

»Hab nie geheiratet.«

»Weiß Christine das?«

»Welche Christine? Kenne keine Christine. Falls du meine Mitbewohnerin meinst …«

»Genau die.«

»Und wo ist die heute? Wenn sie meine Frau wäre oder etwas von der Sorte, würde sie mir ja wohl an so einem Abend Beistand leisten. Das müsste sie doch, oder? Aber das«, ich legte einen Arm um seinen Nacken, »tun nur die echten Freunde. Die hundertprozentigen, verstehst du?«

»Mann, du bist wirklich besoffen, Max.« Er schüttelte den Kopf.

Und dann hatten sie uns umzingelt. Die gutgelaunten Abschiedler. Ein Schwall von Ausgelassenheit überrollte uns. Monsterwelle in Rosa! Sie hatten einen Bauchladen dabei und zig Spielideen, und dass wir uns entnervt wegdrehten oder mit den Augen rollten, scherte sie kein bisschen.

»Kondome zwei Euro! Hey, ist für'n guten Zweck.«

»Himbeergeschmack!«

»Nun macht euch mal locker, Leute!«

»Wollen doch nur'n bisschen Spaß haben.«

»Deinen Spaß kannst du dir sonst wohin stecken«, knurrte Tischfußball-Kurt, während Leander, unser Philosoph, interessiert in dem Bauchladen herumkramte.

»Ihr habt euch im Stadtteil geirrt«, sagte ich. »Hauptstraße ist da hinten, weit weg. Einmal quer durch den Neckar, klar?«

»Aber hier isso schön!«, strahlte der mit dem Bauchladen.

»Wer ist eigentlich euer Heiratskandidat?«, wollte ein Bärtiger mit Brille wissen.

Na, da verlachten sie sich vielleicht. Das ganze halbe Dutzend hielt sich die rosa Wampe. »Den haben wir unterwegs verloren!«, kicherte einer, und ein anderer zeigte an, wo. »Dort hinten … drüben … weg isser!«

Weil er sich dabei umdrehte, konnte man die Aufschrift auf seinem T-Shirt lesen: »Die rammelnden Eber«.

»Eber seid ihr?«, fauchte Herbert. »Dann suhlt euch gefälligst woanders!«

»Eber«, nickte der Bauchladentyp. »Aus Eberbach. Deshalb.«

»Damit wir nach Hause finden, falls wir vergessen haben, wo wir her sind. Kann ja passieren.«

»Kann passieren«, echoten die anderen. Große Heiterkeit.

»Mann, schiebt ab!«, zischte Kurt.

»Heiraten ist echt das Letzte«, meinte der Brillenträger.

Aber sie trollten sich erst, nachdem sie Leander eine rote Clownsnase verscherbelt hatten. (Kondome habe er genug, sagte Leander.) Im Zickzack ging es rosa durch den ›Englischen Jäger‹. Irre, mit welcher Leichtigkeit diese Typen sich den Weg bahnten, trotz Alkohol und Bauchladen.

»Heiraten!« Der Bärtige mit der Brille winkte verächtlich ab. »So was von vorgestern. Dass dich die eigene Frau nach Strich und Faden betrügt? Nicht mit mir.«

»Genau«, sagte ich und brachte meine Flasche in Stellung. »Auf das Junggesellendasein! Für immer und ewig.«

Fatty kratzte sich am Kopf.

KAPITEL 2

Ich stelle mein Rad am Neckar ab. Eine Besuchergruppe aus Fernost zuckelt vorbei. Als der Letzte von ihnen Richtung Steingasse verschwunden ist, überquere ich die Straße. Niemand beachtet mich, und doch fühle ich mich beobachtet. Es liegt an den Häusern. Den Häusern der Altstadt. Sie haben Augen, alle. Argusaugen. Ich hasse sie.

Bis auf eines.

Bevor ich in die Hasengasse biege, sehe ich mich um. Keine Polizei, kein Sicherheitsdienst. Die Luft ist rein. Glotzt nur, ihr verdammten Häuser! Vor der Nummer 7 bleibe ich stehen. Zehn Namensschilder. Das dritte von oben: Fahrenschon. Mit dem Zeigefinger streiche ich kurz darüber, dann klingle ich. Mein Herz klopft.

»Ja?«

»Die Post«, sage ich mit meiner tiefsten Stimme. Wie bescheuert ich klinge. Es kann nicht klappen. Es kann einfach nicht.

Der Türöffner summt.

Ich stoße die Tür auf und trete ein. Links geht es ins Treppenhaus, zu den Wohnungen. Ich husche geradeaus weiter, in den Hof, bis zu einem zweiflügeligen Holztor. Dahinter führen grob gehauene Stufen in die Tiefe. Leise ziehe ich das Tor wieder zu und steige die Stufen hinab. Vor mir liegt ein gewaltiger Gewölbekeller, der in mehrere Verschläge unterteilt ist. Seitlich an der Decke fällt Licht durch steile Schächte. Welcher Verschlag ist es noch? Der ganz hinten? Er ist nicht verschlossen. Ich erkenne das

Fahrradreparaturset, das wir damals gesucht haben. Es liegt noch am selben Platz. Alles hier liegt an dem Platz, an dem es zu liegen hat. Es dauert keine Minute, bis ich die Taschenlampen gefunden habe. Zwei Stück sind es, ich nehme sie beide mit.

Raus aus dem Verschlag, kurz lauschen, ob niemand den Hof betritt. Auf der Suche nach dem Postboten, auf der Suche nach mir. Nichts. Also zurück. Am Ende des Gewölbekellers gibt es eine Tür, die zu einem tiefer gelegenen, deutlich kleineren Gewölbe führt. Hier sind Paletten gestapelt, ein altes Fass modert vor sich hin, Müll liegt in einer Ecke, es riecht nicht gut. Noch eine Tür, niedrig, grün gestrichen. Auf den Holzbrettern ein Metallschild: Zutritt verboten. Der Eigentümer.

Ich meine, was soll auch sonst dort stehen. Zutritt verboten. *Das Übliche.*

Aber eigentlich steht hier etwas anderes. Und nur ich weiß es. Es ist eine Botschaft für mich, eine Mahnung.

Erinnere dich, *lese ich.*

Erinnere dich, Max!

Ein Schauer kriecht mir über den Rücken. Wenn man die Erinnerung packen könnte wie ein Tier, wie einen Gegenstand. Aber sie ist ungreifbar. Ein dunkles Loch, eine Leerstelle. Sie ist weniger in dir als du in ihr. Du musst dich in sie hineinbegeben. Musst dich ihr überlassen. Mit ungewissem Ausgang.

Ich trete ein.

Mit ungewissem Ausgang.

Zutritt verboten.

Erinnere dich!

*

Dass ein Telefon läutet, kommt in Romanen dauernd vor. Besonders in Krimis. In guten Krimis oft, in schlechten viel zu oft. Am Anfang, in der Mitte, am Ende: Telefonläuten. Der Held hat gerade eine Messerklinge am Hals: Bimmelimm. Es dudelt, klingelt, fiept. Als Cliffhanger ist so ein Anruf perfekt, aber auch, um neue Motive einzuführen, einen weiteren Verdächtigen, eine brandheiße Spur. Inflationäre Telefonitis.

Ich hasse das.

Aber was soll ich machen? Es war nun einmal so, dass Tag eins ohne den ›Englischen Jäger‹ mit einem Läuten begann. Davor war nichts. Weder Tag noch Nacht, sondern bloß ein großes schwarzes Nichts. Komplettbetäubung. Existenzielles Kaumleben. An diesem nachtfinsteren Block begann das Signal zu kratzen. Nicht eben gewaltig, aber ausdauernd. Das Läuten bohrte sich in mich hinein wie ein Borkenkäfer in eine 1000-jährige Eiche, wie eine Zecke in gesundes Gewebe, wie …

Lassen wir das. Keine weiteren Vergleiche. Irgendwann, nach dem 100. Klingeling vielleicht, reagierte etwas in mir. Eine Gehirnzelle sprang gähnend aus den Federn und weckte die paar anderen, die noch funktionstüchtig waren. Dann kam der Schmerz hinzu, die Dumpfheit, Trockenheit des Gaumens, Käsigkeit der Glieder, einfach alles, was man für einen gediegenen Kater braucht.

Meine Fresse, ging es mir dreckig!

Ich wusste nicht einmal, wo ich mich befand, so dunkel war es um mich herum. Mein Arm machte sich selbständig. Er fuchtelte durch die Luft, als sei ich am Ertrinken, und patschte plötzlich gegen das Telefon. Hörer packen, wahllos Tasten drücken.

»Ja?«, sagte ich.

Nichts. Waren wohl die falschen Tasten. Neuer Versuch.

»Ja?«

»Können Sie kommen?«, hörte ich jemanden fragen. Es war Kommissar Fischer, allerdings in einer mir völlig unbekannten Tonlage. »Jetzt.«

»Ich?«

»Es gibt ein Problem.«

»Wenn Sie das sagen.«

Pause. Meine Tonlage war auch nicht von schlechten Eltern. Die jedoch kannte mein Lieblingskommissar zur Genüge. Die Tonlage, nicht die Eltern.

»Gestern versackt?«, folgerte er messerscharf. »Darauf kann ich jetzt keine Rücksicht nehmen. Ich brauche Sie hier. Schmeißen Sie sich schwarzen Kaffee oder ein Aspirin oder beides ein und kommen Sie nach Handschuhsheim. Und zwar so schnell wie möglich.«

Das war der Moment, in dem ich die Augen aufschlug. Hatte ich es mir doch gedacht. Es war überhaupt nicht dunkel! Hellster Morgen war es, man musste nur die Rollläden vor den Pupillen hochziehen. Was den Kopfschmerz schlagartig vervielfachte. Ich lag in meinem Büro, auf dem Feldbett, das meiner harrte, wenn ich es nachts mal wieder nicht bis hoch in die Wohnung schaffte. Wie ich dorthin gekommen war, wusste ich nicht. War auch egal.

Viel interessanter war die Frage, was Kommissar Fischer mit seiner Stimme gemacht hatte. Kein Grollen darin, kein Brummen, nicht das übliche misslaunige Fischer-Poltern. Entweder war er fachmännisch sediert, oder er hatte sich auf seine alten Tage ein Paar neue Stimmbänder geleistet.

»Was ist denn los?«, fragte ich.

»Sage ich Ihnen, wenn Sie da sind.«

»Aber ich habe seit Ewigkeiten keinen … ich bin …«

»Es geht nicht um Sie, Koller. Kennen Sie einen Schmider? Harald C. Schmider?«

»Glaub nicht.«

»Das habe ich befürchtet.« Er nannte mir eine Adresse in Handschuhsheim und bat mich noch einmal um Eile. Ohne jeden Grant. Gespräch beendet.

»Nur ein kleines Pfefferminzblättchen«, murmelte ich und legte das Telefon zur Seite. Dann versuchte ich aufzustehen und kippte um. Einfach so. Die Beine versagten, mein Kreislauf spielte Karussell. Auf allen Vieren krabbelte ich zum Klo, kam aber zu spät. Was ich im Magen hatte, landete auf dem Boden. Gut, dass ich mich letzte Nacht nicht zu Christine geschleppt hatte. Beim Kotzen ist man lieber alleine.

Eine Dusche und 20 Minuten später saß ich auf dem Fahrrad Richtung Handschuhsheim. Sommerlich glühte der Asphalt. Und auf dem Asphalt: Menschen. Böse, böse Menschen. Alle bis an die Zähne bewaffnet. Mit kreischenden Bremsen, detonierenden Hupen, Blicken wie ein Parteiausschlussverfahren. Sie wussten, was ich getan hatte, sie sahen es mir an, und deshalb quälten sie mich. Jedes Kindergartenkind kapierte, dass ich gereihert hatte. Guck mal, Mama, der Onkel fällt gleich vom Rad! – Nicht hinschauen, Lenalisaleah, der ist ganz, ganz bäh, der Mann.

Und dann hatte ich nicht mal einen Helm auf.

Max Koller, der Outsider der Kurpfalz.

Aber hey, wenn ich einen Helm getragen hätte, dann hätte ich auch niemals diese blitzartige Erkenntnis gehabt. Die schoss mir nämlich, als ich vor einer grellroten Ampel wartete, durch den schmerzenden Schädel mitten ins Hirn. Wie ein Meteorit, so ein ganz kleiner. Ich stand also da, blinzelnd in der Sommersonne – und plötzlich fiel es mir ein. Aua. Natürlich kannte ich diesen Schmider! Klarer Fall, so einen Namen vergisst man nicht. Aber wer war das noch mal? Wo war ich ihm begegnet, in welchem Zusammenhang? Dazu reichte es nicht, Meteorit hin oder her. Um weitere Fragen beantworten zu können, hätte ich zwei bis drei Promille nüchterner sein müssen.

Schmider … Da war doch was. Schmider … Verdammte Sauferei!

Und wieso stand mir jetzt ein kariertes Sakko vor Augen? Abgeschmackt, so was.

Dann wurde die Ampel grün, und ich fuhr weiter.

Kommissar Fischer trug kein kariertes Sakko, sondern einen seiner üblichen altmodischen Knitteranzüge. Seine Augenbrauen waren zusammengezogen, das Gesicht leuchtete ungesund gelb. Alles wie immer also. Einziges Zugeständnis an die sommerlichen Temperaturen: der Verzicht auf eine Krawatte. Er empfing mich im Vorgarten eines älteren Häuschens im Handschuhsheimer Süden, wo sich die Straßen im rechten Winkel kreuzen, wo normale Leute in normalen Häusern wohnen, wenn auch nicht zu normalen Immobilienpreisen, aber das ist ein anderes Thema. Ohne auf die missbilligenden Blicke eines Uniformierten zu achten, der am Hauseingang Wache schob, dirigierte mich der Kommissar zur Tür. Auf dem Klingelschild stand ›Schmider‹, und ich hätte mich ohrfeigen können, dass mir nicht einfiel, woher ich diesen Namen kannte. Bevor ich ins Haus durfte, musste ich mir Plastikhüllen über die Schuhe streifen. Schon im Flur kamen uns die Spurensicherer in ihren weißen Burkas entgegen.

»So allmählich wird mir klar, was Sie mit *Problem* meinten«, sagte ich zu Fischer.

Der schwieg. Seit meiner Ankunft hatte er überhaupt noch kein Wort gesprochen.

Es ging geradeaus, an einer nach oben führenden Treppe vorbei bis zu einer Tür, an der sich ein weiterer weiß Verhüllter zu schaffen machte. Dahinter lag das Wohnzimmer. Es war ein hundsgewöhnliches Wohnzimmer mit Tisch und Stühlen und Sitzecke und Flachbildschirm. An den Wänden Bilder und Vitrinen mit Krimskrams. Eine Glastür führte in den Garten.

Nur eines war nicht gewöhnlich an diesem Raum. Das war der Mann im Pyjama, der zusammengekrümmt auf dem Boden lag. In seiner Kehle klaffte ein großer, geradezu obszön wirkender Spalt. Davor war eine riesige Lache aus schwarzem Blut. Die Leiche wurde eben fotografiert. Im Hintergrund wuselten noch zwei Typen von der KTU herum.

Ich fühlte, wie sich meine Nackenhaare aufstellten. Jedes Härchen einzeln. Es lag an der klaffenden Wunde, natürlich. An dem vielen Blut, am Geruch nach Tod.

Vor allem aber lag es an der Hand des Toten. Mein Blick heftete sich an ihr fest. Ich hatte diese Hand berührt. Geschüttelt hatte ich sie. Nicht gestern, nicht vorgestern, sondern schon vor Monaten. Und trotzdem wusste ich noch genau, wie sie sich angefühlt hatte, diese Hand. Warm, fleischig und ein wenig feucht. Wie ein gut genährtes Tier.

Schmider, richtig. So hieß er, so sah er aus. Wir hatten miteinander gesprochen, Smalltalk, nichts von Belang. Ein Name, ein Gesicht, ein Körper. Und was war mir von all dem in Erinnerung geblieben? Ein feuchtwarmer Händedruck.

Und noch etwas. Aber dazu später.

Kommissar Fischer tippte mich an.

»Ich kenne den Mann«, flüsterte ich. »Jetzt, wo ich ihn sehe.«

Wortlos führte er mich in eine Ecke des Zimmers. Zu einer niedrigen Kommode, auf der Bücher und Zeitschriften lagen und ein paar Fotos. Sein Gesichtsausdruck war unergründlich. Hatte er die Sprache endgültig verloren? Erst das Granteln, jetzt die ganze Stimme?

Ein Handy klingelte. Wieder mal! Einer der Spurensicherer nestelte in seinem Plastiküberzug herum und nahm das Gespräch an. Der Tatortfotograf blitzte munter weiter. In all dem Geblitze und Geplauder richtete Kommissar Fischer einen Zeigefinger auf eines der herumliegenden Fotos und sah mich an.

Und ich?

Mir wurde schon wieder schlecht.

Bei dem Bild handelte es sich um ein Porträt Christines. Meiner Exgattin. Im Fotostudio gemacht, mit Weichzeichner und einem saumäßig verlogenen Lächeln. So eine Art Bewerbungsfoto. *Mein erster Schultag,* fehlte nur die Schultüte. Stattdessen gab es ein dickes rotes Herz, schwungvoll in eine Ecke gekringelt.

»Oh nein«, stöhnte ich.

»Das hier ist unser Problem«, sagte Fischer.

KAPITEL 3

Erinnere dich, Max!

Gebückt betrete ich den Gang, lasse die Gewölbe, das Verbotsschild, die gesamte Oberwelt hinter mir. Das Licht meiner Taschenlampe fällt auf gemauerte Wände. Auf Wände, die zu schwitzen scheinen. Zwischen den geschwärzten Sandsteinen wuchern Moospolster. Dünne weiße Fäden hängen von der Decke. Auf dem Boden breitet sich eine Pfütze aus.

Dann eine Engstelle. Die Wand auf der rechten Seite ist ausgebeult, schiebt sich in den Gang wie eine Nase. Sie hat Schnupfen; unter der Nasenspitze liegt ein Haufen Steine. Er schimmert und glänzt im Licht. Auch die Decke kommt mir entgegen, sie hängt durch. Ich quetsche mich vorbei, Zähne zusammengebissen. Meine Hand schmerzt, so fest halte ich die Taschenlampe. Ich darf sie nicht verlieren. Darf sie nicht fallen lassen, egal was passiert.

Ohne die Lampe bin ich verloren!

Ich bleibe stehen. Beruhige dich, Max. Nur die Ruhe. Keine Panik jetzt. Der Gang ist sicher, er besteht schon seit Jahrhunderten. Den kümmert es nicht, ob du in ihm herumspazierst oder nicht. Die Wand hat eine triefende Nase, aber auseinanderbrechen wird sie nicht.

Meine Hand schmerzt noch immer. Ich nehme die Lampe in die andere Hand. Die Panik bleibt. Mein Herz schlägt bis zum Hals. Was soll ich tun?

Ich schalte die Lampe aus.

Siehst du? Es passiert nichts. Die Wände sind ganz nahe, oder sie sind weit entfernt, aber du bleibst unbehelligt. In der Dunkelheit zeigt sich, dass dir nichts geschehen kann. Da ist nur Stille um dich her. Luft von früher, eine Ahnung vergangener Zeiten. Totale Stille. Du kannst das ändern – wenn du willst. Willst du? Dann bewege dich. Atme hörbar. Vergewissere dich, dass du existierst. Lass deine Kleider wispern, deine Fingergelenke knacken. Hörst du sie? Hörst du dich? Du bist allein. Dein Herz schlägt schon ruhiger.

Und jetzt die Finsternis. Beende sie – oder lass sie bestehen. Du kannst dich auch im Dunkeln weiterbewegen. Du kannst tasten. Auf die anderen Sinne vertrauen. Willst du?

Ich schalte die Lampe an.

Ich habe mich wieder im Griff. Das Herz schlägt gleichmäßig, der Atem geht ruhig. Es ist nur ein Gang. Schief, uneben, hin und wieder eng. Ich kann jederzeit umkehren.

Aber ich will nicht. Ich will wissen, wohin er führt. Wohin er mich führt.

Erinnere dich!

*

Ein rotes Herz auf dem Bild meiner Ex?

Am liebsten hätte ich gleich noch einmal gekotzt, hätte Schmiders blitzblankes Spießerklo vollgespuckt mit schwarzer Galle – okay, Galle ist meines Wissens überhaupt nicht schwarz, bei dieser Formulierung stand mir wohl das eingedunkelte Blut des Toten vor Augen – egal wie, ich riss mich jedenfalls zusammen und musste mich nur ein bisschen an Kommissar Fischer festhalten, um nicht neben Schmider auf den Boden zu plumpsen. Die Spürhunde von der KTU warfen mir misstrauische

Blicke zu. Nichts anfassen, ich weiß schon. Die Schulter eures Chefs wird ja wohl nicht unter das Verbot fallen, oder?

»Geht's?«, fragte Fischer.

Ich zuckte die Achseln.

»Dann erzählen Sie mal. Was hat Ihre Frau mit dem Toten …?«

»Exfrau!«

»Jaja. Was hatte sie mit Schmider zu tun?«

»Sie ist meine Ex, okay? Wir sind nicht mehr zusammen, seit Ewigkeiten nicht. Mann, Herr Fischer, warum sagen Sie immer Frau, wo Sie doch genau wissen …«

»Nicht ablenken, Koller!«, bellte er.

Aha. Der Grantler in ihm erwachte zum Leben. Ich muss sagen, mit der gewohnten Garstigkeit in der Stimme war mir der Kommissar gleich viel sympathischer. Nicht auszudenken, wenn er sein präsidiales Mezzoforte nur mit Rücksicht auf mich verwendet hätte. Nach dem Motto: Sie müssen jetzt ganz stark sein, Herr Koller …

»Können wir rausgehen?«, sagte ich. »Ich brauche frische Luft.«

Er nickte. Wir verließen das Zimmer mit dem Toten und traten vors Haus. Der Uniformierte stand noch immer unnütz herum und starrte Löcher in den blauen Himmel. Das brachte mich auf einen Gedanken.

»Wo sind eigentlich Ihre beiden Rassehunde, Herr Fischer?«

»Wenn Sie meine Kollegen Greiner und Sorgwitz meinen …«

»Wen denn sonst?«

»Die habe ich nach oben geschickt. Und gebeten, in nächster Zeit nicht herunterzukommen.«

»Warum?«, wollte ich sagen, doch das Wort blieb mir im Hals stecken. Für den Stellungsbefehl an die beiden Kläffer gab es nur einen Grund: Sie sollten nicht Zeugen dieser dämlichsten aller Situationen werden. Max Koller und das Foto seiner Ex am Schauplatz eines Verbrechens …

Verfluchte Rücksichtnahme!

»Also?«, sagte der Kommissar und steckte sich einen kalten Zigarillo zwischen die Lippen.

Ich atmete tief durch.

Und dann fing ich an. Erzählte ihm, dass ich diesen Schmider genau einmal in meinem Leben gesehen hatte. Letzten Sommer bei einem Kneipenbesuch in der Altstadt. Wir waren uns zufälligerweise über den Weg gelaufen, er, Christine und ich. Nein, anders: er zusammen mit Christine – und ich war in das traute Paar hineingestolpert. Er hatte ein kariertes Sakko getragen. Kariert! Sein Händedruck unangenehm und er selbst … wie sollte ich es formulieren? Anwesend. Unauffällig. Zuvorkommend und langweilig. Christine hatte es genossen, von ihm hofiert zu werden. Und mir damit eins auswischen zu können.

»Ihre Frau hatte also eine Affäre mit dem Mann?«, brummte Fischer.

»Exfrau, verdammt! Sie ist meine Ex, geht das in Ihren Ermittlerschädel rein?«

»Noch ein bisschen lauter, und man hört Sie bis Dossenheim.«

»Mir doch egal. Mir ist auch egal, ob sie was mit ihm hatte oder nicht. Scheißegal! Das glauben Sie mir zwar nicht, meine Frau glaubt es übrigens auch nicht – Exfrau, meine ich natürlich –, also die denkt bis heute, ich wäre eifersüchtig auf ihre komischen Typen in karierter Herrenmode, aber ich bin es nicht. Hören Sie? Ich bin nicht eifersüchtig. Punkt. Nein: Ausrufezeichen.«

»Schon gut.«

»Eifersucht kann ich gar nicht. Das Gen fehlt mir.«

»Und seit dieser Begegnung vor einem Jahr haben Sie Schmider nicht mehr getroffen?«

»Weder getroffen noch gesprochen noch an ihn gedacht. Mein Gott, als hätte ich nichts Besseres zu tun! Wusste ja nicht einmal, dass er ein C. im Namen hat.«

Fischer nickte. »Das hört man gern.«

»Hört man?« Sein Gesichtsausdruck verkündete das Gegenteil.

»Ja. Wobei ich in Ihrem Fall keinerlei … also, es wäre mir nicht in den Sinn gekommen, Sie mit diesem Mord in Verbindung zu bringen.«

»Echt nicht? Jetzt bin ich fast ein wenig beleidigt.«

»Was dagegen Ihre«, er nuckelte an seinem Glimmstängel, »Ihre Exfrau angeht, da sieht die Sache anders aus.«

»Christine? Sie glauben doch nicht … Herr Fischer, das ist lächerlich!«

»Nur die Ruhe. Dass es eine Verbindung zwischen ihr und dem Opfer gibt, haben Sie mir soeben bestätigt. Und wenn diese Verbindung durch ein Herzchen auf einem Foto symbolisiert wird, dann provoziert das Nachfragen. Bei allem Respekt. Bestand das Verhältnis zwischen Ihrer Exfrau und Schmider noch?«

»Keine Ahnung.«

»Herr Koller!«

»Ich weiß es wirklich nicht. Wir haben das Thema seit Ewigkeiten nicht mehr angeschnitten.«

»Seit Ewigkeiten?«

»Seit Ewigkeiten und einem Jahr. Mindestens.«

Schweigend bearbeitete er seinen Zigarillo. Dann sagte er: »Sie führen schon eine komische Ehe, Sie beide.«

»Exehe.«

»Selbstverständlich. Vielleicht verraten Sie mir trotzdem der Einfachheit halber, wie und wo Sie den gestrigen Abend zugebracht haben.«

»Gluck, gluck, gluck.«

Er seufzte. »Wo?«

»Im ›Englischen Jäger‹. Ich habe von meiner Kneipe Abschied genommen, wie es sich gehört. Dafür gibt es zig ebenso alkoholisierte Zeugen.«

»Schön. Und Ihre Frau?«

»War zu Hause. Nehme ich jedenfalls an. Ich habe unten in meinem Büro gepennt.«

»Sie hat nicht mitgezecht?«

»Christine doch nicht.« Ich versuchte es mit einem Lachen. »Hätte sie mal lieber, was?«

Fischer schüttelte den Kopf. »Das ist nicht lustig, Herr Koller.«

Nein, lustig war das nicht, und deshalb gingen wir auch wieder hinein, sobald der Kommissar fertig war mit seinem Zigarillogenuckel. Er besprach sich kurz mit einem seiner Leute, dann hielt er mir ein Paar Latexhandschuhe unter die Nase.

»Schauen Sie sich um, Herr Koller, vielleicht fällt Ihnen etwas auf, was uns weiterhilft. Aber rühren Sie nichts an.«

»Warum dann die Handschuhe?«

»Haben Sie sich je an meine Anweisungen gehalten? Handschuhe an, oder raus!«

Brav streifte ich das Gummizeug über. Er hatte ja recht. Schmiders Haus war nicht groß. Da stieß man schon mal versehentlich an. Oder berührte etwas. Einen Schrank im Flur zum Beispiel, der sich dann prompt öffnete. Versehentlich. Gut, dass ich in diesem Moment die Handschuhe trug. Und noch besser, dass Kommissar Fischer in diesem Moment nicht hersah. Andererseits befand sich in dem Schrank nichts Wichtiges. Bloß Aschenbecher, bestimmt 50 Stück. Gläserne, metallene, steinerne, runde, eckige. Vor allem hässliche.

Meines Wissens hatte Schmider nicht einmal geraucht.

Ich ging ins Wohnzimmer, passte einen Zeitpunkt ab, an dem ich nicht störte, und beugte mich über die Leiche. Das Vorbeugen tat meinem Kopf nicht gut, der Anblick des Kehlenspalts meinem Magen. Was sagen die Profis im Fernsehen zu einem solchen Schnitt? Saubere Wundränder, die auf Verwendung einer scharfen Klinge schließen lassen. Schärfer als alle Klingen, die ich zu Hause hatte, vermutete ich. Dann schaute ich Schmider ins Gesicht. Ich zwang mich dazu. Da lag der Mann, dem ich vor Jahr und Tag die Hand geschüttelt hatte, abgestochen wie Schlachtvieh in seinem eigenen Haus. Der Mann, mit dem Christine etwas gehabt hatte. Noch immer hatte? Schmiders Name war seit Ewigkeiten nicht mehr gefallen. Aber das musste nichts heißen. Schließlich hatte ich sie nie nach dem Würstchen gefragt. Die Haralds in ihrem Leben kamen und gingen. Verlorene Liebesmüh, sich eines dieser Gesichter zu merken.

Der hier war allerdings auf spezielle Weise gegangen. Und was sein Gesicht betraf … es war ein seltsamer Ausdruck, der auf seinen Zügen lag. Eine Mischung aus Entsetzen, Angst, Überraschung, Qual, ein schmerzliches Nichtwahrhabenwollen. Schmider war von seinem Tod überrumpelt worden. Er hatte nicht mit ihm gerechnet. Erst als sein Mörder plötzlich vor ihm stand, als er das

Messer aufblitzen sah, da wurde ihm bewusst, dass es jetzt um alles ging. Dass ihm die Welt gleich abhandenkommen würde, wenn nicht noch ein Wunder geschah. Anscheinend war alles ganz schnell gegangen. Die Verwunderung – das Verstehen – der höllische Schmerz, es passierte innerhalb einer Sekunde. Deshalb dieser Mix an Gefühlen auf Schmiders Antlitz.

Stöhnend richtete ich mich auf. Vielleicht war es so. Vielleicht aber auch ganz anders.

Harald C. Schmider gäbe was drum, wenn er jetzt meine Kopfschmerzen hätte. Wenn er überhaupt noch einmal Schmerzen empfinden könnte!

»Sie kotzen mir aber nicht auf die Leiche«, knurrte einer der Spurensicherer.

Ich rollte mit den Augen.

»Alles schon erlebt! Und Sie sehen aus, als müssten Sie …«

»Ja«, unterbrach ich ihn. »Ich kann mir denken, wie ich aussehe. Liegt aber nicht an dem Toten. Da habe ich jede Menge Erfahrung. Mehr als Sie jedenfalls.«

»Ach.« Er stemmte die Fäuste in die Hüften und musterte mich. »Glaube ich nicht.«

»Doch.«

»Ich habe 15 Berufsjahre auf dem Buckel.«

»Einen Buckel haben Sie, das sieht man.«

»He, so nicht, Freundchen!« Gleich pumpte er sich mächtig auf.

»Was denn? Prügelei am Tatort? Dass unsere DNA kiloweise herumfliegt? Tolle Berufserfahrung haben Sie!«

Fischer trennte uns.

»Noch so ein Ding, und ich schicke Sie nach Hause«, knurrte er und schob mich außer Reichweite des Unholds.

»Der hat mich provoziert, Herr Fischer. Sie sollten Ihr Personalmanagement mal überdenken.«

»Jaja.«

Eine Weile stand ich sinnlos in der Küche herum. Schmiders Küche war eine ganz gewöhnliche Küche, mit Töpfen, Tellern und so weiter. Seine Messer nahm ich etwas genauer in Augenschein, aber natürlich hatte der Mörder die Tatwaffe nicht einfach in die Schublade zurückgelegt. Wenn das Messer überhaupt aus Schmiders Besitz stammte. In einer Ecke stapelten sich Kochbücher; auf gutes Essen schien er Wert gelegt zu haben. Unsere erste und vermutlich letzte Gemeinsamkeit – wobei ich zwar gern am Herd stehe, aber keine Hilfestellung von irgendwelchen Kochgurus brauche. Also doch keine Gemeinsamkeit.

Ob er schon mal für Christine gekocht hatte? So mit fünf Gängen und Kerzen und Prosecco-Schmuseklassik?

Als ich kurz darauf wieder das Wohnzimmer betrat, war der Spurensicherer verschwunden. Ich ging Schmiders Regale durch, seine Bücher, Bildbände, DVDs, Zeitungen. Alles, was offen herumlag. Für Geschichte hatte er sich interessiert, auch für Design, es gab sogar einen Prachtband über die Schönheit von Aschenbechern. Einige Wälzer beschäftigten sich mit Architektur, und irgendetwas in dieser Richtung schien er beruflich gemacht zu haben. Ein gerahmtes Foto an der Wand zeigte ihn mit dem Oberbürgermeister und dem Ministerpräsidenten vor einer frisch renovierten Villa in der Altstadt. War er nicht städtischer Beamter gewesen? Ich meinte mich zu erinnern, dass Christine so etwas erwähnt hatte.

Apropos. Wie würde Christine auf die Nachricht von Schmiders Tod reagieren?

Das war die Frage, die in meinem Nacken saß und Einlass begehrte. Die beantwortet werden wollte, hier und jetzt. Dabei konnte ich sie gar nicht beantworten. Ich wusste ja nicht, was zwischen den beiden noch gelaufen war, wie nahe sie sich gestanden hatten, ob überhaupt Gefühle im Spiel gewesen waren.

Gefühle … Ein Beamter der Stadt. Aschenbecher!

»Mann, Mann, Mann«, knirschte ich. Wenn sie sich wenigstens für einen richtigen Kerl interessiert hätte! Fitnessstudio, Finca, Tätowierung auf der Arschbacke, solche Sachen. Dann hätte man vielleicht eifersüchtig werden können. Aber so? Harald C. Schmider hatte nichts auf der Arschbacke, höchstens Haare. Und wenn, dann nur ganz wenige. So einer war doch keine Alternative, nicht mal zu mir.

Ach, schau einer in die Frauen rein …

»Schöne Fotos, nicht wahr?«, sagte jemand von der Tür her.

Ich drehte mich um. Da hing ein Grinsen in der Luft, und hinter dem Grinsen hatte Kommissar Sorgwitz Aufstellung genommen. Eine komische Formulierung, ich weiß, aber es sah tatsächlich aus, als habe Fischers Kampfhund sein Grinsen schon mal vorgeschickt und warte nun mit etwas Abstand auf meine Reaktion. Die Arme hatte er vor der Brust verschränkt, oben stand das Blondhaar Habtacht.

»Sie müssen die Aschenbecher untersuchen, Herr Sorgwitz«, sagte ich. »Jeden einzelnen, unbedingt. Was die für Geschichten erzählen können. Hammer.«

»Die Fotos finde ich interessanter. Vor allem das eine.«

»Fotos können Sie nicht. Gesichter und so – das überfordert Sie intellektuell. Aschenbecher ist genau Ihr Niveau.«

»Oh, der liebe Herr Koller«, kläffte es neben Sorgwitz. Die Rottweilerschnauze von Kollege Greiner kam in Sicht. »Hat er schon gestanden?«

»Er zappelt noch«, meinte der Blonde.

»Prima. Es gibt nichts Langweiligeres als ein Geständnis, ohne dass man angefangen hätte zu ermitteln.«

Bevor ich antworten konnte – und mir lag etwas auf der Zunge, wofür sie mich wahrscheinlich aus dem Haus geprügelt hätten, DNA-Spuren hin oder her –, bevor wir also handgreiflich wurden, kam Kommissar Fischer aus dem Flur gestürmt und schickte seine Wadenbeißer nach oben.

»Ich habe Ihnen doch gesagt, dass Sie nicht herunterkommen sollen, bis …«

»Wir sind fertig, Chef!« Greiner, der alte Streber!

»Dann warten Sie oben!«

»Wir sollen Däumchen drehen? Wegen dem da? Auf Kosten des Steuerzahlers?«

»Wir könnten ihn befragen«, schlug Sorgwitz vor. »Zu gewissen Personen, die sich auf gewissen Fotos in diesem Raum befinden.«

»Längst passiert. Abmarsch!«

Irgendwann zogen sie tatsächlich Leine, die beiden, aber nicht, ohne mir vorher zuzuwinken und zu zwinkern und natürlich zu grinsen, dass ein Muskelkater drohte. Für Greiner und Sorgwitz war der heutige Tag wie gemalt. Die Ex ihres Erzfeindes hatte was mit einem Mordopfer! Sodom und Gomorrha im Hause Koller! Ein Fall für die Schmutzpresse. Begann jetzt die Schlammschlacht? Vielleicht gab es noch mehr: Nacktfotos, Liebesbriefe, Unterwäsche …

»Die zwei sind befangen«, sagte ich zu Kommissar Fischer, als die Luft rein war. »Ziehen Sie das Gesocks von dem Fall ab!«

»Unsinn.«

»Die hassen mich! Die wollen mir was anhängen. Oder meiner Frau.«

»Exfrau.«

»Also weg mit den beiden!«

»Dann dürfte ich auch nicht ermitteln. Reißen Sie sich zusammen, Koller, wir werden uns genau so verhalten, wie wir es immer tun.«

»Eben!«

»Eines allerdings ist klar: Ihre Frau Markwart wird nicht um eine Befragung herumkommen.«

Ich sah auf die Leiche hinab. Ein einziger Schnitt nur, und plötzlich änderte sich alles. Für Schmider, für Christine, sogar für mich.

»Dann hätte ich eine Bitte«, sagte ich. »Darf ich ihr die Nachricht überbringen?«

»Dürfen Sie.«

Ich nickte. »Danke.«

KAPITEL 4

Ich ertappe mich beim Reden. Beim Gespräch. Mit mir – oder mit dem Gang? Ist er mein Gegenüber? Eine Unterhaltung in Dunkelheit und Tiefe. Wer hätte gedacht, dass ich die Stadt einmal von dieser Seite kennenlernen würde!

Die Stadt von unten, aus der Perspektive der Vergangenheit. Das Licht der Taschenlampe führt mich, an ihm hangele ich mich durch den Untergrund. Wir sind eine Seilschaft, wir zwei.

Man könnte glauben, es sei langweilig hier unten. Langweilig, einen Gang zu durchschreiten. Das Gegenteil ist der Fall. Jeder Schritt ist anders, ständig gibt es etwas Neues zu sehen. Niemals geht es nur geradeaus. Da sind Biegungen, Kurven, Wendungen, ein Auf und Ab, holpriger Boden, ebener Grund. Steinbrocken ragen in die Höhe, unerwartet senkt sich die Decke. Vom Oval bis zum Rechteck bildet die Röhre alle nur denkbaren Formen aus. Auch die Farben wechseln. Hellrot sind die Wände, dann rostrot, ocker, mattbraun, ein Schiefergrau spielt hinein, Schwarztöne, von schimmernden Adern durchzogen. Immer wieder halte ich an und lasse meine Finger über das Mauerwerk gleiten. Spüre jede Verwerfung im Stein. Wie armselig tot sind dagegen Betonwände. Diese Mauern hier haben Ausstrahlung, Leben. Sie erzählen Geschichten – in ihrer Sprache. In der Sprache der Steine. Große, schöne Natursteine sind das, jeder Quader ein Kunstwerk. An einem entdecke ich noch das Steinmetzzeichen. Fahre auch seine Linien entlang, Hieroglyphen einer untergegangenen Epoche.

Untergegangen? Die Vergangenheit lebt doch, sie steht als Monument über dem Neckartal, zieht jährlich eine Million Besucher an, hält die Stadt am Leben. Was wäre Heidelberg ohne seine Steinmetze?

Nichts, über das sich zu schreiben lohnte.

Ob es noch ältere Gänge gibt als den, den ich gerade durchschreite? Noch weiter in der Tiefe liegende? Wenn eine Stadt viele Etagen in die Höhe wachsen kann, warum dann nicht auch in die entgegengesetzte Richtung? Die Geologie spricht dagegen, sicher, die Kombination aus hartem Felsgestein und Neckarschwemmland. Aber vorstellbar wäre es.

Ich gehe weiter. Eine Abzweigung. Es ist nur ein Nebengang, schmal und ganz anders gemauert. Trotzdem, ich will wissen, wohin er führt. Ich muss den Kopf einziehen, als ich ihn betrete. Nach wenigen Metern endet er an einer Eisentür. Sie ist verschlossen, die Klinke lässt sich kaum bewegen. Rost hat sich in giftigen Farben durch das Metall gefressen. Ich lausche, doch dahinter ist alles ruhig.

Unverrichteter Dinge kehre ich um.

*

Bevor Christine das Café in der Unteren Straße betrat, hatte ich den Aschenbecher auf meinem Tisch ungefähr 100 Mal von einer Seite zur anderen gerückt. Ich hatte ihn gedreht, auf die Seite gestellt, hin und her gerollt. Aus den Zuckerwürfeln hatte ich Hochhäuser gebaut und mit den Servietten Origami gespielt. Der Kaffee wurde kalt unterdessen, aber die Gedankenknoten in meinem Hirn entwirrten sich durch die Ablenkungsmanöver nicht.

Kopfweh hatte ich sowieso.

Als sie dann kam, setzte ich ein Lächeln auf, das mindestens so falsch war wie das auf ihrem Erinnerungsblatt für Schmider. Fehlte nur noch das rote Herzchen auf meiner Backe. Christine spürte die Verlogenheit meines Grinsens natürlich sofort, aber das spielte keine Rolle mehr. Schon die Einladung zu einem gemeinsamen Kaffee in ihrer Mittagspause musste sämtliche Alarmglocken in ihr ausgelöst haben.

»Das ist aber eine nette Überraschung, dass wir zwei uns mal …«, rief sie und gab mir einen Kuss. Es war eher ein Stempel als ein Kuss.

»Ich wollte eigentlich draußen sitzen«, sagte ich, »aber draußen zieht es, außerdem war nichts frei, wenn du lieber draußen sitzen willst, können wir natürlich warten, bis was frei ist, mir egal.«

Sie setzte sich. »Wirst du alt, Max?«

»Nee, wieso?«

»Weil es dir noch nie irgendwo gezogen hat. Ich fand es eher warm draußen, zu warm. Dass es zieht, habe ich nicht gemerkt.«

»Also wenn du nicht drinnen sitzen willst …«

»Doch, doch. Alles gut. Ist ja auch nichts frei draußen.«

Sie hängte ihre Handtasche über den Stuhl. Gleich darauf rückte die Bedienung an. Meine Ex bestellte einen Cappuccino und eine Gemüsetarte. Ein kurzer Blick auf meine Servietten-Zucker-Kunstwerke, ein längerer durch das halb gefüllte Café. Dann gab sie sich einen Ruck und wandte sich mir zu.

»Und? Was ist los, Max?«

Ich rührte in meinem Kaffee. »Wie war dein Tag?«

»Wie mein Tag war?«

Ich nickte.

»Du willst wissen, wie mein Tag war?«

Ich nickte.

Sie lachte. »Na, wie wohl? Super war er! Ich habe kopiert, eine Vorlage für den Gemeinderat Korrektur gelesen, Formulare ausgefüllt, von denen du nicht wissen willst, worum sie sich drehen, habe mich mit meinem Chef gestritten und die Pflanzen gegossen. Schwupp, neigte sich dieser spannende Vormittag im Leben der Christine M. schon wieder dem Ende zu. Zufrieden?«

Ich nickte.

»Moment, eines habe ich vergessen. Gewissermaßen die Krönung des Ganzen. Kurz bevor ich losging, habe ich nämlich«, sie kniff die Augen zusammen und sah mich scharf an, »noch einmal zehn Seiten kopiert. Wahnsinn, was?«

Cappuccino und Gemüsekuchen kamen. Ich sah ihr zu, wie sie der Bedienung ein Lächeln schenkte, an der Tasse schnupperte und ihre Gabel in die Tarte rammte. Alles dezent übertrieben. Alles eine Aufforderung an mich: Solange du nicht mit der Sprache rausrückst, du Idiot, ziehe ich hier meine Show ab. Gnadenlos.

Und ich? Dachte an Schmiders blutgetränkten Pyjama, an die vermummten Gestalten in Weiß, an das Herz auf dem Foto.

»War's nett gestern Abend?«, hörte ich sie sagen.

Ich lehnte mich zurück. »Wir haben sie«, antwortete ich, jedem Wort eine eigene Betonung gebend, »zu Grabe getragen. Die beste Kneipe der Welt. Die einzige, die diesen Namen verdiente.«

Christine schaute mich an. Auf so viel falsch-echtes Pathos konnte man eigentlich nur mit Zynismus reagieren. Aber das tat sie nicht. Dafür war sie viel zu verständnisvoll. »Naja«, meinte sie, »vielleicht gehen wir zwei dann mal wieder etwas öfter zusammen aus.«

Nach diesen Worten herrschte erst einmal Stille. Mir fiel auf, dass ich schon wieder den Ascher in der Hand hielt. Diesen blöden, sauhässlichen Aschenbecher aus billigem Plastik. Dabei durfte hier überhaupt nicht geraucht werden! Oder nur abends oder an ungeraden Tagen, es änderte sich ja dauernd. Ich musste an den Schrank in Schmiders Wohnung denken, an all die unseligen Aschenbecher, die er gesammelt hatte, anstatt was zu machen aus seinem kleinen Leben. Rauchglas, Kristall, Goldrand, handbemalt, mundgeblasen, wertvoll, Nippes, selten – was war das für eine Welt? Und was hatte Christine in dieser Hölle zu suchen? Ich bekam eine solche Wut auf den netten, ermordeten Spießer, dass ich den Aschenbecher am liebsten einmal quer durch das Café gepfeffert hätte. Stattdessen zog ich die Hand zurück, ballte sie unter dem Tisch zur Faust und sagte: »Schmider ist tot. Ermordet. Das wollte ich dir sagen.«

Jetzt herrschte erst recht Stille.

Natürlich hatte ich mir vorher ausgemalt, wie Christine reagieren würde. Es gab zig Möglichkeiten, von Tränen bis Sarkasmus, von laut bis leise. Aber keine, die sich aufdrängte. Ich wusste es einfach nicht. Ich wusste ja auch nicht, wie nahe sie ihm wirklich gestanden hatte. Ob sie mir mit diesem Typen tatsächlich bloß eins auswischen wollte, wie ich immer behauptet hatte. Oder ob mehr dahinter steckte. Ich war also völlig ahnungslos. Auf alles und nichts gefasst.

Und wie reagierte sie nun?

Fast könnte man sagen: normal. Geradezu klassisch. Sie erstarrte. In der einen Hand hielt sie die Gabel, die Augen waren auf mich gerichtet, auf meinen Mund, der die entscheidenden Sätze gesprochen hatte. Man konnte förmlich sehen, wie sich die Nachricht zu ihrem Gehirn durchkämpfte. Gegen alle Widerstände. Gegen das Nichtglaubenwollen.

»Was?«, flüsterte sie schließlich.

»Schmider ist ermordet worden. Dein Harald. Ich wusste nicht, dass ihr noch Kontakt hattet. Du hast mir auch verschwiegen, dass er Harald C. heißt. Keine Ahnung, wofür das C steht. Kommissar Fischer hat mich angerufen. Wegen des Fotos in seiner Wohnung. Dein Foto. Das Herz und so, du weißt schon. Rot. Er wird mit dir sprechen wollen. Fischer, meine ich. Wahrscheinlich heute noch.«

Ich weiß nicht, ob das die richtigen Sätze waren. Sie enthielten alle wichtigen Informationen. Komplett daneben lag ich damit also nicht. Vielleicht hätte ich mehr Emotion hineinlegen sollen, Empathie oder so einen Quatsch. Aber es ist nicht leicht, Empathie zu zeigen, wenn man eine Hand unter dem Tisch zur Faust ballt, dass die Fingernägel ins Fleisch schneiden.

Als mir das klar wurde, öffnete ich die Hand und griff zum Kaffee. Der längst kalt war. Zum Trinken kam ich allerdings nicht.

Denn jetzt tat Christine etwas, womit ich nicht gerechnet hatte und was man beim besten Willen nicht als normal bezeichnen kann. Sie legte die Gabel neben die angefangene Tarte, putzte sich mit ihrer Serviette den Mund ab und stand auf.

Dann ging sie.

Kommentarlos. Emotionslos. Keine Tränen, kein Sarkasmus, kein gar nichts. Als wäre ich Luft, schnappte sich meine Ex ihre Handtasche und stiefelte zur Tür. Selbst die Bedienung wurde mit Missachtung gestraft.

Ich meine, das muss man sich einmal vorstellen: Sie verkniff sich sogar das Zahlen!

»He«, sagte ich und erhob mich ebenfalls. »Was soll denn das jetzt?«

Aber da war sie schon draußen. Mit meiner blöden Frage machte ich nur die anderen Cafégäste auf uns aufmerksam. Auf mich und Christines leeren Stuhl, genauer gesagt. Der Cappuccino dampfte in der Tasse, das Gemüseteil lag angeknabbert auf dem Teller, und Max Koller stand wie der Depp des Jahrhunderts da. Gleich würden sie sich über uns die Mäuler zerreißen an den anderen Tischen.

Fast hätte ich doch noch Aschenbecherweitwurf gespielt.

KAPITEL 5

An diesem Nachmittag brach ich so ziemlich jeden Rekord meines bisherigen Radfahrerlebens. Ich düste einmal quer durch den Odenwald und zurück. Königstuhl, Katzenbuckel, ich schaffte sie alle. 28 Mountainbiker und ein VW-Bus wurden gedemütigt; ich glaube, sie merkten nicht einmal, dass sie überholt wurden, so schnell war ich. Fußvolk! Cafégäste! Sammelt lieber Aschenbecher, als die Natur mit eurer Gegenwart zu belästigen!

Nach vier Stunden Tempogebolze kehrte ich zurück. Geläutert? Vielleicht. Verschwitzt, das ja. Aber wie! Sollten Aggressionen in irgendeiner Form wasserlöslich sein, bestand berechtigte Hoffnung, dass sie jetzt komplett in meinem T-Shirt hingen und nicht mehr in mir drin.

Ich kam also nach Hause, schlurfte die Treppe hoch und schloss die Wohnungstür auf. Und schon nahm ich

Witterung auf. Sie waren da. Meine Feinde. Die Kommissare Greiner und Sorgwitz. Ihre schmierige Aura legte sich um mich wie ein Schweißfilm – fort damit, schwitzen tue ich schon selber! Es juckte unter den Achseln, brannte in den Augen vor polizeilicher Dienstbeflissenheit. In meiner Wohnung! Und da hörte ich den Rottweiler – Kommissar Greiner – auch schon flöten: »Das ist wirklich sehr nett, Frau Markwart, dass Sie uns gleich Rede und Antwort stehen.«

Was dabei herauskommt, wenn ein Rottweiler zu flöten versucht, kann man sich denken. Blechdose spielt Mozart! Gießkannenserenade! So ausgelaugt ich war, die beiden Straßenköter würde ich eigenhändig dorthin befördern. Auf die Straße nämlich. Ich warf die Tür hinter mir zu und stürmte ins Wohnzimmer.

»Auch einen Espresso, Schatz?«, sagte Christine.

»Was?«, machte ich.

Es war sechs Uhr abends oder so, ganz klar die falsche Zeit für einen Espresso. Meiner Meinung nach. Kommissar Greiner war offensichtlich anderer Meinung, er hielt nämlich ein zartes Tässchen in seinen Riesenfingern. Neben ihm auf dem Sofa saß Kommissar Sorgwitz und nuckelte an etwas Saftartigem. Kommissar Fischer war auch da. Er hatte in einem unserer Sessel Platz genommen, und ich sah mit Schrecken, dass das Grau der Polster mit dem Grau seines Anzugs übereinstimmte. Weil Christine mal wieder ihre geliebte indirekte Beleuchtung angeknipst hatte und nicht die 100-Watt-Kampfbirne über uns, verschmolz der graue Kommissar geradezu mit dem grauen Sessel. Eine schöne Symbiose war das.

»Ich wollte mir eben auch einen Espresso machen«, trällerte Christine gutgelaunt. »Magst du oder magst du nicht? Für Alkoholisches konnten sich die Herren partout nicht erwärmen.«

»Ja«, sagte ich. »Also nee. Ich trinke doch keinen Kaffee um diese Zeit!«

»Es ist Espresso«, korrigierte Greiner. »Übrigens ein ganz ausgezeichneter.« Wenn er die Lippen weiter so spitzte, bekam er einen Krampf in der Ringmuskulatur.

»Woher wissen Sie das?«, blaffte ich. »Sie haben doch noch gar nicht probiert!«

»Der Duft, Herr Koller. Das Odeur, wenn Sie verstehen, was ich meine.«

»Schon gut«, schnarrte Fischer, bevor ich Greiner die Fresse polieren konnte. »Wir würden uns gern allein mit Ihrer Frau unterhalten, Herr Koller. Sie sehen doch ein, dass das für alle Beteiligten das Beste ist.«

»Oh, ich habe kein Problem mit seiner Anwesenheit«, gab Sorgwitz voll Unschuld zu Protokoll. Er hob sogar die Hände! Neben ihm schüttelte Greiner freundlich den Kopf.

»Danke für Ihre Rücksichtnahme«, ergänzte Christine, »aber Max und ich haben keine Geheimnisse voreinander. Auch wenn ich nur seine Exfrau bin.«

»Das stimmt«, sagte ich mühsam beherrscht. Ich meine, die beiden Kojoten waren kaum zu ertragen, wenn sie nach dir schnappten – aber dieses Schwanzgewedel und falsche Gewinsel war noch 1000 Mal schlimmer. Wartet nur, das kann ich auch! »Ich wollte schon immer einem richtigen Verhör beiwohnen, von echten Polizisten geführt.«

»Es ist kein Verhör«, sagte Kommissar Fischer müde, doch da saß ich schon auf dem Sofa, genau zwischen Greiner und Sorgwitz. Rechts der Espresso, links der Saft und mittendrin das salzige Destillat eines ausgelaugten Ermittlerkörpers.

»Boah«, meinte Kommissar Greiner und rückte ein Stück von mir weg, »wollen Sie nicht doch lieber zuerst duschen?«

»Nö«, sagte ich.

»Chef, der stinkt«, beklagte sich Kommissar Sorgwitz.

»Jo«, sagte ich.

Dann ging es los. Christine hatte ihren Espresso, Kommissar Fischer führte das Wort. Wir anderen drei gaben das Publikum: Testseher und Claqueure.

»Der Grund, warum wir hier sind«, kam es aus dem grauen Sessel, »ist die Tatsache, dass wir in der Wohnung des Mordopfers ein Foto von Ihnen gefunden haben, Frau Markwart.«

Christine nickte lächelnd.

»Ein Foto, das auf vertrauten Umgang miteinander schließen lässt. Deshalb meine Frage: Wie standen Sie zu Herrn Schmider?«

»Wollen Sie nicht doch lieber rausgehen?«, flüsterte Sorgwitz mir zu. Ich drückte mich nur noch tiefer ins Sofa.

»Wie ich zu Harald stand?«, sagte Christine fröhlich. »Oh, das ist schnell erklärt. Wir hatten eine kleine Affäre, er und ich.« Und, als hätte irgendjemand Verständnisschwierigkeiten signalisiert, setzte sie hinzu: »Harald und ich.«

Kommissar Greiner nickte anerkennend. Kommissar Sorgwitz pfiff leise durch die Zähne. Dabei schielten sie zu mir herüber, dass es ihnen schier die Augäpfel aus der Fassung haute.

»Harald C. und du«, sagte ich.

»Genau, Harald C. und ich.«

Im Sessel wurde eine Hand sichtbar, mit der sich der Kommissar im Nacken kratzte. »Können Sie etwas ausführlicher beschreiben, wie dieses Verhältnis beschaffen war? Wann es begann, wie lange es bestand, welche …«

»Aber gern.« Christine nippte an ihrem Espresso. »Ich habe Herrn Schmider vor etwa einem Jahr kennengelernt. Auf der Straße, ganz zufällig. Ich hatte ein Problem mit meinem Fahrrad, und er konnte mir helfen.«

»Mit dem Fahrrad?«

»Mir ist die Kette runtergefallen.«

Ich unterdrückte ein Lachen. Sorgwitz auch. Das war natürlich ärgerlich: dass ich die gleiche alberne Reaktion zeigte wie der blonde Kampfhund. Einziger Trost: Ihm war es noch unangenehmer.

»Er half mir«, fuhr Christine fort, »und weil er sich dabei die Kleider schmutzig machte, ließ ich mir seine Adresse geben, um mich am nächsten Tag mit Pralinen zu bedanken. Klischeehaft, aber es war so.«

»Er trug karierte Anzüge«, warf ich ein. »Immer! Schmider war sozusagen das Karierte schlechthin. Und auf Karos kommt Kettenöl einfach nicht gut.«

»Ein wichtiger Hinweis«, nickte Greiner. »Danke, Herr Koller.«

Sorgwitz wollte auch seinen Senf dazugeben, aber Christine schnitt ihm das Wort ab.

»Und dann«, rief sie, »bin ich mit ihm ins Bett.«

Zack. Jetzt hielt Kommissar Sorgwitz natürlich das Schnäuzchen. Kommissar Greiner auch. Kommissar Fischer ebenfalls.

Und ich? Schweigen? Niemals!

Ich hob beide Arme, schnupperte rechts, schnupperte links und sagte: »Oh, oh! Kann es sein, dass ich doch transpiriere? Kann das sein, meine Herren? Warum beschweren Sie sich nicht?«

»Natürlich nicht sofort.« Christine warf mir ein zuckersüßes Lächeln zu, und es dauerte einen Moment, bis ich kapierte, wovon sie sprach. »Erst trafen wir uns zu einem Kaffee, Herr Schmider und ich, dann gingen wir mal zusammen ins Theater oder was essen, und irgendwann … ja, irgendwann ist es dann halt passiert. Wie es so passiert unter erwachsenen Menschen. Nicht wahr, Herr Greiner, Herr Sorgwitz?«

»Absolut«, bestätigte der Rottweiler.

»Wenn Sie es sagen«, nickte der Kampfhund.

»Wann war das?«, schnarrte ihr Chef.

»Vor einem Jahr, wie gesagt. Ein paar Wochen, nachdem wir uns kennengelernt hatten. Und es blieb bei diesem einen Mal. Schmider war an einer längeren Beziehung interessiert, ich nicht. Das sagte ich ihm auch.« Wieder nippte sie an ihrem Espresso. Die indirekte Beleuchtung verlieh ihren Gesichtszügen etwas Magisches. »Finito.«

»Wie reagierte Schmider?«, fragte Fischer. »Verärgert? Wütend?«

»Kurzzeitig ungehalten. Höchstens. Zu mehr war er nicht fähig. Zumindest nicht im Umgang mit mir. Seitdem war es eine reine Freundschaft, ohne Erwartungen und Verpflichtungen. Wir haben uns vielleicht einmal im Monat gesehen.«

»Telefoniert?«

»Öfter.«

»Und wann trafen Sie sich das letzte Mal?«

»Gestern vor zwei Wochen. Wir hatten uns um halb acht in einer Pizzeria in der Brückenstraße zum Essen verabredet. Kurz vor elf war ich wieder zu Hause.«

»Das wissen Sie noch so genau?«

»Aber lieber Kommissar Fischer«, Christine klimperte mit den Lidern, »es war doch klar, dass Sie mir diese Frage stellen würden. Ich habe in meinem Kalender nachgeschaut.«

Fischer schwieg.

»Toll, meine Ex, nicht wahr?«, sagte ich und stieß Kommissar Greiner in die Rippen. »Wenn Sie nur immer solche Verdächtigen hätten!«

»Wozu bräuchte man dann überhaupt noch Ermittler?«, entgegnete der Rottweiler.

»Und das Herz, Chef?«, fragte Sorgwitz.

»Welches Herz?«

»Das auf dem Foto. Danach müsste man Frau Markwart schon noch fragen.«

»Fragen Sie.«

Sorgwitz setzte sich aufrecht hin. »Auf das Foto, das Schmider von Ihnen besaß, ist ein rotes Herz gemalt. Wie erklären Sie sich das?«

»Ich wiederhole mich ungern, lieber Kommissar Sorgwitz, aber dass Herr Schmider an einer intensiveren Beziehung interessiert war, habe ich bereits erwähnt.«

»Nur dass daraus nichts wurde.«

»Vermutlich hat er das Herz vor einem Jahr gemalt.«

»Bestimmt«, sagte ich. »Bestimmt hat er das. Nehmen Sie mir's nicht übel, Herr Sorgwitz, aber für dieses Thema sind Sie dann doch nicht sensibel genug. Da fehlt es an Fingerspitzengefühl, an Seelenkenntnis.« Jetzt bekam der Blonde einen Rippenstoß.

»Dann helfen Sie mir, Herr Koller. Was verrät so ein Herzchen über die Menschen? Haben Sie auch derartige Fotos Ihrer Exfrau? So mit Herz und Kussmund und Schatzi und Ewig dein? Wahrscheinlich jede Menge.«

»Hunderte«, lächelte ich.

»Wusste gar nicht, dass Privatermittler so zartbesaitet sind.«

»Frau Markwart!«, dröhnte Fischer aus seinem Sessel. »Wer könnte Harald Schmider umgebracht haben? Haben Sie einen Verdacht?«

»Nein.«

»Ist das alles? Ein einfaches Nein? Hatte er Feinde, aus dem beruflichen Umfeld zum Beispiel? Gab es Streit, gab es andere Frauen, vielleicht verheiratete?« Und weil Christine auf all diese Fragen mit einem Schulterzucken reagierte: »Hat er sich nie über jemanden beschwert oder erwähnt, dass er Angst hatte?«

»Nein, nie. Kann sein, dass er auf dem Amt wegen irgendwelcher Baugeschichten mit jemandem zusammengerasselt ist, aber darüber haben wir uns nie unterhalten. Und was seine privaten Beziehungen anging, so schienen mir die alle harmonisch. Harald war ohnehin einer der harmoniesüchtigsten Menschen, die ich kenne.«

»Abgesehen von mir«, murmelte ich.

»Das wollte ich auch gerade sagen«, meinte Greiner.

»Und dieser harmoniesüchtige Mensch liegt nun ermordet in seiner Wohnung«, schnaubte Fischer. »Keine Sorge, Sie müssen mir das nicht erklären, Frau Markwart, das ist unsere Aufgabe. Ich stelle nur fest.«

Christine lächelte. »Um es auf den Punkt zu bringen: Es gab keinen Grund, Herrn Schmider zu hassen, überhaupt keinen. Wer mit dem blanken Messer auf so einen Menschen losgeht, ist in meinen Augen nicht zurechnungsfähig, sondern ein Psychopath.«

Nach diesen Worten herrschte Stille. Vielleicht waren sie beeindruckt von Christines Aussage, die drei Polizisten. Oder sie suchten noch nach der passenden Replik. Oder es ging ihnen so wie mir, der ich fieberhaft in meinem Gedächtnis kramte, wann ich meiner Ex erzählt hatte, dass Schmider erstochen worden war. Erstochen! Mit einem Messer. Verdammt noch mal, genau das hatte ich nie erwähnt! Woher wusste sie es dann? Christine!

»Alles klar, Herr Koller?«, fragte Kommissar Greiner von der Seite. »Üben Sie gerade für den Weltrekord im Apnoetauchen?«

Pfeifend atmete ich aus. »Luftanhalten ist gut gegen Verstopfung. Sollten Sie auch mal tun.«

Greiner lachte spöttisch.

»Eine andere Frage, Frau Markwart.« Das war wieder Fischer. »Wussten Sie, dass Schmider verheiratet war?«

»Nein.«

Nein. Es war nur ein kurzes Zögern gewesen, das zwischen Frage und Antwort gelegen hatte, aber ein vielsagendes. Plötzlich setzte Christines Lidschlag aus, ihr Blick wurde starr, auch in ihren Mundwinkeln, die sich doch dauernd zu einem Lächeln verzogen, tat sich nichts.

Sie hatte es tatsächlich nicht gewusst.

Und sie ärgerte sich darüber. Sie ärgerte sich schwarz!

»Sogar zwei Mal«, fuhr der Kommissar fort. »Von seiner zweiten Frau hat er sich nie scheiden lassen. Die Dame lebt in Kanada, wir hatten bislang noch keinen Kontakt zu ihr.«

»Nun, da kann ich Ihnen leider nicht helfen.« Jetzt lächelte Christine wieder. An ihrer Hand aber traten die Fingerknöchel weiß hervor. »Noch jemand was zu trinken von den Herren?«

Die Herren lehnten ab.

KAPITEL 6

In dieser Nacht schliefen wir schon wieder in getrennten Betten, meine Ex und ich. Bloß andersrum: ich oben, sie in meinem Büro. Letzteres war eine Premiere. Meine Kinnlade klappte herunter, als sie sich Decke und Kissen schnappte und das Schlafzimmer verließ. Gleich danach hörte ich die Wohnungstür ins Schloss fallen.

Ich meine, großartig miteinander geredet hatten wir seit dem Abzug der Kommissare nicht. Ich hatte sämtliche Fenster unserer Wohnung aufgerissen, hatte in den Abend gestarrt, das Fernsehprogramm durchgeblättert und mich irgendwann geduscht. In der Küche schmierte sich Christine ein Brot. Als ich aus der Dusche kam, fragte ich sie, ob die Spülmaschine schon gelaufen sei, und sie sagte, nein, die Spülmaschine sei noch nicht gelaufen. Kann sein, dass ich ihr später vorschlug, einen Film mit mir anzuschauen; aber wenn, antwortete sie darauf nicht.

Keine üppige Konversation also. Trotzdem. Das mit dem Auszug fand ich übertrieben. Sonst hatte sie für mein Asyl unten im Hof nur Spott übrig. Eine ehemalige Voliere, die als Büro diente; ein Feldbett vom Sperrmüll; eine Flasche Whisky als eiserne Reserve. Was wollte sie dort? Hatte sie Angst, mit mir über Schmider reden zu müssen? Oder war es gerade das Gegenteil, das nicht darüber Reden? Was mich anging, ich hatte überhaupt keine Lust, das Thema anzuschneiden. Kam ja nichts dabei raus. Höchstens Unerfreuliches. Feuchtwarme Bekenntnisse, wie der Händedruck des Toten.

Ich trank nichts an diesem Abend. Also nur ein Bier.

Der Film war übrigens bescheuert. Aber weniger bescheuert als der Traum, der folgte. Ich träumte, Kommissar Fischer habe Christine gebeten, den Leichnam zu identifizieren, schließlich sei sie so was wie die nächste Angehörige, und bis Gattin Numero zwo aus Kanada herübergejettet sei, könne man nicht warten. Christine in der Pathologie, grünes Tuch über totem Schmider, Tuch wird gelüpft, Christine greift sich an den Hals, da löst sich Schmiders Kopf vom Rumpf, klatscht auf den Boden, rollt zur Tür hinaus.

Bei der Rasur am nächsten Morgen war ich ganz vorsichtig.

Zum Frühstück erschien Christine unausgeschlafen. Mit zerwühltem Gesicht, sozusagen. Eine Weile saßen wir vor unseren Kaffeebechern, warteten, schwiegen. Ich machte eine Bemerkung über das Feldbett, die sie mit einem Achselzucken quittierte. Dann gähnte sie.

»Willst du, dass ich ermittle?«, fragte ich irgendwann.

Überrascht sah sie auf. »Ermitteln? Warum?«

»Nur so. Vielleicht …«

»Was?«

»Naja, vielleicht interessiert dich ja, wer Schmider umgebracht hat.«

»Ach so.« Sie pustete Kaffeedampf von ihrem Becher. »Ich dachte schon, Hauptzweck einer solchen Ermittlung wäre, meine Unschuld zu beweisen.«

»Quatsch. Wie kommst du darauf?«

»Immerhin hat mich die Polizei verhört.«

»Na und? Die mussten kommen, reine Routine. Es war auch kein Verhör, sondern bloß eine Befragung. Die haben dein Foto in Schmiders Wohnung entdeckt, ab da lief alles automatisch.«

»Ich weiß nicht.«

»Du glaubst doch nicht im Ernst, dass Fischer und seine beiden Kläffer einen ernsthaften Verdacht gegen dich hegen? Greiner und Sorgwitz fressen dir aus der Hand, merkst du das nicht?«

»Doch«, sagte sie mit einem Anflug von Lächeln. »Ihr habt wirklich hübsch ausgesehen, so zu dritt auf dem Sofa.«

Ich rollte mit den Augen.

»Aber was deinen Kommissar Fischer angeht«, fuhr sie fort, »da wäre ich mir nicht sicher.«

»Fischer? Der ist in dich verknallt, Christine! Wäre er nur zehn Jahre jünger, würde er dir glatt den Hof machen. Mit Blumen und auf den Knien.«

»Na und? Er würde mich trotzdem ins Kreuzverhör nehmen, wenn begründeter Verdacht bestünde. Blumen hin oder her.«

»Immerhin hat er mich gleich zum Tatort gerufen, als ihm klar wurde, dass es zwischen dir und Schmider eine Verbindung gibt.« Ich überlegte, dann verbesserte ich mich: »Gab.«

»Das war in Ordnung. Aber es heißt noch lange nicht, dass er mich für unschuldig hält. Das darf er gar nicht. Er muss mich behandeln wie jeden anderen Verdächtigen auch.«

»Du bist nicht verdächtig.«

»Ich hatte Besuch von drei Polizisten, die mir Löcher in den Bauch gefragt haben. Sowie von einem Exmann, der sich mal wieder zum Kasper gemacht hat.« Sie stand auf und stellte ihren Becher in die Spüle. Dann drehte sie sich um, verschränkte die Arme vor der Brust und sah mich an. »Was ist, Max? Warum fragst du nicht, was du wissen willst?«

»Was denn?«

»Wie es war mit Harald. Wie ich auf so einen Langweiler reinfallen konnte. Warum ich immer noch Kontakt zu ihm hatte. Ob ich irgendwo ein Foto von ihm versteckt habe, vielleicht mit Herzchen drauf.«

»Das interessiert mich nicht.«

»Du könntest behaupten, es sei Teil deiner Ermittlung.«

»Mann, Christine, es interessiert mich wirklich nicht.«

»Schade.« Abrupt wandte sie mir den Rücken zu.

Eine Weile herrschte Schweigen. Dann fragte Christine, ohne sich umzudrehen: »Und du? Bist du kein Verdächtiger für die Kommissare? Plötzlicher Flash von Eifersucht – denkbar wäre es doch, oder?«

»Glücklicherweise war ich an dem Abend zu betrunken, um auch nur ein«, ich zögerte, »ein Messer zu halten.«

»Deshalb hast du unten im Büro geschlafen?«

»Klar.«

»Vor ein paar Tagen habe ich mit Harald telefoniert.« Christine machte eine Pause. Noch immer sah ich nur ihre Rückenpartie.

»Und?«

»Er sagte, er fühle sich verfolgt.«

»Verfolgt? Von wem? Warum hast du das Kommissar Fischer nicht erzählt?«

Jetzt drehte sie sich um. »Von dir.«

»Wie, von mir?«

»Er meinte, er fühlte sich von dir verfolgt.«

»Was?«

»Ja, er hatte den Eindruck, du würdest ihm nachspionieren.«

»So was Bescheuertes! Ich werde doch nicht ... Christine, traust du mir das zu?«

»Sicher war er sich nicht. Aber er hat dich mal an seinem Haus vorbeifahren gesehen.«

»Quatsch! Ich meine, kann schon sein, dass ich mal dort war. Aber nicht wegen ihm.«

»Ehrlich?«

Das war mir zu blöd. Ich zeigte ihr einen ehrlichen Vogel. Sie zuckte die Achseln und ging. Wie gestern. Ohne Abschiedswort. Wenigstens hatte sie diesmal ihren Kaffee ausgetrunken. Aber sonst? Ich wollte ihr doch nur helfen! Diese Frau konnte verdammt stur sein. Und was hatten wir davon? Jetzt verdächtigten wir uns gegenseitig. Sie mich, dass ich ihrem doofen Harald hinterherspioniert hätte. Ich sie, dass sie … dass sie … Ach, keine Ahnung, was ich dachte. Jedenfalls nicht, dass sie Schmider umgebracht hätte. Doch nicht meine Christine! Absurd.

Trotzdem war da was. Etwas, das sie mir und den Kommissaren verschwieg. Als sie von Schmiders Exfrauen erfuhr, verlor sie kurz die Fassung. Ganz kurz nur. Es nagte an ihr. Vielleicht ging die Sache ja doch tiefer, als sie behauptete. Oder als sie sich selbst eingestand. Kaum Kontakt, freundschaftliches Verhältnis – so einfach war das nicht, wenn die Flamme einmal gelodert hatte.

Ich weiß Bescheid, Leute. Hab mal Psychologie studiert.

Und dann die Sache mit der Tatwaffe. Woher wusste Christine, dass der Mörder ein Messer benutzt hatte? Von mir jedenfalls nicht. Ich hatte es nicht erwähnt. Wollte verhindern, dass sie sich unappetitliche Details ausmalte. Also: woher?

Zerstreut räumte ich den Frühstückstisch ab. Christine hatte fast nichts gegessen. Ich übrigens auch nicht. Schmeckte alles mau. Draußen schien die Sonne, laut Wetterbericht waren wir auf dem Weg zum nächsten Jahrhundertsommer. Die Brötchen zurück in den Brotkasten, der restliche Kaffee in die Spüle. Nachdenken. Ermitteln oder nicht ermitteln? Und wenn ja: in Christines Auftrag? In meinem eigenen? Gerade stand nichts Dringendes an. Aber wie sollte ich loslegen? Ich konnte sie ja schlecht mit Fragen zu Schmider löchern.

Andererseits: Däumchen drehen und warten, bis Fischer & Co. in die Pötte kamen, ging noch weniger.

Als der letzte Teller verstaut war, schnappte ich mir das Telefon und rief Marc Covet an. Er war noch am Frühstücken, in die Redaktion ging er erst später.

»Polizist möchte ich jetzt nicht sein«, sagte er kauend. »Möchte man ja nie, aber heute drei Mal nicht. In zwei Wochen kommt der US-Präsident zu Besuch. Was meinst du, wie da die Stimmung bei den Verantwortlichen ist?«

»Mit dem Obama-Besuch hat doch dieser Mord nichts zu tun.«

»Es geht um die Sicherheitslage. Das allgemeine Empfinden. Wenn der Fall nicht innerhalb einer Woche aufgeklärt ist, kriegen eine ganze Menge Leute kalte Füße. Vom Oberbürgermeister bis zum Innenminister.«

»Dann hör dich doch mal um, ob jemand von deinen Kollegen mir etwas über Schmider erzählen kann. Am besten Privates.«

»Privates?«

»Ich ermittle nicht offiziell. Bin mir unsicher, wie weit ich mich in der Sache aus dem Fenster lehnen soll. Wenn es einen Konflikt gab, der mit Schmiders beruflicher Stellung zu tun hat, einen Streit um eine Baugenehmigung zum Beispiel, dann findet das die Polizei schneller heraus als ich. Davon lasse ich lieber die Finger. Aber vielleicht steckt etwas Persönliches hinter dem Mord. Eine Frau, die Verwandtschaft, Nachbarn, so was. Jetzt klar?«

»Wir sind doch kein Klatschblatt, Max! Wofür hältst du uns eigentlich? Dass wir in die Schlafzimmer städtischer Angestellter schauen?«

»Ich habe nicht von den Neckar-Nachrichten gesprochen. Höchstens von eurem Netzwerk. Vielleicht kennt ein Kollege von dir jemanden aus Schmiders Bekanntenkreis. Seine Kegelfreunde zum Beispiel. Seine Tanzpartnerin, was weiß ich.«

»Klingt unappetitlich«, knurrte er.

»Mord ist unappetitlich«, entgegnete ich. »Du hättest ihn sehen sollen, mit dem Spalt in seinem Hals.«

»Schon gut. Ich kümmere mich.«

KAPITEL 7

»Was?«, brüllte Fatty, dass es im Handy schepperte. »Die verdächtigen Christine? Deine Christine? Sind die auf Droge, oder was?«

»Nö. Auf Beamtenstatus.«

»Die hat es doch aus der Kurve getragen! Absurd ist das. Wenn jemand außerhalb jeden Verdachts steht, dann Christine. Oder?«

»Absolut.«

»Schließlich lebt sie schon seit Jahren mit dir zusammen.«

»Was soll denn das heißen?«

»Weiß ich nicht.«

»Du meinst: Wer mich erträgt, ohne irgendwann Amok zu laufen, steht außerhalb jeder Gewaltanwendung? Per se und a priori?«

»Kann sein. Vielleicht auch nicht. Jedenfalls ist das hirnrissig.« Ich hörte ihn rufen: »Eva! Komm mal her. Die denken, Christine hätte einen umgebracht.«

Auch seine Freundin erging sich in pflichtschuldiger Fassungslosigkeit. Unmöglich! Wem fällt Derartiges ein? Doch nicht Christine!

»Können wir etwas tun, Max?« Das war wieder Fatty. »Druck machen, Leserbriefe schreiben? Meine Chefin kennt ein paar Gemeinderäte, wenn die beim Polizeipräsidenten vorstellig werden …«

»Lass mal. Das Ganze wird sich in Luft auflösen, und zwar bald. Kommissar Fischer zieht seine Routinenummer durch, dem bleibt gar nichts anderes übrig. Leider kann ich Christine kein Alibi geben, weil ich am Sonntagabend … aber das weißt du ja.«

»Ausgerechnet Christine.« Ich sah seine besorgte Miene regelrecht vor mir. Aus dem Hintergrund bestellte Eva schöne Grüße an meine Ex und sie solle sich bloß nicht unterkriegen lassen. Frauensolidarität!

»Und wieso verdächtigen die nicht dich?«, wollte Fatty wissen.

»Mich? Wie kommst du darauf?«

»Na, weil du … Sie hatte doch was mit dem Typen, oder?«

»Ja und? Ist das ein Grund, ihn umzubringen?«

»Für Außenstehende schon.«

»So gut kennt Kommissar Fischer mich dann doch, dass er sich da keine Gedanken zu machen braucht. Menschen wie dieser Schmider sind mir so was von egal, das kannst du mir glauben.«

»Ich meine ja nur«, murmelte Fatty.

»Aber wirklich so was von total egal.«

Wieder machte sich Eva im Hintergrund bemerkbar. »Sie fragt«, verkündete Fatty, »ob ihr trotzdem morgen zum Essen kommt. Wir hatten doch …«

Stille. Warum sprach er nicht weiter? Was hatten wir? Moment, ich erinnerte mich.

»Also nur, wenn es passt, meine ich.« Seine Stimme klang plötzlich belegt.

»Stimmt, wir wollten ja einen drauf machen.« Vor einer Woche hatten uns die beiden zum Essen eingeladen, und im ›Englischen Jäger‹ hatte mich Fatty noch einmal darauf angesprochen. Oder wann auch immer.

»Wir … wir würden uns freuen.«

»Nun mal keine Verrenkungen, Dicker! Bis morgen Abend ist der ganze Mist wegen Schmider vorbei und vergessen. Und falls nicht, spülen wir ihn uns aus den Hirnwindungen. Von so was lassen wir uns doch nicht die Laune verderben!«

»Nee. Klar. Dann bis morgen.«

Erstaunt starrte ich auf mein Handy. Am Ende hatte Fatty nur noch gepiepst. Was war denn hier los? Machte er sich derart Sorgen um Christine? Mehr als ich vielleicht?

»Immer mit der Ruhe«, brummte ich und legte das Telefon beiseite.

Der Rest des Tages bestand in Warten. In Warten und Unschlüssigsein. Sollte ich nun ermitteln oder nicht? Es war schließlich mein Beruf. Aber so empfindlich, wie Christine auf meinen Vorschlag reagiert hatte, hielt ich mich lieber zurück. Vielleicht rief Kommissar Fischer gleich an, um mir zu sagen, dass meine Ex raus aus dem Spiel war. Weil sie den wahren Täter erwischt hatten. Eine der Ehefrauen war's, wer sonst. Eifersucht, Altersirrsinn, Schulden. Immer das gleiche.

Fischer rief tatsächlich an, allerdings erst am späten Nachmittag.

»Ich möchte Frau Markwart sprechen. Ist sie zu Hause?«

»Gerade reingekommen. Haben Sie den Täter?«

»Geben Sie sie mir einfach.«

»Herr Fischer! Sie hat nichts mit dem Mord zu tun. Verstehen Sie? Überhaupt nichts.«

»Bitte, Herr Koller.«

Christine zog sich zum Telefonieren in die Küche zurück. Als sie fertig war, kam sie ins Wohnzimmer zurück, stellte sich ans Fenster und wartete auf meine Fragen. Ich schwieg. Eisern.

»Es ging bloß um Kleinigkeiten«, sagte sie schließlich. »Wie oft ich bei ihm zu Hause war, wann das letzte Mal. Was er sich von unserer Beziehung versprochen hat. Solche Sachen.«

Ich schwieg weiter.

»Und dann hat er mich noch gefragt, ob ich prinzipiell für einen DNA-Abgleich zur Verfügung stehen würde.«

»Einen DNA-Abgleich?«, platzte es aus mir heraus. »Echt?«

Sie nickte. »Ich glaube, die wollen mich mürbe machen.«

»Ach was! Keine Sorge.« Jetzt war nichts mehr mit Schweigen. Im Gegenteil, ich redete mir den Mund fusselig, um sie auf andere Gedanken zu bringen. Mürbe? So ein Quatsch! Leider spürte Christine genau, wann ich etwas ehrlich meinte und wann nicht. Sie winkte ab und wechselte das Thema.

Kurz danach meldete sich Covet. Er habe jemanden aufgetan, verkündete er. Eine junge Dame, die Schmider einmal zur Hand gegangen sei. Immerhin!

»Zur Hand gegangen?«, fragte ich. »Wie darf ich das verstehen?«

»Anders. Sie hat bei ihm geputzt.«

»Ach so.«

»Ja. Die Frau eines Kollegen kennt sie von früher. Ob die dir weiterhelfen kann, weiß ich nicht, aber versuch's.«

»Mach ich. Name, Telefon?«

Covet diktierte. Ohne dass Christine etwas davon mitbekam, verabredete ich mich mit der Frau für den nächsten Vormittag im ›Arsenal‹, einem Café in der Innenstadt. Mit dem Gefühl, nicht ganz untätig gewesen zu sein, beschloss ich diesen Tag vor dem Fernseher.

Christine kehrte ins gemeinsame Schlafzimmer zurück.

Als Simona Lersch das ›Arsenal‹ betrat, musste ich erst einmal durchatmen. Sie war Anfang 20 und in fraulicher Hinsicht mehr als zufriedenstellend ausgestattet. Busen groß, Hüfte breit, Lippen voll. Schminke, wo Schminke hinpasste. In dieser Kombination wirkte das fast ein wenig übergriffig. Egal! Hauptsache, Simona war guter Laune und freute sich, einem Detektiv Rede und Antwort stehen zu dürfen.

»Ich wünsch Ihnen so, dass Sie das Schwein kriegen«, sagte sie. »Ehrlich! Ihr Gesicht sieht man doch lieber in der Zeitung als das von irgendwelchen Polizisten.«

»Danke, aber ich ermittle gar nicht.«

»Schade! Und warum wollen Sie mich dann sprechen?«

»Nur um gewisse Dinge ausschließen zu können. Dass nicht die Falschen verdächtigt werden. Sobald das klar ist, ziehe ich mich wieder zurück und züchte Rosen.«

»Sie züchten Rosen?« Du meine Güte, wie sie da schaute!

»War bloß ein Beispiel. Für totalen Rückzug. Was trinken Sie?«

Sie bestellte einen koffeinfreien Kaffee mit laktosefreier Milch. Wäre sie eine geschlechtsneutrale Elfe gewesen, hätte ich das verstanden, aber ich muss ja nicht verstehen, was in den jungen Leuten vorgeht. Das Verhalten meiner Generation war kompliziert genug.

»Also«, begann ich, »Sie haben für Herrn Schmider«, es folgte eine wedelnde Bewegung der rechten Hand, »geputzt?« Eigentlich eine denkbar einfache Frage. Und doch hatte ich für die Dauer der Handbewegung nach einem anderen Verb gesucht, irgendwas mit Facility Management. Aber dieses Verb gab es vermutlich nicht.

»Genau«, trällerte Simona. »Ein halbes Jahr lang, ein Mal die Woche. Wegen meinem Studium, das ich finanzieren wollte, deshalb. Aber ich lass das jetzt lieber. Hab mich nämlich verliebt.«

»Ach so?«

»Ja, da nervt das Gerenne zur Uni doch nur. Sieht der Tschacko genauso. Und wenn man schwanger ist, soll man sich ja auch nicht mehr so bücken, nicht wahr?«

»Sie sind schwanger?«

Sie kicherte so sehr, dass sie Schluckauf bekam. »Nein! Ich doch nicht. Sehe ich so aus?«

»Nein, nein.«

»Gell? Aber man weiß ja nie. Jetzt, wo ich mit dem Tschacko zusammen bin …« Sie tauchte ihre Prachtlippen ins Laktosefreie.

»Okay.« Ich räusperte mich. Konzentration, Max! »Sie haben bei Schmider geputzt, um sich das Studium zu finanzieren; als Sie jedoch einen Mann kennenlernten – Tschacko –, haben Sie Ihre Studienpläne aufgegeben. Und das Putzen gleich mit.«

»Stimmt voll.«

»Dann erzählen Sie mal. Was war der Herr Schmider für ein Mensch?«

»Total nett. Echt. Und sauber. Die Wohnung immer aufgeräumt. Manchmal wusste ich gar nicht, wo ich noch putzen soll. Dann hat er mir die Stellen gezeigt. Korrekt war der, absolut. Und natürlich ein bisschen pervers.«

»Pervers?«

Sie nickte. Dann nahm sie den Minikeks, der auf dem Unterteller ihres Pseudokaffees lag, und riss die Verpackung auf. Nicht ohne zuvor die Liste sämtlicher Inhaltsstoffe kontrolliert zu haben. Am liebsten hätte ich ihr das Ding aus der Hand gerissen, damit sie mir endlich von Schmiders Perversitäten berichtete. Mach hin, Simona!

»Na klar, pervers«, sagte sie und steckte das Kekschen in den Mund. »Der hat Aschenbecher gesammelt, einen ganzen Schrank voll. Ist das pervers oder nicht?«

Alles in mir schrie: Ja, ist es! – aber dass sie mich so in die Irre geführt hatte mit ihrer Ankündigung, wollte ich nicht hinnehmen. »Andere sammeln Plüschtiere, Kondome, Todesanzeigen, was weiß ich. Finden Sie Aschenbecher so schlimm?«

»Nicht schlimm. Aber pervers. Macht doch kein normaler Mensch.« Sie lächelte. »Das hab ich ihm auch gesagt.«

»Und er?«

»Hat gelacht und gemeint, ich hätte recht. Jeder hätte so seine kleinen Laster.«

»Mag ja sein. Trotzdem, können Sie sich vorstellen, dass man einen Menschen umbringt, weil er Aschenbecher sammelt?«

Sie machte große Augen. »Kapiere ich nicht.«

»Ich suche nach einem Grund, warum jemand Harald C. Schmider ermordet hat. Deshalb die Frage, was er für ein Mensch war. Eine perverse Veranlagung könnte zum Beispiel ein Grund sein. Aber da denke ich eher an Leute, die auf kleine Kinder stehen oder Gewaltspielchen treiben, nicht an Freunde der Aschenbecherkultur.«

»Kinder? Nee, so einer war der Herr Schmider nicht. Dafür leg ich meine Hand ins Feuer. Supernett war der und hat immer bar bezahlt.« Sie klimperte mit ihren langen Wimpern. »Nur als ich das erste Mal in seinen Schrank geschaut habe, dachte ich, Mann, der Typ ist wirklich …«

»Pervers.«

»Genau.«

»Ich glaube, wir können uns darauf einigen, dass es ein eher ungewöhnliches Hobby ist, das mit den Aschenbechern. Was anderes. Der Schmider lebte ja in Trennung. Haben Sie eine seiner Exfrauen einmal kennengelernt?«

Sie schüttelte den Kopf. »Nie. Von denen hat er auch nichts erzählt. Wie viele waren das denn? Drei? Mehr?«

»Zwei.«

»Und warum haben die den verlassen? Wo der doch so ordentlich war, der Schmider.«

»Aber auch pervers.«

»Stimmt. Vielleicht deshalb.«

»Gab es sonst Frauen in seinem Leben?«

»Ja!«, rief sie und stieß vor Aufregung fast ihr Getränk um. »Da gab es eine. Die hab ich sogar mal gesehen! Ich sag Ihnen, der hab ich von Anfang an nicht über den Weg getraut. Die müssen Sie verhören, unbedingt.«

»Können Sie die Frau beschreiben?«

»Klar. Also jung war die nicht mehr. Eher alt. Über 30 bestimmt. Und Probleme, das sah man der an. So Lebensprobleme, Depressionen oder Burnout, die wog ja fast nix. Keine Ahnung, was der Schmider an der fand.«

»Kennen Sie ihren Namen?«

»Ich glaub nicht, dass die sich damals vorgestellt hat. Und wenn, hätte sie mir wahrscheinlich einen falschen Namen genannt.«

»Wieso das?«

»Weil die nicht echt war. Echt, die war falsch. Falscher Blick und so, nach dem Motto: Ist mir jetzt gar nicht recht, dass mich die Putze hier bei meinem Lover sieht.« Simona rollte mit den Augen. Ihr Busen bebte. »Verstehen Sie?«

Ich atmete tief durch. Dann legte ich ein Foto von Christine auf den Tisch. »Meinen Sie diese Frau hier?«

»Klar ist sie das. Aber voll! Haben Sie die schon verhaftet?«

»Nein. Ich sowieso nicht. Davon abgesehen …«

»Sehen Sie sich ihre Augen an. Die ist falsch, die Frau, ich sag's Ihnen.«

»Danke für den Hinweis. An der bin ich dran.« Ich steckte das Foto wieder ein. »Und sonst? Noch mehr Weiblichkeit in Schmiders Leben? Freundinnen, Exfreundinnen, gute Bekannte?«

Sie überlegte. Dann schüttelte sie den Kopf. Auch ein Schluck Milchkaffee ohne brachte keine weiteren Erkenntnisse.

»Okay«, seufzte ich. »Wie sieht es mit Schmiders beruflichem Umfeld aus? Können Sie mir da weiterhelfen? Gab es Feinde, Streit, irgendwelche Probleme?«

Gab es natürlich nicht. Der korrekte Herr Schmider! Schon gut, ich hatte verstanden. Jegliche Lust auf Fortführung des Gesprächs war mir vergangen. Zum Teufel mit der üppigen Simona und ihren komischen Ansichten! Christine war überhaupt nicht dürr, bloß weniger ausladend als Schmiders Exputze. Covet würde ich was husten. Nicht mal eine brauchbare Informantin konnte der mir besorgen.

»Ich wünsche Ihnen viel Erfolg«, lächelte Simona zum Abschluss und streckte mir ihre Hand hin. »Die Tussi war's, da bin ich mir sicher.«

KAPITEL 8

Fattys Einladung zum Abendessen war so ziemlich der einzige Lichtblick in diesen Tagen. Wenn Christine im letzten Moment gekniffen hätte, wegen Migräne zum Beispiel, hätte ich nichts dagegen gehabt. Doch sie kniff nicht. Nebeneinander gingen wir die wenigen Meter bis zu Fattys und Evas Wohnung.

»Kannst du dich erinnern, wann uns die beiden zum letzten Mal offiziell eingeladen haben?«, fragte sie mich.

»Wie, offiziell?«

»Na, so eine Woche im Voraus, mit festem Termin und Essen. Ist doch sonst nicht ihre Art.«

»Wir werden alle älter.«

»Als gäbe es einen Anlass, sich zu treffen.«

»Man braucht doch keinen Anlass, um zu trinken.«

Sie hob die Schultern. Nein, einen Anlass zum Trinken brauchte man sicher nicht. Man konnte dieses Abendessen aber auch als Anlass nehmen, zu einer Art Normalität zurückzukehren. Wenigstens für ein paar Stunden. Der Mord, die Bullen und ihre Verdächtigungen hatten vor der Tür zu bleiben. Einfach nur essen, trinken und die alten Zeiten beschwören.

Ob es funktionierte?

Fatty jedenfalls wirkte alles andere als normal. Eher das Gegenteil, extrem verspannt nämlich. Bei der Begrüßung rang er sich ein verkrampftes Lächeln ab und verfehlte fast Christines Backe beim Küsschengeben. Meinem Blick wich er aus. Was war denn in den gefahren? Hätte Eva nicht so gute Laune versprüht, wäre ich am liebsten wieder gegangen. Zur Not nach Hause, denn der ›Englische Jäger‹ existierte ja nicht mehr.

»Ihr habt doch nichts gegen Knoblauch?«, fragte Eva. »Ich habe Massen von Knoblauch ins Essen getan.«

»Ach, du warst der Koch?«, sagte ich. »Nicht Fatty?«

»Sei froh«, knurrte er, aber das war eine überflüssige Bemerkung, denn dass der Dicke in jeder Art von Küche fremdelte, wussten wir nur zu gut. Andererseits: Dann wiederum hätte seine Verkrampfung Sinn gemacht. Wie auch immer, es roch verheißungsvoll, das Bier, das er auf den Tisch stellte, war schön gekühlt, der Wein ebenfalls, und so prosteten wir uns zu und begannen zu lästern. Über die bevorstehende Obama-Visite zum Beispiel. Reine Show, das Ganze. Die blöden Absperrungen überall! Und was das kostete! Überhaupt, warum eigentlich Heidelberg? Nur, weil die Schwester des Präsidenten vor Jahr und Tag ein Semester hier verbracht hatte?

»Die haben extra ein privates Sicherheitsunternehmen angeheuert, das den Ablauf überwacht«, wusste Eva.

»Albern«, sagte ich. »Warum ziehen sie das nicht in Berlin durch? Da gehört es zur Folklore.«

Es waren keine tiefschürfenden Kommentare, man konnte sie mit einem gewissen Recht sogar spießig nennen, aber wir brauchten einfach einen Gegner, an dem wir uns abarbeiten konnten, um selbst als Gemeinschaft zusammenzuwachsen. Innere Stärkung durch äußeren Feind, das übliche Spiel. Wandten die Amerikaner schon immer an. Warum also nicht auch wir?

»Lecker, euer Wein«, seufzte Christine. »Damit kann man sich glatt das Leben schöntrinken.«

Ich hätte sie gern bei dem Vorhaben unterstützt, doch da war zunächst der Anruf. Die Nummer auf dem Display sagte mir nichts. Nach kurzem Zögern stand ich vom Tisch auf und nahm das Gespräch an.

»Sie?« Auf halbem Weg zur Tür blieb ich stehen.

Hätte ich doch den Mund gehalten! Jetzt schaute natürlich alles auf mich. Besonders Christine.

»Und worum geht es?« Ich wartete. Am Tisch war es ganz still. Dann sagte ich: »Wenn's sein muss«, und legte auf. Mit grimmiger Miene nahm ich wieder Platz. Ausschalten das Handy, diesen Nervtöter!

»Wer war das?«, fragte Christine alarmiert. »Die Polizei?«

Ich zuckte mit den Achseln.

»Ja und? Was wollte Fischer?«

»Es war nicht Fischer«, sagte ich. »Sondern Greiner. Frag mich nicht, warum der mir jetzt hinterhertelefoniert. Ich soll morgen früh zu ihnen kommen. Es gibt noch ein paar Fragen.«

»Welche denn?«

»Das erfahre ich morgen.«

Schweigend griff sie zur Weinflasche.

»Blöd, so was«, murmelte Fatty.

»Dass die jetzt noch im Dienst sind«, meinte Eva. »Nach acht Uhr, immerhin.«

»Tja«, sagte ich.

Kurz herrschte Stille, dann hob Christine energisch ihr Weinglas. »Mir doch egal«, rief sie. »Mir egal, was die denken. Was alle Welt denkt. Die können mich mal. Prost!«

Erleichtert stießen Eva und Fatty mit ihr an. Ich kam ein paar Millisekunden zu spät und war somit der Letzte von uns, der sich zum klingenden Bund gesellte, aber das reichte, dass Christine mir einen verzagten Seitenblick zuwarf. Herrgott, es hat nichts mit dir zu tun! Ich hatte bloß gerade die Hand nicht an der Flasche!

»Mach mal die Kerzen an, Friedhelm«, meinte Eva. »Ich hole jetzt das Essen.«

»Manchmal fragt man sich wirklich, was in die gefahren ist«, sagte Fatty, während er mit dem Feuerzeug hantierte. Prompt stahl sich dieses komische Grinsen wieder auf sein Gesicht. »Dich zu verdächtigen, nur weil du mit dem Opfer befreundet warst.«

»Ich hatte was mit ihm«, korrigierte Christine, »das ist ein Unterschied.«

»Naja. Kurz, oder?«

»Kurz. Und kaum noch Kontakt. Aber erzähl das mal diesen Leuten.«

Eva kam mit den Vorspeisen. Ein bisschen italienisch, ein bisschen spanisch, und ein paar ausgefallene südamerikanische Leckereien waren auch dabei. Manchmal beneidete ich Eva um ihre Vergangenheit als Diplomatentochter. Chile war eine ihrer Stationen gewesen – der Stationen ihres Vaters natürlich.

»Mehr Wein«, sagte Christine.

»Gibt es hinterher noch was?«, erkundigte ich mich. »Nur damit ich weiß, ob ich einen auf zivilisiert machen kann oder nicht.«

»Keine Sorge«, lachte Eva, »du wirst satt.« Sie begann zu verteilen.

»Hat Greiner wirklich nicht durchblicken lassen, was sie von dir wollen?«, fragte Christine.

Ich schüttelte den Kopf.

»Nicht mal angedeutet?«

»Du hast doch gehört, dass wir keine drei Sätze miteinander gewechselt haben! Mit solchen Typen quatsche ich nicht mehr, als ich muss: Wann? – Wohin? – Tschüss. Hat mir eh schon gereicht.«

»Ich frag mich halt ... Sie wissen doch längst, dass du mir kein Alibi geben kannst. Was wollen sie also noch?«

Achselzuckend nahm ich einen Schluck Bier. Was Greiner und Co. von mir wollten? Das hätte ich ihr sagen können. Sie wollten jedes Detail über Christines Verhältnis mit Schmider erfahren. Wann, wie lange, wie intensiv, wie oft, seit wann nicht mehr und so weiter. Ob ich diese Details liefern konnte oder nicht, war zweitrangig. Hauptsache, ich musste Einzelheiten aus meinem Privatleben bekanntgeben. Hauptsache, ich war in der Defensive. So was machte denen Spaß. Vielleicht sogar Kommissar Fischer.

Aber das sagte ich Christine nicht.

»Ich verstehe auch nicht, was das soll«, sprang Eva ihr bei. »Wenn du diesen Schmider seit Wochen nicht gesehen hast, bist du aus dem Schneider. Da können sie fragen, so viel sie wollen.«

»Seit zwei Wochen«, korrigierte Christine. »Es ist also quasi erst ein paar Tage her. In einer Pizzeria, in der man so dicht saß, dass jeder die verliebten Blicke sehen konnte, die er mir zuwarf.«

Dieser Satz ergab ein doppeltes Echo. Zwei Lacher kurz hintereinander; der eine von mir, der andere von Fatty.

»Männer!«, sagte Eva verächtlich, und es war nicht zu entscheiden, wem von uns dreien – Schmider, Fatty oder mir – ihre Bemerkung galt. Vermutlich allen zusammen.

»Die Polizei muss nur mit der Bedienung sprechen«, fuhr Christine fort. »Dann wird sie von einem hundeäugigen, süßholzraspelnden, irgendwann nur noch winselnden Kerl erfahren, dem seine Begleiterin die kalte Schulter gezeigt hat. Die eiskalte Schulter. Wahrscheinlich hatte das halbe Lokal Mitleid mit ihm.«

»Wie nervig!«

»Und sollte die Bedienung gute Ohren haben, wird sie der Polizei von dem Heiratsantrag berichten, den er mir stellte.«

»Nein!«, rief Eva.

Ich prustete los. »Jetzt übertreibst du aber. Der hat dir doch keinen Heiratsantrag gemacht! In einer Pizzeria, überleg mal!«

»Wieso nicht?«

»Genau«, lachte Eva. »Wieso nicht? Wo hast du damals Christine einen Antrag gestellt?«

»Im Suff, wo sonst?«

Fatty quiekte kläglich.

»Außerdem«, sagte ich, »habe nicht ich, sondern sie. Die da.« Ich zeigte auf Christine. »Und ich hab bloß genickt oder ins Glas geguckt, was alle als Nicken interpretiert haben. So war das.«

»Jedenfalls spricht nichts gegen eine Pizzeria«, meinte Eva.

Christine seufzte. »Bloß gegen Schmider sprach vieles, wenn nicht alles. Ich weiß nicht, was in ihn gefahren ist. Vermutlich machte er sich Hoffnungen, weil ich nach einem Jahr immer noch mit ihm ausging.«

»Ich glaube, jetzt ist Zeit für den Fisch«, murmelte Fatty und stand auf. Irgendwie gefiel mir sein Gesichtsausdruck nicht.

»Hey, warum diese Hektik?« Eva hielt ihn am Rockzipfel fest. »Wir sind noch gar nicht mit den Vorspeisen fertig.«

»Muss sein.« Er riss sich los.

»Bringst du eine neue Flasche Wein mit?«, rief ihm Christine hinterher.

Nachdenklich setzte ich mein Bier an.

Der Fisch war lecker, außerdem spektakulär, weil unter einer Salzkruste versteckt. Was Fatty hereintrug, war ein längliches weißgraues Etwas, das er mit einer fragwürdigen Kombination aus verschiedenen Messern und einem Fleischklopfer aufzusprengen begann. Dabei stellte er sich derart ungeschickt an, dass wir irgendwann in Deckung gingen. Drei Mal rutschte er ab. Beim vierten Mal stieß er gegen einen der Kerzenständer, die Kerze fiel auf eine

Serviette, wo sie von Christine mit einem Schluck aus ihrem Weinglas gelöscht wurde. Wütend hieb Fatty auf den Salzmantel ein.

»Du machst den Fisch kaputt!«, protestierte Eva.

»Dann übernimm du halt!«

Schweigend entwand ich dem Dicken das Werkzeug und klopfte die Kruste fachmännisch auf. Man musste die richtige Mischung aus Chirurg und Bergmann finden, dann war es kein Problem. Noch bevor Christine ihr Glas wieder gefüllt hatte, kam die silbern glänzende Haut eines Fischs zum Vorschein.

»Lachs?«, tippte ich. Eva nickte.

Fatty knurrte nur.

Und warum knurrte er? Ein kompletter Lachs für vier Personen, da gab es nichts zu meckern. Es war kein großer Lachs, einverstanden, trotzdem blieb einiges übrig. Wir lobten die Köchin für ihre Mühe, für die Idee und die Umsetzung, wir lobten auch ihren Assistenten, der die notwendigen Vorarbeiten an der Salzmauer in wirklich beispielhafter Weise geleistet hatte, was Fatty mit einem weiteren Knurren bedachte, aber das tat er vielleicht bloß, weil Christines Lob mittlerweile stark übertrieben klang und aus nicht mehr ganz nüchternem Herzen kam.

Als sie kurz darauf noch einmal mit Schmider und seinem bizarren Auftritt in der Pizzeria anfing, schnitt er ihr das Wort ab und sagte, auf dieses Thema habe er keine Lust. Christine machte große Augen, nahm es ihm aber nicht übel. Eva kicherte. Dann hob sie ihr Glas und prostete mir zu.

Ich verstand die Welt nicht mehr. Was war denn das für ein komischer Abend? Eine quasselnde Christine, ein verkrampfter Fatty und eine kichernde Eva. Dazu Kerzen und ein ganzer Lachs. Inszeniert wie eine ZDF-Vorabendserie.

Und es ging so weiter. Als wir vor der Fischmasse endgültig kapituliert hatten, lehnte sich meine Ex zurück, atmete tief durch und sagte: »Boah.« Noch mal Luftholen. Noch mal »Boah.« Und dann: »Jetzt hätte ich ja Bock auf eine Zigarette.«

Dazu muss man wissen, dass Christine dem Rauchen schon vor Jahren abgeschworen hat. Ich konnte mich nicht erinnern, wann sie das letzte Mal … Aber okay, ich war ja auch nicht dabei, wenn sie andere Männer in engen Pizzerien traf.

»Ich würde eine mitrauchen«, sagte Eva. »Irgendwo muss noch eine Schachtel rumliegen.«

Zwei Minuten später standen die beiden auf dem Balkon, pafften und führten Frauengespräche. Zeit für ein Männergespräch!

»Fatty!«, zischte ich und lehnte mich über den Tisch, dass mein Kumpel zurückwich. »Was ist denn mit dir los? Reiß dich zusammen, verdammt noch mal!«

»Wie? Was?«

»Es braucht dir nicht peinlich zu sein, dass Christine was mit diesem Langweiler hatte. Sie ist meine Ex, verstehst du, wir sind getrennt, wir beide. Jeder von uns darf tun und lassen, was er möchte. Ich bin nicht eifersüchtig auf Schmider, genauso wenig wie ich auf den Rest ihrer Verflossenen eifersüchtig war. Also mach dich locker!«

»Aber …«, stotterte er, »das weiß ich doch.«

»Und warum benimmst du dich dann wie ein Volltrottel? Warum fährst du Slalom um das Thema Schmider? Hör auf damit! Ich kriege Ausschlag, wenn jemand meint, er müsse Rücksicht auf mich nehmen. Vor allem, wenn du dieser Jemand bist.«

Er starrte mich an. »Das … das siehst du falsch. Darum geht es nicht.«

»Und worum dann? Seit wir hier sitzen, machst du dir schier in die Hose, ich hab's genau gesehen.«

Er schwieg. Ganz blass war er geworden, mein dicker Kumpel. Starrte mich an, bis sein Blick zu flackern begann. Dann legte er die Hände in den Schoß und glotzte auf seinen Teller.

Kopfschüttelnd suchte ich Trost bei meiner Bierflasche. So ziemlich das Einzige in diesem Raum, das noch Normalität verströmte.

Als die Damen von ihrer Raucherpause zurückkehrten, saßen wir unverändert da. Fatty in stiller Kontemplation vor seinem Teller, ich in Gesellschaft meines Fläschchens. Aber kaum hatte Eva neben ihm Platz genommen, hob Fatty den Kopf. Er riss ihn förmlich in die Höhe.

»Wir sagen es ihnen«, kündigte er an. »Jetzt.«

»Meinst du?«

»Ja.«

»Nach dir, bitte.« Und als er fuchtelnd abwehrte, sagte sie: »Wir haben beschlossen zu heiraten, Friedhelm und ich. Im Herbst. Wo, wissen wir noch nicht.«

»Nein!«, schrie Christine begeistert.

Ich ließ die Kinnlade fallen.

»Doch«, sagte Eva.

Ihr Zukünftiger heftete erneut seinen Blick auf mich. Aber nicht wie vorhin, nicht mehr großäugig-verblüfft, sondern furchtsam, fast panisch. Alles an ihm war eng geworden, der Hals, der Blick, der Mund. Seine Ohren lagen an, er schien eine Sekundendiät gemacht zu haben.

»Ihr wollt heiraten?«, röchelte ich. »Ehrlich wahr?«

Fatty schluckte.

»Na, das ist doch toll!«, rief Christine, eilte um den Tisch herum, um erst Eva und dann Fatty in ihre Arme zu schließen. »Herzlichen Glückwunsch und alles Gute, und hört bitte nicht auf das, was Max jetzt sagt.«

»Er sagt doch gar nichts«, amüsierte sich Eva. Fatty stierte schon wieder in meine Richtung.

Ich spielte am Etikett meiner Flasche herum. Heiraten wollten die? Waren die jetzt völlig von allen guten Geistern verlassen? Die wussten doch, wie das endete. Mussten nur mich anschauen. Totale Katastrophe. Hatte nix auf die Reihe gekriegt, schaffte es nicht mal mehr, eifersüchtig zu sein. Wäre ich auch nur ein halbwegs brauchbarer Gatte gewesen, hätte sich Christine nie ihre Haralds anlachen müssen, wäre sie nie unter Verdacht geraten, müsste sie jetzt nicht saufen. Heiraten? Um Gottes willen.

Und dann fiel mir ein, dass es noch ein paar andere Menschen auf dieser Welt gab. Andere als Max Koller. Schräg gegenüber zum Beispiel diese aus dem Leim gegangene Diplomatentochter, die sich mit schlecht bezahlten Sprachkursen und Reiseleitungen über Wasser hielt und doch ihre gute Laune nie verlor. Die verdammt gut kochen konnte und meinen dicken Kumpel Fatty liebte. Eva. Keine Schönheit, weiß Gott nicht. Ein rundliches Gemüt, und das ist kein Schreibfehler. Neben ihr der Mann, der Friedhelm Sawatzki hieß nach seinen schlesischen Vorfahren, aber nur Fatty genannt wurde. Ein Kindergartenheld. Held der Kinder. Der einen wie mich ertrug mit meiner pampigen, ungehobelten Art, ja sogar wenn ich übers Heiraten herzog, was ich nur tat, weil ich selbst so gnadenlos versagt hatte. Was musste es Fatty für eine Überwindung gekostet haben, mich einzuladen, um mir seine Pläne zu verkünden! Deshalb seine Unsicherheit, seine Verkrampfung. Wegen mir hatte er die Kerze umgeschmissen und beinahe seinen Lachs ruiniert.

Was war ich doch für ein scheiß Typ.

»Ja«, sagte ich, die Hand noch immer am Etikett der Bierflasche. »Ich find das gut. Super finde ich das, wirklich. Wenn es die Richtigen für eine Heirat gibt, dann seid ihr zwei das. Meinen Segen habt ihr.«

Nach diesen Worten herrschte Stille. Jetzt hatte also auch ich zu diesem denkwürdig verrückten Abend beigetragen. Mit Sätzen, die niemand von mir erwartet hatte. Ich am allerwenigsten. Fatty wechselte seine Gesichtsfarbe im Sekundentakt, Evas Lippen formten ein staunendes O. Selbst der Lachs schien aus seinem Salzbett zu mir herüber zu schielen.

Und Christine? Eine Hand an der Rückenlehne von Evas Stuhl, warf sie mir einen fassungslosen Blick zu. »Hast du das wirklich gesagt, was ich da gerade gehört habe? Hast du wirklich?«

Ich machte eine verzweifelte Geste irgendwo zwischen Achselzucken, Nicken und Kopfschütteln. Wobei das Kopfschütteln kein Nein signalisierte, sondern so etwas wie: He … war doch nichts dabei. Nehmt das bloß nicht zu ernst.

Aber genau das taten sie.

Und jetzt wurde es sentimental. Christine kam auf mich zugestürzt, um mich einmal von Kopf bis Fuß oder wenigstens von Stirn bis Kinn abzuknutschen, Eva hinterher, stammelnd, also das hätte sie jetzt nicht erwartet und sie sei wahnsinnig gerührt, aber hallo, und dann machten sie den Weg frei für Fatty, der herbeiwankte wie ein

Boxer nach einem 12-Runden-Fight. Auf seinem Gesicht ein faszinierender Mix von Glück, Stolz, Erleichterung, Scham, Befreiung und Dankbarkeit. Überall glänzte es. Schweiß? Doch keine Tränen? Kondensierende Gefühle? Im nächsten Moment wurde ich gedrückt, dass mir die Luft wegblieb. 220 Pfund Lebendgewicht hingen an mir, dazu der ganze Buckel an Sorgen, den sich Fatty wegen meiner Reaktion gemacht hatte.

Er sprach nicht, aber seine Hand klopfte meine Schulterblätter zu Krümeln.

Was dann noch alles kam, nachdem er mich freigegeben hatte, kann und will ich nicht aufzählen. Die Umarmungen gingen weiter, vor allem die zwischen dem zukünftigen Brautpaar und die zwischen Christine und mir, Eva holte einen Sekt, Fatty wischte sich den Schweiß von der Stirn, der Korken flog gegen die Decke, Christine juchzte, als wir anstießen, Fatty schüttelte den Kopf, und zwischendrin kriegten sich die Mädels gar nicht mehr ein, dass ich, ausgerechnet ich, diese netten Sätze gesprochen hatte.

»Wahnsinn«, sagte Christine.

»Supercool«, meinte Eva.

»Wenn's halt stimmt«, brummte ich. »Macht deshalb nicht so'n Geschiss.«

Christine sagte, so viel könne man gar nicht trinken, um zu begreifen, was ihr Exmann – sie betonte »Ex« ganz übertrieben – da von sich gegeben hatte, was wir als Anlass nahmen, unsere jeweiligen Gläser (oder Flaschen) zu leeren und nachzufüllen (oder zu ersetzen), aber dann, aus heiterem Himmel, wurde sie ernst und sagte etwas völlig anderes.

Sie sagte: »Wobei ich, also ich persönlich, vom Heiraten nur abraten kann. Eigentlich ist Heiraten scheiße.«

Fatty und Eva wechselten erstaunte Blicke. Schon wieder so eine unerwartete Wendung!

»Schließ nicht von mir auf andere«, meinte ich.

»Schmider«, entgegnete sie und wandte mir den Kopf zu. Erst jetzt bemerkte ich, wie betrunken sie war. »Harald C. Schmider. Dieser verdammte Lügner. Macht mir einen Heiratsantrag, dabei ist er noch verheiratet! Doppelt sogar. Kein Wort über diese Damen, nichts! Von wem erfahre ich es? Von der Polizei.«

»Irgendwie hast du Pech mit den Männern«, sagte ich.

»Nein, Pech mit dem Heiraten! Wenn ich dich damals nicht so gedrängt hätte, wären wir jetzt noch verheiratet. Ich meine, wären wir jetzt noch zusammen. Unverheiratet.«

»Ihr seid doch zusammen«, mischte sich Fatty ein.

»Nö«, kam es von mir und Christine wie aus einem Mund.

»Ihr seid das zusammenste getrennte Paar, das mir je untergekommen ist«, grinste Eva.

»Was ist denn das für ein Deutsch?«

»Was ist denn das für ein Getrenntsein?«

»Heiraten ist für die Katz!«, plärrte Christine. »Gibt's hier eigentlich noch Wein?«

»Nur für Verheiratete!«, rief Fatty und schenkte ihr ein.

»Will auch«, meldete sich Eva.

»Dann musst du mir versprechen …«

»Hab ich doch schon.«

Fatty grinste selig.

Lange nach Mitternacht brachen wir auf. Es war ein Abend, der sämtliche Gewissheiten in ihr Gegenteil verkehrt hatte. Christine torpedierte die Ehe, ich beglückwünschte das Paar. Christine war sturzbetrunken, ich der Nüchternste von allen. Die Welt stand Kopf. Unten war oben. Vielleicht verdächtigten sie deshalb meine Ex und nicht mich.

Vor der Tür, unter dem Baldachin der 1000 Sterne, nahm Christine mein Gesicht in beide Hände und flüsterte: »Ich hab mir vorgestellt, dass du das vorhin über uns beide gesagt hättest, Max.«

Ich brauchte nicht zu fragen, was sie meinte. Ihr Atem schlug mir ins Gesicht. Ich nahm sie in den Arm und schwieg. Dann gingen wir nach Hause.

KAPITEL 9

Während ich mein Rad vor der Wache abschloss, überlegte ich, wann ich das letzte Mal hier gewesen war. Im Heidelberger Polizeirevier Mitte, wie es offiziell heißt. Einige Jährchen waren seither vergangen. Hier hatte ich Kommissar Fischer kennengelernt, hatte mich zum ersten Mal mit Greiner und Sorgwitz duelliert, hatte die Behördensitzmöbel hassen gelernt. Seither war das Gebäude gealtert – rascher, als die Polizei erlaubt. Von der Außenwand blätterte die Farbe, über den Rollladenkästen lag ein Grauschimmer, im Wasserbecken rechts neben dem Eingang lauerten die Algen. Beim Eintreten fiel mein Blick auf eine Glasscheibe. War der Mann, der sich dort spiegelte, auch gealtert?

Lieber nicht so genau hingucken.

In Kommissar Fischers Büro empfing mich Kommissar Fischer. Das klingt nach dem überflüssigsten Satz der Welt, war es aber nicht. Die wenigen Male, die ich an seinem Arbeitsplatz aufgetaucht war, hatte er mir nie die Tür geöffnet. Entweder knurrte jemand »Herein«, oder einer seiner Prachtjungs spielte den Zerberus. Diesmal stand der Alte selbst Gewehr bei Fuß; es schien, als habe er nur darauf gewartet, mir die Tür aufhalten zu dürfen.

»Kommen Sie rein«, sagte er ohne Begrüßung. »Bevor Sie sich setzen: Ich habe den Fall abgegeben. Ab jetzt sind meine Mitarbeiter zuständig.« Greiner und Sorgwitz saßen wie die Ölgötzen hinter ihren Schreibtischen und machten einen auf Pokerface.

»Abgegeben?« Das war ja mal eine schöne Eröffnung. »Ist Ihnen nicht gut? Ich meine, gesundheitlich und so. Muss ich mir Sorgen machen?«

»Gute Frage«, grummelte er. »Gute Frage.« Dann verzog er sich in die hinterste Ecke des Zimmers, gleich beim Fenster, und kritzelte in einer Akte herum, als sei das die einzige Möglichkeit, die Welt vor dem Untergang zu bewahren.

Ich blieb erst einmal stehen.

»Herr Fischer hat sich wegen Befangenheit von den Ermittlungen entbinden lassen«, sagte Greiner, und man merkte, dass er eine halbe Stunde geübt hatte, bis er diesen Satz auswendig konnte.

»Befangenheit? Och nee.«

»Och doch«, fletschte Sorgwitz seine prächtigen Zähne. »Setzen Sie sich bitte, Herr Koller.«

Die Schreibtische der beiden standen im rechten Winkel zueinander. Davor hatten sie einen Stuhl platziert, und zwar exakt mittig und mit etwas Abstand zu den Tischen, so dass sie mich gleichzeitig von verschiedenen Seiten aus mit ihren Blicken bombardieren konnten. Ich dagegen musste den Kopf immer etwas drehen, um ihnen ins Gesicht zu schauen. Wenn ich mich dem einen zuwandte, brannten mir die Augen des anderen ein Loch in die Schläfe. Und umgekehrt. Sie dagegen saßen bewegungslos da in ihrer beamteten Steifheit, zwei in Stein gemeißelte Karikaturen ihrer selbst.

»Meinen Kaffee bitte schwarz«, sagte ich. »Keine Milch, keinen Zucker.« Ich drehte mich zu Kommissar Fischer um. »Sind Sie jetzt dafür zuständig? Oder fällt Kaffeebringen auch unter das Stigma der Befangenheit?« Ist doch wahr! Sich befangen zu erklären, nur weil man den Exmann einer Verdächtigen kannte – wo kamen wir denn da hin? Greiner und Sorgwitz hätten mehr Grund zum Rückzug gehabt, so wie sie immer zu Schoßhündchen mutierten, wenn Christine den Raum betrat.

Fischer reagierte nicht.

»Herr Koller«, sagte der Rottweiler und legte die Fingerspitzen zusammen, »wir haben Sie hergebeten, damit Sie uns weitere Auskünfte im Zusammenhang mit dem gewaltsamen Tod des Harald C. Schmider erteilen, und wir würden uns …«

»Über das Verhältnis zwischen Schmider und meiner Exfrau kann ich Ihnen nicht mehr sagen, als ich es bereits getan habe. Ich wusste ja nicht einmal, dass die beiden noch Kontakt hatten.«

»Vielleicht warten Sie erst einmal unsere Fragen ab.«

»Die können Sie meiner Exfrau stellen.«

»Es geht nicht um Ihre Frau«, giftete Sorgwitz von der Seite.

Ich wandte den Kopf. »Sondern?«

»Um Sie.«

»Um mich?« Ich hätte gelacht, aber es war zu früh am Tag.

»Ja.«

»Na toll. Sie glauben, ich hätte Christine geholfen, Schmider umzulegen? Schmiere gestanden oder so?«

»Wir glauben gar nichts«, übernahm wieder Greiner. »Wir möchten lediglich Ihre Angaben überprüfen. Sie sagten, Sie hätten keinerlei Kontakt zu dem Opfer gehabt.«

»Richtig.«

»Bis auf ein Treffen – wann?«

»Vor einem Jahr«, seufzte ich. »Letzten Sommer. Eine Kneipe in der Altstadt. Zufälliges Zusammentreffen, gegenseitiges Vorstellen, Händeschütteln, zehn Minuten Small Talk. Vorhang.«

»Und seither?«

»Kein Treffen, kein Anruf, kein Gespräch, nichts. Ich habe ein paar Mal mit Christine über Schmider gesprochen – ach was, ein oder zwei Mal, mehr nicht. Sie führt ihr Leben, ich meines, und mit wem sie ausgeht oder welche Handtaschen sie sich kauft, geht mir am Arsch vorbei. Sie wissen, wie man Arsch schreibt, fürs Protokoll und so?«

Kommissar Fischer legte die Akte beiseite, ging zum Fenster, öffnete es und schaute hinaus.

»Also kein Kontakt mit dem Opfer seither?« Greiners Miene war undurchdringlich.

»Hallo? Rede ich Chinesisch, oder was? Kein Kontakt, nichts, nada, null!«

Der Rottweiler schwieg. Ganz kurz zuckten seine Pupillen zur Seite, dorthin, wo sein Chef stand und den

Unbeteiligten spielte. Dann lehnte er sich zurück, holte Luft und sagte: »Sie lügen.«

Bitte? War der auf Droge? Versuchten die gerade, ein Computerspiel in der Realität nachzustellen? Ich machte es genau wie er, lehnte mich in meinem Stuhl zurück, streckte die Beine aus und sagte: »Wo bleibt eigentlich mein Kaffee?«

Kommissar Sorgwitz strich versonnen über sein markiges Kinn. Die weißblonden Haare standen stramm wie immer, aber er schwieg. Irgendwie ließen die sich heute nicht aus der Reserve locken, die beiden Wadenbeißer. Nahmen sich zusammen.

»Wir wissen, dass Sie Kontakt mit Schmider hatten«, sagte Greiner. »Erzählen Sie uns, seit wann, wie oft, in welcher Form.«

»Wenn ich mir jetzt gegen die Stirn tippe, kommt das auch ins Protokoll?«

»Sie waren in seiner Wohnung.«

»Blödsinn! Ich meine, ja, war ich, und zwar genau ein einziges Mal. Am Morgen nach dem Mord, zusammen mit Ihnen und Ihrem Chef.«

Greiner schüttelte den Kopf. »Wir haben DNA-Spuren von Ihnen am Tatort gefunden.«

»Von mir?« Kaum gesagt, ärgerte ich mich über meine Reaktion. Warum ging ich überhaupt auf das ein, was der Typ da von sich gab? Der war doch nicht ernst zu nehmen! »He«, sagte ich und schlug die Beine übereinander, »was soll das? Üben Sie für den Polizeifasching? Verhörkabarett, oder was? Ich hab meine Zeit doch nicht gestohlen!«

»Wir haben DNA-Spuren von Ihnen am Tatort gefunden.«

»Herr Fischer, Ihr Praktikant ist eine Schallplatte, und die Schallplatte hängt.«

»Haare, Hautschuppen, Speichel. Und Fingerabdrücke.« Greiner hielt ein paar Papiere in die Höhe. »Soll ich es Ihnen vorlesen?«

Ich stand auf. »Das ist mir zu blöd. Ich gehe jetzt. Suchen Sie sich einen anderen Dummen.«

Während ich die ersten Schritte Richtung Tür machte, wartete ich darauf, dass sich Kommissar Sorgwitz von hinten auf mich stürzen und mir die Fangzähne in den Nacken schlagen würde. Nichts dergleichen geschah. Stattdessen hörte ich Kommissar Fischers Stimme.

»Bleiben Sie, Koller! Was meinen Sie, warum ich mich für befangen erklärt habe?«

Ich erstarrte. Von wegen Fangzähne! Da zeigten zwei schlichte Sätze aus dem Mund meines Lieblingskommissars deutlich mehr Wirkung. Also doch kein Fasching? Greiner meinte es ernst? Und deshalb gab Fischer diesen Fall ab? Wegen … wegen mir?

Langsam drehte ich mich um. »Da liegt ein Irrtum vor, Herr Fischer. Und das wissen Sie.«

Schweigend zeigte er auf den Stuhl. Den Scheißstuhl, den ich am liebsten kleingehackt hätte. Dann ging er zu seiner Scheißakte zurück.

»Bitte, Herr Koller«, sagte Kommissar Greiner, »bleiben Sie hier. Wir müssen Sie befragen.«

Und wie er das sagte … verdammt, plötzlich wurde mir ganz flau. Bitte, Herr Koller … Der Rottweiler machte keinen auf Behördenstreber, weil er Spaß daran hatte – sondern weil ihm die Situation unangenehm war. Da stand Bedauern in seinem Blick, vielleicht die ganze Zeit schon, und ich hatte es nicht gemerkt. Okay, nicht viel, man konnte es leicht übersehen, und natürlich hielten mich Greiner und Sorgwitz für den unverschämtesten, unnützesten Privatermittler dieses Planeten. Mich mit einem Mord zu konfrontieren, war ihnen trotzdem nicht recht.

Ich bekam Gänsehaut.

»Na dann«, sagte ich und setzte mich. Gänsehaut hin oder her, anmerken lassen würde ich mir nichts. Mal sehen, was die so auf Lager hatten.

»Also«, begann Greiner, »unsere Experten von der Kriminaltechnik haben den Tatort nach Fremd-DNA abgesucht und sind dort auf eine Reihe von Objekten gestoßen, die alle derselben Person zugeordnet werden können. Ihnen.«

»Objekten?«

»Einzelnen Haaren, Hautschuppen und sogar Speicheltropfen. Es liegt eine 100-prozentige Übereinstimmung vor.«

»Moment, Moment. Übereinstimmung womit? Ich wüsste nicht, dass ich jemals eine DNA-Probe abgegeben hätte.«

Greiner grinste schwach. »Ihr genetischer Code ist seit Jahren in unserer Datenbank. Ich müsste nachsehen, wann und wo die Aufnahme erfolgte. Aber Grund genug gab es, würde ich sagen.«

»Ich glaub, euch hackt's! Ihr könnt doch nicht einfach …«

»Sie dürfen gern juristisch gegen unsere Ermittlungen vorgehen, wenn Sie sich in Ihren Grundrechten verletzt fühlen. Dann möchte ich Sie aber bitten, uns hier und jetzt eine Speichelprobe zu geben.« Ohne hinzusehen, zog er ein Plastikröhrchen aus der Schublade und hielt es mir entgegen.

Ich warf einen Blick auf das Plastikding, dann verschränkte ich die Arme vor der Brust. »Ihr könnt mich mal.«

»Am Befund wird es nichts ändern, Herr Koller.«

»Ich war nicht in Schmiders Wohnung. Nie!«

»Wie kamen dann Ihre Haare dorthin?«

»Herrgott, vielleicht ist mir eins ausgefallen, als ich mir die Leiche angeschaut habe! War ja auch zum Haareraufen, der Anblick.«

Greiner schüttelte den Kopf.

»Hautschuppen verliert man doch dauernd«, fuhr ich fort. »Können Sie überall nachlesen: Pro Tag verliert der Mensch Millionen von Hautpartikeln. Oder Tausende, was weiß ich. Und Speichel … schon mal von feuchter Aussprache gehört?«

»Sie unterschätzen unsere Experten, Herr Koller. Die erstellen aufgrund der Spurenlage ein ganz spezielles Bild des Tatorts, und dieses Bild zeigt eine Person, nämlich Sie, die sich längere Zeit in diesem Raum aufhielt, die verschiedene Gegenstände berührt haben muss und die Kontakt mit dem Opfer hatte. Physischen Kontakt.«

»Quatsch!«

»Herr Fischer hat Sie an den Tatort geführt. Er war dabei, als Sie sich im Raum bewegten und sich alles anschauten. Sie haben nichts angefasst, das konnte er bestätigen. Im Übrigen trugen Sie ja Handschuhe. Trotzdem finden sich Ihre DNA-Spuren an mehreren Stellen, über den ganzen Raum verteilt. Auch an der Leiche.«

»Mein Gott, ich habe mich halt über den Toten gebeugt und war ihm dabei sehr nahe!«

Greiner legte den Kopf schief. »Und wie kommen dann Ihre Hautschuppen unter Schmiders Fingernägel?«

Mir verschlug es die Sprache. Zumindest für ein paar Sekunden. »Die hat jemand da hingetan«, rief ich dann.

»Ohne dass Sie es merkten? Wer soll das gewesen sein?«

»Keine Ahnung!«

»Und aus welchem Grund? Wer sollte Ihnen schaden wollen? Beziehungsweise Herrn Schmider?«

»Das weiß ich doch nicht!« Was waren das für bescheuerte Fragen? Nur weil irgendwelche Laborheinis Aminosäuren unterm Mikroskop entdeckt hatten? »Herr Greiner, ich kapiere nicht, worauf Sie hinaus wollen. Wenn Ihre Leute tatsächlich DNA-Zeug von mir gefunden haben, dann muss es dafür eine Erklärung geben, und die nächstliegende Erklärung ist die, dass ich am Morgen nach der Tat in Schmiders Wohnung war. Kann sein, dass ich schuppe und speichle wie sonst kein Mensch auf dieser Welt, kann auch sein, dass mir neuerdings die Haare ausfallen, aber die Leiche habe ich nicht angerührt, das weiß ich genau.«

»Dabei bleiben Sie?«

»Allerdings.«

»Gut.« Greiner nahm die Hände vom Tisch und schwieg.

Ich sah ihn erstaunt an. War's das?

»Vielleicht gibt es noch eine andere Erklärung«, ergriff Sorgwitz das Wort. »Sie sagten, dass Sie den Tatabend im ›Gasthaus zum Englischen Jäger‹ verbracht haben. Bis wann?«

»Weiß ich nicht.«

»Ungefähr?«

»Keine Ahnung. Halb elf, elf. Kann aber auch zehn gewesen sein. Ich habe nicht auf die Uhr geschaut.« Einmal tief durchatmen. »Und ich hätte sie auch nicht mehr lesen können.«

»Sie waren zu betrunken?«

»Sturz. Ist sonst nicht meine Art, auch wenn Sie mir das nicht glauben, aber dieser Tag war etwas Besonderes. Wir haben …« Ich winkte ab. »Egal, das verstehen Sie nicht.«

»Sind Sie vom Gasthaus direkt nach Hause?«

»Ja. Also, vermutlich.« Ich starrte ihn an. »Sie denken, ich hätte Schmider spätabends noch einen Besuch abgestattet? In meinem Zustand? Krass.«

»Sind Sie allein nach Hause gefahren? Oder gegangen? Gibt es Zeugen?«

»Verdammt noch mal: Ich weiß es nicht mehr! Wir haben uns schon nachmittags bei Maria getroffen, dann wurde gesoffen, was das Zeug hielt, es gab ein furchtbares Gedränge, und irgendwann war das Bier alle. Oder wir wurden rausgeschmissen. Dann bin ich nach Hause, zu Fuß. An den Rest habe ich keine Erinnerung.«

»Eben.«

»Was, eben?«

»Vielleicht haben Sie auch keine Erinnerung mehr an das, was in dieser Nacht noch geschah.«

»Sie meinen, ich ersteche einen Menschen und vergesse es?«

»Wenn es im Rausch geschieht, möglich. Man verdrängt vieles.«

Ich lachte. »Bescheuert! An den Haaren herbeigezogen. Ich hatte nichts gegen Schmider, weder besoffen noch nüchtern. Wie stellen Sie sich das vor: ein Jahr lang keinen Kontakt, und dann schlachte ich ihn ab, urplötzlich?«

»Sie hatten keine Verbindung zu ihm? Keinen Kontakt, das ganze Jahr über?«

»Nichts!«, brüllte ich. »Habe ich schon 1000 Mal gesagt!«

»Vielleicht kam Ihnen an diesem Abend das Bedürfnis, mit dem Mann zu sprechen. Vielleicht gab es da noch etwas, was Sie ihm sagen wollten. Sie hatten getrunken, da regelt man solche Angelegenheit gern sofort, also fahren Sie zu ihm – oder gehen zu ihm, er wohnt ja nicht weit entfernt –, er ist ärgerlich, weil es so spät ist, es kommt zum Streit, und schon ist es passiert.«

»Bullenprosa«, fauchte ich.

»Sie können sich nicht erinnern?«

»An einen Mord würde ich mich erinnern!«

»Gut.«

Stille. Oder sagen wir: fast Stille. Jemand atmete hörbar, und dieser Jemand war ich. Von wegen gut! Das hatte vorhin schon der andere gemurmelt. Gut, Befragung beendet. Nichts war gut! Entweder erlaubten sich die beiden gerade einen Spaß mit mir, und dann hatten sie sich einen Arschtritt verdient, nach dem Motto: grober Klotz, grober Keil. Oder ... oder was? Darüber wollte ich gar nicht erst nachdenken.

»Was heißt das, gut? Was meinen Sie damit?«

»Die Befragung ist beendet«, erklärte Sorgwitz. »Zumindest für heute. Danke, dass Sie sich herbemüht haben.«

Ich starrte sie an, alle drei, nacheinander. Kommissar Fischer war in seine Akte vertieft. Die beiden anderen machten einen auf undurchdringlich.

»Halten Sie sich bitte zu unserer Verfügung, Herr Koller«, sagte Greiner noch.

Wie in Trance verließ ich den Raum.

KAPITEL 10

Der Gang gabelt sich. Unmöglich zu sagen, welches der Hauptweg ist. Beide ähneln einander, sind gleich breit und gleich hoch. Ich wähle den linken. Er führt um eine Kurve, dann geradeaus, wird immer abschüssiger. Das Mauerwerk ist an vielen Stellen gebrochen. Wurzeln ragen herein wie Wegweiser. Plötzlich senkt sich die Decke, der Gang scheint in die Tiefe führen zu wollen, doch da ist nur Sand. Noch ein paar Meter, dann berührt die Decke den Boden, reicht ebenfalls in den Sand hinein.

Die Beklemmung kehrt zurück. Liegt es an der plötzlichen Schräge des Gangs? Oder am Sand, der auf unerklärliche Weise seinen Weg hierher gefunden hat?

Ich kehre um. An der Gabelung wende ich mich nach rechts. Das also ist der Hauptweg. Der offene, auf einer Ebene verlaufende Weg.

Aber auch hier stimmt etwas nicht. Ich spüre es an meinen Schritten. Wenn ich gehe, hört es sich anders an als vorher. Der Untergrund ist der gleiche. An ihm liegt es nicht. Der Klang der Schritte hat sich verändert, die Art und Weise, wie er durch den Gang und wieder zurück schallt.

Ist der Gang etwa zu Ende? Ist das der Grund?

Im Schein meiner Lampe leuchtet etwas hell auf. Ich verlangsame meine Schritte. Vor mir ist eine Wand. Eine Wand, die nicht hierher gehört, etwas Fremdes, eine Wand, die Nein sagt. Ich kann es nicht glauben, warte darauf, dass sie zur Seite schwenkt, dass sie den Weg freigibt. Nichts passiert. Sie saugt das Licht der Lampe auf, wie ein Schwamm

Wasser trinkt. Je näher ich komme, desto stärker schrumpft das Licht. Dann stehe ich direkt vor der Wand und weiß: Hier ist das Ende.

Jemand hat den Gang zugemauert. Mit hellen, modernen Hohlblocksteinen. Zwischen ihnen schieben sich die Wülste von Mörtel hervor. Ich taste die Mauer ab. Sie wirkt wie eben erst errichtet. Wie für mich errichtet. Als wollte mich einer daran hindern, weiter vorzudringen. Kein Verbotsschild, keine Warnung, nur das Zahnweiß der Steine und ihre Mörtellippen. Gemauerte Häme.

Ich taste und taste. Leuchte die Wand von oben bis unten ab. Auf der Suche nach einem Spalt, einem Riss, einer Möglichkeit, das Hindernis zu überwinden. Ich will es nicht wahrhaben. Aus welchem Grund sollte ich den Hinweis auf den Gang bekommen haben? Doch nicht, um hier zu scheitern! Aber so gründlich ich auch suche, da ist nichts. Nichts außer der abweisenden Kälte künstlicher Steine.

Ich gebe auf. Setze mich auf den Boden, Kopf und Rücken gegen die Mauer gelehnt. Die Lampe liegt neben mir, ihr Licht fällt in den Gang. Dann muss ich also den Rückweg antreten. Alles rückgängig machen.

Ich kann nichts dafür.

Ich kann nichts dafür, dass ich mich nicht erinnere.

*

Ich stand am Neckar, kratzte mich im Rücken und begriff die Welt nicht mehr. Das eine hatte mit dem anderen nichts zu tun. Irgendwo dort hinten war eine Stelle, die juckte wie verrückt, doch ich kam nicht hin. Kam einfach nicht hin mit den Fingern! Es lag an meinen Armen, die waren zu kurz. Blöd, aber nachvollziehbar.

Alles andere dagegen – unbegreiflich.

Dass sich Kommissar Fischer wegen Befangenheit zurückzog, konnte ich gerade noch akzeptieren. Dass Greiner und Sorgwitz die Superkorrekten gaben – auch noch denkbar. Aber dass plötzlich nicht mehr Christine im Zentrum der Ermittlungen stehen sollte, sondern ich, war grotesk. Lächerlich! Drehte sich die Sonne neuerdings um die Erde? Alles eine Sache der Sichtweise, oder? Ich meine, wie kam meine DNA an den Tatort? Hautschuppen, Haare? Diese idiotischen Plastikhandschuhe mussten ein Loch gehabt haben. Bestimmt hatte ich mich beim Anblick der Leiche im Nacken gekratzt. Hatte gehustet oder einen Satz mit zu vielen Zischlauten von mir gegeben. Schon wimmelte es in Schmiders Wohnung von Koller-DNA. Das hatten sie nun von ihren superexakten Messmethoden, die Kriminaltechniker und Pathologen und wie sie alle hießen. Wenn an der Haustür der Postbote was in den Briefschlitz warf, spritzten seine Hautschuppen bis ins Wohnzimmer, garantiert. War ich nicht von einem der Vermummten angerempelt worden? Na also! Schon hatte er meine Moleküle am Anzug hängen und verteilte sie im ganzen Haus.

So musste es gewesen sein. So und nicht anders, meine Herren.

Oder es hatte einen Fehler bei der Zuordnung gegeben. Die falsche Datei, die falsche Liste … wo Koller draufstand, war in Wirklichkeit Keller drin. Nein: Killer! Wie war das noch beim Phantom von Heilbronn? Die Dame, die in halb Europa zugeschlagen hatte, mit einem Verbrechensportfolio von Mord über Diebstahl bis Einbruch. Natürlich hatte man nie die Dame selbst im Visier, sondern immer nur ihre DNA-Spur. Und die gehörte zu einer unbescholtenen Verpackerin der Wattestäbchen, die sie bei der KTU benutzten. Etwas mehr Sorgfalt, bitteschön!

Und hörte das vielleicht mal auf mit dem Jucken? Warum hatte mir die Natur so kurze Arme geschenkt?

Trotzdem, seltsam war das schon, dass ausgerechnet ich jetzt an die Stelle meiner Ex als Verdächtiger rücken sollte. Erst Christine, dann ihr Schlafzimmernachbar. Zufall? Verwechslung? Eher Absicht! Wollte sich jemand an mir rächen? Jemand, der irgendwo im Polizeiapparat an der richtigen Stelle saß? Er musste im Grunde nur die Referenz-DNA manipulieren. In der Datenbank herumpfuschen. Dann stand über der Täter-DNA nicht mehr Schmidt oder Müller, sondern Koller, Max.

Klar war es so. Da wollte mich jemand fertigmachen! Mich!

Ich suchte mir einen Stein und warf ihn, so weit ich konnte, in den Fluss.

War ja auch kein Wunder. Bei wie vielen Menschen hatte ich mich im Lauf der Jahre unbeliebt gemacht? Wie vielen war ich auf den Schlips getreten? Professoren, Unternehmern, Theaterleuten, Kunden. Halb Heidelberg mindestens. Ich sollte den Wohnort wechseln oder gleich das Land.

Plötzlich flog noch ein Stein in den Neckar. Den hatte ein Knirps geworfen. Semmelblond, vielleicht fünf Jahre alt und mit erstaunlicher Wurftechnik, Respekt. Da gab es bestimmt ein Lob von Mama.

»Hörst du sofort auf mit den Steinen, Jeremy! Wie oft soll ich es dir noch sagen?«

»Der Mann da hat auch geworfen!«

»Ja, der«, grummelte sie mit finsterem Seitenblick. Schade, sie war eigentlich ganz hübsch, top Figur und all das, aber auf ihrer Stirn stand in Großbuchstaben ein Wort: ›Überforderung‹.

»Jungs müssen Steine werfen«, sagte ich.

»Nun reden Sie ihm bloß nichts ein.«

»Unbedingt. Wenn sie es nicht tun, verprügeln sie später ihre Frau oder werden schwul.« Sie schluckte. Jetzt standen ganz andere Sachen auf ihrer Stirn. »War'n Witz«, fügte ich versöhnlich hinzu, doch da war es schon zu spät.

»Das ist ja wohl das Letzte«, zischte sie. »Komm, Jeremy, wir gehen.«

»Mama, was ist schwul?«

Ich sah ihr nach, wie sie ihren Knaben hinter sich herzerrte, ihn möglichst rasch meinem verheerenden Einfluss entziehend. Als er sich noch einmal umblickte, hielt ich einen extra großen Stein in der Hand und beförderte ihn mit Schwung in den Neckar.

So viel zu den Leuten, bei denen ich mich unbeliebt gemacht hatte.

Während ich einem Frachter nachschaute, der langsam vom Neckarkanal Richtung Altstadt tuckerte, dachte ich an den Abend im ›Englischen Jäger‹. Den Abschiedsabend. Um kurz nach vier waren wir eingetrudelt, um sechs war die Bude voll, gegen acht kam Fatty. Und die ganze Zeit über hatte ich getrunken. Mit dem Ergebnis, dass mir große Teile des Abends schlicht und einfach fehlten. Die letzten Stunden, die vor allem. An die rosa Rammler konnte ich mich noch einigermaßen erinnern, wen wundert's. Aber dann? Wann war Fatty gegangen? Wer hatte das Signal zum Aufbruch gegeben? Wie war ich nach Hause gekommen? Doch, Moment, der Abschied: Wir hatten uns schluchzend in den Armen gelegen, Herbert, Leander, ich. Sogar Tischfußball-Kurt hatte geheult wie ein Schlosshund. Was für eine Szene! Große Oper. Satter Streichersound, Dolby stereo. Fatty war bestimmt nicht mehr dabei gewesen. Und dann? War ich nach Hause gegangen. Oder?

Das Tuckern des Frachters wurde immer leiser. Ich starrte auf einen Punkt am gegenüberliegenden Ufer und zermarterte mir das Hirn. Verdammt, das konnte nicht gesund sein, dieses intensive Nachdenken! Das hinterließ Schäden, ganz bestimmt. Feine Risse in den Gehirnwindungen, wie beim Muskelkater. Und das Gehirn war doch ein Muskel?

Na, das verwechselte ich wohl mit dem Herzen.

Immerhin fiel mir ein, dass ich auf der Theodor-Heuss-Brücke kurz stehen geblieben war. Der erfrischende Wind, genau. Danach: ab in die Heia. Koma bis zum Aufschrei des Weckers.

Ich legte beide Handballen gegen die Augen und kratzte mich unterm Haaransatz. Hätte ich mal nicht so gesoffen! Aber gab es einen besseren Grund, sich zu betrinken, als das Ableben der Lieblingskneipe? Meines Paradieses, der zweiten Heimat? Warum hatte sich der Mörder ausgerechnet diesen Abend für seine Handschuhsheimer Sauerei ausgesucht? Ich konnte Greiner und Sorgwitz sogar verstehen, dass sie auf ein lückenloses Alibi drängten. Aber das würden sie nicht bekommen. Selbst wenn ich belegen könnte, schnurstracks den Heimweg angetreten zu haben, selbst wenn mich unterwegs jemand gesehen hatte – spätestens mit dem Aufschließen des Hoftors war ich allein. Ich hatte auf dem Feldbett im Büro geschlafen, ohne Zeugen. Ohne Christine.

Also musste ich warten, bis sich dieser DNA-Spuk als Fata Morgana herausgestellt hatte.

Oder als böswillige Irreführung.

Ich warf noch ein paar Steine ins Wasser.

KAPITEL 11

Ich war kaum zu Hause, als Christine anrief. Was die Kommissare gewollt hätten. Welche neuen Erkenntnisse es gebe, was für Fragen sie gestellt hätten. Sie klang müde und nervös gleichzeitig.

»Tja«, sagte ich.

»Wie, tja? Was heißt das?«

»Dass wir gar nicht über dich gesprochen haben.«

Das verschlug ihr die Sprache. Aber nur kurz, dann schob sie hinterher, dass sie mir nicht glaube. »Du brauchst mich nicht mit Samthandschuhen anzufassen, Max! Erzähl mir, was sie dich gefragt haben!«

»Okay«, seufzte ich. »Es gibt eine gute und eine schlechte Nachricht. Sowohl für dich wie für mich. Sie haben einen neuen Verdächtigen, und der bin ich.«

»Wer, du? Du meinst: du?«

»Ja.«

»Nie im Leben!«

»Vielen Dank, ist aber so.«

»Quatsch, wieso das denn plötzlich? Ist das ein Spiel, das ich nicht kapiere? Nun red schon!«

Ich seufzte ein zweites Mal. Ungnädig. Sich vor der Polizei zu rechtfertigen, war unangenehm genug, aber fast noch schlimmer war es, den ganzen Mist mit den DNA-Spuren vor Christine zu wiederholen. So schilderte ich die Sache denn auch: als ausgemachten Blödsinn. Achtung, freilaufendes Zellmaterial! Dass Krümel von meiner Haut angeblich bis unter Schmiders Fingernägel gelangt waren, verschwieg ich.

»Hautschuppen und Haare?«, fragte sie. »Dafür muss es doch eine Erklärung geben.«

»Gibt es bestimmt. Aber bis Greiner und Sorgwitz die gefunden haben, können Jahre ins Land gehen.«

»Diese modernen Methoden sind eine Katastrophe. Wahrscheinlich finden sich DNA-Spuren von jedem zweiten Heidelberger in Haralds Wohnung. Und ausgerechnet dir wollen sie was anhängen? Du hast noch nicht einmal ein Motiv.«

»Von außen besehen, schon. Rasende Eifersucht.«

Sie rang sich ein unfrohes Lachen ab. »Dass dieses Motiv nicht existiert, gebe ich den beiden schriftlich. Die müssen sich vertan haben, Max. Oder steckt Taktik dahinter? Wollen sie dich aus der Reserve locken?«

»Aus welchem Grund?«

»Um zu erfahren, wann du in dieser Nacht nach Hause gekommen bist. Vielleicht hoffen sie, dass du dich in Widersprüche verwickelst, und so können sie mir etwas anhängen.«

»Wieso dir? Du bist erst mal außen vor. Jetzt haben sie mich auf dem Kieker. Nicht wegen eines falschen Alibis, sondern wegen Tatortspuren.«

»Und was ist mit deinem Alibi? Du warst doch im ›Englischen Jäger‹.«

»Bis zu einem bestimmten Zeitpunkt, ja. Leider kann ich mich an keine Einzelheiten erinnern. An den Heimweg, schemenhaft. Aber nicht, wie ich ins Bett kam.«

»Soll's geben«, sagte sie nach einer Pause. »Wie kam ich eigentlich gestern ins Bett?«

»Frag nicht.«

Noch eine Pause. »Jedenfalls«, sagte sie dann, »habe ich den gestrigen Abend als sehr erfreulich in Erinnerung. Bruchstückhaft, aber erfreulich.«

»Schön. Leider ist der Abend Vergangenheit, die Gegenwart ist heute, und seit heute bin ich Verdächtiger im Fall Schmider.«

»Haben sie das wirklich so gesagt: dass du verdächtig bist?«

»Nein, natürlich nicht. Es war die übliche Befragung. Mehr nicht. Kein Wort von Tatverdacht.«

»Wie bei mir.«

»Scheiß drauf, Christine! Kommissar Fischer hat sich aus den Ermittlungen zurückgezogen. Das sagt doch alles! Die glauben, sie könnten mir was anhängen. Wenn nicht den Mord, dann eine Begegnung mit Schmider, eine Auseinandersetzung, irgendwas. Die halten mich für einen Lügner, so sieht's aus!«

»Ja«, sagte sie nachdenklich. »Ich meine … du *hast* dich doch nicht mit Schmider getroffen, oder? Auch nicht zufällig?«

»Nein! Kein Bedarf, Christine, wirklich nicht.«

»Na dann. Ich mache heute etwas früher Schluss. Mein Kopf verlangt danach. Bis später!«

Die Verbindung brach ab. Wütend starrte ich das Telefon an.

»Nein«, fauchte ich. »Nein, verdammt, ich habe diesen

Aschenbecherfuzzi nicht getroffen! Was haltet ihr eigentlich alle von mir?«

Das Telefon blieb stumm. Hämisch stumm. Ich pfefferte es sonst wo hin und begann, durch die Wohnung zu tigern. Räumte die Spülmaschine aus, tat dies, tat jenes. Holte das Telefon wieder hervor, überlegte, wen ich anrufen könnte. Fatty? Der dachte doch bloß an seine Hochzeit. Marc? Vielleicht. Oder auch nicht. Mal sehen. Kommissar Fischer? Oh ja, den schon. Ihm mal ordentlich auf den Zahn fühlen und aufs altersschwache Herz gleich mit. Ihn mit Fragen bombardieren: Was ihm einfalle, mich so im Stich zu lassen. Wie er unschuldige Bürger der Willkür Greiners und Sorgwitzens ausliefern könne. Was das überhaupt für Methoden seien, dieser Laborfetischismus und der Genschmuddel und all das. Ja, dazu sollte er Stellung nehmen, mein ehemaliger Lieblingskommissar. So ein Feigling!

Allerdings würde ich ihn kaum vor abends erreichen, schließlich bedeutete Rückzug aus dem Fall Schmider nicht, dass Fischer nun zu Hause saß und seine Frau nervte.

Sicherheitshalber versuchte ich es dort, unter Fischers Privatnummer nämlich, und erwischte niemand anderen als die Gattin des Kommissars. Ja so eine Überraschung, der liebe Herr Koller! Nein, ihr Mann sei natürlich nicht da, ich wisse doch, dass er … Es sei hoffentlich nichts passiert?

Jetzt musste ich also auch noch Frau Fischer beruhigen! Dabei hätte ich selbst eine Beruhigungspille gebraucht. Als die Sache nach vielem Hin und Her endlich eingerenkt war, verließ ich die Wohnung und schwang mich aufs Rad. Ein Stündchen in der Sonne, mit reichlich Fahrtwind um die heißen Ohren, brachte meinen Energiehaushalt einigermaßen ins Gleichgewicht. Anschließend ging ich einkaufen, denn Einkaufen entspannt. Wenigstens mich. Wenigstens für kurze Zeit. An der Kasse war es mit der Entspannung schon wieder vorbei, da stritt ich mich mit der Kassiererin um fünf Cent, die sie mir auf die Tomaten draufschlug, obwohl die in der Auslage anders ausgezeichnet waren. Dann seien sie halt falsch ausgezeichnet, behauptete sie, im Computer seien sie richtig ausgezeichnet, zum minimal höheren Preis, und ich brauchte die Tomaten ja nicht zu kaufen, wenn ich nicht wollte. Ich will aber, sagte ich, allerdings zum niedrigeren Preis, die fünf Cent seien mir scheißegal, es gehe mir ums Prinzip. Die Schlange an der Kasse wurde immer länger, ich wusste, dass ich ein Idiot war, aber manchmal muss man eben ein Idiot sein, es gibt solche Tage. Als ich der Frau mit dem Grundrecht auf korrekte Preisauszeichnung kam, das dem Kunden den niedrigsten angegebenen Preis garantiere, schenkte sie mir die Tomaten und warf mich raus.

Nie wieder kaufe ich in dem Scheißladen ein!

Den Rest des Nachmittags verbrachte ich in meinem Büro, wo ich mich mit Aufräumarbeiten abzulenken versuchte. Im Internet machte ich mich über das Thema DNA-Nachweis schlau, das heißt, ich wollte mich schlaumachen, verstand aber kein Wort und fühlte mich ganz dumm. Genetik war eine Geheimwissenschaft, abgefasst in einer Fremdsprache, bebildert mit Hieroglyphen. Polymerase-Kettenreaktion klang hübsch, doch hinter den hübschesten Vokabeln konnte sich der Untergang der Menschheit verbergen.

Und natürlich versuchte ich, mich zu erinnern. Was war am Sonntagabend passiert? Diese Gedächtnislücken mussten doch zu schließen sein! Krampfhaftes Nachdenken brachte nichts, das hatte ich schon am Neckar festgestellt. Eine neue Strategie musste her. Aber wie, wenn das, was du brauchst, durch Abwesenheit glänzt? Wenn da nur Mangel ist, Leere, ein Schwarzes Loch? Okay, akzeptieren wir es als Tatsache: In dir drin ist ein Schwarzes Loch. Es ist da, und es ist lästig wie Schluckauf. Gehen wir damit um wie mit Schluckauf! Ein Selbstversuch. Phase eins: die Erinnerungslücken ignorieren. Sollten sie sich ruhig breitmachen – mir doch egal. Kümmert mich nicht! Dann, nach ein paar Minuten, horchte ich in mich hinein: Schluckauf noch da? Lücken noch vorhanden? Schade. Hätte ja sein können. Eine halbe Stunde später wusste ich, Ignorieren brachte nichts. Also Phase zwei. Bei Schluckauf half Erschrecken. Ich schloss die Augen, dachte ganz intensiv an den Abend, und als mein Hirn so richtig leer war – also richtig vollgestopft mit Lücken –, machte ich Huh! Ehrlich, ich erschrak regelrecht vor mir selbst. Das Ergebnis war trotzdem gleich Null. Anschließend probierte ich es mit einem Kopfstand, einem Glas Wasser, einer kalten Dusche – nichts. Sollte ich mit der Stirn so lange gegen die Wand hämmern, bis alles zurückkam?

Hoffnungslos. Es war und blieb hoffnungslos. Das Hirn ein Sieb.

Ich wählte Fischers Nummer. Die Uhr zeigte erst halb sechs, doch er war zu Hause.

»Herr Fischer!«, plärrte ich los. »Was sollte dieser Unfug heute Morgen? Warum lassen Sie mich so auflaufen? Dürfen Ihre Kettenhunde eigentlich alles? Und warum kneifen Sie? Wie stehe ich denn jetzt da? Was soll ich meinen Freunden erzählen? Können Sie mir das verraten?«

Ich hörte ihn kurz schnaufen, dann hörte ich nichts mehr.

Er hatte aufgelegt.

Der nächststehende Stuhl bekam einen Fußtritt. Der Schreibtisch auch. So. Bevor ich den Kommissar ein weiteres Mal anrief, hielt ich das Gesicht unter den Wasserhahn, bis die Körpertemperatur wieder Normalmaß hatte.

»Entschuldigung«, sagte ich fröhlich. »Hab bei der Wahl meiner Tonlage wohl in die falsche Schublade gegriffen. Darf ich mich kurz mit Ihnen unterhalten?«

»Seien Sie froh, dass meine Frau ein gutes Wort für Sie eingelegt hat«, knurrte er. »Sonst wäre ich heute nicht mehr ans Telefon gegangen.«

»Ihre Frau ist sowieso die beste aller Gattinnen dieser Welt. Außer meiner, aber die ist ja bloß meine Ex. Also, um noch einmal neu anzufangen: Können Sie sich vorstellen, dass die Erkenntnisse, die mir heute Morgen unterbreitet wurden, mich ganz schön in Unruhe versetzt haben?«

Er räusperte sich. »Ja.«

»Wie, ja? Ist das alles?«

»Umgekehrt, Herr Koller: Können Sie sich vorstellen, dass diese Erkenntnisse auch uns Ermittler in Unruhe versetzt haben?«

»Wieso das denn?«

»Weil sie ein völlig neues Licht auf den Tathergang werfen, weil plötzlich jemand involviert ist, den wir seit Jahren kennen, und weil durch diese Bekanntschaft unsere Objektivität infrage gestellt wird.«

»Ich dachte, Sie seien Beamter! Unbestechlich, neutral, überparteiisch.«

»Neutral sind wir nicht. Ich bin es nicht.«

»Und deshalb lassen Sie sich von Ihren Aufgaben entbinden?«

»Natürlich.«

»Ist das nicht ein bisschen feige? Nein, feige ist das falsche Wort – sagen wir: vorschnell.«

»Mit Feigheit hat es nichts zu tun. Stellen Sie sich vor, jemand aus Ihrem Bekanntenkreis würde Opfer einer Straftat, und dann erfahren Sie, dass ich gegen eine Person ermittle, deren familiäre Verhältnisse mir bestens bekannt sind, mit der ich schon zusammengearbeitet habe und so weiter. Sie würden mich als befangen erklären. Zu Recht.«

»Und was ist die Konsequenz? Nun stürzen sich Ihre beiden Wadenbeißer auf mich. Endlich dürfen die mir alles antun, wovon sie sonst nur träumen konnten.«

»Kompletter Unfug.«

»Die zwei sind noch viel befangener als Sie! Befangen in Vorurteilen und Abneigung.«

»Das trifft wohl eher auf Sie zu!«, bellte er, hatte sich aber gleich wieder im Griff. »Ob Sie es glauben oder nicht: Die Kollegen Greiner und Sorgwitz haben sich ebenfalls für befangen erklärt. Ich konnte sie davon abbringen. Wir haben nicht viele Leute von ihrer Qualität.«

»Herr Fischer, das ist …«

»Nein«, schnitt er mir das Wort ab. »Sparen Sie sich Ihre Kommentare. Sie mögen oft genug das richtige Näschen haben, aber in diesem Fall sind Sie Opfer Ihrer eigenen Vorurteile. Greiner und Sorgwitz genießen mein vollstes Vertrauen, ohne jede Abstriche. Die zwei sind hochprofessionell und genau deshalb die richtigen Leute. Sie ahnen nicht, wie unangenehm es den beiden ist, gegen Sie zu ermitteln. Nicht weil sie plötzlich Fans von Ihnen wären, eher aus dem gegenteiligen Grund. Aber wenn jemand bei der Arbeit von Animositäten und Privatkram absehen kann, dann Greiner und Sorgwitz.«

»Da habe ich andere Erfahrungen«, brummte ich. Was war denn das für ein Heldenepos, das Fischer da zusammenstrickte!

»Die beiden hatten mich gebeten, heute dabei zu sein, damit sie auch ja keinen Fehler machen.«

»Und? Haben sie aber! Lauter Fehler. Anstatt diesen lächerlichen Laborbericht erst einmal zu überprüfen, bevor sie …«

»Unsinn!«, zischte er. »Der Laborbericht ist einwandfrei, den habe nämlich ich geprüft. Ich persönlich!«

»Herr Fischer, ich war nicht bei diesem Schmider, niemals! Das mit den DNA-Spuren kann so nicht stimmen.«

Ich hörte ihn grummeln. Es arbeitete in ihm, warum auch immer. »Hören Sie«, sagte er schließlich, »ich darf keine Details aus einer laufenden Ermittlung preisgeben. Hab ja auch gar nichts mehr mit dem Fall zu tun. Nur so viel: Die Spurenlage ist massiv, und sie ist eindeutig. Welche Erklärung es dafür gibt, müssen wir sehen. Greiner und Sorgwitz werden in jede erdenkliche Richtung ermitteln.«

»In jede? Von wegen: nur in eine. Die haben sich doch längst ihren Reim auf die Geschichte gemacht: Der Koller war's, der den Schmider abgestochen hat – und ob die Tat noch auf meiner Festplatte gespeichert ist oder nicht, spielt für die keine Rolle!«

»Nein!«, schimpfte er. »Nein, nein und noch mal nein! Von einer Vorverurteilung kann keine Rede sein. Meine Kollegen haben bloß die Hoffnung nicht aufgegeben, dass Sie sich irgendwann an den Ablauf dieses Abends erinnern. Deshalb die Fragen nach Ihrem Heimweg, nach eventuellen Zeugen, nach möglichen Details. Alles korrekt gelaufen.«

»Ach was. Für die zwei war ich schon immer verdächtig, und jetzt haben sie es Schwarz auf Weiß.«

»Auch das ist Unsinn. Sie sind kein Tatverdächtiger. Der aktuelle Befund wirft Fragen auf, drängende Fragen, durchaus. Wir werden sie beantworten müssen. Und ich habe nach wie vor die Hoffnung – nein, ich bin sogar sicher, dass es Erklärungen gibt, mit denen wir alle gut leben können. Wir stehen ja erst am Anfang der Ermittlungen. Zum Beispiel ist die Tatwaffe noch nicht aufgetaucht. Was die Motivlage betrifft, tappen wir völlig im Dunkeln. Und wo Sie die Stunden, die Ihnen fehlen, zugebracht haben, werden wir auch noch herausfinden.«

Ich schwieg. Im Hintergrund hörte ich Geschirr klappern. Wahrscheinlich rüstete Fischers Frau zum Sturm auf den Feierabendbraten. In ihrer Welt war alles so klar und sauber und ordentlich. Home, sweet home. Bei mir dagegen …

»Und was soll ich jetzt tun?«, fragte ich trotzig.

»Erinnern Sie sich. Das wäre das Beste.«

KAPITEL 12

Erinnern?

Wie einfach das klang! Als könnte man das Gedächtnis anknipsen wie die Neonröhren in einem Archiv. Um welchen Abend geht es noch mal, Herr Koller? Den Sonntag im ›Englischen Jäger‹? Ah ja, hier ist die Akte. 19-20 Uhr: zwei Bier, eine Brezel, 47 Herrenwitze und eine halbe Stunde Geläster. 19.45: Auftritt Sawatzki, Friedhelm. Gesprächsprotokoll auf den folgenden Seiten, Fotos im Anhang.

Ja, so könnte es gehen, wäre der Mensch kein Mensch, sondern ein Computer. In diesem Fall wäre ich gern ein Computer gewesen.

Das mit dem Archiv und den Neonröhren kam übrigens nicht von ungefähr. Irgendwann im Verlauf dieses trostlosen Tages rief ich nämlich doch noch bei Marc Covet an. Alltagsprobleme wie das Binden eines Schuhs oder die Tücken eines Mietvertrags sind nicht so sein Ding, dafür kann man ihm Fragen stellen, die man sich bei anderen lieber verkneift.

»Angenommen, du hast einen Blackout, Marc. Wie beseitigst du den? Mit Medikamenten? Autogenem Training? Wartet man, bis sich die Erinnerung von selbst einstellt?«

»Was für eine Art von Blackout? Schädel-Hirn-Trauma? Da hilft nur Warten.«

»Nee, Alkohol. Es geht um den Abend im ›Englischen Jäger‹, als Schmider ermordet wurde.«

Er lachte. »Du trinkst doch bloß Bier. Wie kann man sich damit einen ganzen Abend aus dem Gedächtnis fegen?«

»Es werden auch ein paar Schnäpse dabei gewesen sein. Nun spiel nicht den Moralapostel, sondern beantworte meine Frage.«

»Alkohol …« Pustend ließ er Luft ab. »Schwer zu sagen, was da im Hirn passiert. Wenn Zellen zerstört sind, sind es die Erinnerungen in der Regel auch. Vielleicht ist das Ganze aber auch nur verlagert worden, in andere Regionen. Dort müsstest du suchen.«

»Wo?«

»Wenn man das wüsste.«

»Sorry, aber das hilft mir nicht viel. Was soll ich denn jetzt tun?«

»Autogenes Training ist schon mal nicht schlecht. Entspannen, das Gedächtnis durchforsten, bestimmte Bilder aufrufen. Aber wenn ich ehrlich bin: Bei dir funktioniert das nicht.«

»Wieso nicht?«

»Du bist nicht der Typ dazu.«

Ich kratzte mich im Nacken. »Klingt wie eine Beleidigung. Ist es eine?«

»Wenn ich dir sagen würde, dass du musikalisch bist, wie würdest du reagieren?«

»Unmusikalisch: Ich würde mir an die Stirn tippen.«

»Eben. Und so, wie du nicht der musikalische Typ bist, bist du nicht der Typ für autogenes Training.«

»Okay, und was dann? Was schlägst du vor?«

»Bewegung.«

»Bewegung? Welche denn? Radfahren? Schwimmen? Rumzappeln?«

»Die alten Griechen«, begann er im Deklamationston, und ich nahm den Hörer vom Ohr, um ihm einen vorwurfsvollen Blick zuzuwerfen, aber genau das hatte Covet gesagt: »Die alten Griechen …«

»Äh, ja?«

»Oder sagen wir, Vertreter einer bestimmten Denkrichtung im antiken Griechenland. Die stellten sich den Logos, unseren Verstand, als Gebäude vor. Als Gebäude mit vielen Zimmern, großen und kleinen. In jedem von ihnen befindet sich etwas, ein Gedanke, ein Bild, eine Melodie, eine Erinnerung. Wenn du dir etwas merken möchtest, eine Folge von Gegenständen zum Beispiel, wie im Spiel vom Kofferpacken, legst du jeden Gegenstand in einem bestimmten Zimmer ab. Bei Bedarf gehst du anschließend durch die Zimmer und sammelst sie wieder ein.«

»Schon mal gehört. Aber was hat das mit mir zu tun?«

»Auf diese Weise kannst du auch Erinnerungen einsammeln. Sofern du sie vorher entsprechend deponiert hast – soll heißen, mit Absicht oder wenigstens bei klarem Verstand. In deinem Fall trifft beides nicht zu.«

»Eher nicht, nein.«

»Der Alkohol ist schuld. Wo bewahrst du deine Alkoholvorräte auf? Na? Bier, Wein, Sekt?«

»Im Keller.«

»Genau. Häuser haben Keller. Wenn man die Vorstellung der alten Griechen weiterspinnt, könnte man annehmen, dass es auch Erinnerungen gibt, die in den Keller verbannt sind. Verdrängtes, Verschüttetes, Verborgenes. Geheimnisse, die man vor anderen hat. Oder vor sich selbst. Dinge, die man lieber im Dunkeln lässt. Keller sind verschlossen. Aber mit etwas Glück findet man einen Schlüssel.«

»Und deshalb soll ich mich bewegen?«

»Such die Orte auf, an denen du dich aufgehalten hast. Sprich mit den Leuten von damals, besorg dir Fotos, hör die Musik, die an dem Abend gelaufen ist.«

»Der ›Englische Jäger‹ ist zu, und Musik gab es dort noch nie.«

»Versuch es an ähnlichen Orten. Wenn die Bilder von damals wieder auftauchen, kommen die Erinnerungen womöglich mit. Über was habt ihr gesprochen? Schneide diese Themen noch einmal an, am besten mit denselben Beteiligten.«

»Klingt irgendwie esoterisch.«

Er grunzte beleidigt. »Geh in den Untergrund. Dein Gedächtnis ist ein Haus, das dir jederzeit offensteht. Aber was darunter zu finden ist, im Keller, in der Dunkelheit – um das zu erfahren, musst du etwas tun. Also jammer nicht rum, sondern beweg deinen Arsch! Klingt das weniger esoterisch?«

»Haben die alten Griechen auch Alkohol getrunken?«

»Mehr als wir wahrscheinlich. Deshalb sind sie jeden Morgen durch ihr Gedächtnishaus gewankt, um ihre Klamotten zusammenzusuchen.«

»Grieche müsste man sein.«

»Warum ist dir das so wichtig, das mit dem Erinnern? Hat es was mit dem Mord zu tun?«

»Die Polizei lässt nicht locker. Greiner und Sorgwitz wollen unbedingt wissen, was ich an dem Abend alles angestellt habe. Haarklein, das ganze Drehbuch.«

Von der neuen Spurenlage sagte ich ihm nichts. Ich hatte keine Lust auf Solidaritätsbekundungen, von denen ich nicht wusste, wie viele davon ehrlich gemeint waren und wie viele reine Pflichtübung. Marc würde früh genug erfahren, was die Bullen gegen mich in der Hand hatten. Wir sprachen noch ein wenig über den bevorstehenden Obama-Besuch, dann legte ich auf.

In den Untergrund gehen … naja. Und was die Erinnerungsarbeit betraf: Gehörte ein gewisser Alkoholpegel nicht auch dazu? Erst wenn ich ordentlich einen gebechert hatte, konnte ich mich ganz in die spezielle Atmosphäre von damals hineinversetzen, oder? Schade, dass wir keinen alten Griechen im Haus wohnen hatten, den ich fragen konnte. Nebenan gab es ein türkisches Pärchen, aber das war bloß mittelalt.

Immerhin, das Stichwort Bewegung gefiel mir. Ohne Christine Bescheid zu geben, schwang ich mich aufs Rad und fuhr auf die andere Neckarseite zum ›Englischen Jäger‹. Zu dem Haus, das einmal meine Lieblingskneipe beherbergt hatte. Wie ich befürchtet hatte, bot es einen grauenhaften Anblick. Unbeteiligte hätten wahrscheinlich bloß die geschlossenen Fensterläden bemerkt und das Schild an der Tür. Ich aber war kein Unbeteiligter! Ich sah mehr: die Trostlosigkeit hinter den Läden, die Trauer des verbliebenen Mobiliars, die Sehnsucht der Stufen nach einem menschlichen Tritt, den Staub, der ganz allmählich von dem Raum Besitz ergriff … Auch Häuser können sterben. Das hier war der Kadaver einer Kneipe, eine Leiche, und der Schriftzug GESCHLOSSEN auf dem Türschild war der tödliche Spalt in ihrem Hals.

Ich setzte mich auf die Treppenstufen und schaute ins Leere. Wie sollte ich unter diesem Ansturm der Gefühle Erinnerungsarbeit leisten? Allein ging das nicht. Auf keinen Fall. Ich brauchte einen Verbündeten, einen Gesprächspartner. Ein paar Minuten blies ich Trübsal, dann raffte ich mich auf, fuhr zum Neckar hinunter und rief den schönen Herbert an.

Herbert heißt zwar der schöne Herbert, aber wenn er eines nicht ist, dann schön. Woher sein Name stammt, kann keiner erklären. Ähnlich wie bei Tischfußball-Kurt. Der ist sogar noch weniger schön als Herbert, heißt aber Tischfußball-Kurt. Warum auch immer. Herbert jedenfalls hat als kleiner Junge seinen rechten Arm verloren, weil er unbedingt mit einem Blindgänger spielen musste, aber ob das mit seinem Spitznamen zusammenhängt, weiß ich nicht. Ich weiß nur, dass der schöne Herbert ein von Grund auf pessimistischer Mensch ist, so ein richtiger Schwarzmelancholiker. Von ihm selbst kann sein Name also nicht rühren. Höchstens als Ergebnis doppelter Ironie.

»Grüß dich, Herbert! Störe ich?«

»Hm.«

»Ach so?«

Stille. Ja was nun? Stören oder nicht stören?

»Ich wollte eigentlich gerade aufs Klo«, meinte er.

»Dann ruf mich zurück, wenn du's hinter dir hast.«

»Jetzt kann ich nicht mehr. Krieg ich halt Verstopfung. Wie ein Onkel von mir, der hatte einen richtigen Betondarm. Worum geht's denn?«

»Frage eins: Wo treffen wir uns in Zukunft? So billig wie bei Maria wird es zwar nie mehr, aber vielleicht findet sich jemand mit einem Faible für Typen wie uns.«

»Weiß nicht.«

»Unten in Rohrbach soll es eine Kneipe geben, die …«

»Rohrbach? Das ist ja am anderen Ende der Stadt!«

»Na und?«

»Zu weit.«

»Weststadt?«

»Zu schick.«

»Bergheim, Handschuhsheim?«

»Nee.«

»Ja, was denn nun? Bahnstadt vielleicht? Emmertsgrund?«

Er stöhnte. »Denkst du eigentlich nur ans Saufen, Max? Was sagt deine Frau dazu?«

»Wie bitte?« Ich starrte den Telefonhörer an, als sei der schuld an allem. »Geh du mal gescheit aufs Klo, Herbert, dann sprechen wir uns wieder. Und zwar vernünftig.«

»Kein Wunder, dass Christine fremdgeht.«

Wie bitte?

Jetzt war ich sprachlos. Sprachlos aus gleich drei Gründen: wegen Herberts Unverschämtheit, wegen seiner Trinkunlust, vor allem aber wegen seiner intimen Einblicke in mein Privatleben. »Christine geht fremd?«, sagte ich, als ich wieder einigermaßen bei Stimme war. »Woher willst du das wissen?«

»Von dir natürlich.«

»Von mir?«

»Hast du uns damit die Ohren vollgejammert oder nicht?«

»Ich? Du spinnst!«

»Vielleicht gehst du besser mal aufs Klo, Max.«

»Ich hätte euch vorgejammert, dass meine Ex fremdgeht? Wann soll das gewesen sein?«

»Na, kürzlich.«

»Wann?«

»Als wir uns letztes Mal gesehen haben. Im ›Englischen Jäger‹, wann sonst?«

»Da hätte ich …? Herbert, das kann nicht sein!«

Er seufzte. »Ach, Max. Nicht nur da. Vielleicht machst du dir in dieser Hinsicht etwas vor. Du redest ja nie über dich und Christine. Erst ab fünf Bier aufwärts, dann geht's plötzlich los. Wasserfallmäßig. Sei froh, dass keiner ein Band mitlaufen lässt.«

»So ein Quatsch, das wüsste ich doch.«

»Ich glaube, deine Zunge wird erst locker, wenn sie sicher sein kann, dass dir der Alkohol die Erinnerung daran wegspült.«

»Und dann … dann habe ich erzählt …?«

»Dass Christine einen anderen hat.«

»Mehr nicht?«

»Doch. Dass der ein granatenmäßiger Depp ist, wie die anderen auch. Dass du nicht verstehen kannst, warum sie immer wieder auf diese Idioten reinfällt.«

»Ist das wahr? So was hätte ich euch vorgeheult?«

»Nicht gerade geheult. Beschwert hast du dich. Wie die jungen Leute so drauf sind heute.«

»Junge Leute? Ich kapiere gar nichts mehr.«

»Na, euer Gefühlsdingens. Diese Herzschmerzsoße, drunter macht ihr es doch nicht mehr. Wenn die Tussi mal ihre Tage hat, habt ihr sie gleich mit. Das ist, wenn man sonst keine Sorgen hat. Bei uns damals war das noch Überlebenskampf, da war man froh, wenn man seine Arbeit hatte und sein Auskommen. Emotionen konnte man sich nicht leisten. Der pure Luxus. Ihr seid die Luxusgeneration, Max.«

»Luxus? Emotionen, ich? Herbert, von wem redest du?«

»Von dir, wenn das dritte Bier im Magen angekommen ist.«

»Dann lass uns was trinken, und zwar so bald wie möglich. Das will ich selbst von mir hören!«

»Ja … weiß nicht.«

»Was weißt du nicht?«

»Meine Frau«, druckste er. »Die will nicht mehr, dass ich ausgehe. Ich bleibe jetzt zu Hause.«

»Spinnst du? Deine Frau hat doch noch nie eine Rolle gespielt, wenn es ums Trinken ging! Und jetzt plötzlich?«

»Sie hat schon immer genörgelt. Als dann klar war, dass es zu Ende geht mit dem ›Englischen Jäger‹, habe ich ihr versprochen, nicht mehr auszugehen.«

»Ach, und ab heute drückst du mit dem Arsch den Fernsehsessel platt? Erzähl du mir noch mal was von Emotionen! Kaum beklagt sich die Ehefrau …«

»Ich will's doch auch, Max. Es war eine schöne Zeit bei Maria, aber nun ist es vorbei. Aus und vorbei. Zeit für einen Schlussstrich.«

Mir fehlten die Worte. War das noch der Herbert, den ich kannte? Mit dem ich jahrelang getrunken, gequatscht, Schach gespielt hatte? Hatte ich mir mein Paradies nur eingebildet?

»Und die anderen?«, fragte ich schließlich. »Wie sehen die das?«

»Kurt ist meiner Meinung. Er sagt, bei diesen Treffen hat er sich immer so aufgeregt. Stimmt ja auch, er war dauernd auf 180.«

»Das hat doch mit unseren Treffen nichts zu tun! Kurt ist immer auf 180, sogar wenn er schläft!«

»Nee, nee, so einfach ist das nicht. Kurt braucht jetzt seine Ruhe. Er soll sich um seine Dackel kümmern, die sind ja auch nicht mehr die Jüngsten. Wir haben verabredet, dass wir uns ab und zu im Park treffen, zum Schachspielen. Vormittags und so.«

»Was?«, röchelte ich. Schachspielen im Park? Mit Rollator und Gleitsichtbrille? Wie weit waren wir gekommen?

»Das Alter ist kein Zuckerschlecken«, seufzte Herbert.

»Und Leander? Was ist mit dem?«

»Leander? Du kennst ihn doch. Sag ihm, er soll Männchen machen, dann tut er das; sag ihm das Gegenteil, dann macht er das auch. Mit dem kannst du dich gern weiter treffen.«

»Na danke. Ihr seid mir ja schöne Freunde. Hättet ihr mich nicht wenigstens vorwarnen können?«

»Haben wir, Max. Du wolltest es aber nie wahrhaben.«

Wie? Noch etwas, was ich nicht wahrhaben wollte? Genau wie meine Wut auf Schmider? Entweder träumte ich dieses Telefonat, oder ich musste mein Leben neu überdenken.

»Hattest du noch eine Frage?«, meldete sich Herbert. »Du sagtest vorhin was von Frage eins.«

»Ja, hatte ich«, seufzte ich. »Hat sich aber größtenteils erledigt. Ich wollte hören, was alles passiert ist an dem Abend. Das mit Christine und ihrem Liebhaber weiß ich ja nun. Was noch?«

»Was noch los war beim Abschied?«

»Ja.«

»Ach Gott, wir werden halt getrunken haben.«

»Sag nur. Und weiter?«

»Gequatscht haben wir, über die alten Zeiten. Der eine von Kurts Dackeln, Coppick, glaube ich, hat gegen den Tresen gepinkelt. Dann wurde wieder getrunken.«

»Weitere Gesprächsthemen?«

»Weiß ich nicht mehr. Moment, da waren doch diese Schabrackentapire in rosa. Diese Karnevalstrampel.«

»Kannst du dich an etwas Besonderes erinnern? Wollten die was von mir?«

»Von dir? Nö. Ich hab drei Kreuze geschlagen, als die wieder weg waren.«

»Und sonst? Wann sind wir gegangen?«

»Nicht so spät. Elf? Hab nicht auf die Uhr geschaut.«

»Bin ich allein nach Hause?«

»Glaub schon.«

»Direkt nach Hause? Keinen Umweg, keine Ankündigung, dass ich noch was vorhätte?«

»Wie soll ich das wissen? Ich bin zu Kurt ins Auto und war froh, dass ich es ihm nicht vollgekotzt habe.« Seine Stimme klang traurig. »Das habe ich dann zu Hause nachgeholt.«

KAPITEL 13

Dass der Abend versaut war, brauche ich nicht zu erwähnen. Der nächste Tag übrigens auch. In regelmäßigen Abständen zermarterte ich mir das Hirn, um wenigstens Bruchstücke von Erinnerung herauszukitzeln – ohne Ergebnis. Außerdem musste ich immer wieder an Herbert und Kurt denken, diese Brut von Verrätern, die jetzt einen auf Rentner und Spießer machte. Und hatte Herbert mehr über den Abend im ›Englischen Jäger‹ zu sagen gehabt als ich? Na also! Spießertum schützt nicht vor Erinnerungslücken. Im Gegenteil.

Einmal, ein einziges Mal, stellte ich mir sogar die Frage, ob ich auf dem Heimweg nicht doch einen Abstecher zu Schmider gemacht hatte. Wenigstens in Erwägung ziehen konnte man es. Mehr aber auch nicht. Einen Umweg über Handschuhsheim einschlagen, in meinem Zustand? Hautschuppen versprühen und hinterher nichts davon wissen? Wie sollte ich überhaupt an das Messer gekommen sein?

Das Messer. Ich hatte Christine immer noch nicht gefragt, woher sie von der Tatwaffe wusste.

Was meine Exgattin anging, so trat sie in diesen Tagen – wie soll ich sagen? – sehr zuvorkommend auf. Guter Laune, ohne zu übertreiben. Nett, aber gebremst. So eine stramm kalkulierte Freundlichkeit war das, seit ich den Staffelstab des Hauptverdächtigen von ihr übernommen hatte.

Ich meine, was tut unsereins nicht alles für eine funktionierende Ex-Beziehung.

Fehlte nur noch, dass sie sich dafür bedankte! Was natürlich nicht geschah; Christine wusste, wie weit sie gehen durfte. Wie sie meiner Laune auf die Sprünge helfen konnte, wusste sie allerdings nicht. In diesen Tagen glich unser Zufriedenheitskontingent einer Waage: Ging es bei mir nach unten, schnellte ihr Schälchen in die Höhe; sank ihres, konnte ich aufatmen.

Momentan war leider nichts mit Aufatmen. Die Ungewissheit, womit mich Greiner und Sorgwitz als Nächstes konfrontieren würden, lähmte mich und sorgte gleichzeitig für Unruhe. Einen ganzen Tag lang streunte ich im Haus herum und betrieb Ablenkungsmanöver. Rief einen ehemaligen Kunden an, der sich positiv über mich geäußert hatte, räumte meinen Schreibtisch auf, putzte das Bad. Immer auf der Suche nach dem kleinen Erfolg. Streicheleinheiten, jawohl! Als Christine am Abend von der Arbeit kam, hatte ich alles und nichts getan. Dann rief Kommissar Greiner an und bestellte uns zu sich.

»Morgen früh?«, fragte ich. »Am Samstag?«

»Ihre Frau möchte bitte mitkommen.«

Frau? Ich korrigierte ihn nicht einmal, so wild flitzten die Gedanken durch mein Hirn: Christine sollte dabei sein? Ging es um sie oder um mich? Oder um uns beide? Was hatten die zwei in der Hand? Bestimmt gab es neue Erkenntnisse! Sonst würden sie doch bis Montag warten.

»Sie wollen uns beide sehen«, erklärte ich Christine.

Auch sie war beunruhigt. »Warum? Haben sie keinen Grund genannt? Hast du nicht gefragt?«

»Ich gebe mir vor dem Rottweiler doch keine Blöße und winsle um Auskunft!«

»Fragen sollst du, nicht winseln!«

Ich winkte bloß ab.

Ihrem Herumgewälze nach zu urteilen, schlief Christine in dieser Nacht ebenso schlecht wie ich. Beim Frühstück besprachen wir unsere Taktik: immer ruhig bleiben, sich nicht provozieren lassen. Heitere Souveränität! Genau genommen war es Christines Taktik, die sie mir einzutrichtern versuchte, und ich nickte zu allem. Okay, würde ich einen auf handzahm machen. Vielleicht kamen die Kommissare damit am wenigsten zurecht.

Zumal sie an diesem Morgen nur zu zweit waren. Keine Spur von ihrem Vorgesetzten, kein Wort über sein Fernbleiben – und natürlich hätte ich mir eher auf die Zunge gebissen, als zu fragen, wo Fischer steckte.

»Guten Morgen«, sagten unsere Gastgeber.

»Guten Morgen«, sagte ich. Ich hätte den beiden sogar die Hand geschüttelt, wenn sie es gewünscht hätten.

»Schön, dass Sie beide kommen konnten«, meinte Kommissar Sorgwitz. »Nehmen Sie Platz.«

»Gern«, erwiderte Christine.

Es folgten Bemerkungen über das Wetter – wie heiß soll es eigentlich noch werden? –, über das Arbeiten an Wochenenden und den Besuch der Amerikaner. Der fand nämlich auch an einem Wochenende statt, und da waren Greiner und Sorgwitz selbstverständlich erneut im Einsatz.

»Warum wir Sie hergebeten haben …«, begann Sorgwitz, nur um hektisch in seinen Unterlagen zu kramen und den Satz unvollendet zu lassen.

»Wir hören«, sagte Christine.

»Ja. Nun«, übernahm Greiner. »Vielleicht darf ich vorausschicken, dass wir Ihre Angaben zum letzten Treffen mit Herrn Schmider überprüft haben. Das Pizzeriapersonal konnte alles bestätigen, was Sie sagten.«

»Wie schön.«

Christines Lächeln fiel knapp aus. Vermutlich hatte sie gehofft, dass sich die beiden von Anfang an auf mich stürzen würden. Solange mein Name nicht fiel, stand sie in der Schusslinie. Aber schon der nächste Satz brachte Erleichterung.

»Ist Ihnen inzwischen etwas eingefallen, was den Ablauf des vergangenen Sonntagabends betrifft?« Kommissar Sorgwitz versuchte es mit einem total ausdruckslosen Blick in meine Richtung.

»Nein«, sagte ich. »Tut mir leid.«

»Schade.«

»Ich arbeite dran. Irgendwann kommt die Erinnerung zurück, da bin ich sicher.«

»Bestimmt.« Kurze Kontrolle der Unterlagen. »Und Sie haben keine Erklärung dafür, wie Ihre DNA an den Tatort gelangt ist?«

Reiß dich zusammen, Max!, hämmerte es in meinem Kopf. Ich spürte Christines warnenden Blick auf mir. »Kann es sein«, sagte ich, »dass Sie mir diese Frage schon einmal gestellt haben?«

»Natürlich. In der Zwischenzeit hatten Sie Zeit, darüber nachzudenken. Vielleicht ist Ihnen etwas eingefallen.«

»Nein.«

»Sie waren also nicht in Schmiders Wohnung?«

»Nein.«

»Nie?«

»Nie.«

»Auch nicht in der Nähe? In seiner Straße, bei Nachbarn, gleich um die Ecke?«

Ich zögerte. Was sollte das? Worauf wollte der Kerl hinaus? »Nein«, sagte ich zum mittlerweile achten oder neunten Mal.

Sorgwitz nickte. Abgesehen von einer gewissen Müdigkeit war sein Gesichtsausdruck völlig neutral. Bei geschlossenem Mund fuhr er mit der Zunge über die Zähne, dann sagte er: »Mein Kollege wird Ihnen etwas am Computer zeigen.«

Wir wandten uns dem Rottweiler zu. Auch er: die Unverbindlichkeit in Person. Keine Faxen, kein Getöse – ein Frage- und Auskunftsautomat. Er drehte den Monitor seines PCs so in unsere Richtung, dass wir freie Sicht darauf hatten. Zu erkennen war nichts, nur schmieriges Grau mit hellen Punkten und dunklen Flecken darin. Dann drückte Greiner den Knopf einer Fernbedienung, und das Bild wurde schärfer. Man sah eine Hauswand mit Glastür und Fenster, einen Bürgersteig, Stufen und am oberen Bildrand die Ecke eines Bankenschilds. Links unten war ein Datum mit Uhrzeit eingeblendet. Ein paar Sekunden lang geschah nichts, dann kam eine Person in Sicht. Sie schritt an der Bank vorbei, schaute kurz zur Seite und verschwand wieder. Greiner hielt den Film an.

Bei der Person handelte es sich um einen Mann.

Der Mann war ich.

»Das hier«, sagte Greiner und zeigte auf den Monitor, »ist die Aufnahme einer Überwachungskamera aus der Steubenstraße. Sie kennen die Steubenstraße?«

Wir nickten.

»Wie Sie sehen, wurden die Bilder am Freitag letzter Woche gemacht, also zwei Tage vor dem Mord an Schmider. Wir haben sämtliche Überwachungskameras in Tatortnähe überprüft. Routinemäßig. Haben Sie sich erkannt, Herr Koller?«

Ich zuckte mit den Schultern. »Klar.«

»Was haben Sie an dem Tag gemacht?«

»Sieht so aus, als wäre ich ein Stück die Steubenstraße entlang gelaufen. Ist das verboten?«

»Wohin sind Sie gelaufen?«

»Muss ich überlegen. Warten Sie.« Ich ließ drei Sekunden verstreichen, dann sagte ich: »Tut mir leid, ich komm nicht drauf.«

Greiner tippte auf der Fernbedienung herum und ließ das Filmchen noch einmal ablaufen. Ich hörte, wie Christine auf ihrem Stuhl herumrutschte.

»Wir können Ihrem Gedächtnis nachhelfen«, ergriff der Dunkelhaarige wieder das Wort. »Direkt neben der Bank ist ein Café. Dort haben Sie etwa eine Stunde gesessen und einen Kaffee getrunken.«

»Richtig«, sagte ich. »Genau.«

»Sie erinnern sich?«

»Jetzt ja.«

»Einer der Kellner hat Sie wiedererkannt. Er sagt, Sie seien allein gewesen.«

»Stimmt. War ich.«

»Und was wollten Sie dort?«

»Wie Sie schon sagten: einen Kaffee trinken. Meine Ruhe haben. Nichts sonst.«

»In Handschuhsheim?«

»Warum nicht?«

»Ihr Stammcafé ist das nicht gerade. Der Kellner meinte, er habe Sie dort zum ersten Mal gesehen.«

»Ja, möglich.«

»Warum also ausgerechnet ein Café, das in Tatortnähe liegt, zwei Tage vor dem Mord?«

»Hören Sie, das ist reiner Zufall! Sie können mir aus der Tatsache, dass ich ausnahmsweise einmal ein Käffchen in Handschuhsheim zu mir nehme, doch keinen Strick drehen. Wie das schon klingt, Tatortnähe …«

»Einmal schräg über die Steubenstraße, schon stehen Sie vor Schmiders Haus. Luftlinie keine 100 Meter.«

»Ja und? Bin ich über die Straße gegangen? Hat das der Kellner vielleicht behauptet?« Ich konnte nur hoffen, dass ich nicht so erregt klang, wie ich war.

Greiner schüttelte den Kopf. »Nein. Nach einer Stunde sind Sie wieder gegangen. Auch das hat die Kamera dokumentiert.«

»Na also. War's das?«

Wortlos strich sich der Rottweiler übers Kinn. Sorgwitz übernahm. »Schade, dass Sie uns nicht früher von Ihrem Cafébesuch erzählt haben«, sagte er. »Wir hatten Sie doch nach Ihren Kontakten zu dem Mordopfer gefragt.«

»Da gab es keinen Kontakt! Fällt das hier vielleicht unter Kontakt?«

»Nun, wir fragen uns schon, warum Sie ausgerechnet ein Café in der Steubenstraße wählen, um Ihren Kaffee zu trinken. In Sichtweise von Schmiders Haus. Wollten Sie ihn dort treffen? Oder wollten Sie sehen, wie er wohnt, wann er nach Hause kommt?«

Ich atmete tief durch, bevor ich antwortete. »Weder das eine noch das andere.«

»Es war also eine spontane Entscheidung, dort einen Kaffee zu trinken? Die mit der Person Harald C. Schmider nichts zu tun hatte? Ist das richtig?«

»Absolut richtig.«

Sorgwitz nickte. »Und Sie, Frau Markwart? Kennen Sie das Café?«

Christine räusperte sich. »Ich kenne es, ja. War aber noch nie dort.«

»Sie können sich keinen Grund denken, warum Ihr Mann ausgerechnet dort …«

»Warum sollte ich?«, unterbrach sie ihn kühl. »Max kann seinen Kaffee trinken, wo er will. Wie käme ich dazu, ihm irgendetwas zu unterstellen?«

»Entschuldigen Sie. Das war nicht meine Absicht.«

Sorgwitz lehnte sich zurück. Er suchte den Blick seines Kollegen, der mit der Fernbedienung spielte. Ihre Selbstdisziplin war beeindruckend. Noch nie hatte ich die beiden so erlebt. Bohrkerne aus der Antarktis!

»Wir wollen Ihre Zeit nicht länger in Anspruch nehmen«, meinte der Blonde schließlich. »Ich danke Ihnen beiden fürs Kommen.« Er stand auf. »Sie finden hinaus?«

»Schönes Wochenende«, wünschte Greiner.
»Wiedersehen«, sagte Christine.
»Wiedersehen«, sagte ich.
Wir gingen gemeinsam.

KAPITEL 14

Das Verhör war vorüber, aber eigentlich ging es jetzt erst los. Mit einem Schweigen, das Schlimmes befürchten ließ. Wortlos gingen wir nebeneinander her. Aus dem Gebäude der Polizeidirektion heraus, durch die Römerstraße, durch die Bergheimer Straße. Fast hätten wir es schweigend bis zu unserer Wohnung geschafft. Aber nur fast. Urplötzlich blieb Christine stehen und begann zu reden. Es sprudelte nur so aus ihr heraus.

»Was hat das zu bedeuten, Max? Wie kommen die auf das Café? Stimmt das, warst du wirklich dort? Und warum? Warum alleine? Darf ich das bitte, bitte erfahren?«

Ich blieb auch stehen, notgedrungen.

»Da gibt es nichts zu erklären. Ich war dort und hab was getrunken. Einfach so, ohne jede Absicht.«

»Schräg gegenüber von Haralds Haus!«

»Ich wusste doch gar nicht, dass er dort wohnt.«

»Das wusstest du nicht?« Sie suchte nach Worten. »Du wusstest nicht, dass er …? Max, das glaube ich nicht.«

»Du hast es nie erwähnt, und es hat mich auch nicht interessiert.«

Sie biss sich auf die Lippen. »Du willst mir doch nicht erzählen, dass du deinen Kaffee neuerdings in Handschuhsheim trinkst. Das hast du noch nie getan! Herrgott, Max, damit kannst du vielleicht der Polizei kommen, aber doch nicht mir, deiner Frau!«

»Ist aber so.«

»Warum dort? Warum? Nenne mir einen einzigen Grund, dass ich die Chance habe, es zu glauben.« Als ich schwieg, stampfte sie mit dem Fuß auf. »Merkst du nicht, dass ich es glauben *will*? Ich will ja, aber gib mir einen Grund! Bitte!«

»Es tut mir leid, da gibt es keinen Grund. Es war Zufall. Dass ich mich ganz in der Nähe von Schmider befand, war mir nicht bewusst. Ich schwöre dir, es hatte nichts mit ihm zu tun!«

Ein bitterer Zug spielte um ihren Mund. Sie wartete, bis ein Pärchen vorbeigeschlendert war, dann sagte sie mühsam beherrscht: »Harald fühlte sich verfolgt. Von dir. Hätte ich das vorhin erwähnen sollen?«

»Natürlich nicht. Weil es nicht stimmt! Kann sein, dass der Kerl mich mal gesehen hat, vielleicht sogar an dem Tag. Aber ich habe ihn nicht verfolgt, das ist absurd.«

»Und wie kommt dann deine DNA in seine Wohnung?«

»Ehrlich, das wüsste ich auch gern. Aber das eine hat mit dem anderen nichts zu tun. Ich war in dem Café, ja, allerdings ohne jede Verbindung zu Schmider. Was für Spuren die am Tatort gefunden haben, ist mir ein Rätsel. Ich kann verstehen, dass du mir nicht glaubst, aber ändern kann ich es auch nicht.«

Sie schwieg. Folgte dem Straßenverkehr mit ihren Blicken. Der Wind blies ihr eine Strähne ins Gesicht, die sie gedankenlos zur Seite wischte.

»Verrate du mir lieber, woher du weißt, dass die Tatwaffe ein Messer war!«

»Wie bitte?«

»Als die Polizei bei uns zu Hause war, als wir im Wohnzimmer saßen, da sagtest du, du könntest dir niemanden vorstellen, der mit einem Messer auf Schmider losgeht. Woher wusstest du von dem Messer? Von mir nicht!«

»Von Kommissar Fischer vermutlich«, entgegnete sie verwirrt. »Von wem sonst? Er wird es mir am Telefon gesagt haben, bevor er vorbeikam.«

»So?«

Jetzt schwiegen wir beide. Die Welt strömte an uns vorbei: Autos, Straßenbahnen, Passanten. Niemand beachtete uns. Zwei Personen, zu Eis erstarrt.

»Sollen wir nicht reingehen?«, schlug ich schließlich vor.

Christine sah mich an. In ihrem Blick lag Bitterkeit. »Einen Kaffee irgendwo in Handschuhsheim«, flüsterte sie. »Und das soll ich glauben?«

Achselzuckend ging ich voraus.

»Ich hoffe, da kommt nicht noch was nach«, hörte ich sie hinter mir sagen.

Das hoffte ich allerdings auch. Sah so die neue Strategie von Greiner und Sorgwitz aus? Die Daumenschrauben allmählich enger zu ziehen? Erst der unausgesprochene Verdacht gegen Christine, plötzlich der Scheinwerferschwenk auf mich, die DNA-Sache, das Video … Was kam als Nächstes? Ein Zeuge aus der Nachbarschaft? Ein Selfie vom Tatort? Mein Geständnis, geschrieben im Suff?

Oder Christines Aussage, sie habe mich in jener Nacht mit blutverschmierter Kleidung nach Hause kommen sehen?

In der momentanen Situation war alles denkbar. Das Misstrauen zwischen uns war ein stinkendes Tier, das vom einen zum anderen lief und sich an unseren Beinen rieb. Man versetzte ihm einen Fußtritt, doch es kam wieder. Der Gestank blieb haften. Nach dem frustrierenden Dialog auf der Straße setzte sich Christine aufs Sofa, hörte Musik über Kopfhörer und schloss die Augen. Sie sperrte mich aus ihrer Welt aus, mit allen zur Verfügung stehenden Sinnen. Ich überlegte, was ich kochen könnte, und als mir nichts einfiel, schnappte ich mir mein Rad und fuhr zum Neckar. Am Wehrsteg schaute ich eine Weile ins Wasser. Sogar ziemlich lange. Schäumend ergoss sich die Flut über die Staustufe. Das Tosen hatte etwas Beruhigendes. Drüben am Kanal sprangen sie vom Steg in den Fluss, aus über drei Metern Höhe. Jetzt im Sommer war das eine Art Lokalsport, vor allem nachts, den hin und wieder einer mit dem Leben bezahlte. Wegen tückischer Strömungen, nahm ich an, nicht wegen der Krankheitskeime im Wasser.

Irgendwann gelang es mir, mich von dem Anblick loszureißen. Ich radelte durch die Felder nach Handschuhsheim, sah Polen und Rumänen bei der Arbeit zu, klingelte Jogger aus dem Weg. Die Bewässerungsanlagen waren im Einsatz. Immer wieder brach sich das Sonnenlicht funkelnd im Wasserstrahl.

Für den Rückweg wählte ich eine Route, die mich durch die Steubenstraße führte. Gegenüber dem Café hielt ich an und beobachtete es eine Zeitlang. Viel tat sich nicht. Samstagvormittag, die Leute erledigten ihre Einkäufe, schlenderten über den Markt oder beendeten gerade ihr Frühstück. Die Zeit, um sich ins Café zu setzen, kam erst noch. Der Kellner war ein anderer als letzte Woche. Zwei Häuser weiter: die Bankfiliale mit der Kamera. Dort oben hing das Scheißding, ein kleines, hässliches Auge, nicht auffälliger als ein Lämpchen oder ein Bewegungsmelder. Aber einem wie mir konnte es mal eben das ganze Leben aus dem Gleichgewicht bringen.

Ich fuhr weiter. Zur Einmündung, an der Schmiders Haus stand. Vor der Tür lagen Blumen, im Vorbeifahren erkannte ich das Polizeisiegel am Rahmen. Natürlich musste ich an den Anblick der Leiche denken, an den tödlichen Schnitt und das Blut auf dem Boden. Mehr aber auch nicht. Über den bloßen Gedanken hinaus spürte ich keine spezielle Reaktion, kein Unwohlsein, keine plötzliche Reue, kein noch so nebulöses Nachempfinden des Geschehens. Bevor mich Kommissar Fischer an den Tatort beorderte, hatte ich Schmiders Wohnung nicht betreten. Niemals! Der Aschenbecher war mein Zeuge.

Wann fand eigentlich Schmiders Beerdigung statt?

Unverrichteter Dinge kehrte ich nach Hause zurück. Christine war nicht da, sie hatte auch keine Nachricht hinterlassen. Ich werkelte eine Weile ziellos herum, dann rief Fatty an.

»Wollte mal hören, ob wir was zusammen machen am Wochenende«, gähnte er. »Umtrunk auf der Neckarwiese oder so was.«

»Ja, mal sehen. Vielleicht.«

»Wir reden auch nicht übers Heiraten, versprochen. Also nicht die ganze Zeit.«

»Irgendwie passt es gerade schlecht. Lass es uns verschieben.«

»Ist was mit Christine?«, fragte er nach einer Schrecksekunde. »Wie lief das Treffen bei der Bullerei?«

»Komisch.«

»Komisch?«

»Ja, wir sind beide ein bisschen durch den Wind, Christine und ich.« In knappsten Worten erzählte ich ihm von den DNA-Spuren und dem Video und dem Verdacht gegen mich. Nachfragen blockte ich ab. Details später. Wollte ihm die Hochzeitsvorfreude nicht verderben.

»Spinnst du?«, regte er sich auf. »Das eine hat doch mit dem anderen nichts … Drehen die Bullen jetzt völlig durch? Da siehst du mal, wohin das führt mit dieser Totalüberwachung und Technikgläubigkeit. Orwell hatte doch recht! Sag mir, was ich tun soll – ich tu's!«

»Mir ein paar Tage Zeit lassen, um das zu verarbeiten. Vielleicht sieht die Sache am Montag schon wieder anders aus. Ich melde mich, okay?«

»Und Christine? Was ist mit der?«

»Erst mal raus aus den Schlagzeilen. Grüß Eva von mir.«

So, nun hatte ich Fatty das Wochenende auch verdorben. Was heißt ich? Greiner und Sorgwitz hatten es getan. Warum gingen die keinen anderen Spuren nach als ausschließlich denen, die zu Christine und mir führten? Irgendwo musste es jemanden geben, den sich Schmider zum Feind gemacht hatte. Da müsst ihr suchen, ihr Bluthunde!

Okay, was Fatty anging, der würde schon bald wieder auf andere Gedanken kommen, verknallt, wie er war. Dass Christine mir die Sache mit dem Café nicht glaubte, hatte ich ihm verschwiegen. Hatte nur vage von einem Ausflug nach Handschuhsheim erzählt, bei dem mich irgendeine

Kamera erfasst habe. Dass das Ganze in Schmiders Nachbarschaft passiert war, brauchte er nicht zu wissen.

Und jetzt? Ganz kurz, aber wirklich nur sehr, sehr kurz, kam mir der Wunsch, mich zu Herbert und Kurt in den Park zu stellen und Schach zu spielen. Nach dem Motto: Hilfst du mir mal, den König auf a6 zu rücken? Meine Bandscheiben bröseln. O Seligkeit des Alterns …

In welchem Park spielten die eigentlich? Der Graham-Park in Handschuhsheim war ein beliebter Ausflugsort, aber meines Wissens gab es dort kein Schachspiel. Bei der Stadtbücherei gab es eines, und das schmale Handtuch Grün drumherum trug sogar die offizielle Bezeichnung Park. In einer Akademikerstadt ist man mit Euphemismen schnell bei der Hand.

Fort mit Herbert, fort mit Kurt, fort mit allen Schachfiguren! Hier lief ein anderes Spiel. Welches, brachte mir ein Anruf von Marc zu Bewusstsein. Ein Anruf wie ein Faustschlag.

»Sag mal, großer Ermittler«, fiel er gleich mit der Tür ins Haus, »bei uns in der Redaktion wird gemunkelt, die Polizei hätte einen neuen Verdächtigen an der Angel. Weißt du was Genaueres? Du gehst doch bei denen ein und aus.«

»Nein!«, blaffte ich zurück. »Weiß ich nicht!«

»Was ist los, Alter? War doch nur eine Frage.«

»Ich gehe bei denen nicht ein und aus! Wie stellst du dir das eigentlich vor? Die bestellen mich ein, wenn sie was von mir wissen wollen, und dann sitzt du dort, verplemperst deine Zeit und musst auch noch aufpassen, dass du nichts Falsches sagst. Die drehen dir nämlich sofort einen Strick draus.«

»Okay, sorry, ich nehme es zurück.«

»Und überhaupt, was heißt das, bei euch wird gemunkelt? Ihr sollt nicht munkeln in der Redaktion, sondern eure Arbeit tun. Recherchieren, Fakten ermitteln, und erst wenn die bestätigt sind, gehören sie in die Zeitung. Keine Gerüchte oder irgendwelche Namen, die in der Kaffeeküche gefallen sind. Ist doch wahr!«

»Wie bist denn du drauf?«, murmelte Covet.

»Schlecht bin ich drauf. Dein Tipp mit der Unterwelt und der Bewegung war komplett für die Katz. Den hast du dir wahrscheinlich in der Redaktion zurechtmunkeln lassen.«

»Gib Bescheid, wenn du wieder normal bist«, sagte er und legte auf.

»Idiot!«, schickte ich ihm hinterher. Ich sah mich schon von der Titelseite der nächsten Neckar-Nachrichten grinsen. *Neuer Tatverdächtiger ist ein alter Bekannter – Indizienlage erdrückend – Wann wird er gestehen?* Exklusivbericht von Dr. Munkel. Mit Videobeweis und Speichelprobe.

Wie kam die Zeitung überhaupt zu der Information? Hatten die Kommissare geplaudert? Unter den Polizisten in ihrem Haus gab es wahrscheinlich jede Menge, die mich zum Verhör hatten marschieren sehen und sich schadenfroh die Hände rieben. Ich konnte es ihnen nicht mal verdenken.

Für die nächsten Stunden schaltete ich das Handy aus. Keine Lust auf Anrufe, die meine Laune noch verschlechterten.

Beim Abendessen fragte mich Christine, ob mir inzwischen eingefallen sei, warum ich ausgerechnet das Café in der Steubenstraße besucht hatte. Als ich verneinte, nahm sie ihren Teller und aß im Wohnzimmer weiter. Später las sie im Bett und löschte früh das Licht, während ich die Zeit vorm Fernseher totschlug. Fast bekam ich einen Krampf im Daumen vom vielen hin und her Zappen. Irgendwann blieb ich an einem SWR-Bericht über die bevorstehende Staatsvisite hängen. Erst ging es ganz staatstragend um die Bedeutung dieses Abstechers, um die persönlichen Bindungen der Amerikaner und speziell ihres Präsidenten an Heidelberg. Sind wir nicht alle Obama? Dann aber kamen auch kritische Stimmen zu Wort. Die Sicherheitsvorkehrungen, hieß es, seien doch arg übertrieben. Es gab Interviews mit Altstadtbewohnern, die sich über die täglichen Kontrollen beschwerten, über das Verhalten der Security-Leute und die sonstigen Einschränkungen. Jeden Verwandtschaftsbesuch in dieser Zeit habe man im Voraus anmelden müssen, erklärten Anrainer. Die Spürhunde hätten in sein Schlafzimmer gepinkelt, klagte ein älterer Mann. Parken sei kaum noch möglich, die Hotels hätten ihre Preise erhöht, Veranstaltungen abgesagt werden müssen. Dabei sollte Obama erst in einer Woche nach Heidelberg kommen.

Als immer wieder Bilder vom Uniplatz gezeigt wurden, auf dem der Präsident eine Rede halten würde, vor handverlesenen Vertretern von Bund, Land und natürlich auch Stadt, fragte ich mich, ob Harald C. Schmider zu den Auserwählten gehört hätte. Vermutlich nicht, er war ja bloß einer von zig Verwaltungsangestellten. Falls doch, hätte er theoretisch die Gelegenheit gehabt, etwas Spektakuläres zu tun. Sagen wir: ein Attentat zu verüben. Etwas, wofür einem schon mal die Kehle durchtrennt werden konnte. Weil man nicht spurte, weil man es sich anders überlegt hatte oder weil es Streit um das Honorar gab. Ja, das war wirklich ein prima Gedanke, den gemütlichen Schmider mit einer Pistole mitten ins Obama-Publikum zu platzieren, als Handlanger von dunkelsten Dunkelmännern. Da schossen die neuen Motive und neuen Verdächtigen für den Mord an ihm doch nur so aus dem Boden!

Ich schaltete den Fernseher aus. Wie schlecht musste es eigentlich um mich stehen, wenn ich auf so einen Mist kam?

KAPITEL 15

Der Sonntag war ein großes Leuchten, ein Tanz der Farben unter freiem Himmel. Früh am Morgen fuhr ich los, als der Tag noch frisch war, unbenutzt, als ich ihn noch nicht teilen musste mit all den anderen Ausflüglern, Sonnenhungrigen, Drauflosmarschierern. Unter meinen Rädern summte der Asphalt. Neckaraufwärts Lawinen von Grün, beiderseits rollte es auf mich herab. Ich schlug mich nach Norden, in die engen, dunklen Täler, die kleinen Orte mit den seltsamen Namen. In Heiligkreuzsteinach stand ein Traktor vor dem Rathaus. Bussarde über Eiterbach. Eine Musikkapelle auf der Landstraße nach Unter-Schönmattenwag. Falkengesäß, Gammelsbach, Hirschhorn. Eine fremde Welt, trotz vertrauter Autokennzeichen.

Unterwegs musste ich immer wieder anhalten, um zu trinken. Mitgebrachtes Wasser, an einem Kiosk ein Hefeweizen, später einen Kaffee. Im Wald gab es Brunnen. Bei einem machte ich Rast und genoss die Stille. Manchmal schien die Welt ganz einfach, aufgeteilt in einen blauen Himmel, grünen Wald, braune Erde, schwarzen Asphalt: die Oberwelt. Schön säuberlich getrennt. Aber so war sie nicht, höchstens in Ausnahmefällen. Vielleicht sollte ich es doch mal mit dem Kellergeschoss probieren? Nur so aus Interesse? Am Ende hatte Marc Covet, der alte Besserwisser, recht, und da unten fanden sich die Antworten auf das, was man suchte. Mit dem Fuß scharrte ich welke Blätter vom Waldboden. Hätte doch sein können, dass sich darunter eine Falltür verbarg: der Eingang zur Unterwelt. Ich hätte keine Sekunde gezögert hinabzusteigen.

Weil da aber keine Falltür war, blieben wir hübsch oben, meine Gedanken und ich. Wieder auf den Sattel und weiter. Mit den Rädern kamen auch meine Erinnerungen ins Rollen – nicht unbedingt die, die ich gebraucht hätte, aber immerhin. Fahrend dachte ich über Gott und die Welt und Schmiders Tod nach. Über Christine und mich natürlich auch. Meine Gedanken spazierten sozusagen einmal quer durchs Neckartal. Um Felsnasen und Vorsprünge herum, den Flusswindungen nach, eine Abzweigung nehmend, mal mühsam bergauf, mal hüpfend von Stein zu Stein. Eine Landkarte des Denkens müsste man entwerfen können!

Es war gut, dass ich allein war. Gut, dass ich mein Handy zu Hause gelassen hatte.

Als ich nachmittags wieder in die Stadt zurückkehrte, erschöpft, von der Sonne verbrannt, fiel mein Blick auf das Schloss oben am Hang. Und ich erinnerte mich an das alte Gedicht – oder war es ein Märchen? – vom Riesen, der das Große Fass aus dem Schlosskeller klaute und im

Neckar versenkte. Mit all seinen trüben, schweren Gedanken drin. Sonst wäre es ja nicht untergegangen.

Genau das tat ich auch.

Ich kippte alles, was ich unterwegs gedacht und erwogen hatte, in das Fass und rollte es in den Fluss. Es versank in Sekundenschnelle. Ein paar Luftblasen noch, dann war Ruh. So. Nun lagen meine Gedanken auf dem Grund des Neckars, und wer sie heben wollte, brauchte Taucher und einen Kran.

Oder einen Riesen.

Still ging der Tag zu Ende. Christine und ich saßen gemeinsam vor dem Fernseher und taten so, als hätten Schmider und sein Mörder nie existiert. Als seien sie Akteure eines Films, den man ein- und wieder ausschalten könne. Spätestens morgen würde der Film wieder eingeschaltet, aber morgen war nicht heute. Und für morgen hatte ich einen Plan.

Den Plan hatte ich von meinem Ausflug mitgebracht. Großartig war er nicht gerade, aber wenigstens vermittelte er mir die Illusion, das Heft des Handelns in der Hand zu halten. Ich musste herausfinden, was vor einer Woche passiert war. Im ›Englischen Jäger‹ und danach. Zu diesem Zweck würde ich mich in Schmiders Nachbarschaft umhören, außerdem würde ich mit Fatty und Tischfußball-Kurt sprechen. Kurt war als Gesprächspartner zwar ungefähr so geeignet wie ich als Synchronschwimmer, aber irgendeinen Modus der Verständigung würden wir schon finden.

Apropos: Wie kommunizierten eigentlich Synchronschwimmer?

Als ich es am nächsten Morgen bei Kurt probierte, ging keiner ran. Dasselbe eine Stunde später. Ich rief Herbert an und wurde von seiner Frau in Kenntnis gesetzt, dass die beiden sich tatsächlich zum Schachspielen im Park verabredet hätten.

»Um diese Zeit?« Ich konnte es nicht fassen. »Am Montagmorgen?«

»Herbert steht jetzt immer früh auf«, scholl es triumphierend aus dem Hörer.

Nichts gegen Herberts Frau, aber vielleicht sollte ich Fatty verklickern, welche Folgen so eine Heirat haben konnte. Ich lief in den Hof hinunter und schwang mich auf mein Fahrrad.

Stopp.

Bevor ich meine große Reise antrat, sollte ich erwähnen, in welchem Zustand ich das Haus verließ. Ich meine nicht meinen seelischen Zustand, der bedarf keiner Erwähnung. Sondern das Drumherum. Was ich trug, zum Beispiel. Was ich dabeihatte. Nebensächlich? Das dachte ich auch. Bis zu jenem Tag.

Also, Herrschaften, zum Mitschreiben: ein T-Shirt, Jeans, Sandalen. Angesichts der Hitze wäre eine kurze Hose angebracht gewesen, aber ich bin nicht so der Kurzehosentyp. In der einen Hosentasche mein Geldbeutel, in den anderen Haustürschlüssel und Handy. Meine Armbanduhr.

Sonst nichts.

Hinter mir fiel die Haustür ins Schloss. Eigentlich kein erwähnenswertes Geräusch. Und doch kamen Tage, an denen ich es vermissen würde. Von all den anderen vertrauten Eindrücken, den Gerüchen, Berührungen, Empfindungen, ganz zu schweigen.

Bis zur Stadtbücherei war es ein Katzensprung. Ich entdeckte meine ehemaligen Kneipenkumpel schon von

Weitem. Zu viert standen sie um ein Schachfeld mit kniehohen Figuren herum: Kurt, Herbert und zwei andere Rentner. Ich meine, Rentner ist nur Herbert, während Kurt die 50 noch nicht überschritten hat. Aber so, wie sie da standen, trüben Blicks unter hellbraunen Schirmmützen, Hände auf dem Rücken, Schultern vorgebeugt, gaben sie die Abziehbilder von Pensionären ab. Bestimmt hatten sie schon ausgiebig über ihre Zipperlein geklagt. Über die Jugend von heute, und dass früher alles besser war. Ich lehnte mein Rad gegen eine Laterne und stellte mich neben das Schachfeld. Coppick und Hansen, Kurts Dackel, begrüßten mich schwanzwedelnd.

»Sieh an, sieh an«, murmelte Tischfußball-Kurt, den Blick kaum von den Schachfiguren hebend.

»Morgen, Max«, sagte der schöne Herbert.

»Morgen.«

Das Rentnerduo musterte mich misstrauisch.

»Ich brauche noch mal eure Hilfe«, sagte ich. »Deine vor allem, Kurt. Ich suche dringend jemanden, der bezeugen kann, dass ich nach der Abschiedsparty im ›Englischen Jäger‹ direkt nach Hause bin. Ohne Umweg.«

»Gleich«, brummte Kurt und griff nach der weißen Dame.

»Die doch nicht«, sagte der eine Rentner.

»Um Himmels willen«, der andere.

Kurt zog seine Hand zurück. Früher hätte er die Dame gepackt, um sie den beiden Besserwissern gegen die Stirn zu werfen. Jetzt warf er bloß die Stirn in Falten und fragte: »Nicht?«

»Doch«, sagte ich. Die Rentner spitzten die Lippen.

Tischfußball-Kurt kratzte sich im Nacken. »Meinst du?«

»Unbedingt. Damit hältst du den Turm hier in Schach.«

»Stimmt.« Er machte den Zug. Das Rentnerduo stöhnte auf.

Während Herbert gemessen das Feld umrundete, um einen Eindruck von der neuen Situation zu bekommen, stellte ich mich auf c6/c7, die gerade frei waren.

»Ihr dürft gleich weiter spielen. Mir sitzt die Polizei im Nacken.«

Die beiden Alten machten fast einen Satz vor Schreck. Kurt und Herbert nicht, die waren noch ganz anderes von mir gewohnt.

»Geh mal weg da, Max, du versperrst mir die Sicht!«

»Erst wenn ihr nachgedacht habt, Herbert. Du warst doch nüchtern, Kurt, du musst dich erinnern können!«

»Wer ist nach drei Litern Orangensaft noch nüchtern?«, knurrte Herbert.

»Was denn?«, bellte Kurt. »Was willst du hier eigentlich, du Nervtöter?«

»Du sollst dich erinnern! Gestern vor einer Woche, der Sonntagabend im ›Englischen Jäger‹. Sind wir zusammen raus, wir drei, oder sind wir nicht?«

»Klar sind wir.«

»Und bin ich anschließend gleich nach Hause?«

»Klar bist du. Wohin denn sonst? Oder hast du unter der Brücke geschlafen?«

»Die Polizei glaubt, ich hätte dem Mann, der in dieser Nacht ermordet wurde, noch einen Besuch abgestattet. In Handschuhsheim.«

Die Rentner bekamen Schnappatmung. Einer der beiden kramte mit zitternden Händen ein Pillendöschen hervor und bediente sich. Der andere griff ebenfalls zu.

»Keine Sorge«, meinte Kurt, »der Max ist nicht so.

Macht gern einen auf Rüpel, obwohl er keiner Fliege was zuleide tun kann. Außerdem«, wandte er sich wieder mir zu, »warst du an dem Abend viel zu besoffen. Ich hätte dich ja nach Hause gefahren, aber …« Er winkte ab.

»Ich weiß schon, die Autositze. Hättest du mal, Mann! Dann könntest du mir jetzt ein Alibi geben.«

Herbert zupfte an meinem Shirt, um mich vom Spielfeld zu ziehen, doch ich blieb stehen.

»War sonst etwas ungewöhnlich an dem Abend, Kurt? Ist dir etwas aufgefallen?«

Stirnrunzeln. »Nö. Was soll mir denn aufgefallen sein?«

»Max stellt komische Fragen in letzter Zeit«, seufzte Herbert.

»Ja, und weißt du, warum?«, rief ich. »Weil ich unter Verdacht stehe, darum! Die Bullen haben DNA-Spuren von mir am Tatort gefunden. Ist euch klar, was das heißt? Die denken, ich war dort. War ich aber nicht. Jetzt versuchen sie, mir einzureden, ich hätte Schmider im Suff einen Besuch abgestattet. Das ist doch wohl ein Grund, komische Fragen zu stellen, oder?«

Nach diesen Worten herrschte Stille. Kurt schob seine Mütze aus der Stirn und kratzte sich am Haaransatz. Also dort, wo andere Leute ihren Haaransatz haben. Bei Kurt ist da nichts mehr. Herbert zog die Brauen in die Höhe und tastete nach seinem verlorenen Arm. Die beiden Rentner klammerten sich hilfesuchend aneinander.

»Nun rasselt mal nicht so mit euren Herzklappen«, fauchte Kurt, als er die zwei wimmern hörte. »Die Bullen hatten doch schon immer ein Rad ab! Jetzt wollen sie dem Kleinen auch noch einen Mord anhängen – idiotisch. Völlig gaga. Dazu ist der überhaupt nicht in der Lage, intellektuell und so. Also kriegt euch wieder ein.«

»Danke«, seufzte ich. »Ein handfestes Alibi oder ein Hinweis, was an diesem Abend Ungewöhnliches passiert ist, wäre mir allerdings lieber.«

»Moment.« Kurt starrte mich an. »Dieser Schmider – ist das der Typ, über den du so gelästert hast? Weil er Christine gebumst hat?«

Das Signal meines Handys enthob mich einer Antwort. Ich hätte wohl auch keine gefunden. Erst Herbert, jetzt Kurt. Das erfanden die doch nicht!

Ich schaute auf das Display. Eine SMS von unbekannt. Schon um Zeit zu gewinnen, rief ich sie auf. Ihr Inhalt war wie eine Dusche aus Eiswürfeln.

›Die Tatwaffe ist gefunden‹, las ich. ›Mit Ihren Fingerabdrücken darauf.‹

Mehr nicht. Kein Absender, keine Quelle, keine Details. Das konnte nicht sein. Es konnte einfach nicht stimmen. Wie sollten meine Fingerabdrücke auf ein Messer kommen, das ich nie gesehen, das ich nie in der Hand gehalten hatte?

Nun, genau so, wie meine DNA an den Tatort gekommen war.

»Alles klar?«, hörte ich Kurts Stimme von irgendwoher. »Stress mit der Alten?«

»Können wir jetzt weiterspielen?«, fragte Herbert.

Ich reagierte nicht. Natürlich war das Quatsch mit der Tatwaffe. Es war gelogen, erfunden, zusammengereimt. Jemand wollte mich in die Pfanne hauen. Ein schlechter Scherz. Aber nur einmal angenommen, es war kein Scherz, sondern die Polizei hatte nach all dem anderen Zeug, den Hautschuppen, den Haaren und dem Video, jetzt auch noch meine Fingerabdrücke auf der Waffe, dann war klar, was jetzt kommen würde.

»Die haben mich am Arsch«, flüsterte ich. »Die wollen mich einbuchten.«

»Einbuchten? Wer?« Tischfußball-Kurt zog die Nase hoch. »Doch nicht die da?«

Ich drehte mich um. Tatsächlich, da stiegen Greiner und Sorgwitz eben aus einem Wagen. Es stimmte also!

»Sie haben die Tatwaffe gefunden.« Jetzt war ich derjenige, der seine Atmung nicht mehr unter Kontrolle hatte. »Das Messer. Mit meinen … meinen Fingerabdrücken drauf. Die wollen mir den Mord anhängen, und ich weiß nicht, warum!«

Kurts Gesicht lief rot an. Wie eine Lampe, die man anknipst. Mit dieser Fähigkeit ist er eigentlich ein Kandidat fürs Guinness-Buch oder irgendeine Fernsehshow. Der Kerl wird rot, ohne die Luft anzuhalten, zu pressen oder zu drücken. Einfach so, von innen heraus. Er musste bloß jemanden wie die beiden Kommissare sehen, das reichte.

»Gesindel!«, zischte er.

Greiner und Sorgwitz kamen näher. Ich war unfähig, mich zu rühren.

»Ja und?«, hörte ich Herbert hinter mir sagen. »Hast du den Kerl umgelegt oder nicht?«

»Nein«, stöhnte ich, »natürlich nicht.«

»Schwör's.«

»Ich schwöre!«

Jetzt waren sie da. Der Rottweiler und der Kampfhund. Mit ihren undurchdringlichen, um Neutralität bemühten Mienen, die ich von vorgestern kannte. Coppick und Hansen jaulten auf. Ich stand noch immer auf c6/c7.

»Herr Koller?«, sagte Greiner und wartete.

Ich schwieg. Die Sonne brannte. Irgendwo hupte ein Auto.

»Wir müssen Sie bitten mitzukommen«, fuhr der Kommissar fort.

»Warum?«, sagte ich.

»Es liegen neue Erkenntnisse zum Mord an Harald C. Schmider vor. Darüber möchten wir mit Ihnen sprechen.«

»Geht es morgen? Oder heute Nachmittag? Ich bin gerade …«

»Nein«, sagte Kommissar Sorgwitz. »Sofort. Bitte, Herr Koller.«

Das war das Ende. Ich stand auf einem schwarzen und weißen Schachfeld, auch die Welt war schwarz und weiß. Weiß: die Freiheit. Schwarz: das Gefängnis. Wenn ich jetzt mitkam, würden sie mich nicht mehr gehen lassen. Nicht mit dieser Indizienlage. Meine Fingerabdrücke auf der Tatwaffe – wie absurd war das denn?

Ja, es war das Ende. Aber dann kam Tischfußball-Kurt. Beide Dackel hinter sich herziehend, drückte er sich am Schachfeld vorbei, und als er auf meiner Höhe war, zischte er mir leise ein »Hau ab!« zu.

Abhauen?

Ich? Jetzt? – Wie denn?

Kurt begann zu brüllen: »Jawoll, Herr Kommissar! Das ist gut, ich danke Ihnen! Danke, dass Sie einschreiten, dass Sie diesem Spuk ein Ende setzen! Der Kerl muss hinter Gitter, und zwar sofort, das sage ich schon lange, mir kam der immer verdächtig vor, so ein Privatermittler, das ist das Letzte.« Schreiend fiel er den verdutzten Polizisten um den Hals, umklammerte den einen, hielt den anderen am Arm fest. Gleichzeitig zerrte er an Coppick und Hansen, dass die wild umhersprangen und sich mit ihrer Leine zwischen den Polizistenbeinen verhedderten. »Danke, liebe Kommissare, vielen Dank!«

Und da war auch schon der schöne Herbert neben ihm, krallte sich einhändig in Greiners Arm und stimmte in Kurts Gefangenenchor ein: »Sie glauben ja nicht, was wir für Ängste ausgestanden haben, als der eben auf uns zukam, regelrecht bedroht hat er uns, Sie müssen den Mann einsperren. Hören Sie, einsperren!«

»Loslassen«, schrie Kommissar Greiner und schubste Herbert weg.

»Ich bin schwerbehindert«, jaulte der. »Wie gehen Sie mit einem Behinderten um?«

Greiner wollte einen Schritt auf mich zu machen, stolperte aber über Hansen. Gleichzeitig hängte sich Herbert mit seinem ganzen Gewicht an ihn dran. Auch Sorgwitz kam aus der Umklammerung durch Kurt nicht los. So standen sie da, rangen miteinander, wanden sich, zeterten. Eine moderne Laokoon-Gruppe, selbst wenn die Personenzahl nicht stimmte und Laokoon keine Dackel gehabt hatte. Die Rentner gafften mit offenem Mund und ich auch.

Aber nur kurz.

Dann nahm ich meine Beine in die Hand und stürmte los. c6/c7 war wieder frei.

KAPITEL 16

Die Welt war schwarz-weiß, und noch befand ich mich auf der weißen Seite. In Freiheit. Schwarz lag hinter mir, dort, wo Herbert und Kurt wie Kletten an den Kommissaren hingen. Schwarz war böse, deshalb weg von hier, weg, weg, weg. Wenn das Leben doch immer so einfach wäre!

Ich schnappte mein Rad, sprang auf, hetzte los. Nur nicht zurückschauen! Treten. Buckel machen. Geschwindigkeit erhöhen. An der Stadtbücherei vorbei, zur Bergheimer Straße. Nicht bremsen! In den fließenden Verkehr einreihen, über die Schienen, auf die andere Straßenseite. Hoch auf den Bürgersteig. Verdammte Fußgänger! Wo blieben meine Verfolger? Zu Fuß schafften sie es jetzt nicht mehr. Bis sie ihren Wagen gestartet hatten, verrann wertvolle Zeit. Ich bog links ab, ins ehemalige Klinikgelände hinein. Hier war ich erst einmal sicher. Ein Labyrinth aus Fußwegen, Durchgängen, Zufahrten. Da nützte ihnen ihr Auto überhaupt nichts! Ich warf einen Blick zurück. Kein Greiner, kein Sorgwitz zu sehen. Das würde auch erst einmal so bleiben.

Ich keuchte. Mein Herz schlug wie wild.

Verschnaufen? Päuschen gefällig?

Auf keinen Fall. Schwarz war noch zu nahe. Ich musste Abstand gewinnen, so viel Abstand wie möglich. Weg, weg, weg, hämmerte es in meinem Inneren. Im Rhythmus meiner Tritte, im Rhythmus meines Herzschlags. Immer nur: Hau ab, Max!

Also fuhr ich weiter. Schweißüberströmt. Mit zitternden Muskeln. Wann würde das Konzert der Martinshörner beginnen? Ich erreichte den Neckar, jagte flussaufwärts Richtung Altstadt. So kam ich gut voran, aber das Gelände war zu offen, die Straße zu breit. Die ständige Gefahr, entdeckt zu werden. Hinüber in die Altstadt, sobald sich eine Gelegenheit bot. Auf Kopfsteinpflaster durch die verwinkelten Gassen, bis zur Ebert-Anlage, dann nach Süden in die Gaisbergstraße. Die Verkehrsknotenpunkte im Zentrum – Bismarckplatz, Adenauerplatz – lagen hinter mir, nun lockte der Wald. Im Wald würden sie mich nicht finden, den kannte ich besser als sie. Am Ende der Straße wechselte ich in den Steigerweg. Die Serpentinenstrecke. Am Bergfriedhof vorbei, weg von den Häusern, Rechtskurve, Linkskurve, immer höher und höher. Meine Flucht verlangsamte sich. Schweiß floss in Bächen von meiner Stirn, tropfte vom Kinn auf den Lenker.

Endlich, das Krankenhaus Speyererhof. Ich fuhr noch ein paar 100 Meter weiter, ins Waldesgrün hinein, bis zu einem kleinen verlassenen Parkplatz. Dort warf ich das Rad gegen einen Baum und mich daneben. Der Länge nach auf den Boden, einfach so. Gesicht gen Himmel.

Mein Herz war ein Presslufthammer, die Oberschenkel schmerzten. Ich schwamm in Schweiß. Wollte die Augen geschlossen halten, doch der Tag zwängte sich zwischen meine Lider. Grelles Licht tanzte um meine Wimpern. Das Rascheln des Buchenlaubs, die dunklen Arme der Fichten. Ich blinzelte in die Sonne. Irgendwann setzte ich mich auf. Betrachtete meine Hände, meine Füße, sah mich um.

Schwarz und weiß. Das war die Welt.

Das war sie nicht.

Da waren noch andere Farben. Zwischentöne, Übergänge. Die Welt war kein Schachbrett. Es gab nicht bloß falsch und richtig.

Stöhnend griff ich mir an den Kopf. Was, um Himmels willen, hatte ich nur getan?

Vor der Polizei zu fliehen, vor der Staatsmacht … Drehte ich jetzt völlig durch?

Du Depp!

Ein Wagen näherte sich. Ich glotzte ihn an, als hätte ich noch nie ein Auto gesehen, schaute ihm nach, bis er im Wald verschwunden war. Da fuhr jetzt einer von A nach B oder von C nach D und wieder zurück. Dann Garage, Abendessen, Bett. Normal! Vielleicht hatte der Fahrer Zahnschmerzen, vielleicht musste er noch tanken oder stritt sich mit seiner Frau. Was man so tat an normalen Tagen. Was ich auch tat.

Nur heute nicht. Heute war anders. Heute war ich auf der Flucht. Vogelfrei.

»Max!«, rief ich und sprang auf. Wieder das wilde Staccato meines Herzschlags. Jetzt: aus Panik. In meinem Kopf spielten die Gedanken Pingpong. Was tust du jetzt? Was tue ich jetzt? Du – ich! Was wird nun passieren? Warum und wozu? Das war doch hirnrissig! Alles war hirnrissig, nichts stimmte. Ich tigerte über den kleinen Platz, hin und her, immer wieder. »Warum sagst du nichts? Wie geht es weiter? Was hast du dir dabei gedacht? Was, verdammt, stellst du nun mit deinem Leben an?«

Irgendwann blieb ich stehen. Keuchend. Erschöpft von dem Chaos in meinem Schädel, von der Ratlosigkeit, der Panik. Wer konnte mir helfen? Wer? Niemand da!

Niemand da.

Nur ein Wegweiser, der in alle möglichen Richtungen

zeigte. Welche ich einschlagen sollte, verriet er mir nicht. Und dann gab es noch ein Kreuz, vor dem frische Blumen lagen. Da war ja doch einer. Er hatte die übliche Dornenkrone auf und eine Wunde unter dem Herzen. Schwieg ebenfalls.

»Scheiße«, flüsterte ich. »Was ist hier los? Wie heißt dieses Spiel?«

Stille. Der Mann am Kreuz schaute in meine Richtung. Er sagte nichts, aber er schaute. Mit geneigtem Haupt. Ich meine, er war aus Holz, und die ganze Schnitzerei hatte Volkshochschulniveau. Na gut, ein klein wenig besser war sie schon. Jedenfalls sah es aus, als schaute er mich an, und als ich ein paar Schritte zur Seite ging, sah es immer noch so aus.

Vielleicht war ich ja doch nicht komplett allein.

»Pass auf«, sagte ich, »ich erkläre es dir.«

Und dann begann ich, dem Mann am Kreuz meine Story zu erzählen. Von Anfang bis Ende. Wahrscheinlich hielt er mich für bescheuert. Er hatte Nägel in beiden Händen und eine Dornenkrone auf dem Kopf – was wollte ich ihm da groß imponieren mit meinem bisschen Flucht und der Angst, eingesperrt zu werden. Aber ich wollte ihm ja gar nicht imponieren. Ich wollte nur, dass er zuhörte. Kommentarlos. Einfach so.

Der Mann am Kreuz hörte zu.

»Ich bin nämlich abgehauen«, erklärte ich. »Hab mich dem Zugriff der Polizei entzogen. Verstehst du, die wollten mich zum Verhör mitnehmen. Und dann einbuchten, logisch. Der Haftrichter stand bestimmt schon Gewehr bei Fuß. DNA-Kram, Fingerabdrücke – was will man mehr? Da hätte ich auch … Aber nun bin ich weg. Getürmt. Geflohen. So sieht's aus.«

Ich sah auf meine Fußspitzen. Eben hatte ich noch auf dem Schachfeld gestanden. Der Asphalt auf dem Parkplatz war grau. Eine traurige Mischung aus Schwarz und Weiß.

»Jetzt«, fuhr ich fort, »gibt es genau zwei Möglichkeiten für mich: reumütig zurückkehren – oder die Sache durchziehen. Und was folgt daraus?« Ich setzte mich wieder in Bewegung. »Daraus folgt, dass es Probleme geben wird. So oder so. Spielen wir es mal durch. Möglichkeit eins: Ich stelle mich. Rein ins Revier, Winkewinke, hier bin ich, sorry für den Umweg, ich hatte was Dringendes zu erledigen. Und dann?« Ich blieb stehen und sah zu dem Kreuz hoch. »Du kennst das, nicht wahr? Dieses Eingesperrtsein, Eingekerkertsein. Nicht wissen, wann man rauskommt. Nicht wissen, was mit einem passiert. Bei mir wäre es erst mal U-Haft. Im Vergleich zu deinen Verhältnissen damals natürlich eine Kaffeefahrt. Trotzdem.« Ich tappte wieder los. »Es geht nicht. Ich vertrage das nicht. Da kannst du doch einpacken als Ermittler. Auch wenn du irgendwann wieder freikommst. Wer wird dich noch beauftragen?«

Der Mann am Kreuz schwieg.

»Außerdem werde ich verrückt, wenn man mich einsperrt. Wenn ich nichts tun kann. Wenn ich vom Gutdünken irgendwelcher Paragraphenreiter abhängig bin. Von Leuten wie Greiner und Sorgwitz, von Juristen und Oberjuristen. Ganz miese Idee, ganz mies.«

Ja, Haft war für einen Zappelphilipp wie mich so ziemlich das Übelste, was man sich vorstellen konnte. Keine Ausfahrt mehr zu unternehmen, wenn der Blutdruck stieg, untätig herumzusitzen, während andere über einen entschieden – nein. Völlig undenkbar.

Blieb nur Möglichkeit zwei.

»Dann sind wir uns also einig: Ich fahre nicht in die Stadt zurück. Okay? Ich tu's einfach nicht. Die sollen warten, bis sie schwarz werden. Nur so habe ich nämlich die Chance, meine Unschuld zu beweisen. Und genau das will ich.«

Da – jetzt hatte der Mann am Kreuz reagiert. Oder bildete ich mir das nur ein? Wenn mich nicht alles täuschte, hatte er mir eben eine Frage gestellt.

»Wie ich das anfangen soll, meine Unschuld zu beweisen?«, sagte ich. »Wart's ab. Mir fällt da schon was ein. Ist doch mein Beruf. Ermitteln, Beweise finden, ein Verbrechen aufklären. Routine. Kommt Zeit, kommt Rat. Hauptsache, ich habe die Hände frei. Anders als du. Sorry, schlechter Witz. Was ist? Warum guckst du so komisch?«

Ich trat direkt vor das Kreuz und stemmte die Fäuste in die Seiten. Der geschnitzte Typ da oben verunsicherte mich. Irgendetwas wollte er mir sagen. Hatte ich einen Denkfehler gemacht? War doch alles klar wie Kloßbrühe. Er musste es am besten wissen, schließlich hatten sie ihn ans Kreuz genagelt, obwohl er unschuldig war.

Jedenfalls aus heutiger Sicht.

»Oh«, sagte ich. Und gleich noch einmal: »Oh.« Jetzt hatte ich kapiert, was er mir sagen wollte. Einen Denkfehler hatte ich nicht gemacht, aber eine stillschweigende Annahme. Und darauf wies er mich hin. Ebenfalls stillschweigend.

Die Annahme lautete: Ich war unschuldig.

Und das war der Haken an der Sache. Meine Unschuld konnte ich nur beweisen, wenn sie auch bestand.

Tat sie das?

»Danke«, sagte ich, meinen Weg fortsetzend. Ein paar Schritte in die eine Richtung, ein paar in die andere.

»Danke für den Hinweis. Das bedeutet, dass wir auch hier genau zwei Möglichkeiten haben. Schuldig oder unschuldig. Nehmen wir einmal an, ich hätte Schmider umgebracht. Ich, Max Koller. Nur mal angenommen. Hätte anschließend alles vergessen und verdrängt. Soll ja vorkommen. Angeblich sogar in den besten Familien. Mein Problem: Ich gehöre nicht zu den besten Familien. Ich gehöre zur Durchschnittsbevölkerung, die sich über jeden Mist aufregt, sozusagen routinemäßig, die auch mal handgreiflich wird, ohne dass es je zum Äußersten kommt. Ein Mord und ich – das ist so weit entfernt wie … keine Ahnung.«

Schade, hier fiel mir kein Vergleich ein. Ich wartete auf eine Bestätigung von oben, doch der Mann am Kreuz schwieg.

»Nein«, sagte ich, »das kann ich mir beim besten Willen nicht vorstellen. Dazu fehlt mir die Fantasie. Bleibt nur Möglichkeit zwei: Ich bin unschuldig. Wenn das so ist … ich meine, wenn ich den Mord an Schmider nicht begangen habe, dann heißt das doch …« Ich blieb stehen, um das Folgende an den Fingern abzuzählen. »Es heißt, dass mir irgendwann jemand die Tatwaffe in die Hand gedrückt hat; dass es ihm gelungen ist, meine DNA an den Tatort zu bringen; dass er Christines Verhältnis zu Schmider kannte; und dass er mein Besäufnis im ›Englischen Jäger‹ ausgenutzt hat.« Ich ließ die Hände sinken. »Hallo? Was läuft da für eine Schweinerei? Da versucht einer, mich zum Sündenbock zu machen, und bisher ist ihm das wunderbar gelungen. Aber was für ein Aufwand! Was für eine Planung! Wie soll das funktionieren? Und wer tut so etwas? Kannst du mir das erklären? Ich kann es nämlich nicht!«

Wieder rauschte ein Auto vorbei. Die Insassen hielten mich wahrscheinlich für Don Camillo, wie ich da vor dem Kreuz stand, gestikulierte, die Lippen bewegte, auf Antwort wartete. Aber eigentlich wartete ich nicht, sondern suchte nur einen Vorwand, um meine Gedanken formulieren zu können.

»Oder ist das alles Zufall, das mit der DNA und der Tatwaffe? So wie …« Ich vollendete den Satz nicht. Er hätte lauten müssen: so wie es Zufall war, dass es mich zwei Tage vorher in Schmiders Straße verschlagen hatte. Denn das war Zufall. Ich konnte nichts dafür. Ich nicht. Aber irgendwie scheute ich mich, diesen Satz vor dem Mann am Kreuz auszusprechen.

Auch wenn er aus Holz war, der Mann.

Na und? War ich vielleicht besser? War das hässliche Ding, das auf meinem Hals schlenkerte, mehr wert als ein Kopf aus Holz? Irgendwo da drinnen versteckte sich die Erinnerung an den Abend im ›Englischen Jäger‹ und kam nicht raus. Kam einfach nicht! Die überflüssigsten Details aus meinem Leben fielen mir ein, wenn ich meinen Denkapparat anwarf, die Marke meiner Schuhe beim Abi oder wer wann welches Eigentor auf dem Betze geschossen hatte, lauter Strandgut und Krempel – nur dieser eine vermaledeite Abend war weg. Wie ausradiert. Kein Speicherplatz vorhanden. Es war zum Kotzen! Ich packte mich selbst bei den Ohren und rüttelte meinen Kopf durch. Oder versuchte es zumindest. Ohne Erfolg.

Okay. Ganz ruhig, Max. Der Mann am Kreuz war ja auch ruhig. Wenn meine Flucht einen Sinn haben sollte, dann musste mein Ziel sein, den Mordabend zu rekonstruieren. Die Geschehnisse im ›Englischen Jäger‹ und die in Schmiders Wohnung. Auch wenn das an die Quadratur des Kreises grenzte. Ich hatte es ja schon versucht. Aber jetzt, unter den Bedingungen der Flucht, war es zur Notwendigkeit geworden. Meine Freiheit hing davon ab.

»Im Grunde«, sagte ich, »ist es ein ganz normaler Auftrag. Unter erschwerten Voraussetzungen natürlich. Aber sonst: ein Fall. Den ich professionell anzugehen habe. Bin halt Auftraggeber und Empfänger in einem. Kunde und Ermittler. Max Koller beauftragt Max Koller.«

Der Mann am Kreuz nickte wohlwollend.

Und für dich, Max, dachte ich noch, mache ich es sogar umsonst.

KAPITEL 17

Das Erste, was ich in meiner Eigenschaft als Ermittler in eigener Sache tat, war, Fatty anzuläuten. Stand ja ohnehin auf meiner Agenda. Ich erwischte nur seine Mailbox und bat ihn, mich sofort zurückzurufen. Aber noch während ich sprach, fiel mir ein, dass das keine gute Idee war. Es setzte voraus, dass ich mein Handy anließ. Und eingeschaltete Handys konnte man orten. Keine Ahnung, ob ich den Aufwand einer Fahndung mit allen polizeilichen Tricks überhaupt wert war. Zu leicht wollte ich es den Herren Greiner und Sorgwitz jedenfalls nicht machen.

»Kommando zurück, Fatty. Ich werde mich bei dir melden. Bis nachher!«

Dann schaltete ich das Handy aus und fuhr weiter. Wenigstens für die kommenden Stunden hatte ich einen Plan. Alles andere würde man sehen.

Über den Dächern der Altstadt flimmerte die Hitze. Weit entfernt hörte man Hubschrauberlärm. Auf Höhe des Ebert-Platzes bog ich in die Fußgängerzone ab. Die Hauptstraße war voller Menschen. Sie war so voll, dass ich beinahe auf dem Absatz kehrt gemacht hätte. Stand mir nicht ins Gesicht geschrieben, dass ich auf der Flucht war? Aber wahrscheinlich gab es derzeit keinen sichereren Platz für mich als der Strom der Flaneure, in dem ich untertauchte, in dem ich zu einem von vielen wurde.

Also rein in den Schlamassel! Mein Fahrrad schiebend, steuerte ich den nächstbesten Handy-Shop an – und erstarrte.

Polizei!

Es waren zwei Uniformierte, die so entspannt, wie es Polizisten vermögen, über die Hauptstraße schlenderten. Sie schauten rechts, sie schauten links, und sie schauten zu mir herüber.

Aber da kniete ich schon hinter meinem Rad und nestelte an meinen Schnürsenkeln herum. Aus den Augenwinkeln verfolgte ich jede ihrer Bewegungen.

Nichts. Die beiden gingen weiter Richtung Uniplatz, ohne mich zu beachten.

Durchatmen. Natürlich hatten noch nicht alle Bullen im Rhein-Neckar-Kreis von meiner Flucht gehört. Natürlich lag mein Foto noch nicht in jedem Streifenwagen. Und natürlich galt die Präsenz der Ordnungshüter in der Stadt einzig und allein dem anstehenden Staatsbesuch.

Trotzdem. Der Schreck war mir in alle Glieder gefahren. Schlimmer als ein Stromstoß! Auf solche Erlebnisse konnte ich gut verzichten. Vielleicht war die Hauptstraße doch nicht der geeignete Ort. Und tatsächlich, kaum hatte ich mich wieder auf die Socken gemacht, als ich in der Ferne ein parkendes Einsatzfahrzeug entdeckte. Nichts wie weg hier!

In einem Seitensträßchen fand ich schließlich einen Laden mit Prepaid-Handys. Ich suchte mir das billigste Ding aus und zahlte bar. Anschließend hob ich am Adenauerplatz 300 Euro von meinem Konto ab. Wahrscheinlich wurde ich dabei gefilmt, und über die Kontobewegung würden sie eh irgendwann wissen, wann und wo ich mir das Geld besorgt hatte. Aber das war mir schnuppe. Mit den Scheinen in der Tasche und einem nicht registrierten Handy fühlte ich mich gleich besser.

Auch auf dem Bismarckplatz standen Einsatzfahrzeuge. Dass der US-Präsident ausgerechnet jetzt auf Europa-Tournee gehen musste!

Ich brachte einige Meter zwischen mich und die Polizeiautos, bevor ich Fatty anrief. Stieg sogar brav vom Rad beim Telefonieren. Bloß nicht auffallen.

Mein dicker Kumpel war zu Hause. Von meiner Flucht wusste er noch nichts.

»Kann ich mal eben bei dir vorbeischauen?«, fragte ich.

»Klar. Jetzt sofort?«

»Ja, sofort.«

»Gibt's was Neues, Max? Ich habe gerade die Mailbox abgehört. Du klangst irgendwie …«

»Erkläre ich dir gleich.«

Fünf Minuten später stand ich vor Fattys Haus, und weitere fünf Minuten danach hatte ich mich davon überzeugt, dass hier keine Bullen in Zivil auf mein Erscheinen warteten. Wahrscheinlich konzentrierten sie sich zunächst auf meine eigene Wohnung, um anschließend meinen Freundeskreis abzuklappern.

Fatty merkte gleich, dass etwas nicht stimmte. »Schlechte Nachrichten?«, fragte er kauend.

»Wie man's nimmt.« Ich trat ein. »Störe ich beim Essen?«

»Essen würde ich das nicht nennen. Bloß so 'n bisschen Heißhunger nach der Arbeit. Schon vorbei. Also, was ist los?«

Aus der Küche kam Eva, ebenfalls kauend. Klar, gemeinsamer Appetit war schon immer das Geheimnis ihrer Beziehung gewesen. Da konnte man getrost eine Heirat ins Auge fassen. Während ich berichtete, staunten und schluckten sie synchron, und auch ihre Kommentare wirkten wie aufeinander abgestimmt.

»Das kannst du nicht machen«, stöhnte Fatty.

»Du musst dich stellen«, meinte Eva.

Ich schüttelte den Kopf.

»Die kriegen dich, Max. Völlig verrückt, was du da vorhast!«

»Verrücktes ist meine Spezialität.«

»Und Christine?«, fragte Eva. »Weiß sie davon?«

»Die rufe ich noch an. Kann ja gerade schlecht nach Hause.«

»Max, Max, Max …«

»Okay, okay.« Ich zuckte mit den Achseln. »Eigentlich wollte ich euch fragen, ob ich heute Nacht hier pennen kann. Aber wenn es so ist …«

»Das haben wir nicht gesagt«, unterbrach mich Fatty. »Natürlich kannst du hier schlafen, wenn du der Meinung bist, dass du das Richtige tust. Ist doch klar.«

»Ehrlich?«

»Ja, logisch.«

»Ich will euch nicht in Schwierigkeiten bringen.«

»Schwierigkeiten!« Er tippte sich an die Stirn. »Wenn es danach ginge, hätte ich den Kontakt mit dir schon vor Jahren abbrechen müssen. Gleich nach dem ersten Kennenlernen! Du kannst in Evas Arbeitszimmer schlafen, das hat ein Fenster zum Hof. Für den Notfall.«

»Gut, danke.« Ich ließ mich aufs Sofa fallen.

»Was zu trinken?«

»Ein Wasser wäre nicht schlecht.«

Während Fatty eine Flasche Wasser aus der Küche holte, sah ich mich um. Hatte ganz vergessen, wie aufgeräumt es bei den beiden war. Ein ordentlicher Heidelberger Haushalt, die pure Normalität. Ganz im Gegensatz zu meinem chaotischen Leben.

»Und was willst du jetzt anfangen?«, fragte Eva. »So auf eigene Faust, meine ich?«

»Ausquetschen, und zwar ihn.« Dabei zeigte ich auf Fatty, der mit dem Getränk hereinkam. Ich wartete, bis er mir eingeschenkt hatte, dann nahm ich einen großen Schluck. Fliehen macht durstig.

»Ausquetschen?« Fatty setzte sich ebenfalls. Begeistert wirkte er nicht.

»Ich habe keine Erinnerung mehr an den Abend im ›Englischen Jäger‹. Nur an die ersten Stunden. Aber danach – alles weg. Du bist der Einzige, der mir helfen kann. Ich muss wissen, was passiert ist, wer in der Kneipe war, wer was gesagt hat.«

Er stöhnte.

»Ist dir irgendetwas aufgefallen? Waren seltsame Typen da? Hat jemand eine ungewöhnliche Bemerkung gemacht, etwas über mich oder über Schmider? War ein Messer im Spiel? Alles, was du beobachtet hast, kann wichtig sein.«

Entgeistert starrte Fatty mich an. Sein Mund ging auf und wieder zu, nur heraus kam nichts. Hilfesuchend wandte er sich an seine Freundin. Aber die zuckte bloß mit den Achseln.

»Wieso beobachtet?«, stotterte er. »Ich ... ich habe nichts beobachtet!«

»Fatty, konzentrier dich!«

»Aber ...«

»Ich weiß, dass du kein Fan der Kneipe bist, trotzdem wirst du nicht die ganze Zeit mit geschlossenen Augen da gestanden haben! Und mehr als drei, vier Weizenbier hast du auch nicht verdrückt, oder?« Ich nahm ihm die Flasche weg und setzte sie an. Ja, gut möglich, dass ich etwas ungeduldig rüberkam, aber so ist das nun mal, wenn einem die Polizei im Nacken sitzt. Da wird Geduld zum Luxusgut.

Fatty sprang auf. »Mensch, Max, warum so kiebig? Natürlich erinnere ich mich an den Abend, was glaubst du? Nur aufgefallen ist mir nichts. Wenn, hätte ich es dir längst gesagt. Ich frage mich ja auch dauernd, ob es an dem Abend etwas Ungewöhnliches gab, aber ehrlich gesagt fand ich alles ungewöhnlich in dieser komischen Kneipe. Lauter durchgeknallte Typen. Ihr wart doch schon besoffen, als ich ankam, und dann habt ihr einfach weiter gemacht und weiter, und ernst nehmen konnte man keinen von euch. Kein Wunder, dass du dich nicht mehr erinnerst.«

»Danke«, knurrte ich. »Sehr hilfreich.«

»War aber so. Was hast du wohl getan, als ich ging? Die nächste Runde geordert.«

»Vorschlag zur Güte«, mischte sich Eva ein. »Max stellt

konkrete Fragen, und du beantwortest sie so konkret wie möglich. Alles andere bringt nichts. Okay?«

Achselzuckend setzte sich Fatty wieder. Ich hielt die leere Wasserflasche in die Höhe.

»Aber nur, wenn ich noch so eine kriege.«

Sie nickte.

»Also, Fatty. Konkret gefragt: Ist dir jemand Verdächtiges aufgefallen? Eine Person, die sich seltsam benommen hat?«

Er kratzte sich am Kopf. »Wie soll ich das sagen …? An Otto Normalverbraucher gemessen, habt ihr euch alle seltsam benommen. War ja auch ein besonderer Anlass. Die Luft konnte man trinken in der Kneipe, ehrlich. Da hätte man sich schon normal benehmen müssen, um aufzufallen. Meinst du das?«

»Vielleicht.«

»Nein«, sagte er nach einigem Nachdenken. »Da war keiner. Höchstens dieser rosa Kampftrupp mit den Luftballonhüten. Unter all den schrägen Typen waren das die allerschrägsten.«

»Du meinst diese Junggesellen. Die rosa Rammler.«

»Rammelnde Eber, genau.«

»Ich denke, die können wir außen vorlassen. Blieben ja auch nur kurz. Wer stand denn eigentlich bei mir, als du kamst?«

Er überlegte. »Naja, da war dieser Choleriker mit den Hunden, der nur Orangensaft trinkt.«

»Tischfußball-Kurt.«

»Ja. Der war übrigens nicht besoffen, als Einziger. Aber den kennst du ja. Dann so ein Einarmiger.«

»Herbert. Der Bärtige mit dem Norwegerpulli heißt Leander. Wer sonst?«

»Ein paar Jüngere. Die wechselten aber. Einer hatte ein Wacken-Shirt an und stank unheimlich aus dem Mund, das weiß ich noch. Später kam mal einer, der behauptete, Prof zu sein, aber das glaubte ich ihm nicht. Dann gab es noch zwei Frauen, die fanden euch wohl nicht so interessant, und einen mit einer dicken Brille ...« Ärgerlich hob er die Arme. »Das bringt doch nichts, Max! Die hatten alle einen an der Klatsche, wenn nicht im sonstigen Leben, dann an diesem Abend. Einer wie der andere.«

»Fiel irgendwann der Name Schmider?«

Er warf mir einen finsteren Blick zu. »Ja.«

»Ist das wahr?«, fuhr ich auf. »Erzähl, wer war's? Wer?«

»Na du!«, rief er aus. »Du hast von dem Typen gesprochen. Als die Rammler weg waren, ging das große Lästern los. Übers Heiraten, über Frauen, über den ganzen Ehescheiß. Ja, denk nur. Und ich stehe daneben und frage mich, wie du dir wohl das Maul über mich und Eva zerreißen wirst.« Er winkte ab. »Egal. Jedenfalls hast du irgendwann angefangen, über Schmider herzuziehen. Erst wusste ich gar nicht, wen du meinst. Aber dann fiel mir ein, dass du ihn früher schon mal erwähnt hast.«

»Früher? Ich? Wann?«

»Keine Ahnung. Länger her.«

»Bist du sicher? Harald C. Schmider?«

Er nickte.

»Und ... Und habe ich irgendwas in Richtung ... Ich meine, war ich wütend? Sagte ich, den Kerl werde ich mir mal vorknöpfen?«

»Nein, das nicht. Aber dass du ihn gefressen hast, war nicht zu überhören.«

Ich legte den Kopf in den Nacken und schloss die Augen. Herbert hatte also recht gehabt. Ab einem gewissen Alkoholpegel machte sich mein Unterbewusstsein bemerkbar. Kam an die Oberfläche wie ein U-Boot, hisste eine Flagge, auf der mit großen Lettern HARALD stand. Und hinterher? Spiegelglatte See. Wollte ich von nichts gewusst haben. Hatte ich auch nicht, verdammt! Was war nur los mit mir? Was ging da in mir vor? Hatte ich mich noch unter Kontrolle?

Niemand sagte etwas. Niemand beantwortete meine Fragen. Ich schon mal gar nicht. Griff stattdessen nach der Flasche, die mir Eva gebracht hatte, und schraubte sie langsam auf.

»Und sonst?«, sagte ich schließlich. »Kannst du dich an ein spezielles Gesprächsthema erinnern? Hat jemand auf den Namen Schmider reagiert?«

Er schüttelte den Kopf. »Keiner.«

»Also nichts, was auf den Mord hindeutete? Oder wenigstens auf eine Kontaktaufnahme?«

»Tut mir leid.«

Wieder herrschte Stille. Fatty sah auf seine Fingerspitzen. Nichts. Herrje, gar nichts! Außer der Erwähnung des Mordopfers. Durch mich.

Ich hätte mich auch verhaftet, wäre ich Polizist.

»Warum interessierst du dich eigentlich so für diesen Abend?«, fragte Eva. »Der hat doch nichts mit dem Mord an Schmider zu tun.«

»Vielleicht doch. Wenn ich es nicht war – also, wenn ich Schmider tatsächlich nicht umgebracht habe …«

Stöhnend verdrehte Fatty die Augen.

»Lass mich ausreden«, sagte ich. »Wenn es wirklich ein anderer war, dann können all diese Indizien, die auf mich als Täter hinweisen, nicht zufällig zusammengekommen sein. DNA-Spuren, okay. Die Sauferei an dem Abend, auch gut. Aber dass auf der Tatwaffe meine Fingerabdrücke sein sollen, das kann kein Zufall mehr sein. Das hat jemand arrangiert. Einer, der mich kennt. Der wusste, wie Schmider und ich zueinander stehen. Vielleicht wartete er nur auf eine Gelegenheit, mich in Verdacht zu bringen. Und als er sah, dass ich mir im ›Englischen Jäger‹ die Birne vollknallte, schlug er zu.«

»Du meinst, dann hätte er Schmider nur umgebracht, um dir eins auszwischen?« Fatty schüttelte den Kopf. »Glaub ich nicht. Kann ich mir nicht vorstellen.«

»Bisher gibt es kein Motiv für den Mord an Schmi der. Falls es doch eins gibt, dann hat der Mörder nur auf jemanden wie mich gewartet, dem er die Tat in die Schuhe schieben kann. So oder so, er müsste sich bei Maria herumgetrieben haben.«

»Dann frag doch mal bei den Ebern nach.«

»Hä?«

»Bei den rosa Rammlern. Die müssten jede Menge Filmchen haben. Weißt du nicht mehr? Als die bei uns einfielen, schwenkten sie alle ihre Handys durch die Gegend.«

Ich kniff die Augen zusammen. »Die Junggesellen? Ich kann mich nur noch an ihre Polonaise erinnern.«

»Bei der sie eifrig filmten. Die dürften so ziemlich jeden, der an dem Abend im ›Englischen Jäger‹ herumlungerte, erwischt haben. Zumindest in der halben Stunde, in der sie da waren.«

»Und wie komme ich an die Aufnahmen? Hab ja keine Namen, nichts.«

»Sie waren aus Eberbach. Rammelnde Eber, klar?«

Stöhnend hielt ich mir beide Hände vors Gesicht. »Wenn ich dich nicht hätte! In meinem Hirn ist bloß Wüste.«

»Ich meine, es kann doch nicht so schwierig sein, herauszufinden, welcher Heiratswillige aus Eberbach mit seinen Jungs an diesem Abend in Heidelberg einen draufgemacht hat, oder?«

Hände weg vom Gesicht. Er hatte recht. Eberbach war nicht groß, da fiel eine Gruppe fideler rosa Jungs auf. Bei der Abfahrt, beim Vorglühen im Ort, bei der Rückkehr in der Nacht. Irgendwie würde ich schon an die Namen der Typen kommen. Und ich wusste auch schon, wen ich darauf ansetzen konnte.

KAPITEL 18

In dieser Nacht schlief ich schlecht. Wachte dauernd auf, hörte Geräusche, die ich sonst nie hörte. Die Straßenbahn, Autos, Vögel, sogar Radfahrer. Manches träumte ich, anderes war real. Drei Mal läutete es an Fattys Tür, drei Mal schreckte ich hoch – nichts. Ich hetzte durch den Wald, querfeldein, meine Verfolger trugen Tiermasken und Fellhandschuhe, obwohl sie Polizisten waren, das wusste ich genau, und irgendwann fiel ich in eine Erdspalte, die aussah wie die klaffende Wunde in Schmiders Hals.

Dann läutete es wirklich.

Sofort war ich hellwach. Eva hatte mir eine Matratze in ihr Arbeitszimmer gelegt. Das Fenster zum Hof stand offen. Es war kurz vor acht. Rasch schlüpfte ich in die Kleider, die neben der Matratze lagen, steckte Geldbeutel, Schlüssel und Prepaid-Handy ein. Das alte Handy versteckte ich oben auf dem Regal. Wieder klingelte es, länger als vorher. Ich öffnete die Tür. Aus dem Schlafzimmer kam Fatty in den Flur geschlurft, noch verschlafen, aber bereits mit Panik im Blick.

»Mach auf«, zischte ich. »Wenn es die Polizei ist, verschwinde ich durch den Hof. Verhalte dich ganz normal. Ich war nie hier, okay?«

Er nickte.

»Und danke für alles.«

Ich ging ins Zimmer zurück und stellte die Matratze hinter die Tür. Nichts wies mehr auf die Anwesenheit eines Schläfers hin. Draußen machte sich Fatty an der Sprechanlage zu schaffen.

»Polizei?«, hörte ich ihn sagen. »Um diese Uhrzeit?«

Da saß ich schon auf dem Fensterbrett und sprang in den Hof hinunter. An einer Rosenhecke vorbei, über einen Zaun, durch eine andere Hofeinfahrt raus aus dem Karree. Bevor ich die Straße betrat, blickte ich mich nach allen Seiten um. Keine Polizisten zu sehen. Also weiter, zum Neckar. Dort hatte ich gestern mein Rad abgestellt. Ich schloss auf und schwang mich auf den Sattel. Tag zwei meiner Flucht brach an. Ohne Frühstück, ohne Kaffee, mit ungeputzten Zähnen.

Von einem Plakat sah Mr. Obama auf mich herab. Streng und gütig zugleich. Ich war nicht gütig drauf und zeigte ihm einen Vogel. Irgendwie war der Kerl an allem schuld.

Auf dem Weg nach Handschuhsheim machte ich in einer Bäckerei Halt, um mir ein schnelles Frühstück zu gönnen. Die Bedienung blickte mir nicht in die Augen, als ich bestellte, und das war mir nur recht. Zwischen zwei Schluck Kaffee rief ich Covet an, erreichte ihn aber nicht. In der Redaktion konnte er so früh nicht sein, also schlief er wahrscheinlich noch. Ich steckte das Telefon wieder weg. Während die einen auf der Flucht waren, wälzten sich die anderen in den Kissen. Das Leben konnte verdammt ungerecht sein.

Dann fuhr ich weiter. Durch die Brückenstraße, in der jedes zweite Geschäft mit amerikanischen Fähnchen geschmückt war. Eine Straßenbahn klingelte mich aus dem Weg. Das ›Kamera‹-Kino zeigte lauter US-Filme, aber das hatte nicht unbedingt etwas mit dem Staatsbesuch zu tun. Trotz der frühen Stunde war es schon wieder ziemlich warm. Die Brückenstraße ging in die Handschuhsheimer Landstraße über, die in die Steubenstraße. Die Namen wechselten, doch die Richtung blieb die gleiche: immer nach Norden. Ein paar 100 Meter vor Schmiders Haus bog ich links ab. Ich hatte beschlossen, den Tatort über Umwege anzusteuern. Bloß nicht auffallen. Um mich herum putzige Häuschen mit Vorgartenidylle, die Straßen nach Musikern benannt. Kaum Verkehr. An einer geeigneten Stelle schloss ich mein Rad an und schlenderte langsam zur Steubenstraße zurück.

Stille lag über dem Wohngebiet, die Stille der Sommerferien. Ein Werktag um kurz vor neun. Wer arbeiten musste, saß schwitzend im Büro oder machte sich jetzt erst auf die Socken. Der Rest schlief aus, aalte sich am Strand, ging ins Schwimmbad. Nur Max Koller kehrte an den Tatort zurück.

Vor Schmiders Haus: gähnende Leere. Kein parkender Wagen, nichts. Das gefiel mir. Als ich noch zwei Häuser entfernt war, schoss eine Meute von Kindern aus einer Einfahrt, als hätte einer den Gartenschlauch in Gang gesetzt. Indianergeheul gab's gratis dazu. Ich bekam fast einen Herzkasper vor Schreck. Durften die das? Um diese Zeit, in dieser Lautstärke? Verzogenes Kleingemüse! Ich schickte der Gruppe ein paar Schimpfworte hinterher, aber das juckte sie natürlich überhaupt nicht. Schon waren sie um die nächste Ecke.

Okay, anschleichen war nicht. Auf den letzten Metern zu Schmiders Haus spähte ich immer wieder über die Schulter, doch es blieb ruhig. Ich ging vor bis zur Straßenecke, ließ meine Blicke durch die Steubenstraße schweifen. Wieder zurück zum Gartentürchen. Vor der Haustür lagen Blumen, ein paar Postkarten, eine Kinderzeichnung. Eine Kerze brannte. Schmiders Nachbarn trauerten. Verwandtschaft hatte er ja nicht gehabt, bloß zwei abgelegte Ehefrauen, die irgendwo anders lebten. Im Türgriff klebte noch immer das Polizeisiegel.

Schmiders Haus. Hier war er gestorben. Hier war auch ich gewesen. Am Tag danach, herbeizitiert von Kommissar Fischer.

Und sonst? War ich vorher schon einmal bei Schmider gewesen? In der Tatnacht vielleicht? Erinnere dich, Max!

Ich erinnerte mich nicht. Kein Einfall, nichts. Ich legte meine Fingerspitzen gegen die Nasenwurzel, schloss die Augen, tat alles, um mich zu konzentrieren. Da war nichts. Nicht der Funken einer Erinnerung.

Ich schlug die Augen wieder auf. Ging zum Gartentor, öffnete es, lauschte den Geräuschen, die es machte. Schon mal gehört? Den Griff schon mal in der Hand gefühlt?

Nichts.

Meine Blicke schweiften über die Platten, die zur Haustür führten, tasteten sie regelrecht ab. War ich diesen Weg in der Nacht gegangen? Falsch: geschwankt? Vergiss nicht, Max, du warst hackedicht.

Auch nichts.

Die Haustür: Das ist doch so ein Moment, an den man sich erinnern müsste. Wenn sie aufgeht. Wenn der Typ öffnet, dem man auf den Zahn fühlen möchte. Ist er überhaupt zu Hause? Öffnet am Ende ein anderer, seine Tochter, seine Frau? Ist er im Schlafanzug, ist er überrumpelt, ahnt er was?

Ich biss mir auf die Lippen. Egal, was ich anstellte, in meiner Erinnerung tat sich nichts. Da war alles wie festgebacken, von Geröll verschüttet. Falls es überhaupt eine Methode gab, meinem Gedächtnis auf die Sprünge zu helfen, dann musste sie völlig anders sein. Vielleicht ein heftiger Schlag auf den Schädel? Die Brachialkur?

Irgendwann riss ich mich vom Anblick des Totenhauses los. Noch einmal vor zur Steubenstraße. Über mir griffen die Äste der Platanen nach dem Morgenlicht. Der Asphalt lag noch im Schatten. Eine Straßenbahn zog vorbei, dann ein paar Fahrräder. Ich sah die Bankfiliale, das Café. Als ich dort gesessen hatte, zwei Tage vor dem Mord, hatte ich Schmiders Haus nicht betreten, das wusste ich genau. Hatte nicht einmal einen Gedanken an den Kerl verschwendet. Dass ich in dem Café war, hatte nichts mit Schmider zu tun. Auch wenn die Polizei das glaubte.

Den genauen Grund, warum ich dort gesessen hatte – den kannte ich allerdings immer noch nicht.

Die Hände in den Hosentaschen, schritt ich Schmiders Grundstück ab. Von der Steubenstraße war die kleine Fläche hinter dem Haus teilweise einsehbar. Ein gepflasterter Hof, etwas Grün, ein Gartenstuhl. Nichts Besonderes. Nichts, das auf Sorgfalt und Liebe schließen ließ. Um das, was sich hinter seinem Haus tat, hatte sich Schmider nicht groß gekümmert. Seine Aschenbecher waren ihm wichtiger.

Zurück um die Ecke, am Hauseingang vorbei. Auf dem angrenzenden Grundstück stand ein Doppelhaus mit ungepflegten Vorgärten. In einem Fenster hingen Weihnachtssterne, vor der Haustür lagen Roller. Vielleicht das Zuhause der Indianer von vorhin.

Und wie auf Kommando sprudelten die Knirpse wieder auf den Bürgersteig. Mit Geheul, logisch. Ich hatte keine Lust auf Lärm, auf Kinder auch nicht, weshalb ich ihnen den Rücken zudrehte. Aber so wurde ich die Plagegeister natürlich nicht los. Mein Rücken schien sie geradezu magisch anzuziehen. Oder war es das, was sich hinter dem Rücken verbarg, mein Blick nämlich, der starr auf Schmiders Haus gerichtet war? Jedenfalls umrundete mich eines der Mädchen, stellte sich neben mich und sah prüfend zu mir auf. Ohne Kommentar. Sie guckte einfach. Die anderen kicherten. Egal. Wenn ich der Kleinen keine Beachtung schenkte, würde sie irgendwann abhauen.

Tat sie aber nicht.

Wir schwiegen und schauten. Ich auf das Totenhaus, das Mädchen zu mir hoch. Die Sekunden verrannen. Auch wenn ich nicht ein einziges Mal blinzelte, nahm ich doch wahr, dass das Mädchen eine Brille trug. Dass es Glubschaugen hatte und einen Mund, der permanent offenstand.

»Bist du auch 'n Monster?«, nuschelte das Mädchen schließlich.

Mir blieb nichts übrig, als ihren Blick zu erwidern. Diese Brille! Riesenaugen wie bei einem Tintenfisch. Und dann ihr Genuschel! Trotzdem, das Wort »Monster« hatte ich verstanden. Mir lagen alle möglichen Antworten auf der Zunge, und nicht eine davon war druckreif, doch ich behielt sie für mich. Es gibt Kinder, denen kannst du nicht frech kommen.

»Nö«, sagte ich.

»Dann bist du 'n Gespenst. Bist du?«

Ich schüttelte den Kopf.

Ein anderes Mädchen kam uns zu Hilfe. Ich schätzte sie auf zehn oder elf Jahre. »Die is 'n Mongo«, erklärte sie mit verlegenem Kichern. Nach und nach umringte uns die ganze Gruppe.

»Wer?«

»Die da. Die fragt jetzt immer nach Monstern, wegen dem Mord.« Sie sah zu Schmiders Haus hinüber, zuckte altklug mit den Schultern und wiederholte: »Die is halt 'n Mongo.«

»Und was ist das, ein Mongo?«

»Na die hier.«

Alle nickten, auch das Mädchen mit den Glubschaugen.

»Ach so«, sagte ich. »Na dann.«

»Meine Mama sagt, das war 'n Monster, der das getan hat«, rief ein Junge. »Deshalb.«

»Deshalb was?«

»Deshalb redet die jetzt dauernd von Monstern, Mann!«

»Bist du 'n Monster?«, sagte die Bebrillte und zupfte an meinem T-Shirt. »Nee, oder?«

»Glaub nicht.«

»Wenn der ein Monster wäre, würde er sich doch nicht hier blicken lassen«, meinte ein ganz Pfiffiger. »Außerdem hatte der Mörder ein Messer. Hast du ein Messer?« Doch nicht so pfiffig, der Knabe.

»Meine Mama«, das war jetzt wieder die Zehnjährige,

»will, dass wir hier wegziehen, sobald wir eine Wohnung gefunden haben. Weil das eine gefährliche Gegend ist.«

»Deine Mama spinnt. Ist doch nicht gefährlich hier.«

»Wohl!«

»Sagt meine Mama auch.«

»Ich hab keine Angst.«

»Die Gespenster kommen nur nachts«, plärrte das Mädchen mit dem Down-Syndrom dazwischen. »Ich hab's genau gesehen.«

»Hör auf mit deinem Gespenst!«

»Hab ich aber!«

»Ich glaube auch nicht, dass ihr Angst haben müsst«, sagte ich. »So was wie dieser Mord kommt einmal in 100 Jahren vor.«

»Quatsch, das passiert jeden Tag. Guckst du keine Nachrichten?«

»Ich meine, in dieser Straße. Oder diesem Viertel.«

Das Brillenmädchen zupfte wieder an mir herum. »Dann kommt das Gespenst jetzt nicht mehr? Schade. War 'n schönes Gespenst. So ganz weiß.«

Ich starrte sie an. Mir fiel da etwas ein. »Ein Gespenst, ja?«, sagte ich. »Ich glaube, du bist eine gute Beobachterin. Dann frage ich dich jetzt mal was. Hast du mich hier schon einmal gesehen?«

»Dich?«

»Ja.«

Sie schüttelte den Kopf.

»Und ihr anderen?«, rief ich. »Habt ihr mich schon einmal gesehen?«

»Nein!«, grölte die Bande.

»Danke«, sagte ich. Endlich einmal eine gute Nachricht. Oder?

KAPITEL 19

Über dem ganzen Land lag brütende Hitze, aber in der Enge des Neckartals schien sie sich erst recht zu ballen. Ab und zu lugte der Wind müde um eine Ecke, man atmete kurz auf, nur um im nächsten Moment wieder in Schweiß auszubrechen. Als ich in Eberbach aus der S-Bahn stieg, stand die Sonne fast senkrecht über der Stadt. Die wenigen Menschen, die unterwegs waren, trauten sich kaum aus dem Schatten. Parkende Autos hatten sich in Toaster verwandelt. Schokoeis schmolz schneller, als man lecken konnte.

Kurz vor Eberbach war Covets Anruf gekommen. Einen der Rammler hatte er namentlich ermitteln können. Er hieß Kuhn und wohnte am südlichen Neckarufer. Ich fuhr durch die Altstadt bis zur Brücke, auf der man der Sonne schutzlos ausgeliefert war. Im Vergleich dazu war es im Zug noch erträglich gewesen, trotz der stickigen Luft, trotz der schwitzenden Fahrgäste um mich herum. Drüben brauchte ich nicht lange zu suchen, bis ich Kuhns Haus gefunden hatte.

Die Frau, die mir öffnete, sah mich verwundert an.

»Frau Kuhn? Ich würde gern mit Ihrem Mann sprechen. Ist er da?«

Sie nickte. »Und Sie sind?«

»Koller mein Name, ich bin Privatdetektiv. Es geht um den Tag, den Ihr Mann zuletzt in Heidelberg verbracht hat. Ich suche Zeugen im Zusammenhang mit einer Straftat.«

Ich reichte ihr eine meiner Karten, die ich noch im Geldbeutel hatte. Misstrauisch drehte sie das Ding hin und her. Ich fürchtete schon, sie würde sie gleich auf die Straße schnipsen, als sie erneut nickte und mich hereinbat.

»Er sitzt hinten im Garten.«

»Danke.«

Der Flur war kühl und dämmrig. Ein Hoch auf die alten Sandsteinbauten. Warum konnte ich den Rammler nicht hier treffen?

»Hat er was angestellt?«, wollte Frau Kuhn wissen.

»Wer? Ihr Mann? Nein, keine Sorge. Es geht bloß um eine mögliche Zeugenaussage.«

»Ach so.« Sie klang fast ein wenig enttäuscht.

Der Garten der Kuhns erwies sich als großzügiges, mit Liebe zum Detail gepflegtes Grundstück, das bis zum Fluss hinabreichte. Ganz am Ende stand ein Holzhaus mit Flachdach und geblümten Vorhängen an den Fenstern. Eine Grillstelle gab es auch und einen Tümpel mit wasserspeiendem Frosch sowieso. Vor der Hütte, im Schatten eines riesigen Sonnenschirms, saßen zwei Männer, beide mit nacktem Oberkörper und beide kräftig behaart. Diese Gemeinsamkeiten fielen umso mehr auf, als sie ansonsten total verschieden waren. Der eine hatte Wampe, Halbglatze und schlechte Laune, der andere war ein spindeldürrer Wicht mit Brille und Lachfältchen. Als sie uns sahen, hoben sie maximal eine Braue. Für alles andere war es zu heiß.

»Der Fette ist meiner«, sagte Frau Kuhn und ging.

Ihr Hinweis war hilfreich, denn erkannt hätte ich den Rammler nicht. Hatte der tatsächlich den ›Englischen Jäger‹ heimgesucht? In einen rosa Fetzen gezwängt und mit Luftballons auf kahlem Schädel? Ich versuchte, es mir vorzustellen – keine Chance.

»Tag, Herr Kuhn«, sagte ich. »Mein Name ist Max Koller. Ich hätte ein paar Fragen an Sie. Darf ich?« Ich wies auf einen freien Gartenstuhl.

Er nickte.

Ich setzte mich. Während die beiden mich musterten, sah ich mich um. Schade, dass der Froschtümpel so klein war. Eine Runde Schwimmen hätte jetzt gut getan.

»Heiß heute«, sagte ich.

»Hm«, machte der Dicke.

»So heiß«, sagte der Dünne, »war es schon lange nicht mehr.«

»Doch«, erwiderte Kuhn. »Letztes Jahr. Letztes Jahr war es genauso heiß.«

»Nicht genauso. Nicht so wie jetzt.«

»Aber heiß.«

»Schon.«

Ich nickte. Sie hatten ja recht. Wenn sich jedes normale Gespräch nur noch um die Hitze drehte, war es heiß. Das ist das Gute am Klimawandel: Man hat sich wieder was zu sagen. Vielleicht sogar im Hause Kuhn.

»Als ich eben durch die Stadt fuhr, bin ich schier geschmolzen«, sagte ich.

»Siehst du? Noch heißer als letztes Jahr«, sagte der Dünne.

»Apropos, in Heidelberg ist es auch heiß. Und da komme ich her. Ich wollte Sie nämlich etwas fragen, Herr Kuhn. Sie waren doch vor einigen Tagen in Heidelberg, um Junggesellenabschied zu feiern. Stimmt's?«

Täuschte ich mich, oder rissen diese Worte den Dicken aus seiner sommerlichen Lähmung? Nicht, dass er sich großartig bewegt hätte, aber in seinem trüben Blick flackerte plötzlich etwas auf.

»In der Kneipe, in der Sie waren«, fuhr ich fort, »im ›Englischen Jäger‹, ist kurz nach Ihrem Weggang etwas vorgefallen. Und nun versuchen wir herauszufinden, wer sich alles dort aufgehalten hat. Ich bin nämlich Privatermittler.« Die nächste Karte war dran. Viele hatte ich nicht mehr von der Sorte. Kuhn nahm sie mit spitzen Fingern entgegen, betrachtete sie, um sie anschließend an seinen Kumpel weiterzureichen.

»Aus Heidelberg?«, fragte er und wischte sich über die Stirn.

»Aus Heidelberg. Sie und Ihre Freunde haben doch Fotos gemacht, als Sie in die Kneipe kamen. Wir wären sehr interessiert an den Bildern. Mit ihnen könnten wir die Anwesenden identifizieren, verstehen Sie?«

»Ja«, seufzte er. Dann herrschte Schweigen. Sein Kumpel legte die Karte zurück auf den Tisch.

Ich meine, ich hatte keinen Grund, mich zu beschweren. War ja froh über jede Antwort, die mir signalisierte, dass meine Worte Kuhn erreicht hatten. Keine Selbstverständlichkeit bei diesen Temperaturen. Trotzdem hätte ich nichts gegen einen etwas flüssigeren Gesprächsverlauf gehabt.

Überhaupt hätte ich nichts gegen etwas Flüssiges gehabt.

Und siehe da, wie auf Bestellung kam Frau Kuhn mit drei Flaschen Bier, Flaschenöffner und drei Gläsern an, stellte alles auf den Tisch und wollte sich wieder verziehen.

»Hol uns mal die Bilder vom Rainer«, sagte ihr Mann.

Wortlos ging sie zurück ins Haus.

»Vielen Dank!«, rief ich ihr nach.

Der Rammler stemmte sich aus den Tiefen seines Stuhls hoch. »Selbst zum Trinken ist es heute zu heiß.« Umständlich lüpfte er die Kronkorken von den Flaschen. »Aber wenn's schon mal da steht …«

Ich sah ihm zu. Alles an diesem Tag dauerte länger als sonst. Aber die Zeitspanne vom Eintreffen des Biers bis zum Trinken zog sich besonders. Kuhn verteilte die Gläser, schenkte sich ein, wartete, dass der Schaum einsank, schenkte nach. Sein Kumpel wischte sorgfältig jeden einzelnen Kondenstropfen von der Flasche, bevor er sein Glas füllte. Vielleicht war es schon ihr viertes oder fünftes Bier an diesem Tag.

»Prost!«, sagte ich und setzte meine Flasche direkt an die Lippen. Vernunft sieht anders aus. Aber der Durst war übermächtig.

»Prost.«

Ich stellte die halbleere Flasche zurück. »Mann, ist das gut. Einfach nur gut.«

Auch Kuhn hatte getrunken. Er setzte sein Glas ab, um sich dann lange und ausgiebig hinten im Nacken zu kratzen. Unter seiner Achsel kam ein Dschungel dunkler Haare zum Vorschein.

»Detektiv sind Sie?«, sagte er.

»Ja.«

»Und worum geht es noch mal? Was soll in dieser Kneipe passiert sein?«

»Nicht in der Kneipe. Hinterher. Ich muss wissen, wer an dem betreffenden Abend im ›Englischen Jäger‹ war.«

»Habt ihr was angestellt?«, grinste der Dünne in Richtung Kuhn.

»Quatsch!«, platzte es aus dem heraus.

Ich schüttelte den Kopf. »Es geht nicht um Sie.«

»Sondern?« Der Dicke wurde unruhig. »Schlägerei? Nee, deswegen kommt keiner aus Heidelberg. Ist es was Politisches? Hat es mit dem Obama-Besuch zu tun?«

»Auch nicht.«

Der andere knallte sein Glas auf den Tisch. »Da ist doch … an dem Tag, als ihr die Tour gedreht habt … da haben sie einen umgebracht in Heidelberg. Stand in der Zeitung!«

Kuhn starrte mich an. »Deswegen? Wegen einem Mord?«

Vielsagend zuckte ich mit den Achseln.

»He, Moment, davon haben wir nichts mitgekriegt. Gar nichts. Wir sind ja auch gleich wieder zurück nach Eberbach. Diese Kneipe war so was wie der Schlusspunkt unserer Tour. Die letzte Station. Danach: Abflug. War ja auch Zufall, dass wir bei euch auf der anderen Neckarseite gelandet sind. In der Altstadt war so ’ne komische Stimmung, überall Polizei und die Leute total verkrampft, als wir da einen Tipp kriegten, dass drüben eine große Abschiedssause steigt, sind wir gleich hin.«

Ich grinste. Was für ein Monolog unter sengender Sonne! Prompt brach dem Dicken der Schweiß aus. Auf der Stirn, am Hals, überall.

»Nur die Ruhe«, sagte ich. »Ich wiederhole es gern noch mal: Um Sie und Ihre Jungs geht es nicht. Ich muss überprüfen, wer an dem Abend in der Kneipe war. Wer außer Ihnen, verstehen Sie? Deshalb brauche ich die Fotos.«

»Ich habe keine Fotos gemacht.«

»Haben Sie nicht? Aber eben sagten Sie doch Ihrer Frau …«

Erneut tauchte die Kuhn wie aufs Stichwort im Garten auf. In der Hand hielt sie einen prall gefüllten Umschlag, den sie neben die Bierflaschen auf den Tisch warf. Dann verschwand sie wieder.

»Das sind Rainers Fotos«, erläuterte Kuhn. »Er hat mir Abzüge gemacht. Wollen Sie die alle sehen?«

»Nur die aus der Kneipe.«

Er nickte und entnahm dem Umschlag einen Stapel Fotos. Dann begann er zu sortieren. Was er beiseitelegte, stieß auf reges Interesse des Dünnen. Von allen Bildern leuchtete es rosa. Ich erkannte den Bauchladen wieder, die Luftballons, dazu Flaschen, Kondome, glücksverzerrte Gesichter, Mädels, die geknutscht, Passanten, die untergehakt wurden.

»Hier«, sagte Kuhn und reichte mir einige Bilder.

»Finde ich ja cool, dass Sie Abzüge haben und wir nicht auf ein Handy starren müssen.«

»Das soll 'ne Collage geben«, murmelte er. »Für die Hochzeit.«

Bevor ich mich über die Fotos hermachte, gönnte ich mir einen Schluck Bier. Dann schaute ich sie der Reihe nach durch. Sie waren verwackelt, grobkörnig, farbverfälscht. Keine Gesichter, sondern Fratzen. Verformter, geklumpter Mensch. Trotzdem, der Wiedererkennungswert war in Ordnung. Mehr als einmal ertappte ich mich bei dem Gedanken, ach, der war auch da. Ich sah Herbert im Gespräch mit einem verdammt jungen Mädchen, Leander, wie er gerade den letzten Tropfen aus einer Flasche nuckelte, mal mit, mal ohne einen der rosa Rammler. Sogar Kurts Dackel hatten es auf ein Foto geschafft. Ich natürlich auch.

»Das sind ja Sie«, sagte Kuhns dünner Kumpel und zeigte auf mein ramponiertes Konterfei.

»Hm.«

»Und? Hilft's?«, wollte der Dicke wissen.

»Möglich. Schwer zu sagen. Auf jeden Fall besser als nichts.«

»Rainers Bruder hat gefilmt. Der Hartmut. Der ist so, dass er alles dokumentieren muss. Aber den Film hab ich noch nicht.«

»Sie waren auch in der Kneipe?«, beharrte der Dünne. Irgendetwas an seinem Blick und seinem Tonfall gefiel mir nicht.

»Ja.«

»Dann wissen Sie doch, wer dort war.«

»Ich weiß es nicht von jedem Einzelnen. Und ein Fotobeweis ist besser als eine persönliche Erinnerung.«

Der Dünne schwieg. Allerdings nicht lange. Während ich mich über die Fotos beugte, näherte er seinen Mund dem Ohr Kuhns und flüsterte ihm etwas zu. Ich tat, als interessierte ich mich nicht für ihr Gewisper. Aber so sehr ich auch die Ohren spitzte, ich verstand kein Wort.

»Noch 'n Bier?«, fragte Kuhn und stand auf. Durch die bewaldeten Regionen seiner Wampe strömte es sturzbachartig.

»Danke, für mich nicht«, sagte ich.

Schwerfällig setzte er sich in Bewegung. Vom Türsturz des Gartenhauses pflückte er einen Schlüssel, mit dem er aufsperrte. Er trat ein und schloss die Tür hinter sich. Jetzt war ich allein mit dem Dünnen.

»Ja«, sagte ich. »Interessante Bilder.«

Der andere grinste verlegen. Ich schob die Fotos zusammen. Eine Wespe surrte vorbei, aus dem Frosch plätscherte es friedlich. Lautlos platzten die Schaumtropfen im Glas des Dünnen. Ich ließ meine Blicke über seinen schmächtigen Oberkörper gleiten, aus dem so viele kräftige Manneshaare sprossen.

»Wirklich heiß heute«, sagte ich und prostete ihm zu. Anstandshalber trank er mit.

Ich zeigte auf die Bilder. »Warum waren Sie nicht dabei? Keine Lust?«

»Kenne den doch gar nicht«, antwortete er mit heiserer Stimme.

»Den Bräutigam?«

Er nickte.

»Verstehe. Aber Herrn Kuhn kennen Sie.«

Wieder Nicken.

»Sie sind befreundet, Sie beide. Und deshalb haben Sie ihm eben verraten, was Sie heute Morgen in der Zeitung gelesen haben. Richtig?«

Seine Hände krampften sich um das Glas. Aus seinem Gesicht wich jede Farbe.

»Sie haben gelesen«, fuhr ich fort, »dass der Hauptverdächtige geflüchtet ist. Ein Privatdetektiv. Als Sie mich auf den Fotos gesehen haben, ist es Ihnen eingefallen.« Ich trank mein Bier aus. »Was macht Ihr Freund jetzt da drin? Sucht er nach einer Waffe? Schließt er sich ein?«

»K-, keine Ahnung«, hauchte der Dünne.

Ich steckte die Fotos ein und stand auf. »Jetzt hören Sie mal gut zu, Sie Zeitungsleser. Ich bin kein Mörder. Auch wenn die Polizei das annimmt. Um meine Unschuld zu beweisen, brauche ich diese Fotos. Er kriegt sie zurück, versprochen.« Damit ging ich zur Tür des Häuschens und riss sie auf. Drinnen stand Kuhn und telefonierte. Die Hütte war eingerichtet wie eine Ferienwohnung: mit Schlafcouch und Fernseher, kleinem Herd und Kühlschrank. Und Telefon. Wahrscheinlich übernachtete der Dicke hier regelmäßig, um seiner Frau aus dem Weg zu gehen. Wen er angerufen hatte, konnte ich mir denken.

»Danke für das Bier«, sagte ich, zog die Tür zu, sperrte ab und warf den Schlüssel in den Minitümpel. Dann ging ich um das Häuschen herum und kletterte über den Zaun. Zwischen Gartengrundstück und Neckar verlief ein Weg. Den rannte ich flussaufwärts.

KAPITEL 20

»Hartmut und Rainer«, brüllte ich, das Handy am Ohr. Ich stand mitten im Wald, die Verbindung war schlecht. »Zwei Brüder, die auch zu den Rammlern gehörten. Das kann doch nicht schwierig sein, die beiden zu ermitteln.«

»Jaja«, brummte Marc Covet am anderen Ende. »Wird schon. Was brauchst du? Adresse, Telefonnummer?«

»Wie bitte?«

»Was du brauchst von den beiden?«

»Nur von dem einen, Hartmut. Adresse und Telefonnummer. Ganz egal, sobald du etwas hast, melde dich.«

»Max, das ist nicht schlau, was du da machst. Du verzettelst dich. Anstatt dich in Eberbach rumzutreiben, solltest du lieber …«

»Vergiss es, Marc. Ihr habt 1000 Mal recht, alle miteinander, aber ich muss da jetzt durch. Ich kann nicht mehr zurück.«

»Natürlich kannst du!«, brüllte er.

»Ich zähle auf dich.« Damit beendete ich das Telefonat.

Covets letzte Worte hallten in der Stille des Neckartals nach. Wie lange konnte ich noch auf die Hilfe meiner alten Kumpel zählen? Ihr Dilemma war mit Händen zu greifen. Das ist nicht gut, was du da tust, Max … Erst Fatty, jetzt Marc. Vielleicht hielten sie mich sogar mittlerweile für den Mörder.

Und Christine?

Mist. Ich musste Christine anrufen. Seit einem Tag auf der Flucht und noch kein Lebenszeichen. Irgendwann musste ich mich melden! Aber nicht jetzt. Jetzt arbeitete sie, und ihre Büronummer kannte ich nicht. Doch, ich kannte sie, hatte ja schließlich nicht alles vergessen. Anrufen würde ich trotzdem nicht. Nicht, wenn die halbe Verwaltung zuhörte.

Mit welchem Gefühl Christine wohl morgens zur Arbeit ging? Als Lebensgefährtin eines Mordverdächtigen? Die Sache musste ein Ende haben, und zwar möglichst bald.

Für den Moment konnte ich allerdings wenig tun. War von Covet und seinen Rechercheergebnissen abhängig. Mein Rad stand vor Kuhns Haus, und ich konnte nur hoffen, dass es dort keinem auffiel. Irgendwann im Laufe des Tages würde ich nach dem Rechten sehen, vielleicht erst im Dunkeln.

Nein, das Einzige, was ich tun konnte, war, mir Kuhns Fotos noch einmal vorzunehmen. Ich suchte mir einen Sitzplatz unter einer Buche und ging die Bilder durch. Sorgfältig, eines nach dem anderen. Wahnsinn, wie viele Leute sich an diesem Abend in den ›Englischen Jäger‹ gequetscht hatten. Da machten einen ja allein die menschlichen Ausdünstungen besoffen. Ich war es jedenfalls, das zeigten die Aufnahmen deutlich. Stockbesoffen! Wusste gar nicht, wie dämlich ich grinsen konnte. Voll peinlich, dieser Typ! Dass der sich über Schmider das Maul zerriss, sah ihm ähnlich.

Nur das Maul?

Oder war da noch mehr?

Die Fotos gaben keine Auskunft.

Auf einem Bild war Fatty zu sehen. Auf einem nur, und da drehte er sich gerade weg. Klar, der war ja noch Herr seiner Sinne. Dass man aber auch die Zeit nicht zurückdrehen konnte! Wenigstens in ausgewählten Situationen, sagen wir: drei pro Lebensspanne. Zu gern hätte ich den Abend im ›Englischen Jäger‹ noch einmal miterlebt. Um diese Saufnase Max Koller rechtzeitig aus dem Verkehr zu ziehen.

Naja, vielleicht half Hartmuts Film mir weiter.

Ich steckte die Fotos wieder ein und machte es mir auf dem Waldboden bequem. Versuchte es zumindest. Aber irgendein Zweig stand immer quer, es piekste und drückte, und als ich endlich eine akzeptable Position gefunden hatte, kroch eine Abordnung Ameisen an meiner Wade hoch. Außerdem stank ich nach Schweiß.

Also wieder hoch mit dem schlaffen Körper und runter zum Neckar. An einer flachen Stelle stieg ich barfuß in den Fluss, entkleidete mich bis auf die Unterhose und wusch mich. Mit Neckarwasser. Das T-Shirt tunkte ich unter, wrang es aus und zog es wieder an. Die Füße im Wasser, ein klatschnasses Shirt auf meinem erhitzten Körper, so stand ich da. Minutenlang, mit geschlossenen Augen. Es war das Beste, was mir an diesem Tag passiert war, besser als Kuhns Bier.

Schwappendes Neckarwasser um meine Knöchel meldete einen vorbeituckernden Lastkahn. Auf jedem Schiff gab es Menschen, und Menschen waren derzeit meine größten Feinde. Monster. Gespenster. Deshalb raus aus dem Fluss und aufgepasst.

Mit der Rückkehr in den Habtachtmodus kam der Hunger. Kein Wunder, ich hatte ja seit heute Morgen nichts mehr gegessen. Bevor ich entscheiden konnte, wie dem abhelfen zu war, brummte es in meiner Hosentasche. Handyalarm! Das konnte nur Covet sein.

»Erfolgreich, Alter? So fix?«

»Das war nun nicht gerade schwierig«, nölte er. »Hartmut Würz ist Altenpfleger und wohnt etwas außerhalb.« Er nannte mir die Adresse. »Sein Bruder Rainer hat ein Versicherungsbüro in der Stadt. Brauchst du den auch?«

»Danke, reicht schon. Ich melde mich, ciao.«

Dass ich das Gespräch so schnell beendete, lag weniger an Covet und meiner Furcht vor drohenden Diskussionen als an zwei Spaziergängern, die urplötzlich am Ufer aufgetaucht waren. Der bewaldete Hang reichte an dieser Stelle bis zum Fluss und ließ nur Platz für einen schmalen Pfad. Den kamen die beiden auf mich zu. Wenn ich jetzt Fersengeld gab, machte ich mich verdächtig. Also blieb ich, wo ich war, und wartete ab. Genauer gesagt, steckte ich die Hände in die Hosentaschen und schaute dem davonziehenden Lastkahn nach. Max Koller, Schiffegucker.

Als die beiden mich erreichten, nickte ich ihnen kurz zu. Der Vordere hielt an und musterte mich. Sein Kompagnon bückte sich nach irgendetwas, das auf dem Boden lag.

»Hallo«, sagte ich.

»Haste mal ’n Euro für uns?«

Der Sprecher sah nicht aus, als hätte er es nötig zu betteln. Sorgfältig rasiert, das ölige Haar komplett aus der Stirn gekämmt.

»Sorry, brauche ich selbst«, entgegnete ich.

»Brauchst du nicht.«

Aus den Augenwinkeln sah ich, wie der andere mit einem großen Ast ausholte. Ich konnte gerade noch einen Schritt zur Seite machen und einen Arm schützend hochreißen, da krachte das Ding auch schon auf mich nieder. Es erwischte mich an Oberarm und Schulter. Ich kam ins Straucheln und wäre fast in den Fluss gestürzt.

»Was soll der Scheiß?«, brüllte ich. Im nächsten Moment fuhr mir die Faust des Sprechers durchs Gesicht. Ich fühlte einen stechenden Schmerz an der linken Backe. Bevor ich reagieren konnte, war der mit dem Ast wieder an der Reihe. In meinem Kopf zündete eine Sprengladung. Ein ICE donnerte über mich hinweg. Alles um mich herum wurde schwarz, die Welt kippte zur Seite, ich mit ihr. Dann kam die Kälte. Kälte und Nässe. Jetzt lag ich doch im Neckar. Wehrlos.

Ich spürte, wie sie an mir herumzerrten. Eine Hand fummelte durch meine Hosentaschen, ich wurde einmal komplett umgedreht. Die Gesichter der beiden waren über mir, verschwanden wieder. Der eine sagte etwas, ohne dass ich ein Wort verstand. Ihre Schritte entfernten sich. Anschließend herrschte Stille.

Stöhnend versuchte ich mich aufzurichten. Es ging nicht. Meine Hand, steuerlos, ertastete Gras. Ich lag am Ufer. Ich ertrank nicht. Ich konnte liegen bleiben, mit geschlossenen Augen und dem gewaltigen Schmerz in meinem Schädel.

Wenn sie nur nicht wiederkamen! Wenn sie mich in Frieden ließen.

Irgendwann gelang es mir, mich auf die Seite zu wälzen. Ich blinzelte ins helle Tageslicht, legte den Kopf auf einen Arm. Vor mir Grashalme, Blätter, Bucheckern, dünne Brombeerranken. Eine kleine braune Spinne flüchtete ins Unterholz. Dann entdeckte ich den Ast, den mir der eine Typ über den Schädel gezogen hatte. Zumindest glaubte ich, dass er es war. Vorhin hatte an dieser Stelle kein Ast gelegen.

Herrgott noch mal, was sollte dieser Mist?

Warum ich? Ausgerechnet ich?

Mit der freien Hand fuhr ich in meine Taschen. Die erste war leer, die zweite auch. Sie waren alle leer. Alle, verdammt! Wut kam auf, die den Kopfschmerz vergrößerte, die aber auch meine Kräfte zurückbrachte. Ich stemmte mich hoch und sah mich um. Da lagen die Fotos aus dem ›Englischen Jäger‹ verstreut im Laub. Sonst nichts. Kein Handy, kein Geldbeutel, keine Schlüssel. Auf allen Vieren kroch ich über den Boden, suchte, schimpfte. Nichts. Sie hatten mir alles genommen. Ich besaß nur noch das, was ich auf dem Leib trug. Hose, T-Shirt, Sandalen, Uhr. Zur Polizei konnte ich nicht gehen. Nach Hause auch nicht. Nicht zu meiner Exfrau, nicht zu meinen Freunden, nirgendwohin.

Und der ›Englische Jäger‹ war geschlossen.

Ich war am Ende.

Fast hätte ich losgelacht angesichts meiner Lage. Irgendwie war das alles zum Lachen. Nicht lustig, aber zum Lachen. Meinem schmerzenden Schädel war es zu verdanken, dass das Lachen unterblieb. Ich legte mich wieder hin und starrte in den Himmel. In das bisschen Resthimmel, das durch die Wipfel lugte. So lag ich eine ganze Zeit lang.

Auf der anderen Seite des Neckars ging das Leben seinen gewohnten Gang. Schwacher Autolärm drang zu mir herüber. Um mich herum summte es, ab und zu raschelte etwas im trockenen Laub. Der gesamte Hang lag im Schatten. Milde Temperaturen. Mir fiel ein, dass ich noch etwas mehr besaß als bloß meine Kleider. Nämlich all das, was sich in meinem Kopf befand. Die Adresse von diesem Hartmut Würz zum Beispiel. Die hatten sie nicht aus mir herausprügeln können. Auch wenn sie es versucht hatten, die Schweine. Das nicht!

Moment.

Vielleicht hatten sie mir dafür etwas *hinein*geprügelt: meine Erinnerung an den Schmider-Mord. Die Brachialmethode, schon vergessen? Ein kräftiger Schlag auf den Hinterkopf, und schon ist alles wieder da.

Und? War alles wieder da?

Ich dachte an den ›Englischen Jäger‹, ich dachte an das Besäufnis, an Schmider, sein Haus, das Wohnzimmer, den Spalt in seinem Hals – nichts. Tabula rasa. Ich wusste nicht mehr und nicht weniger als zuvor.

Ihr Versager! Wenn ihr mich schon beklaut, hättet ihr mir wenigstens meine Erinnerungen zurückgeben können!

Wer waren die überhaupt? Woher kamen die? Zwei Kerle um die 30, unauffällig gekleidet, unauffällig vom Typ her. Keine bekifften Jugendlichen, keine Ausländer, keine Hooligans. Aber wenn sie dich zufällig im Wald trafen, nahmen sie einen schnellen Euro mit.

Zufällig? War das wirklich ein zufälliges Zusammentreffen gewesen? Kannten die mich?

Gegenfrage: woher sollten sie? Außer Kuhn und seinem Kumpel wusste keiner von meinem Besuch in Eberbach. Und dass ich hier im Wald steckte, wusste überhaupt niemand. Wenn mich die Polizei schon nicht aufspürte, wie sollten mich dann andere entdecken?

Als es endlich klappte mit dem Aufstehen, wurde mir schlecht. Ich musste mich an einem Baum festhalten, um nicht aus den Latschen zu kippen. Mein Schädel war eine Glocke, die im Takt meines Herzschlags dröhnte. Fast noch schlimmer war der Schmerz, der von dem Faustschlag herrührte. Ganz außen an der linken Backe ertastete ich Blut. Der Typ musste einen Ring getragen haben, der mir die Haut aufgerissen hatte.

Ich wartete, bis sich die Übelkeit legte. Dann stieg ich zum zweiten Mal an diesem Tag in den Fluss, um mich zu waschen. Tunkte am Ende den ganzen Kopf ins Wasser. Angeblich war der Neckar ja sauberer als früher. Vom Baden wurde trotzdem noch abgeraten. Zum Waschen und Wundenkühlen hatte sich meines Wissens noch niemand geäußert.

Unter Schmerzen trat ich den Rückweg an. Die herumliegenden Fotos sammelte ich ein und steckte sie wieder in die Tasche. Es blieb die Hoffnung, dass die Banditen nur an Barem interessiert waren und den Geldbeutel mit meinen Ausweisen unterwegs fallen lassen würden. Aber ich fand nichts. Die Fotos waren tatsächlich das Einzige, was mir blieb. Außer meinen Gedanken. Und meinem Fahrrad, das noch vor Kuhns Haus stand.

Als ich aus dem Wald trat, traf mich das blendende Licht der Sonne. Sollte ich nicht lieber aufgeben? Was, wenn sich die Wunde an meiner Backe entzündete? Vom Neckarwasser zum Beispiel oder dem schmutzigen Ring des Schlägers. Gefängnis war scheiße, aber wenigstens gab es dort Ärzte.

Andererseits: Wer brauchte schon einen Arzt, wenn er ohnehin auf dem Weg zu einem Altenpfleger war?

KAPITEL 21

Hartmut Würz war nicht zu Hause. Er schien allein zu wohnen, auf dem Klingelschild stand nur sein Name. Auch die Einfahrt zum Hof war leer. Das Haus lag am östlichen Ortsausgang, dahinter kamen nur noch Wiesen. Streuobstwiesen.

Mein Magen knurrte.

Auch in Würz' Garten standen Obstbäume. Ich pflückte einen Apfel von einem tief hängenden Ast und probierte. Reif war er noch nicht, aber besser als nichts. Nach drei Äpfeln und einer Handvoll Himbeeren setzte ich mich im Hof auf einen Stapel Backsteine und wartete. Dank eines Wolkenschleiers, der sich vor die Sonne gelegt hatte, war es nicht mehr ganz so heiß wie zuvor, dafür unangenehm drückend. Meine Wunde brannte wie der Teufel. Vor dem Haus drehten die stadtauswärts fahrenden Autos kräftig auf, die in Gegenrichtung bremsten teilweise abrupt ab. Heul – quietsch, so ging das die ganze Zeit. Da lobte ich mir meine Stadtwohnung!

Von der ich momentan leider überhaupt nichts hatte.

Vor der Polizei abzuhauen, war eine Sache. Es ohne Geld und ohne Pass zu tun, eine völlig andere. Ich konnte schließlich nicht tagelang von unreifen Äpfeln leben! Was sollte ich tun? Klauen? Schnorren? Betteln? Einsame Wanderer überfallen wie die beiden Schlägertypen? Ich sah nur eine Möglichkeit: zurück nach Heidelberg fahren und jemanden anpumpen.

Aber wen?

Ich streckte die Beine aus und betrachtete meine Schuhspitzen. Wen, verdammt noch mal? Fatty, Eva und Marc hatte ich bereits in die Bredouille gebracht, von Christine ganz zu schweigen. Sie jetzt auch noch um Geld anzugehen, war zu viel des Schlechten. Man durfte Loyalitäten nicht überstrapazieren. Kommissar Fischer kam nicht infrage, die Jungs aus dem ›Englischen Jäger‹ auch nicht.

Also niemand?

Ich konnte nicht verhindern, dass sich eine Person in meine Gedanken schlich. Eine, die mir eventuell helfen würde. Auf deren Hilfe ich allerdings niemals hatte zurückgreifen wollen. Höchstens im Notfall. Im alleräußersten Notfall.

Nein, es ging nicht. Weg mit dir! Was hieß schon Notfall? So schlimm stand es doch gar nicht um mich. Millionen Menschen auf der Welt schlugen sich ohne Geld durch. Ausweise verrieten einen nur. Handys? Überbewertet. Ich hatte Fettreserven für eine komplette Woche und bewährtes Heilfleisch. Alles war gut. Ich musste bloß an mich glauben.

Im Übrigen hing mein Blick schon die ganze Zeit an einem gekippten Fenster im ersten Stock. Regelrecht eine Einladung war das: Bitteschön, Herr Koller, wollen Sie nicht eintreten? Mein Kühlschrank ist gut gefüllt, im Gefrierfach wartet eine Pizza, und in einer Schreibtischschublade sollte noch ein Fuffi herumfliegen. Bedienen Sie sich!

Und ob das eine Einladung war! Ich brauchte bloß eine Leiter. Wie genau man ein gekipptes Fenster von außen öffnet, wusste ich zwar nicht, aber es konnte kein Hexenwerk sein. Klappte ja in jedem zweiten Fernsehkrimi. Blieb eigentlich nur noch ein Hindernis: moralische Bedenken. Hatte ich die?

»Moral? Was ist das?«, sagte ich und stand auf.

In diesem Moment bog ein Wagen in die Einfahrt. Es war ein Fiat Cinquecento, und der Mann, der ausstieg, war auch von der eher kleinen Sorte. Natürlich wusste ich nicht, ob es sich bei dem Fahrer um Würz handelte, aber wer sollte es sonst sein? Offenbar hatte er mich nicht gesehen. Er beugte sich in den Wagen zurück und tauchte mit zwei schweren Einkaufstüten wieder auf. Erst als ich auf ihn zukam, bemerkte er mich.

»Ha!«, schrie er auf und ließ eine Tüte fallen. Er machte einen Satz rückwärts, kam ins Stolpern, wollte losrennen, trat auf die Tüte, die er noch in der Hand hielt, und stürzte der Länge nach hin.

»Nur die Ruhe«, sagte ich. »Immer langsam, ja?«

Du meine Güte, er hatte sich tatsächlich wehgetan. Blutete aus einem kleinen Riss am Ellbogen. Angsterfüllt starrte er zu mir hoch und wimmerte. Wirkte ich etwa so furchterregend?

Nun, in diesem Fall lautete die Antwort vermutlich: ja.

»Hartmut Würz?«, fragte ich. »Warum hauen Sie ab, wenn Sie mich sehen? Ich will bloß mit Ihnen reden.« Ich reichte ihm eine Hand, doch er nahm sie nicht. Also schloss ich die Autotür und begann, die am Boden verstreuten Einkäufe in die Tüten zurückzustopfen. Als ich nach einem Riesenstück Salami griff, meldete sich mein Magen.

»Was wollen Sie von mir?«, stieß Würz hervor.

»Mit Ihnen sprechen. Sie was fragen. Nun kommen Sie schon hoch! Sie tun ja gerade, als wäre ich ein Killer.«

Die Tüten waren wieder voll. Ich stemmte beide Fäuste in die Hüften. Der ängstliche Rammler lag noch immer vor mir auf dem Boden. Und da wurde mir klar: Genau dafür hielt er mich. Für einen gnadenlosen Killer.

»Verstehe«, sagte ich. »Sie haben mit Ihrem Kumpel Kuhn gesprochen. Der hat Sie vor mir gewarnt. Und? Will ich Ihnen an den Kragen? Sieht das hier so aus? Mann, ihr Eberbacher seid wirklich nicht von diesem Stern. Los, machen Sie die Tür auf. Ich trage Ihnen die Sachen rein.«

Es dauerte, bis er meinen Anweisungen Folge leistete. Wand sich noch geraume Zeit auf den Pflastersteinen, rappelte sich schließlich hoch und fummelte mit zitternden Fingern am Türschloss herum. Drinnen empfing uns eine penibel aufgeräumte Wohnung von geradezu anrührender Hässlichkeit. Wie hatte Kuhn gesagt? Der Hartmut ist einer, der alles dokumentieren muss. Ein Ordnungsfanatiker. Genau so sah es aus.

In der Küche stellte ich beide Tüten auf den Tisch. Würz wartete schicksalsergeben. Er war nicht dick, aber weich, im Gesicht speckig und von unbestimmbarem Alter. In zehn Jahren würde er kaum anders aussehen als jetzt.

»Und?«, begann ich. »Was hat Kuhn Ihnen über mich erzählt?«

»Naja«, druckste er herum.

»Sie können es mir ruhig sagen. Ich habe ihn in seinem Gartenhaus eingesperrt. Und warum? Weil er die Polizei gerufen hat. Ich möchte Sie dringend bitten, das nicht zu tun. Dann bin ich der friedlichste Mensch, den es nur gibt. Ja, ich stehe aktuell unter Tatverdacht, aber ich kann Ihnen versichern, der Verdacht ist falsch. Um ihn zu entkräften, bin ich hier.«

»Er sagte, Sie würden Amok laufen«, flüsterte Würz. »Erst in Heidelberg, jetzt hier.«

»Amok?« Fast hätte ich gelacht, so albern war das. »Ich und Amok, ja? Wirke ich in diesem Moment so, als würde ich Amok laufen?«

Er sah mich an und schwieg.

»Wenn Sie mein verbeultes Gesicht meinen: Da sind andere Amok gelaufen. Ich wurde vorhin überfallen und zusammengeschlagen. Unten am Neckar. Jetzt habe ich nichts mehr, keinen Cent. Nur noch den Willen, meine Unschuld zu beweisen. Wenn ich Ihnen irgendetwas antun wollte, hätte ich es längst getan. Darf ich einen Schluck Wasser aus Ihrer Leitung nehmen?«

Er nickte. Als ich meinen Durst gestillt hatte, setzte ich mich.

»Vielleicht räumen Sie mal Ihre Einkäufe in den Kühlschrank, bevor die schlecht werden. Währenddessen erzähle ich Ihnen, worum es geht.«

Es wurden verdammt harte fünf Minuten. Ich sah fünf Pizzen ins Gefrierfach wandern, eine Tüte Pommes, irgendein Fertiggericht mit Huhn. Der Kühlschrank wurde mit Wurst und Käse gefüttert, mit Butter, Joghurt, Quark und zig anderen Sachen. Discounterware, Sonderangebote. Trotzdem hätte ich am liebsten in alles hineingebissen. In das tiefgefrorene Zeug, in die rohen Eier, egal. Stattdessen beherrschte ich mich und erklärte Würz, warum ich hier war.

»Aber was haben wir mit dem Mord zu tun? Wir waren doch …«

»Nichts«, schnitt ich ihm das Wort ab. Warum verstand mich niemand? »Nichts haben Sie. Ich brauche Informationen über die Kneipenbesucher an diesem Abend, und weil alle, die ich kenne, mehr oder weniger stark dem Alkohol zugesprochen haben, setze ich auf Fotos und Filme, die Sie gemacht haben.«

»Ach so. Ja.« Er schaute auf seine Fingernägel. »Wissen Sie, ich mache mir nichts aus diesen Umzügen.«

»Umzügen?«

»Na, diesen Junggesellenabschieden. Meins ist das nicht. Aber der Bräutigam, der ist ein Freund von mir, und da …«

»Herr Würz, mir ist scheißegal, was Sie an dem Tag gemacht haben, wirklich. Ob man rosa Klamotten anzieht oder nicht …« Ich brach ab, als ich sah, wie schmerzlich sich sein Gesicht bei der Erinnerung an das Outfit von damals verzog. »Lassen wir das. Mich interessiert einzig und allein Ihr Film und was darauf zu erkennen ist.«

Er nickte. Nach einer kurzen Pause fragte er: »Und dann? Ich meine, wenn Sie den Film gesehen haben?«

»Dann verschwinde ich.«

»Wollen Sie den Film haben?«

»Wenn das möglich ist.«

Er überlegte, dann stand er auf und ging nach nebenan. Während er in einer Schublade ruschelte, starrte ich den Kühlschrank an. Aber da kam er schon wieder zurück. Klar, Ordnung war alles. Er hatte ein Tablet dabei, das er anschaltete, außerdem einen USB-Stick. Nach ein paar Klicks und Wischern startete der Film. Würz legte das Tablet vor mich auf den Tisch.

»Danke«, sagte ich.

Der Film war eine einzige Enttäuschung. Nicht, weil er so banal war. Auch nicht wegen der verwackelten, unscharfen Bilder. Damit hatte ich gerechnet. Was soll man groß erwarten, wenn ein Besoffener während der Polonaise das Handy in die Höhe reckt? Nein, zur Enttäuschung wurde er, weil er nichts anderes zeigte als die Fotos. Dieselben Personen in denselben Haltungen und demselben Zustand. Mit Ton halt. Aber der bestand in einer trüben Geräuschsuppe, aus der ab und zu einzelne

Rufe oder Lacher emporschwappten. Alles andere kannte ich bereits. Kurt und seine Dackel, der Bärtige mit Brille, das junge Ding an Herberts Seite, Leander, Fatty, der planlose Typ hinter der Theke, pinke Eindringlinge. Und natürlich Max Koller, glasigen Auges. An einer Stelle rief ich etwas, man verstand lediglich das Wort »Hochzeit«. Aber es war klar, dass ich es verächtlich gemeint hatte.

Ich stöhnte auf.

»Nicht gut?«, fragte Würz.

»Nee, gar nicht gut. Es gibt Leute, die brauchen nicht mal rosa Fummel, um sich zu blamieren. Aber das nebenbei. Darf ich noch mal?«

Er nickte, und ich tippte auf Start. Auch beim zweiten Anschauen wurde der Film nicht besser. Marias Kneipe war voll von Leuten, die ich nicht kannte, von Leuten, die ich schon mal gesehen hatte, sowie von Leuten, mit denen ich regelmäßig trank. Oder sagen wir: getrunken hatte. Keine Auffälligkeit, nichts.

»Warum sind Sie überfallen worden?«, fragte Würz. »Und von wem?«

»Keine Ahnung. Es waren zwei, und sie wollten Geld. Mehr weiß ich nicht.«

»Soll ich Ihnen ein Pflaster geben? Das sieht nicht gut aus, da an der Seite.«

»Ach, das wird schon. Mir wäre wichtiger, den Film zu bekommen.«

»Ich kann Ihnen die Datei auf den Stick hier ziehen. Aber nützt der Ihnen was ohne Computer? Vielleicht wäre es besser, den Film ins Netz zu stellen, und ich schicke Ihnen den Zugangscode.«

»Das würden Sie tun?«

»Wenn Sie mir versprechen, ihn nicht weiterzugeben.«

Der Ansatz eines Lächelns erschien auf seinem Gesicht. »Ich bin ja nicht verheiratet, aber wenn meine Schwägerin das hier sieht, brennt bei meinem Bruder die Hütte.«

»Keine Sorge, das wird nicht passieren.«

Ich schrieb ihm meine Mailadresse auf einen Zettel. Dass Würz sich als derart entgegenkommend erweisen würde, war nicht zu erwarten gewesen.

Und es kam noch besser.

»Sagen Sie«, meinte er, als ich schon gehen wollte. »Sie sehen aus, als hätten Sie Hunger.«

»Sieht man das?«, grinste ich.

Ich aß ihm die halbe Salami weg. Dazu Brötchen, bis mir der Magen schmerzte. Er wollte mir sogar noch eine Stulle mitgeben, die barmherzige Seele, doch da lehnte ich ab. Ein Rest von Flüchtlingsstolz war mir geblieben. Auf den Gedanken, mir ein Nachtlager anzubieten, kam er nicht.

Aber für diesen Fall hatte ich vorgesorgt.

KAPITEL 22

Es war schon längere Zeit dunkel, als ich bei Kuhn über den Zaun kletterte. In meinem Rücken plätscherte der Neckar. Die Lichter des Städtchens tanzten auf seiner Oberfläche. Kuhns Garten lag ganz still da. Kein Geräusch, keine

Beleuchtung, weder hier unten noch oben im Haus. Vielleicht schliefen der Dicke und seine Frau schon. Selbst der spuckende Frosch hatte Feierabend.

Der Tisch vor der Hütte war leergeräumt, der Sonnenschirm eingerollt. Ich tastete über dem Türsturz nach dem Schlüssel. Sie würden ihn doch wohl aus dem Teich gefischt haben? Hatten sie. Noch mal kurz innehalten und lauschen, dann schloss ich auf. Totenstille empfing mich.

Gut. Das hätte also geklappt. Licht wagte ich keines zu machen, sondern wartete, bis sich meine Augen an die Dunkelheit gewöhnt hatten und ich wenigstens die Umrisse der Gegenstände erkannte. Direkt vor mir die Schlafcouch, rechts die Küchenecke, links das Tischchen mit dem Telefon. Ich sperrte von innen ab und ließ den Schlüssel stecken.

Als Erstes untersuchte ich den Kühlschrank. Er lief, war aber leer. Leer, verdammt! Bis auf eine Flasche Champagner, und Champagner war so ziemlich das Letzte, wonach mir der Sinn stand. Dann lieber was Alkoholfreies. Warum nutzte Kuhn seinen Kühlschrank nicht, wenn er sich hier vor der Hütte mit seinen Leuten zum Saufen traf? Nur um seine Frau herumkommandieren zu können? Aus manchen Mitmenschen wurde man einfach nicht schlau.

Ich suchte weiter, fand aber nichts zu trinken. Nicht mal ein warmes Bier. Also hängte ich meinen Mund unter den Wasserhahn wie vorhin bei Würz. Zu essen gab es auch nichts, was zu verschmerzen war. Noch hielt die Salami vor.

Komplett angezogen legte ich mich auf die Couch und schloss die Augen. Oder starrte in die Dunkelheit, was auf das Gleiche hinauslief. Ich war nicht müde, noch nicht. Meine Wunde schmerzte. Die Ereignisse der beiden letzten Tage gingen mir im Kopf herum. Immer wieder, wie ein Karussell auf dem Jahrmarkt. Etwas Ablenkung hätte gut getan. Schade, dass ich den Fernseher nicht einschalten durfte. Alles, was Licht machte, musste vermieden werden. Schon das Öffnen des Kühlschranks konnte mich verraten.

Und telefonieren?

Ich richtete mich auf. Telefonieren ging natürlich. Und wie das ging! Gab es eine bessere Gelegenheit? Mein Handy war weg, aber Kuhn hatte ein Telefon im Gartenhaus. Mit dem er heute Mittag die Polizei alarmiert hatte. Höchste Zeit für eine Retourkutsche.

Ich stand auf und tastete nach dem Telefon. Es war da und es funktionierte. Kein kaltes Bier in der Hütte, aber ein funktionierendes Telefon. War das nicht gaga?

»Hallo?«, meldete sich Christines verschlafene Stimme.

»Habe ich dich geweckt?«

»Du?«

Es war ein *Du* mit mindestens drei Fragezeichen. Die Stille danach fühlte sich nicht gut an. Weshalb ich rasch weitersprach.

»Sorry, falls du schon geschlafen hast. Ich konnte nämlich nicht. Schlafen, meine ich. Bin ein bisschen durch den Wind. Aber ich kriege das geregelt, mach dir keine Sorgen, ich komme zurecht.«

»Nein«, sagte sie, und ich hatte keinen blassen Schimmer, worauf sich dieses Nein bezog. Auf die Sorgen? Auf meine Versicherung zurechtzukommen?

»Wie geht es dir, Christine?«

»Wie es mir geht?«

»Ja.«

»Gut.«

»Okay. Schön.«

»Max?«

»Ja?«

»Was hast du am Abend von Schmiders Tod getan? Kannst du mir das sagen?«

»Bitte? Christine, ich weiß es nicht! Ich habe keine Erinnerung mehr. Nur deshalb bin ich abgehauen.«

»Du weißt es immer noch nicht?«

»Nein, ich schwöre dir!«

»Dann komm zurück. Allein wirst du nichts ausrichten können. Niemals.«

»Doch! Es ist meine einzige Chance. Wenn Kommissar Fischer noch ermitteln würde, wäre es etwas anderes, aber Greiner und Sorgwitz, diese Idioten, finden doch nur die falschen Sachen raus oder ziehen die falschen Schlüsse.«

»Du verrennst dich. Mit deiner …«

»Nein! *Ihr* verrennt *euch*! Anstatt dass ihr hinter mir steht und diese durchgeknallten Bullen in die Schranken weist, redet ihr mir ein, schön stillzuhalten und zu warten, bis sie mich vor Gericht zerren. Jetzt sollen auch noch meine Fingerabdrücke an der Tatwaffe sein! Da stimmt doch was nicht. Hast du dir das mal überlegt?«

»Max, ich verstehe dich ja. Und ich weiß nicht, was ich in deiner Situation täte. Aber schon um dich zu schützen, kann ich nur sagen: Komm zurück. So, wie du dich jetzt verhältst, machst du alles nur schlimmer.«

»Tut mir leid. Keine Chance.«

Sie schwieg.

Mir kam ein Gedanke. »Wird dein Telefon abgehört? Ist das der Grund?«

»Ach Unsinn«, murmelte sie. Naja, was hätte sie in diesem Fall auch sagen können?

»Okay, verstehe. Dann noch mal zum Mitschreiben für alle: Ich bin unschuldig, und das werde ich beweisen. Vorher stelle ich mich nicht. Das ziehe ich jetzt durch.« Ich machte eine Pause. »Tschüss, Christine.«

Keine Antwort.

»Und alles Gute.«

»Dir auch.«

Die Stille nach Ende unseres Gesprächs war grässlich. Sie schmerzte regelrecht körperlich. Ich fühlte Hass in mir aufsteigen, Hass gegen die Dunkelheit um mich herum, gegen das Gartenhaus, gegen rosafarbene Rammler und ehrgeizige Kommissare, gegen die Erfindung des Telefons und gegen mich. Vor allem gegen mich. Übrigens ohne sagen zu können, warum. Irgendwann, wenn das alles hier vorbei war, würde ich mich vor einen Spiegel stellen und mich ohrfeigen. Eine Stunde lang. Würde mich ohrfeigen und mir dabei zuschauen. Ich hatte Schmider nicht ermordet, aber sonst hatte ich so ziemlich alles falsch gemacht. Ein Besäufnis bis zur Besinnungslosigkeit, verdrängte Eifersucht, Rücksichtslosigkeit. Reichte da eine Stunde?

Ich legte das Telefon zurück. Immer noch war alles ruhig. Ich hatte Schmider nicht umgebracht. Hatte ich?

An diesem Abend würde ich keine Antwort mehr bekommen.

Irgendwann wurde ich doch müde. Ich zog mich aus und legte mich auf die Couch. Eine Weile wälzte ich mich noch von einer Seite auf die andere, dann schlief ich ein.

Mitten in der Nacht wachte ich auf.

Erst glaubte ich, unruhig geträumt zu haben. Aber es war kein Traum. Da waren Stimmen! Sofort saß ich aufrecht und hielt die Luft an. Jetzt hörte ich auch Schritte.

Jemand näherte sich dem Gartenhaus. Zwei Personen? Drei?

Wie gelähmt saß ich da. Was sollte ich tun? Mir blieb nur eins: abwarten. Ich hatte abgeschlossen, und der Schlüssel steckte innen. So schnell kamen die nicht rein. Höchstens mit Gewalt.

Aber wenn sie die anwendeten, sah es schlecht für mich aus.

Plötzlich: ein Kichern. Hell, vielleicht das Kichern einer Frau. Anflüge von Entspannung. Wer kichert schon, wenn er im Begriff ist, in ein Gartenhaus einzudringen? Außerdem: eine Frau. Nun hätte man einwenden können, dass ich weder von Gartenhauseinbrechern noch von Frauen großartig Ahnung hatte, aber so weit dachte ich in diesem Moment nicht. Ich spürte, dass mir meine Glieder wieder gehorchten, rollte von der Couch und kroch auf allen Vieren zum Fenster. Zwischen den Blümchenvorhängen hindurchspähend, erkannte ich Kuhns Wampe.

Ich meine, es war dunkel draußen, dunkel bis auf spärliche Reste von Mond- oder Streulicht. Vor der Tür stand weniger ein Mensch als der Umriss eines Menschen, und der gehörte eindeutig zu meinem Gastgeber von heute Mittag. Er hatte mir ja ausreichend Gelegenheit gegeben, ihn zu studieren. Das da draußen war Kuhns massiger Körper, nur die Behaarung verschwand unter irgendeinem Kleidungsstück.

Gerade murmelte er etwas Unverständliches. Ich vernahm ein Schaben über dem Türsturz. Das waren wohl seine Finger auf der Suche nach dem Schlüssel. Hin und zurück wanderten sie, ohne Pause. Wieder ein Gemurmel. Er wollte es einfach nicht wahrhaben, dass der Schlüssel weg war.

»Gibt's das?«, hörte ich ihn fluchen. Er fingerte rechts, er fingerte links.

Die andere Person fragte etwas. Ärgerliches Verneinen. Noch ein letzter Versuch, dann gab er es auf.

Was nun, Herr Kuhn?

Ich verstand nicht, was er seiner Begleitung zuflüsterte, auch aus seinen Gesten wurde man nicht recht schlau, aber als er abdampfte, war ich mir ziemlich sicher, dass er sie gebeten hatte zu warten, während er einen Ersatzschlüssel aus dem Haus holte. Im Übrigen war die Begleitperson tatsächlich weiblich. Ich sah sie unschlüssig vor dem Gartenhaus auf und ab gehen.

Vorsichtig kroch ich zur Couch zurück, zog mir mein Shirt über, schlüpfte in Hose und Sandalen. Schon praktisch, wenn man mit so wenig Gepäck unterwegs ist. Dann ging ich zur Tür, packte die Klinke mit der einen Hand und den Schlüssel mit der anderen.

Auf in den Kampf!

Der Schrei, den die Frau bei meinem Anblick ausstieß, war markerschütternd. Wenn da die olle Kuhn mal nicht senkrecht im Bett stand!

»Wissen Sie eigentlich, wie behaart der Kerl ist?«, sagte ich und schloss die Tür hinter mir. Den Schlüssel warf ich aus alter Gewohnheit in den Froschteich. Dann trat ich meinen bewährten Fluchtweg an. Die Frau klammerte sich am Tisch fest, während sie mir nachsah.

KAPITEL 23

Den Rest der Nacht verbrachte ich unter der Eberbacher Neckarbrücke. In Gesellschaft dreier Obdachloser, die ein kleines Feuer in Gang gesetzt hatten. Mein Schlafplatz bestand aus mehreren Lagen aufgeweichter, dann wieder getrockneter Pappkartons und einer zerschlissenen Decke. Lange nicht so bequem wie Kuhns Gartenhauscouch, dafür gab es hier einen Schluck Schnaps gratis. Die drei störten sich auch nicht daran, dass ich mit meinem verbeulten Gesicht und den mehrfach durchgeschwitzten Kleidern aussah wie ein … naja, so ähnlich wie sie halt. Deshalb war das kein Problem.

Als ich morgens aufbrach, schliefen sie noch.

Mein Rad stand vor Kuhns Haus. Dort, wo ich es gestern abgestellt hatte. Die hatten wohl nicht im Traum daran gedacht, dass ich pedaliter nach Eberbach gekommen war. War ich streng genommen ja auch nicht. Um keine Zeit zu verlieren, wählte ich für den Rückweg erneut die S-Bahn. Kontrolliert wurde hier ohnehin nie – nicht bei der Personaldecke. Bis Neckargemünd ging auch alles glatt. Ich saß im Fahrradabteil, ließ die Landschaft an mir vorbeiziehen, döste ein bisschen. Dann stieg ein Würfel von Mensch zu und fragte nach den Fahrscheinen. Über der gewaltigen Brust spannte das graue Kontrolleurshemd, oben saß das Mützchen wie ein Deckel auf aschblondem Haar. Schicksalsergeben wartete ich, bis die Reihe an mir war.

»Die Fahrscheine bitte!«

Ich stand auf. Die Dame reichte mir, der ich kein Riese bin, maximal bis zum Schlüsselbein. Dafür verströmte sie Zigarettendunst für zwei.

»Tut mir leid, ich hab keinen«, sagte ich gezwungenermaßen von oben herab.

»Keinen Fahrschein?«

»Auch wenn sich das jetzt blöd anhört: Ich bin überfallen worden. Hier, sehen Sie die Schramme im Gesicht? Ich hab nichts mehr, keinen Ausweis, kein Geld, keine EC-Karte.«

»Überfallen?« Gegen die Blicke, die sie aus der Tiefe abfeuerte, konnte jeder Indianerstamm einpacken.

»Durchsuchen Sie mich.« Ich breitete die Arme aus.

»Überfallen, ja? Das ist wirklich die abgefahrenste Ausrede, die ich jemals gehört habe.« Sie lachte ein heiseres Raucherlachen. Dann sah sie sich um. Was noch im Fahrradabteil saß, schaute weg, tat wie nicht vorhanden. Ja, genieße nur deine Macht! Genieße es, dass da einer mit erhobenen Händen vor ihr steht! Einer mit blutender Wunde, in dreckigen, verschwitzten Kleidern. Den du zur Schnecke machen kannst, obwohl er anderthalb Kopf größer ist als du. Endlich hat dein würfelförmiges Kontrolleursdasein einen Sinn, darfst du mit Formularen und Verordnungen um dich werfen, mit Nachforderungen und Strafgebühren. Ich werde dir meinen Namen nennen müssen, meine Adresse, alles, werde mir gesenkten Kopfes eine Moralpredigt anhören, und am Ende wirst du die Polizei rufen.

Die Polizei. Klar würde sie das. Ich hatte ja nichts, womit ich mich ausweisen konnte.

»Bitte, Sie dürfen mich wirklich durchsuchen«, wiederholte ich. »Ich bin völlig blank.«

Sie schob ihr Mützchen ein paar Zentimeter aus der Stirn. Dann winkte sie mich mit ihrem kurzen, breiten Zeigefinger heran. »Tu mir den Gefallen und steig bei der nächsten Station aus, Kleiner, ja?«, raunte sie. »Bevor mein Kollege dazukommt und hier alles nach Vorschrift läuft.«

»Danke«, flüsterte ich, den Kopf nahe an ihrem. »Vielen Dank.«

»Nun heul nicht gleich.«

Weg war sie. Ich richtete mich auf und sah ihr nach, wie sie das angrenzende Abteil mit ihrer Raucherstimme beschallte. »Die Fahrscheine bitte …!« Weiter hinten arbeitete sich ein zweiter Kontrolleur durch den Zug.

In Schlierbach stieg ich aus und fuhr die restlichen Kilometer per Rad.

›Kleiner‹ hatte sie mich genannt.

Es war schon fast zehn, als ich in Heidelberg eintraf. Ohne Frühstück, ohne die Möglichkeit, mir etwas zu besorgen. Nach Hause konnte ich nicht, dort stand bestimmt ein Streifenwagen vor der Tür. An Christines Arbeitsplatz ließ ich mich auch besser nicht blicken, blieb also nur der meines Kumpels Fatty.

Ich konnte mich nicht erinnern, den Dicken jemals im Kindergarten besucht zu haben. Was nicht an ihm lag, sondern an den Kleinen. Kinder und ich – das passte nicht. Eher könnte Fatty meinen Job als Ermittler übernehmen als ich seinen. Wer es versäumt hat, sich selbst zu erziehen, sollte nicht als Erzieher auf Schutzbefohlene losgelassen werden. Meine Meinung. Wenn ich mir andererseits anschaute, wer alles in Kindergärten das pädagogische Zepter schwenkte … Aber das war nun völliger Blödsinn, denn gerade ich schaute mir das ja nicht an. Nie!

Jedenfalls war es eine Premiere, als ich am Außengelände von Fattys Kindergarten in der Weststadt auftauchte. Es herrschte ein Riesenbetrieb, überall rannten kreischende Knirpse herum, entkleidet bis auf Bade- oder Unterhose, dreckverschmiert, eingecremt, nass. Unter dem Sonnensegel drängten sich schwitzende Erzieherinnen, eine Wasserpumpe lief, es gab Verfolgungsrennen, Matschweitwurf, Geflenne. Fatty war nirgendwo zu sehen. Doch, da verließ er gerade das Haus, eine Batterie von Trinkflaschen unterm Arm. Fast hätte er sie fallen lassen, als er mich erblickte. Ich deutete zur entlegensten Ecke des Geländes. Er nickte.

Ein paar Minuten später kam er angetapst. Noch immer stand Bestürzung in seinem Gesicht.

»Mensch, Max, wie siehst du denn aus?«

»Ach das. Nicht der Rede wert.«

»Und ob das der Rede wert ist! Was machst du für Sachen? Jedes Mal, wenn ich dich sehe, steckst du ein Stück tiefer in der Scheiße! Wo soll das noch enden?«

»Nur weil ich eine Schramme an der Backe habe?«

»Hör auf mit Schramme! Du solltest dich mal sehen. Man könnte meinen, du wärst eben einem Gulli entstiegen. Und wenn es nur um dich ginge! Dauernd rufen die Kommissare bei mir an: Du sollst dich endlich stellen, sonst geht die Fahndung richtig los, so mit Foto in allen Zeitungen und Meldung in den Nachrichten und was weiß ich.«

»Damit habe ich gerechnet.«

»Ja, aber hast du auch damit gerechnet, dass Christine das alles aushalten muss? Die ist fertig mit den Nerven, kapierst du das nicht?«

Ein Ball rollte neben ihm gegen den Zaun. Er hob ihn auf und drückte ihn dem Mädchen, das angeflitzt kam, in die Hand. Eingeschüchtert schaute die Kleine zu mir hoch. Ja, gut möglich, dass ich zum Fürchten aussah. Erst recht nach dem, was mir Fatty über Christine gesagt hatte. Der Faustschlag in Eberbach war nichts dagegen. Hatte sie am Telefon nicht behauptet, dass es ihr gut gehe?

»Okay, okay«, wiegelte ich ab, »ich rede mit ihr.«

»Noch was. Die Bullen haben ihr erzählt, dass du Schmider kurz vor dem Mord angerufen hast. Seit sie das weiß, ist sie völlig fertig.«

Ich lachte. »Was soll ich gemacht haben? Bei Schmider angerufen? So ein Quatsch! Hatte ja nicht mal seine Nummer.«

»Ist aber so. Die haben den … wie heißt das? Verbindungsnachweis. Ein Anruf nachts um elf, von deinem Handy aus.«

»Moment, Fatty. Wenn ich eines nicht gemacht habe, dann das. Absolut undenkbar! Erstens war ich zu besoffen, zweitens hatte ich seine Nummer nicht, und drittens …« Ich brach ab, denn mir kam ein Gedanke.

»Naja.« Fattys Grinsen wirkte hilflos. »Sei mir nicht böse, Max, aber dass du Schmiders Nummer nicht hattest, klingt ungefähr so glaubwürdig wie die Behauptung, dass du nie über ihn gelästert hast.«

Ich packte seinen Arm. »Stopp! Das ist es, Fatty! Wenn ich Schmider angerufen hätte – hörst du, wenn! – dann müsste das auf der Anrufliste meines Handys verzeichnet sein. Mit Tag und Uhrzeit. Lass uns das sofort kontrollieren. Ich werde dir beweisen, dass der Anruf nicht drauf ist.«

»Nicht mir sollst du das beweisen, sondern der Polizei.«

»Egal, ich beweise es euch allen. Ist doch klar, dass ihr euch fragt, was ich an dem Abend getan oder nicht getan habe. Verstehe ich. Geht mir ja ähnlich. Aber jetzt habe ich endlich die Möglichkeit zu beweisen, dass hier ein Irrtum vorliegt. Eine Verwechslung oder was auch immer. Ich weiß nicht, wer da dauernd Beweismittel manipuliert, aber in diesem Fall wird es nicht funktionieren. Kommst du mit?«

Er machte große Augen. »Wohin?«

»Zu dir natürlich. Ich habe mein Handy in eurer Wohnung gelassen. Los, wir fahren sofort hin.«

»Ich kann hier nicht weg, Max!«

»Dann gib mir deinen Wohnungsschlüssel. Du glaubst doch nicht, dass ich warte, bis du Feierabend hast!«

Er zierte sich. Verdammt noch mal, da hatte ich diese einmalige Chance, und mein bester Kumpel spielte den Zauderer! »Eva müsste zu Hause sein«, sagte er schließlich.

»Gut. Dann kann sie gleich bezeugen, dass ich nichts an meinem Handy verändere.« Mit beiden Händen packte ich ihn bei den Schultern und rüttelte ihn durch. »He, Fatty! Alles wird gut!«

»Wenn du meinst«, brummte er.

»Ja, Herrgott, meine ich! Rufst du Eva an, dass ich komme? In fünf Minuten bin ich da. Und danke!«

Im Wegfahren sah ich ihn noch sein Handy zücken.

Trotz meiner Euphorie brauchte ich etwas mehr als fünf Minuten. In der Bahnhofsstraße gab es eine Umleitung wegen des bevorstehenden Staatsbesuchs, und so kurz vor dem rettenden Ufer wollte ich den Bullen nicht in die Arme laufen. Also hielt ich mich brav an alle Verkehrsregeln.

Bei Fatty angekommen, stürmte ich die Stufen zur Haustür hoch und läutete. Keine Reaktion. Ich läutete noch einmal. War Eva nicht zu Hause?

Doch, da meldete sie sich. Als sie meinen Namen hörte, sagte sie erst einmal gar nichts. Dann betätigte sie den Türöffner. Sie konnte wohl auch nicht glauben, dass jetzt alles gut würde. Mit verschränkten Armen stand sie in der Wohnungstür. »Gibt's was Neues?«

»Na klar! Hat dich Friedhelm nicht angerufen, dass ich komme?«

»Nee, wieso?«

»Das wundert mich jetzt. Er wollte nämlich. Ich hab noch gesehen, wie er nach seinem Handy griff …«

»Er hat *mich* angerufen«, sagte jemand hinter mir.

Ich fuhr herum. Christine stand in der offenen Haustür. Sie musste fast gleichzeitig mit mir eingetroffen sein, und ich hatte vor lauter Tunnelblick nichts bemerkt. Aber wie sah sie aus! Man hätte glauben können, sie sei krank. Sie hatte dunkle Ränder unter den Augen und ganz dünne Lippen. Ihr Hals war mir noch nie so schmal vorgekommen, fast zerbrechlich.

»Hey«, sagte ich. »Gut, dass du da bist. Ich kann beweisen, dass ich es nicht war.«

Eva und Christine wechselten Blicke.

»Schön«, erwiderte meine Ex. »Und danach? Stellst du dich dann?«

»Ja, sicher! Ich meine, dann ist es ja kein Stellen mehr. Sondern der Beweis meiner Unschuld. Pass auf, die Bullen haben offenbar einen Anruf kurz vor dem Mord an Schmider ermittelt. Der angeblich von meinem Handy kam. Richtig?«

Christine nickte. »So haben sie es mir gesagt.«

»Jetzt kommt erst mal rein«, unterbrach Eva. »Wir brauchen das ja nicht im Hausflur zu erörtern, oder?«

»Den Anruf habe ich aber nicht getätigt«, fuhr ich fort,

kaum dass wir in der Wohnung waren. »Wenn ich sonst nichts mehr weiß von dem Abend, das weiß ich genau. Ich werde euch meine Anrufliste zeigen. Nach der Feier im ›Englischen Jäger‹ war ich überhaupt nicht mehr in der Lage, noch die richtigen Tasten zu treffen. Moment.«

Damit öffnete ich die Tür zu Evas Arbeitszimmer, in dem ich die vorletzte Nacht zugebracht hatte. Ich langte oben ins Regal. Das Handy lag noch da.

»Hier.« Es bereitete mir Mühe, den Triumph in meiner Stimme zu unterdrücken. »Gleich haben wir's.« Ich schaltete das Telefon ein und wartete auf den Befehl zur PIN-Eingabe. Zäh tropften die Sekunden dahin.

»Kommst du von zu Hause oder arbeitest du etwa noch?«, wollte Eva von Christine wissen.

»Von der Arbeit. Als Friedhelm mich anrief, ließ ich sofort alles stehen und liegen.«

»Du solltest Urlaub nehmen, Christine.«

»Es wird alles gut«, sagte ich. »Passt auf, wir sind so weit.«

Hektisch tippte ich mich durch das Menü. Hier, die Anrufliste. Mein letztes Telefonat war das mit Fatty gewesen. Vorgestern, nach meinem Entschluss zur Flucht. Jetzt schön die Liste zurückverfolgen. Nichts überstürzen. Zusammen mit den beiden Frauen beugte ich mich über das Display. Herrje, hatte ich viel gequatscht in den vergangenen Tagen! Dann kam das entscheidende Datum.

»Christine, welche Nummer hat Schmider?«

»Vier-acht-drei …«

»Stopp!«

War das Zauberei? Auf dem Display stand eine Zahl, die mit genau diesen Ziffern begann. 4-8-3. Eine sechsstellige Festnetznummer. Mit heiserer Stimme nannte ich ihr die restlichen drei Ziffern.

Sie nickte.

Es war Schmiders Nummer. Gewählt am Abend seines Todes. Uhrzeit: 23.11 Uhr. Ich stöhnte auf.

Niemand sagte etwas. Das Telefon in meiner Hand begann zu glühen, es wurde immer heißer. Eva drehte das Display in ihre Richtung, um es aus nächster Nähe zu betrachten. Christine schwieg.

»Das … das kann nicht sein«, presste ich hervor. »Das ist unmöglich. Ich …«

Christine schwieg. Eva ließ Hand und Handy los und trat einen Schritt zurück.

»Ich erinnere mich nicht«, flüsterte ich. Ein Flüstern, das eher ein Pfeifen war.

Und dann traf mich Christines Blick. Ein Blick, in dem weder Entsetzen noch Empörung lag, bloß Trauer. Keine Überraschung. Versteht ihr, Leute: keine Spur von Überraschung! Christine hatte überhaupt nicht damit gerechnet, dass mich mein Handy-Experiment entlasten könnte. Eher mit dem Gegenteil: dass meine Anrufliste den endgültigen Beweis meiner Schuld liefern würde. Anders gesagt, lebte sie schon lange mit der Überzeugung, dass ich an diesem Abend bei Schmider gewesen war.

Das zog mir den Boden unter den Füßen weg.

Von irgendwoher kam ein eiskalter Luftzug. Mich fröstelte. Wir hatten Hochsommer, die heißesten Tage des Jahres, aber mir wurde kalt. Nur das Beweisstück in meiner Hand brannte wie Feuer.

Gepeinigt vom Blick meiner Ex, schüttelte ich den Kopf.

»Gib auf, Max«, sagte sie leise.

In ihren Augen glänzte es. Eva presste die Lippen aufeinander.

Ich schüttelte immer noch den Kopf. Ich schüttelte und schüttelte, als könnte ich damit etwas beweisen. Keine Ahnung, was und wem. Vielleicht war es auch die Kälte, die meinen ganzen Körper zum Zittern brachte, Kopf inklusive. Jedenfalls hielt ich es irgendwann nicht mehr aus. Das Geschüttel, Christines Blick, die Kälte. Und vor allem das glühende Handy in meinen Fingern. Ich packte das Ding, holte aus und schmiss es mit aller Kraft gegen die Wand.

Dabei brüllte ich, was die Lunge hergab.

Eine Kaskade elektronischer Kleinstbauteile spritzte durchs Zimmer. Wenn ich gekonnt hätte, hätte ich mich hinterhergeworfen. So ein Mensch besteht ja auch bloß aus einer Handvoll Lego-Klötzchen. Die ganz winzigen, das sind seine Erinnerungen. Es gibt Leute, bei denen sie nicht mehr ineinandergreifen. Max Koller zum Beispiel. Dem hätte so ein Gegendiewandwurf nur gut getan.

Stattdessen ergriff ich die Flucht. Wieder einmal. Ich rannte an den beiden Frauen vorbei, aus der Wohnung, auf die Straße hinaus. Mein Rad lehnte unabgeschlossen an einer Mauer. Ich sprang auf und radelte los.

KAPITEL 24

Auf das Handy-Experiment folgte das Koller-Experiment. Es lautete: Wie lange kann sich ein menschliches Lebewesen fortbewegen, ohne vom Rad zu fallen?

Ich war fest entschlossen, das Experiment durchzuziehen.

Treten, treten, treten – bis du von den Pedalen abrutschst, ein Luftloch trittst, ins Schlingern gerätst. Bis es dir schwarz vor Augen wird. Bis der Körper von der Fahne geht. Und wenn es so weit ist, macht es dir auch nichts mehr aus, wo du umkippst. Ob du in den Straßengraben plumpst oder mitten auf die Fahrbahn – egal. Dann ist alles gleichgültig und friedlich und gut.

Ich fuhr ohne jedes Ziel. Geradeaus, wenn es geradeaus ging. Bog ab, wenn mich eine Abbiegung dazu zwang. Fand mich irgendwo in der Gegend vom Grenzhof wieder, auf dem platten Land zwischen Mannheim und Heidelberg. Hier hätte ich noch Tage bis zum Zusammenbruch weiterradeln können, aber das dauerte mir zu lang. Lieber hoch in die Berge. Der Schmerz sollte fühlbar sein. Ich nahm die Steilpassage durch den Kühlen Grund, am Emmertsgrund vorbei in den Wald, immer höher, kam ins Schwitzen, ins Keuchen, ins Zittern. Fuhr im Wiegetritt, Kopf über dem Lenker, von meiner Nasenspitze tropfte es.

Jetzt sah das Experiment schon erfolgversprechender aus.

Aber irgendwie wurde es dann doch nichts. Mit den Kräften schien auch die Entschlossenheit zu schwinden.

Ich erreichte die Straße von Gaiberg zum Königstuhl, und anstatt noch die letzten möglichen Höhenmeter in Angriff zu nehmen, lenkte ich mein Rad nach rechts. Bergab. Jetzt war nur noch Leere in mir. Keine Verzweiflung, kein Wunsch nach Selbstzerstörung, bloß Leere. Ein trostloses Nichts. Ich rollte Richtung Gaiberg, am großen Kreisel geradeaus, immer leicht hinunter. Der Weg des geringsten Widerstands. Auf meinem verschwitzten Körper der kühlende Fahrtwind. Farbschlieren vor meinen Augen: Grün, Braun, Anthrazit. Ich nahm die Hände vom Lenker, richtete mich auf und legte den Kopf in den Nacken. Jetzt die Augen schließen.

Ich schloss sie.

Schloss sie.

Heftiges Hupen holte mich in die Gegenwart zurück. Reflexartig griff ich nach dem Lenker, konnte einen Sturz eben noch vermeiden. Wer da gehupt hatte? Ein Auto, Motorrad, der liebe Gott? Egal. Die ersten Häuser eines Ortes kamen in Sicht. Ich rollte hinein, es ging immer noch abwärts, in meinen Augen brannte der Schweiß. Mitten im Ort hielt ich an, keine Ahnung, warum.

Dass es am Grillhähnchengeruch lag, der über die Straße zog, kommt mir extrem unwahrscheinlich vor.

Trotzdem, als ich anhielt und einfach nur dastand, ohne vom Rad zu steigen, als ich nicht wusste, was tun und was nicht, ob überhaupt etwas tun oder hier, auf der Stelle, zu Atomen zerfallen – als sich die Leere in mir ausbreitete und komplett von mir Besitz ergriff, roch es nach Grillhähnchen.

In diesem Moment hätte ich den ganzen Grillhähnchenstand leerfuttern können.

Wobei das eine nichts mit dem anderen zu tun hatte. Die Leere war da, und der Hunger war plötzlich auch da.

Durch die Verlockung der Grillhähnchen besserte sich mein Zustand nicht, aber er verschlechterte sich auch nicht. Es war ein zufälliges Zusammentreffen, Parallelität der Ereignisse an einem zufällig gewählten Ort. Der übrigens Gauangelloch hieß, aber was besagte das schon.

Ich stieg vom Rad. Das Rad lehnte ich gegen einen Mülleimer. Dann setzte ich mich auf den Boden. Nicht auf eine der Gauangellocher Bänke, sondern auf den Asphalt. Über dem Ort brannte die Sonne. Fußgänger schlenderten vorbei, warfen mir Blicke zu, schlenderten weiter. Kinder mit Eistüten in der Hand. Die Tür einer Bäckerei öffnete und schloss sich mit Geklingel. Ein Versicherungsbüro gab es auch. Rennradler schossen durch den Ort Richtung Tal oder quälten sich bergauf. Ein halbes Dutzend Grillhähnchen drehte sich am Spieß.

Sie drehten sich und drehten sich.

Ich dachte an mein zerstörtes Handy. An die Zahlen auf dem Display. Das Display existierte nicht mehr, aber der Anruf ließ sich nicht aus der Welt schaffen. So nicht. Ich hatte Schmiders Nummer gewählt. Eine Nummer, von der ich nicht einmal gewusst hatte, dass ich sie kannte. Genauso wenig, wie ich gewusst hatte, dass ich regelmäßig über Schmider herzog. Hatte sogar seinen Namen verdrängt. Sein Verhältnis zu Christine, seine pure Existenz. Alles weggeschoben, weggeleugnet. Auch das, was ich ihm angetan hatte.

Erst der Anruf.

Dann der Mord.

Seine Nummer auf meinem Display. Am Tatort meine DNA. Fingerabdrücke auf der Tatwaffe. Das Lästern, das Verdrängen.

Nicht mein Handy war kaputt, sondern ich. Zersplittert in Einzelteile. Der Kopf wusste nicht, was die Hände taten. Ich war ein Monster. Ein Gespenst. Vielleicht hatte die Kleine aus Handschuhsheim ja mich beobachtet in jener Nacht.

Drüben am Grillstand wechselte ein Hähnchen seinen Besitzer. Mampfend ging der Kunde davon. Gauangelloch. Endstation. Sackgasse eines Lebens.

Ich stand auf. Mein T-Shirt klebte in meinem Nacken. Wie lange trug ich das Teil schon? Drei Tage, vier? Ich ging zum Mülleimer hinüber und durchwühlte ihn. Zwischen zerknülltem Papier und aufgescheuchten Wespen fand ich einen leeren Tetrapak-Behälter. Die untere Hälfte riss ich ab und warf den Rest zurück in den Mülleimer. Dann setzte ich mich wieder auf den Boden. Im Schneidersitz, den halben Behälter vor mir. Und wartete.

Die Sonne brannte.

Aus der Bäckerei kamen Leute. Sie beachteten mich nicht. Der Grillhähnchenverkäufer trällerte ein Lied. Autos rauschten vorbei, Fahrräder. Ein Pärchen, Hand in Hand, schweigend. Sie setzten sich gegenüber auf eine Bank. Eine Wespe summte um meinen Behälter und flog wieder fort.

Plötzlich tauchte eine alte Frau auf. Sie ging langsam und hüftsteif. Einmal blieb sie stehen, um zu verschnaufen. Während sie schnaufte, fiel ihr Blick auf mich.

Geh weiter, dachte ich.

Mit gerunzelter Stirn setzte sie ihren Marsch fort. Schritt für Schritt kam sie auf mich zu. Sie hatte so viele Sachen an, fast alle Körperteile waren bedeckt. Schwitzte man im Alter nicht mehr?

Jetzt stand sie vor mir. Sie inspizierte mein Gesicht, meine Kleider, das Pappding vor mir. »Haben Sie keine Arbeit, junger Mann?«, sagte sie.

»Nicht mehr.«

»Ah.«

Zu behaupten, die eine Silbe hätte missbilligend geklungen, wäre eine glatte Untertreibung gewesen. Ihr »Ah« fegte mich regelrecht vom Asphalt. So wie es die Wasserwerfer der Straßenreinigung tun. Dann kramte sie in ihrer Handtasche nach einem Geldbeutel und warf mir zwei Münzen in die Box.

»Danke«, sagte ich.

Wortlos ging sie.

Eine Stunde später hatte ich gut sieben Euro zusammen. Das Pärchen von der Bank gegenüber hatte etwas gegeben, eine Familie mit kleinen Kindern, ein Mann, der seine Hunde ausführte, und sogar einer, der vom Grillhähnchenstand kam. Mit Pommes. Ich bettelte nicht, ich suchte keine Aufmerksamkeit, ich blickte niemanden an. Überließ den Leuten, ob sie mir was in die Box warfen oder nicht.

Mehr als sieben Euro.

Dann kam der Tod.

Der Gauangellocher Tod trug einen weiten schwarzen Umhang, auf den ein Skelett gemalt war. Eine Kapuze umhüllte seinen Kopf, in der Hand hielt er eine Sense. Er stellte sich vor mich, rammte den Sensenstiel gegen den Boden und blickte auf mich herunter. In seiner Totenschädelmaske waren zwei Löcher für die Augen.

Wir schwiegen uns an, der Tod und ich.

Eine ganze Weile ging das so. Schweigen, gucken, warten. Ich hatte nicht damit gerechnet, hier dem Tod zu begegnen. Irgendwann trifft ihn ja jeder, der eine früher, der andere später – aber ausgerechnet hier in Gauangelloch? Schon seltsam.

Endlich schob der Tod Maske und Kapuze zurück, und zum Vorschein kam das verschwitzte Gesicht eines jungen Mannes mit wasserstoffblondem Haar und Nasenstecker.

»Habe ich Sie erschreckt?«, fragte er mich.

»Nein«, sagte ich.

»Echt nicht? Mist.« Mit dem Ärmel seines Umhangs wischte er sich über das Gesicht. Dann setzte er sich neben mich. Es klapperte, als er die Sense auf dem Asphalt ablegte. »Ich bin vom Volksschauspiel Nußloch. Kennen Sie das?«

»Schon mal gehört.«

»Wir spielen unten im Steinbruch. Immer volles Haus, immer ausverkauft. Das können nicht alle Schauspielgruppen von sich sagen.«

»Nein.«

»Ich bin junger Liebhaber. Sohn des Bürgermeisters. Prinz, Müllersbursch, solche Sachen. Lauter nette Typen. Irgendwann hat's mir gereicht, ich wollte endlich mal einen Bösen spielen. Einen, vor dem die Leute Angst haben. Vor dem sie erschrecken. Aber nun sagen Sie, dass Sie sich gar nicht erschreckt haben.«

»Nicht sehr. Vielleicht ein bisschen.«

»Keine Angst vor dem Tod?«

»Doch, schon. Nur gerade jetzt nicht.«

»Ach so.«

Prüfend sah er an seinem Kostüm herab. Das Skelett entsprach nicht ganz anatomischen Vorgaben, war aber sehr wirkungsvoll. Unten lugten seine Füße heraus, die in Sandalen steckten.

»Eigentlich sollte man nicht vor dem Tod erschrecken«, sagte ich, »sondern vor den Menschen.«

»Meinen Sie?« Er überlegte. »Stimmt«, sagte er dann,

dachte weiter nach und bestätigte schließlich: »Ja, da ist was dran. Sind Sie auch Schauspieler?«

»Irgendwie schon. Gerade spiele ich einen Mörder.«

»Krass.«

»Das Problem ist, dass bei mir Rolle und Realität übereinstimmen.«

»Was heißt das?«

»Dass ich wirklich einen umgebracht habe.«

»Echt?« Sein Blick verriet ehrliches Interesse. »Dann müsste ich jetzt vor Ihnen erschrecken.«

»Tust du nicht?«

»Nö.«

»Bin halt ein lausiger Schauspieler. Bei mir reicht es nicht mal für das Volksschauspiel Nußloch.«

»Ach, keine Sorge. Das wird schon.«

»Danke.«

Er stand auf. »Ich würde Ihnen ja was in die Sammelbox werfen, wenn ich Geld hätte. Aber der Tod ist immer pleite, wissen Sie.«

»Schon in Ordnung.«

Blondhaar und Nasenstecker verschwanden wieder hinter der Maske. Die Sense wurde präsentiert. Ein paar Sekunden stand der Tod schweigend und finster vor mir, dann drehte er sich wortlos um und schlurfte zur Bäckerei. Die Türklingel bimmelte, als er eintrat.

Von dem Geld aus meiner Box kaufte ich mir ein halbes Hähnchen und eine Cola. Dann fuhr ich weiter. Mit fettigen Fingern und verschwitzter Kleidung. In der einen Hosentasche steckten immer noch Kuhns Fotos, in der anderen die restlichen Münzen. Für einen Anruf bei Kommissar Fischer würde es reichen. Nun brauchte ich nur noch eine Telefonzelle.

Meine letzte Fahrt in Freiheit, dachte ich, während mein Blick über die wellige Kraichgau-Landschaft glitt. Meine letzte Fahrt für viele Jahre.

Eine halbe Stunde später hatte ich die Telefonzelle gefunden. In Oberhof, dem kleinsten und abgelegensten Ort der Region. Einer Sackgasse. Es gab bloß eine einzige Zufahrt.

KAPITEL 25

Ja, Oberhof war eine Sackgasse, aber nur für Autos, für Streifenwagen zum Beispiel. Nicht für landwirtschaftliche Fahrzeuge, nicht für Fußgänger und auch nicht für Fahrräder. Ich hetzte den Feldweg entlang, der mich aus dem Dorf herausführte, hoch in die wogenden Weizenfelder und wieder hinunter in den nächsten Ort. Es war eine sinnlose Flucht und eine widersprüchliche dazu. Ich hatte Fischer am Telefon doch versprochen, mich zu stellen! Ja, aber ich hatte auch eine Bedingung genannt: nur bei ihm persönlich. Wenn mich jemand dem Haftrichter vorführen durfte, dann er, und wenn mir Handschellen angelegt werden mussten, dann sollte er das tun oder es sollte wenigstens unter seiner Aufsicht geschehen. Niemals würde ich Greiner und Sorgwitz den Triumph gönnen, mich einzubuchten. Und mit Typen wie den beiden aus Oberhof wollte ich auch nichts zu tun haben.

Es war meine Entscheidung, mich zu stellen. Also war es auch meine Entscheidung, wer als Zeuge dabei sein durfte.

Ich erreichte Schatthausen. Enge Sträßchen, irgendwann ein Platz mit Brunnen. Es war schwül geworden, der Himmel hatte sich bezogen. Ich lehnte mein Rad gegen den Brunnen und ließ Wasser über mein Gesicht laufen. Schwitzen und abkühlen, seit Tagen ging das so. Ein Wechselbad der Aggregatszustände, von meinem Gefühlshaushalt ganz zu schweigen. Meine Hose klebte an den Oberschenkeln, mein Shirt stank zum Gotterbarmen. Ich ähnelte immer mehr einem Landstreicher. Ob mich Kommissar Fischer überhaupt in sein Haus lassen würde? In seine saubere, plüschige Südstadt-Wohnung, wo ihm seine Frau den koffeinfreien Kaffee zubereitete?

Noch wusste ich es nicht. Aber ich würde es erfahren. Bald.

Anstatt auf mein Rad zu steigen, blieb ich stehen. Neben dem Brunnen, das Gesicht angenehm erfrischt. Na los, Max, wir wären so weit. Was war denn nun? Warum kam ich nicht vom Fleck? Irgendetwas in mir schien sich gegen das Weiterfahren zu sträuben. Mit meinem unappetitlichen Äußeren hatte es nichts zu tun, auch nichts mit der rasenden Flucht vor den Streifenpolizisten und schon gar nichts mit Kommissar Fischer. Im Gegenteil, der Gedanke, mich zu stellen, kam mir fast tröstlich vor.

Was war es dann?

Mein Blick fiel auf eine Schautafel mit einer Karte der Region. Auch aus der Entfernung waren die einzelnen

Ortschaften als rote Flecken gut zu erkennen. Der Fleck in der Mitte, das war Schatthausen. Die große rote Fläche oben: Heidelberg. Dazwischen Leimen und Wiesloch, im Süden Rauenberg, Östringen und wie sie alle hießen. Auf der rechten Hälfte die Hügellandschaft von Kraichgau und Odenwald, dunkelgrün unterlegt. Und dort mittendrin ein winziger, winziger Fleck, der Oberhof darstellte.

Ich schwitzte schon wieder. Oder immer noch. Mit meinem T-Shirt trocknete ich mir das Gesicht ab, dann ging ich zu der Schautafel hinüber. Hellgrüne Rheinebene, dunkelgrünes Hügelland. Jede Menge rote Flecken: große, mittlere, kleine. Und Oberhof, der unscheinbarste von allen. Fast zu übersehen. Trotzdem hatten mich die Polizisten dort aufgespürt. Ausgerechnet im kleinsten Ort weit und breit. Zufall? Nie und nimmer. Die beiden hatten etwas gesucht. Sie hatten mich gesucht, den Flüchtigen. Als sie aus ihrem Wagen ausstiegen, lag diese Spannung in ihrem Blick: Wo steckt der Kerl? Wo hat er sich verkrochen? Vorsicht ist die Mutter der Porzellankiste!

Es war kein spontaner Besuch gewesen, keine Zufallskontrolle. Sie hatten gewusst, dass ich in Oberhof war. Es wenigstens vermutet, erwartet, geahnt.

Aber woher?

War ich jemandem aufgefallen? Der kleine Ort hatte wie ausgestorben gewirkt, als ich kam. Mittagsruhe, bleierne Hitze. Niemand im Garten, niemand am Fenster. Trotzdem war es möglich, dass mich jemand gesehen und die Polizei alarmiert hatte.

Das allerdings setzte voraus, dass ich öffentlich zur Fahndung ausgeschrieben war. Mit Foto und allem Drum und Dran. In der Zeitung, im Fernsehen, im Internet. Wahrscheinlich gab es neuerdings eine *Wanted*-App, die einem die aktuellen Verbrechervisagen aufs Handy schickte.

Als mir das klar wurde, trat ich noch ein Stück näher an die Tafel heran. Meine Nasenspitze zeigte genau auf den Schatthausen-Fleck. Man musste nun schon direkt neben mir stehen, um mein Gesicht zu erkennen. Am liebsten wäre ich mit dem Schaubild verschmolzen. Die Koller-Karte: rote Flecken auf grünem Grund. Weil das nicht ging und weil ich nicht ewig in dieser dämlichen Haltung verharren konnte, holte ich irgendwann Luft und löste mich von der Tafel. Als ich mich umdrehte, standen zwei Wanderer vor mir.

Ein freundliches Nicken, dann vertieften sie sich in das Schaubild.

Diese beiden hatten den Fahndungsaufruf also nicht gelesen. Touristen? In Gauangelloch war ich lauter Einheimischen begegnet. Aber auch dort hatte niemand die Polizei alarmiert. Ebenso wenig heute Morgen im Zug. Vielleicht gab es den Fahndungsaufruf gar nicht.

Wie war die Polizei dann auf meine Spur gekommen?

»Lenk nicht ab, Max!«, sagte jemand.

Das war ich selbst. Meine innere Stimme. Ich gönnte mir den Luxus, sie – also mich – zu ignorieren.

»Du drückst dich bloß vor deiner letzten Fahrt!«

Das stimmte sogar. Ich drückte mich. Trotzdem, man würde wohl noch fragen dürfen …

»Fahr zu Kommissar Fischer und stell dich. Du hast es ihm versprochen.«

Ich seufzte. Ja doch. Versprochen war versprochen. Bin schon unterwegs. Zuvor aber … einen Moment. Komme gleich zurück.

Auf der anderen Straßenseite hatte ich einen Schreibwarenladen entdeckt. Ich unterbrach mein Selbstgespräch und flitzte hinüber. In einem Ständer steckte die aktuelle Ausgabe der Neckar-Nachrichten. Ich blätterte sie zwei Mal durch. Schaute mir jedes Foto an. Vor allem im Regionalteil. Nichts. Obama hinten und vorn, aber von Max Koller keine Spur.

Es gab keinen Fahndungsaufruf.

Nachdenklich steckte ich die Zeitung an ihren Platz zurück. Wenn ich sie ein drittes Mal durchblätterte, ohne zu zahlen, alarmierte der Besitzer noch die Polizei. Auch ohne Fahndung.

Aber interessant war das schon. Kein Foto von mir in der Zeitung, und trotzdem hatten die Bullen von meiner Anwesenheit in Oberhof erfahren. Dass sie nur im Netz und im Fernsehen nach mir fahndeten und ausgerechnet die Zeitung außen vor ließen, konnte ich mir nicht vorstellen.

Egal. Hier und jetzt würde ich das Rätsel nicht lösen. Vielleicht gab es eine ganz einfache Erklärung.

Ich konnte ja Kommissar Fischer danach fragen, wenn ich mich stellte.

Kurz danach saß ich wieder im Sattel. Ich fuhr langsam diesmal. Weil es meiner Verfassung entsprach und weil ich nach der Hetzerei von vorhin gar nicht anders konnte. Von Westen galoppierte ein Heer dunkler Wolken heran. Die waren nicht nur schneller unterwegs als ich, sondern auch schmutziger. Ja, kommt nur, regnet euch ab! Es wird uns gut tun, euch und mir. Hauptsache, es hat ein Ende mit der Schwüle.

Über Nebenstraßen erreichte ich Nußloch, Leimen und schließlich das Ortsschild von Heidelberg. Ich sah mich vor Kommissar Fischers Haus stehen, sah die

Handschellen, die er mir anlegte, sah mich in einen Streifenwagen steigen. Ein Beamter half, indem er meinen Kopf ins Innere des Wagens drückte. So machten sie es doch, oder?

Ich hatte dem Kommissar versprochen, mich zu stellen. Aber woher wussten seine Leute, dass ich in Oberhof war?

Fragen konnte ich ihn ja schlecht. Nach dem Motto: Erst die Erklärung, Herr Fischer, dann komme ich freiwillig mit. Wenn, dann. Ganz abgesehen von der Tatsache, dass Fischer sich aus dem Fall zurückgezogen hatte, dass er über die aktuellen Ermittlungen also nicht Bescheid wusste.

Was dann? Die Flucht fortsetzen? Auf ein Wunder hoffen?

Ich wusste es nicht.

Ich war so ratlos wie nie in meinem Leben, und die Natur tat alles, um mich in meiner Endzeitstimmung zu bestärken. Als ich in Heidelberg eintraf, begann dort gerade die Apokalypse. Der Nachmittag schien direkt in die Nacht übergehen zu wollen. Schlammige Wolken rollten über mich hinweg. Auf der Straße wirbelten Blätter. Hatten Himmel und Erde ihre Rollen getauscht? Ich sah Farben, wie ich sie nie für möglich gehalten hatte. Um mich herum eine Orgie schmutzigen Gelbs, mal aggressiv, mal fahl. Über mir die Erdtöne der Wolken: violett, grauschlackig, oliv. Keine Sonne. Dafür ein kalter Windstoß, der die Schwüle hinwegfegte, nachströmende Wärme, erneut kalter Wind. In der Ferne grollte es.

Ich hätte mich unterstellen können, bis das Gewitter vorüber war, doch ich fuhr weiter. Schicksalsergeben – so wie bei der Kontrolle im Zug heute Morgen. Ich hatte einen Menschen ermordet. Ich hatte mit dem Tod gesprochen. Was waren dagegen schon Donner und Regen?

Wieder ein Grollen. In der Kirschgartenstraße fiel ein Ast zu Boden. Eine Windbö riss mich fast vom Rad. Die verlassenen Amikasernen auf der linken Straßenseite boten einen gespenstischen Anblick: umwuchert von Gestrüpp, die Fenster groß und blind, einsame Spielplätze hinter Schutzzäunen. Wie ein Deckel lag die dunkle Wolkenmasse über den Gebäuden. Und jetzt erhob sich der Wind erst so richtig, zeigte allen seine Kraft, zwang mich aus dem Sattel. Ein Heulton kam auf, der durch Mark und Bein ging. Die Beleuchtung steigerte sich ins Irrwitzige. Sie hätte jeder Disco Ehre gemacht: Orange, Rot, Gelb, Aubergine – im Sekundentakt wechselten die Farbscheiben. Fehlten nur noch die Bässe.

Ohne es zu wollen, war ich langsamer geworden. Der Wind zerrte mit vielen Händen an mir. Erste Tropfen fielen. Urplötzlich hatte ich das Gefühl, selbst Teil des Gewitters zu sein. Das zuckende Licht, die Spannung, die in der Atmosphäre lag: Das war ich. Es war meine Spannung, meine Zerrissenheit. Ich hatte einen Punkt erreicht, an dem alles in mir zur Entladung drängte. Auch auf die Gefahr, dass ich daran zugrunde ging. Warum stellte ich mich nicht mitten auf die Straße und wartete auf den Blitzeinschlag? Ich hatte einem Menschen die Kehle gespalten, also war es nur recht und billig, wenn mir der Himmel dasselbe zufügte. Irgendeiner musste doch handeln. Fliehen, zurückkehren – nichts davon tat ich konsequent. Meine Unentschlossenheit war Dynamit. Jetzt glomm die Lunte.

Und deshalb überraschte es mich auch nicht, als die Ladung zündete.

Da vorn ging es zu Kommissar Fischer. Einmal rechts um die Ecke, schon stand man vor seinem Haus. Doch so weit kam ich nicht. Ohne Vorwarnung explodierte die Welt. Mit einem ohrenbetäubenden Krachen zerschmolz sie in Weiß. Meine Hände lösten sich vom Lenker. Aber was ich auch immer fassen wollte, sie griffen ins Leere. Ein Loch tat sich auf, in das ich fiel, lautlos. Ein kreisrundes Nichts, mitten in meiner Welt. Seine Ränder glühten. Eine Zigarette hatte es in die dünne Leinwand Leben gebrannt.

Dann begann das Rauschen.

Ich lag auf der Erde, mein Rad halb neben, halb unter mir. Auf dem Asphalt platzten die Tropfen. Das Restgelb des Nachmittags wurde von dunklen Farben überschwemmt: Blau, Grau, Schwarz. Wolkendüsternis übernahm die Herrschaft. Ich zitterte. Ich sah, wie ich zitterte. Hände und Arme, mit denen ich mich in die Höhe stemmen wollte, zitterten, und ich sah ihnen dabei zu. Das Rauschen wurde stärker. Das Geräusch der platzenden Tropfen auch. Erst als mir Wasser ins Auge lief, merkte ich, dass es regnete.

Und wie es regnete!

Die Apokalypse hatte mit grellen Farben begonnen. Jetzt wurde ihr das Licht abgedreht. Irgendwo dort hinter den Wolken musste es eine Sonne geben; man sah sie nicht. Ich richtete mich auf. Das Zittern ließ nach. Ich saß auf einer Straße, die sich in eine Landschaft aus Pfützen verwandelte. Pfützen wurden zum See. Gierig schmatzten die Gullis.

Aber da war noch etwas. Ich drehte mich um. Nicht weit entfernt, auf dem verlassenen Kasernenareal, stand ein Baum in Flammen. Er loderte wie eine Fackel. Sein

Stamm war geborsten, die abgespaltene Hälfte lag im hüfthohen Gras.

Ich stand auf und wankte durch den strömenden Regen zu dem Metallzaun, der um die Kasernen lief. Wieder zuckte ein Blitz über den Himmel. Geräuschlos. Ein, zwei Herzschläge später krachte der Donner.

Der Baum brannte auf ganzer Länge. Nicht ich war vom Blitz getroffen worden, sondern er. Vor wenigen Sekunden noch, vor meinem Sturz vom Rad, war es ein intakter Baum gewesen. Vollständig, ein Lebewesen. Jetzt: ein lodernder Leichnam. Das Feuer einer einsamen Fackel. Dunkler Regen, der aus dunklen Wolken brandete. Weiß und Schwarz, Feuer und Regen. Es war klar, wer gewinnen würde.

Dann sah ich, dass die weggesprengte Stammhälfte das Erdreich aufgerissen hatte. Unruhiger Lichtschein fiel weit in den Boden, in ein gähnendes Loch, das vielleicht ein Keller war oder ein Zisterne. Ein weiterer Blitz ließ Mauerwerk aufleuchten. Wer wusste schon, was die Amis hier angestellt hatten, welche Gänge sie gegraben, welche Maulwurfspläne sie geschmiedet hatten. Immer mehr kam ans Tageslicht, war dem Verfall preisgegeben.

Der Lichtschein wurde schwächer. Dunkelheit schloss das Loch im Boden. Auch das Gewitter zog weiter. In der Ferne blitzte es noch lange, während der Donner abnahm. Allein der Regen hielt an. Er löschte die Flammen, bis nur mehr helle Rauchfahnen über dem verkohlten Stamm standen. Aber da war ich schon wieder unterwegs, mein Rad schiebend, das Bild der gespaltenen Erde vor Augen.

KAPITEL 26

Ich ging nicht zu Kommissar Fischer.

Ich lungerte eine Weile vor seinem Haus herum, im Regen, ohne klaren Gedanken. Wäre ich nicht vom Blitz getroffen worden, hätte ich bei ihm geklingelt. Dabei wurde ich ja gar nicht getroffen, nur fast. Was mich nicht losließ, war das Bild des Einschlags. Die klaffende Erde, das Loch im Boden. Mein Telefonat mit Covet kam mir in den Sinn. Hier hätte ich einmal die Möglichkeit gehabt, in die Tiefe zu steigen. Nicht wirklich natürlich, dafür war der Spalt zu schmal.

Aber warum hatte ich plötzlich das Gefühl, eine zweite Chance bekommen zu haben?

Als ich Fischer anrief, war ich überzeugt von dem, was ich sagte. Oder wenigstens bereit, mich von meinen eigenen Worten überzeugen zu lassen. Ja, ich hatte Schmider ermordet, es konnte gar nicht anders sein. Dann tauchten die Polizisten auf, und plötzlich war das Misstrauen wieder da. Ich fuhr durch Blitz und Donner, wurde aber knapp verfehlt. Neben mir öffnete sich die Erde. Tat sich eine Möglichkeit auf. Etwas, das bis dahin undenkbar gewesen war.

Nein, kein Zeichen. Es gibt keine Zeichen. Was manche von uns Zeichen nennen, sind unsere Interpretationen einer rätselhaften Natur.

Gegen Interpretationen hatte ich allerdings nichts. Sie durften ruhig verrückt sein.

Irgendwann, der Regen hatte nachgelassen, kehrte ich dem beschaulichen Fischer-Domizil den Rücken zu. Der

Alte würde mich hassen für den Vertrauensbruch. Aber vielleicht ergab sich die Gelegenheit, ihm zu erklären, was sich nicht erklären ließ.

Ohne Plan marschierte ich drauflos. Mein Rad schob ich neben mir her. Ich gelangte zu den Gleisanlagen, blickte den Zügen nach, sah zu, wie sich der Himmel aufhellte. Die nassen Sachen hingen wie ein Sack an mir. Auf dem Weg zum Bahnhof kam ich an einer Brücke vorbei, einem lang gestreckten Zubringer auf Stelzen. Hier hatten Obdachlose aller Couleur Schutz vor dem Unwetter gesucht: Alte und Junge, Aussteiger, Verwahrloste, Alkoholiker. Sie lagen auf Isomatten und ausrangierten Matratzen, hatten Hunde dabei, Flaschen, Essbares. Etwas weiter, noch unter derselben Brücke, wurde eine Fremdsprache gesprochen, Rumänisch oder Bulgarisch. Ganze Familien hatten sich hier niedergelassen, hatten Zelte aufgestellt und einen Grill. An einer Leine hing Wäsche zum Trocknen. Es sah fast gepflegt aus.

Auf dem Bahnhofsvorplatz schloss ich mein Rad an einen Ständer und betrat die Halle. Kurz mit dem Gedanken spielen, alles hinter mir zu lassen, in ein anderes Land zu fliehen, den Kontinent zu wechseln … Hübsche Vorstellung. Leider Illusion. Da waren die Deutschland-Träume von Rumänen und Bulgaren noch realistischer.

Es wurde Abend. Hunger und Durst, meine zuverlässigen Begleiter, meldeten sich. Spätestens als zwei Uniformierte vom Ordnungsdienst der Bahn auftauchten, wusste ich, dass die Bahnhofshalle der falsche Ort für mich war. Für mich und alle übrigen Obdachlosen der Stadt. Mir fielen die drei aus Eberbach ein. Wenn ich dort schon so unkompliziert aufgenommen worden war, warum dann nicht auch hier?

Also zurück zur Brücke, es waren ja nur ein paar 100 Meter. Die Rumänen hatten Zelte und Grill, aber ich kann keine Ostsprache. Im Lager dahinter ging es rustikaler zu. Einige der Jungs saßen auf kaputten Stühlen und ließen die Flasche kreisen. Andere hielten ein Nickerchen. Eine ältere Frau kraulte einen großen hässlichen Hund, eine jüngere stellte irgendwas mit ihrer Rastafrisur an. Dann gab es noch ein Grüppchen Zeitungsleser, drei Männer unterschiedlichen Alters. Drei war ja schon in Eberbach meine Glückszahl gewesen.

»Gibt es hier vielleicht noch einen Schlafplatz?«, fragte ich. »Für eine Nacht bloß. Ich schnarche auch nicht.«

Die drei musterten mich. Anscheinend wirkte ich authentisch als Obdachsuchender, denn einer der Männer, ein Grauhaariger mit Zopf, nickte und sagte: »Klar. Ist ja ein freies Land.«

»Ich hab leider keine Unterlage und keine Decke dabei.«

»Decke brauchst du bei diesen Temperaturen nicht.«

»Und was zum drauf Liegen?«

Achselzuckend sah er seine Kumpel an. Der eine schüttelte den Kopf, der andere faltete seine Zeitung zusammen.

»Du hast doch zwei Matten«, sagte der Grauzopf zu dem Kopfschüttler.

»Nee«, rief der. »Die geb ich nicht her.«

»Bloß eine.«

»Ich brauch beide. Riskier doch keinen Bandscheibenvorfall!«

»Dann schau mal da drüben.« Der Graue zeigte in Richtung der Rastafrau. »Dort fliegen ein paar Decken rum. Auf die kannst du dich legen.«

»Danke.« Die Decken waren alt und kratzig und voller Flecken. Aus dreien von ihnen baute ich mir ein Bett neben einem der Brückenpfeiler. Dann lag ich Probe. Über mir rumpelten Autos, ab und zu fuhr ein Zug in den Bahnhof ein, es roch nach Schnaps und Zigaretten. Aber es war okay. Ich trug keine Handschellen. Ich schlief an einem Ort, den ich mir selbst ausgesucht hatte.

»Neu auf der Straße?«, fragte der Grauzopf.

Ich nickte. »Ärger mit den Bullen.«

»Wer hat das nicht.«

Wir quatschten noch ein wenig. Ein komplett inhaltsleeres Gespräch, kein einziger Satz genügte intellektuellen Mindestanforderungen. Anstatt nachzufragen, worin genau mein Ärger bestand, ließen sie mich in Frieden und brabbelten zusammenhangloses Zeug aus ihrer Welt. Mir war das recht. Es tat mir sogar gut. Ich fühlte, wie ich mich entspannte, wie eine Last von meinen Schultern glitt. Müdigkeit stellte sich ein. Der Graue spendierte mir eine Dose Bier, von der ich nur die Hälfte trank. Dann klappten meine Augen zu. Ich schaffte es gerade noch auf meine drei Decken, wo ich sofort in bleiernen Schlaf fiel.

Mitten in der Nacht wachte ich von Hundegebell auf. Es dauerte einige Sekunden, bis ich realisiert hatte, wo ich war. Gelbes Licht von Straßenlaternen fiel über den Beton und die Gesichter der Obdachlosen. Keiner schlief mehr, die meisten hatten sich aufgesetzt, sahen sich um, schimpften. Die Frau mit der Rastafrisur hielt den hässlichen Hund fest, der sich gar nicht mehr beruhigen wollte.

»Was ist denn los?«, fragte ich den, der mir am nächsten lag. Er zuckte bloß mit den Achseln.

Plötzlich hastige Schritte. Es war der Grauzopf. »Wir verduften«, rief er und spuckte aus. »Die Schwarzen Sheriffs sind wieder da.«

Alles stöhnte auf. Es gab Flüche und Verwünschungen, eine Frau fing an zu zetern.

»Die grapschen mich an! Ihr müsst mir helfen, wenn die wieder grapschen.«

»Und wohin jetzt?«, fragte einer.

»Zum alten Betriebswerk«, wurde vorgeschlagen.

»Ich bleibe hier«, sagte die Rastafrau. »Wotan passt auf mich auf.«

Alle anderen rafften ihre Siebensachen zusammen. Plastiktüten, Matten, Schnapsflaschen. Auch der Grauhaarige schulterte einen Rucksack.

»Schwarze Sheriffs?«, fragte ich ihn. »Habe ich das richtig verstanden?«

»Ein privater Sicherheitsdienst, der die Stadt für den Obama-Besuch aufhübscht. Angefordert von der US-Regierung, Stichwort Outsorcing. Die haben uns schon aus der Altstadt vertrieben, aber mit Schmackes. Deshalb nennen wir sie Schwarze Sheriffs. Du kannst auch SS sagen. Gerade haben sie sich die Rumänen vorgeknöpft.«

»Sind auch Polizisten dabei?«

»Brauchen die nicht. Aber wenn du Ärger mit den Bullen hast, geh den Jungs hier lieber aus dem Weg.«

»Scheiße!«

»Du kannst mit uns kommen. Vergiss deine Decken nicht.«

Während das Gros der Obdachlosen mit Sack und Pack loszog, blieb ich mit ihm und den beiden Mittrinkern von gestern Abend im Schatten des Brückenpfeilers stehen. Der Hund der Rastafrau knurrte wütend. Aus Richtung des Rumänenlagers kamen erregte Stimmen. Immer wieder blitzte das Licht von Taschenlampen auf.

»So, wir können«, meinte der Grauzopf und zog eine Halskette über den Kopf. An der Kette hing etwas, das zwar nicht aussah wie ein Schlüssel, aber funktionierte wie einer. In den Brückenpfeiler war eine schmale Stahltür eingelassen. Der Graue steckte seinen Anhänger ins Schlüsselloch und rüttelte so lange, bis er sich drehen ließ. »Unser Privatversteck«, sagte er und öffnete die Tür.

»Nicht schlecht«, nickte ich.

»Los, Beeilung. Muss ja nicht jeder mitkriegen.«

Zu viert schlüpften wir durch die Öffnung, der Graue als Letzter. Während er absperrte, knipste einer der anderen eine Taschenlampe an.

»Ihr seid verdammt gut ausgerüstet«, sagte ich. »Vorbereitet und ausgerüstet.«

»Wofür hältst du uns?«, meinte der, der mir am Abend seine Matte verweigert hatte. »Für Orang-Utans, oder was?«

»Weiter!«, zischte der Grauzopf.

Eine Eisenleiter führte in die Tiefe. Unten erreichten wir einen schmalen Gang, an dessen Decke Leitungen und Rohre entlangliefen. Im Gänsemarsch gingen wir weiter, immer dem Mann mit der Taschenlampe hinterher. Am Ende des Gangs war wieder eine Tür und dahinter ein spartanisch eingerichteter Raum. Ein paar Holzstühle standen herum, ein Tisch, Spinde. Der Graue betätigte einen Schalter neben der Tür. Ein Neonlicht flammte auf.

»Was ist das?«, fragte ich.

»Ein Raum für Wartungsarbeiten. Genaueres weiß ich nicht. Ansonsten unser Rückzugsgebiet, wenn es oben Stress gibt.«

»Und woher hast du den Schlüssel?«

Er grinste. »Gut, was? Man muss aufmerksam sein und Glück haben. Glaub mir, ich habe viele Schlüssel. Es gibt eine Menge Verstecke in dieser Stadt.«

»Du meinst, unter der Erde?«

»Überall. Verlassene Häuser, verrammelte Keller, Garagen, Bunker. Und Gänge natürlich. Die ganze Altstadt ist durchlöchert. Ein Schweizer Käse namens Heidelberg.«

»Das trifft sich gut. Ich brauche Verstecke.«

»Nicht nur du«, warf der mit der Taschenlampe ein. »Immer mehr von uns leben im Untergrund. Und jedes Jahr kommen Neue dazu.«

»Falls uns jemand hier unten behelligen sollte«, sagte der Graue, »was ich nicht glaube, aber man weiß ja nie. Also, falls: Von diesem Raum aus führt ein Gang zum alten Wallenstein-Hotel auf der anderen Straßenseite. Sie haben Spinde vor den Eingang gestellt, damit ihn keiner benutzt. Und hier«, er wies auf eine weitere Tür, »geht es zum Bahnhof.«

»Zum Bahnhof? Auf Gleis 1 oder so?«

»Nein, in die Kellerräume. Dorthin verziehen wir uns im Notfall. Ich kann mir allerdings nicht vorstellen, dass die Sheriffs einen Schlüssel für den Brückenpfeiler haben. Komm.«

Er öffnete die Tür, hinter der sich ein zweiter, kleinerer Raum befand. Eine einzige Matratze lag hier, sonst gab es nur noch eine Tür, vermutlich der Durchgang zum Bahnhof.

»Unser Schlafzimmer.«

»Die Matratze kriege ich«, knurrte der mit der Taschenlampe. »Hab ich persönlich vom Sperrmüll hergeschleppt. Du kannst dafür meine Matten haben.«

»Danke, meine Decken sind mir lieber.«

Es war ohnehin zu eng für vier Personen. Ich breitete meine Decken auf dem Boden des Wartungsraums aus und legte mich wieder hin. Das Licht ließ ich an.

»Wenn du jemanden von oben kommen hörst, weck uns sofort«, schärfte mir der Graue ein. Dann schloss er die Tür hinter sich.

KAPITEL 27

An Schlaf war erst einmal nicht zu denken. Gewöhnlich leide ich nicht unter Platzangst, aber das hier war irgendwie beklemmend. Woher kam eigentlich die Frischluft? Sollte ich lieber die Türen offen stehen lassen? So viel Beton um mich herum, so viel Lautlosigkeit.

Wenn Christine mich jetzt sehen könnte … Oder Fatty, Kommissar Fischer. Es gab noch mehr solcher Verstecke in der Stadt, hatte der Grauzopf behauptet. Die Vorstellung gefiel mir. Dann konnte ich ja endlich Marcs Anweisung Folge leisten und in den Untergrund gehen. Heidelberg downtown, die Sedimente einer Stadt. Dort war ich nicht nur vor Entdeckungen sicher, sondern stieß vielleicht auf verschüttete Erinnerungen – Archäologie in eigener Sache.

Warum nicht gleich damit anfangen? Es war so unglaublich still hier, so weit weg von allem. Trotzdem fiel es mir schwer, mich zu konzentrieren. Das grelle Licht war schuld, der kahle, abweisende Raum. Ich schloss die Augen. Blinzelte, presste die Lider aufeinander.

Der Abend von Schmiders Tod. Das wilde Treiben im ›Englischen Jäger‹. Kuhn, die Würz-Brüder, alle in Rosa, mit Luftballons auf dem Kopf. Jemand rief: »Heiraten? Nicht mit mir!«, und es war eine andere als meine Stimme. Dann tanzte ein Gespenst vorbei, so ein richtiges Bilderbuchgespenst im weißen Umhang. Nur die Blutspritzer auf dem Gewand störten.

Meine Hand fuhr zum Rücken. Wie sollte man sich konzentrieren, wenn es einen dauernd juckte? Irgendwo da hinten juckte es, und ich kam einfach nicht hin mit den Fingern. Flöhe wahrscheinlich, die in den verfilzten Decken hausten. Fühlten sich Flöhe so an? Ich verdrehte mir fast den Arm beim vergeblichen Versuch, mich zu kratzen.

Plötzlich hielt ich inne. Ich hörte Stimmen. Kommandos, Schritte, Gerumpel. Da war jemand! Woher kamen die Geräusche? Nicht aus dem Gang, der zum Brückenpfeiler führte, sondern aus der anderen Richtung, vom Schlafzimmer meiner drei Kollegen. Ich stand auf. Waren das die Schwarzen Sheriffs? Auf dem Weg vom Bahnhof hierher? Dann saß ich in der Falle. Die Tür im Brückenpfeiler war verschlossen. Die Stimmen wurden lauter. Jetzt waren sie direkt nebenan.

Blieb nur ein Ausweg …

Die Spinde. Ich packte den ersten und rückte ihn von der Wand weg. Eine Tür kam in Sicht. Noch etwas ruckeln, dann konnte ich mich durch die Lücke quetschen. Die Tür war verriegelt, aber nicht abgeschlossen. Nachdem ich den Riegel beiseitegeschoben hatte, schwang sie von selbst auf. Was mich dahinter erwartete, konnte ich zwar nicht erkennen, aber sympathischer als so ein schwarzes Rollkommando war es allemal. Also rein mit dir, Max! Im Nebenraum flogen die Fetzen. Ich versuchte noch, die Spinde wieder möglichst nahe an die Wand zu rücken. Dann schloss ich leise die Tür.

Gott, war das dunkel!

Ich drehte mich um, machte einen Schritt nach vorne und stieß gegen einen Stein. Hinter mir schwang die Tür wieder auf. Ein Lichtstrahl fiel in den Gang. Ich hob den Stein auf, schloss die Tür erneut und drückte den Stein so gegen den Rahmen, dass sie zublieb. Die Geräusche verstummten. Um mich herum rabenschwarze Nacht.

Schwärzer als alle Schwarzen Sheriffs dieser Welt.

Durchatmen. Locker bleiben. Keine Panik aufkommen lassen. Es ist bloß ein Gang. Nicht mehr und nicht weniger. Immer noch besser als eine Gefängniszelle.

Ich marschierte los. Wobei Marschieren das falsche Wort ist. Tapsen wäre noch zu freundlich. Meine Schuhsohlen scharrten über den Boden, als ich mich Zentimeter für Zentimeter vorwärtsbewegte. Dass es vorwärtsging und nicht frontal gegen die Wand, dafür sorgten Hände, Unterarme und Ellbogen, mit denen ich das Dunkel vor mir ertastete. Manchmal waren auch die Schultern beteiligt. Ich versuchte krampfhaft, nicht an Ungeziefer zu denken, nicht an Spinnen und Ratten, Fledermäuse und Kakerlaken, auch nicht an Löcher im Boden, lose Steine an der Decke oder Wassereinbrüche. Erstaunlich, was einem im Dunkeln alles so einfällt. Was man vor sich sieht, plastisch wie nie! Elektrofallen hatte ich im Programm, Selbstschussanlagen, Kettenhunde. Monster und Gespenster sowieso.

Hotel Wallenstein, betete ich mir vor, immer wieder: Hotel Wallenstein. Dahin sollte der Gang doch führen, hatte der Grauhaarige gesagt. Also nur an das Ziel denken, Max!

Meine Finger tasteten die Wände entlang. Kalter, rauer Beton. Der Boden uneben, die Luft stickig. Der Hauptbahnhof war in den 1950er Jahren eingeweiht worden, vermutlich stammte der Gang auch aus dieser Zeit. Das Wallenstein war ähnlichen Datums. Seit Jahren stand es leer, einst eines der besten Häuser am Bahnhof, jetzt in Dornröschenschlaf versunken. Immer wieder hatte es Besetzungen gegeben, Räumungen, Vorschläge für eine Nutzung. Wie weit war es wohl vom Schlafplatz der Obdachlosen entfernt? 100 Meter? 200?

Plötzlich sah ich etwas schimmern. Die Schwärze vor mir hellte sich auf, verwandelte sich in ein dämmriges Grau. Von oben fiel ein wenig Licht in den Gang, hob das Relief der Wände und die Unebenheiten des Bodens hervor. Als ich die Stelle erreichte, entdeckte ich in der Decke ein Loch, eine Art Schacht, der wohl zur Belüftung diente. In weiter Entfernung hörte man Motorengeräusch.

Was es an Licht bis hierher schaffte, war nur ein matter Abglanz der Straßenlaternen. Trotzdem, ich hätte endlos an dieser Stelle stehen bleiben, hätte das Licht trinken können. Aber es half nichts, ich musste weiter in die Dunkelheit hinein. Hielt beide Arme wieder schützend vors Gesicht und machte mich auf den Weg. Einen Meter, noch einen. Das Kratzen meiner Schuhsohlen auf dem Boden. Mein eigener Atem. Der Geschmack von Staub auf den Lippen.

Das Ende kam ohne jede Vorwarnung. Meine nach vorne gestreckte Hand ertastete Holz. Splissige Bretter, grob zusammengefügt. Eine Tür. In halber Höhe eine Klinke. Hoffentlich nicht abgeschlossen!

Zu meiner Erleichterung ließ sie sich problemlos öffnen. Ein leichter Druck nur auf die Klinke, schon schwenkte sie mir entgegen. Hell wurde es allerdings kaum. Irgendetwas Großes, Dunkles stand vor der Öffnung. Ein Schrank vermutlich. Ich drückte mit der Schulter dagegen – nichts. Nächster Versuch, mit mehr Kraft; jetzt bewegte sich das Ding ein bisschen. Mit einem hässlichen Geräusch kratzten die Füße über den Boden.

Ich brauchte eine ganze Weile, um das Hindernis zu überwinden. Der Schrank selbst war schwer genug, vor allem aber verkeilte er sich mit anderen Gegenständen, als ich ihn nach vorn schob. Ab einer bestimmten Stelle ging gar nichts mehr. Mit aller Kraft wuchtete ich meine Schulter gegen das Ungetüm, und erst nach mehreren Versuchen verriet ein Poltern im jenseitigen Raum, dass die Ursache des Stillstands beseitigt war. Kurz danach hatte ich den Schrank so weit von der Türöffnung weggeschoben, dass ich hindurchschlüpfen konnte.

Über Gerümpel stieg ich in einen Kellerraum. Soweit sich das im Dunkeln sagen ließ, diente der Raum als Möbellager. Vor meinem Schrank standen Regale und Kommoden, Sessel mit geborstener Polsterung und aufgestapelte Stühle. Ein heilloses Chaos, das sich durch mein gewaltsames Eindringen noch vergrößert hatte. Ich verzichtete darauf, den Schrank wieder an seinen Platz zu rücken, und ging weiter. Auch der nächste Raum war eine Art Lager, aber was für eins. Er war vollgestellt mit Schaufensterpuppen. 25, 30 Stück, fast alle nackt. Sofern man das von Schaufensterpuppen sagen kann. Sie streckten die Arme in die Luft, drehten die Köpfe, wie es Menschen niemals hinbekamen, verrenkten und verbogen sich. Ihre toten Augen folgten mir, als ich mir einen Weg durch die Plastikarmee bahnte. Es war gruselig, ehrlich. Wenn sie zu tanzen begonnen hätten, es hätte mich nicht gewundert.

Der nächste Raum war leer, dafür stank es nach verfaultem Essen. Dann kam ein Gang, der zu einer Treppe führte. Ich öffnete eine Tür und stand im Foyer des alten Hotels. Durch geborstene Scheiben fiel mattes Licht. Gegenüber war die frühere Rezeption zu erahnen, von wilden Graffiti überzogen wie alles hier. Mitten im Raum stand ein zerfetzter Kinderwagen, bei dem unförmigen Ding in der Ecke schien es sich um ein Planschbecken zu handeln.

Und dann war da noch etwas: leise Gitarrenklänge aus dem ersten Stock.

Eine Zeitlang wartete ich unschlüssig. Worauf? Ich wusste es nicht. Sollte ich nach oben gehen? Wo man singt, da lass dich nieder, hieß es doch. Oder zurück zum Schlafplatz der Obdachlosen? Mit etwas Glück waren die Schwarzen Sheriffs wieder abgezogen. Aber selbst wenn, musste ich jetzt auf dem nackten Boden nächtigen. Die Decken hatte ich in dem unterirdischen Warteraum zurückgelassen. Nun, vielleicht war es ohnehin besser, tagsüber zu schlafen. Nachts begegnete man weniger Menschen, die einen erkennen konnten.

Ja, so ein nächtlicher Ausflug hatte seinen ganz eigenen Reiz.

Aber vorher galt es zu klären, was im ersten Stock los war. Ich durchquerte das heruntergekommene Foyer und stieg eine Treppe nach oben. Das Gitarrenspiel wurde lauter. Als ich vorsichtig um die Ecke lugte, bot sich mir ein bizarres Schauspiel. Nicht unbedingt bizarrer als der Anblick der Schaufensterpuppen im Keller, dafür mit Musik untermalt. Im Licht einiger Kerzen tanzten Schleier durch die Luft. Schleier in Rot, Gelb, Grün, Orange. Helle, freundliche Farben, die zu den Gitarrenklängen passten. Immer wenn ein Schleier zur Seite flatterte, konnte man die Gruppe von Menschen erahnen, die dahinter auf Matratzen lag. Vielleicht sogar auf Betten, es war nicht genau zu erkennen. Zwei oder drei von ihnen saßen schweigend um den Gitarristen herum, der Rest schien zu schlafen.

Leise trat ich den Rückzug an. Nichts gegen Schleier und Geklimper, aber nach dem stockfinsteren Gang unter der Erde war mir das hier zu soft. Wenn mich die große Müdigkeit übermannte, konnte ich immer noch zurückkehren und um einen Schlafplatz bitten.

Der Platz vor dem Wallenstein war menschenleer. Ein Taxi zog vorbei, die Straßenbahnschienen lagen verwaist. Ich überquerte die Kurfürstenanlage, ließ den Bahnhof links liegen und erreichte nach kurzer Zeit die Bergheimer Straße. Immer wieder drehte ich mich um. Wo der Grauzopf und seine Kumpel jetzt wohl steckten? Schade, dass er mir nicht mehr über diese Verstecke in der Altstadt verraten hatte.

Eine Sirene ließ mich zusammenfahren. Aber es war nur ein Notarztwagen, der mit Blaulicht stadtauswärts jagte. Noch ein paar Schritte, dann stand ich vor meinem Haus.

Vor meinem ehemaligen Haus. Das ich mit meiner Exfrau bewohnt hatte.

Ich sah mich um. Nichts Verdächtiges zu entdecken. Parkende Autos, Stoßstange an Stoßstange. Ein paar Fußgänger in der Ferne, kaum Verkehr. Ich drückte unsere Klingel. Koller/Markwart, stand auf dem Schild, das K in meinem Namen war verwischt. Hätte auch ein anderer Buchstabe sein können. Oder Fliegendreck. Doller. Voller. Oller.

Ich wartete. Wenn Christine zu Hause war, war sie jetzt wach. Aber würde sie auch öffnen, mitten in der Nacht? Ich läutete ein zweites Mal. Auf der Straße spuckte ein Cabrio Rhythmen in die Nacht. Immer noch nichts. Vielleicht ließ sich das Hoftor öffnen. Manchmal vergaßen wir, es abzuschließen. Diesmal leider nicht.

Ich trat ein paar Schritte zurück, um zu sehen, ob oben Licht anging. Dann versuchte ich es noch ein drittes Mal mit der Klingel.

War Christine vielleicht gar nicht zu Hause? Geflüchtet vor den Belästigungen durch Greiner und Sorgwitz? Ich hätte es gern nachgeprüft, aber dazu musste ich in den Hof kommen. In meinem Büro gab es einen Zweitschlüssel fürs Haus, und der Schlüssel fürs Büro lag versteckt unter einem Blumentopf.

Christine meldete sich auch jetzt nicht. Also Plan B. Ich wandte mich nach links, bog in eine Seitenstraße ab und schlüpfte dort in eine offene Hofeinfahrt, die zu einem Handwerksbetrieb gehörte. Die Mauer, die den Hof vom Nachbargrundstück trennte, war etwas mehr als mannshoch, da brauchte ich nicht mal ein Hilfsmittel. Der Hof nebenan wiederum grenzte an unseren. Gut. Weniger gut: Hier gab es eine richtige Mauer. Drei Meter und solche Geschichten. Eine Weile streifte ich über das Gelände, bis ich alles beisammenhatte. Ich schob eine Mülltonne gegen die Wand und legte zwei kurze Bretter zur Stabilisierung darüber. Auf die Bretter eine umgedrehte Bierkiste. Natürlich leer, was denn sonst? Hielt. Auf die Kiste eine zweite. Es waren unterschiedliche Biersorten, trotzdem passten die Kisten aufeinander. Hielt immer noch. Jetzt hoch mit dir, Max Oller-Doller! Die Kisten schwankten, als ich sie erklomm, die Mülltonne drohte wegzurollen. Aber es klappte. Ein Fuß auf den Tonnenrand, den anderen auf die Bierkisten – und knack! Der Plastikdeckel der Mülltonne klappte nach innen. Im stillen Hof klang es wie ein Pistolenschuss. Ich hielt die Luft an. Nichts. Also weiter. Den Oberkörper so nahe wie möglich an der Mauer, schob ich mich nach oben. Legte eine Hand auf den Mauerrand und griff in etwas Scharfes. Sofort zog ich die Hand zurück. Sie blutete. Hatten die Stacheldraht montiert? Ich versuchte es noch einmal, vorsichtig, und jetzt war alles in Ordnung. Festhalten, ein Bein nach oben schwingen, nachziehen. Die beiden Bierkisten wackelten, fielen aber nicht. Als ich in drei Metern Höhe auf der Mauer saß, sah ich, dass ich in eine Glasscherbe gelangt hatte. Sie stand senkrecht und sollte wohl Spezialisten wie mich vom Fensterln abhalten. Übrigens war es die einzige Scherbe weit und breit. Glückwunsch, Herr Detektiv!

Der Rest, immerhin, war ein Kinderspiel. Gleich unterhalb meiner gegenwärtigen Position stieß das Dach unseres Schuppens gegen die Mauer. Ich ließ mich herabgleiten und huschte über das Dach in eine stille Ecke. Ein Sprung auf den Boden, der fast gar nicht wehtat. An meiner Wunde lutschend, wartete ich ein Minütchen ab, dann tastete ich im Dunkeln nach dem Blumentopf, unter dem der Schuppenschlüssel lag. Hier im Hof war es stockfinster. Nicht so finster wie im Gang zum Wallenstein natürlich.

Leise schloss ich mein Büro auf. Muffiger Geruch schlug mir entgegen. Ich wagte nicht, Licht zu machen.

Gab es hier drinnen etwas, was ich dringend brauchte? Vielleicht lagen ein paar Geldscheine in einer Schreibtischschublade. Auch wenn dort noch nie welche gelegen hatten. Ich zog die Schubladen nacheinander auf, tastete, fühlte. Schreibgeräte, Papierkram, ein verschrumpelter Apfel. Nichts Verwertbares. Plötzlich fiel mir auf, dass mein Computer fehlte. Wenn ich so wie jetzt am Schreibtisch saß, stieß ich früher oder später mit dem Knie gegen das Ding. Heute nicht. Hätte mir denken können, dass sie ihn beschlagnahmen würden.

Hoffentlich war wenigstens der Haustürschlüssel noch am Platz! Ich sprang auf, tastete mich zum Regal vor – da lag er, Gottseidank. Hinter der leeren Lagavulin-Flasche.

Sonst gab es hier nichts zu holen. Ich sperrte das Büro ab und legte den Schlüssel wieder unter den Blumentopf. Dann ging ich durch den Hof zur Haustür. Sämtliche Fenster waren dunkel, auch die in unserer Etage.

Aufsperren, horchen, eintreten. Die breite Holztreppe knarrte ein bisschen. Gute Qualität, so was baut dir heute keiner mehr. Im ersten Stock, hinter der Wohnungstür der Boskops, blieb alles ruhig. Die alte Boskop hatte einen leichten Schlaf; bei der hätte ich mir am ehesten vorstellen können, dass sie von meiner Bierkistenaktion wach würde.

Jetzt unsere Wohnung. Christines und meine. Doch, doch, solange mein Name unten an der Klingel stand, war ich hier irgendwie noch wohnhaft. Auch wenn ein K fehlte. Ganz vorsichtig steckte ich den Schlüssel ins Schloss und drehte ihn. Die Tür ging auf, ich schlüpfte hinein und schloss sie leise hinter mir.

Dann blieb ich stehen und wartete. Herzklopfend.

Warum eigentlich?

Ich meine: warum herzklopfend? Wenn diese Wohnung ein menschliches Wesen enthielt, dann dasjenige, das mir vertraut war wie sonst keines. Von mir einmal abgesehen. Drüben im Schlafzimmer lag Christine, und wenn sie nicht dort lag, dann war die Wohnung menschenleer. Dann war hier niemand. Es wäre absurd zu glauben, Greiner und Sorgwitz hätten einen Kollegen abgestellt, allein mit der Aufgabe, mich in meinen eigenen vier Wänden zu erwarten. Nacht für Nacht, auf Kosten des Steuerzahlers. Einfach wahnwitzig, diese Vorstellung!

Ein Problem gab es trotzdem.

Hier war nämlich doch jemand.

Ich stand da, mit dem Rücken gegen die Tür gelehnt, beide Augen aufgerissen, in der Brust pumperte das Herz. Vor mir die dunkle, stille Wohnung. Der Flur, von dem fünf Türen abgingen, ganz hinten die zum Schlafzimmer. Die Wohnzimmertür stand einen Spaltbreit offen, ein schwacher Abglanz vom Licht der Straßenlaternen fiel in den Flur. Da war unser Schuhschrank, die Kommode, unsere Jacken am Kleiderhaken, der Schirmständer, und was noch so in einen Flur gehört.

Kein Mensch zu sehen.

Keiner zu hören.

Und doch war da jemand. Ich spürte es, ahnte es … Meine Augen schmerzten, so weit riss ich sie auf. In meinen Ohren rauschte das Blut, als ich meine Aufmerksamkeit auf das geringste, nebensächlichste Geräusch in meiner Umgebung richtete. Aber da war nichts, keine Bewegung, kein Laut. Trotzdem stellten sich meine Nackenhaare auf. Ohne die Tür in meinem Rücken wäre ich wohl durchgedreht. Die Tür gab mir Sicherheit: Wenigstens von hinten konnte sich keiner auf mich stürzen.

Oder war ich schon am Durchdrehen? Spielte mir meine Wahrnehmung einen Streich?

Tat sie nicht. Plötzlich wusste ich, welcher meiner fünf Sinne die Alarmglocken ausgelöst hatte. Ich *roch* etwas. Ja, da lag ein ganz dünner, ganz feiner Geruch in der Luft, ein schwaches Männeraroma, von einem Aftershave oder sonst einem Wässerchen. Herb, säuerlich – bestimmt nicht mehr als vereinzelte Moleküle, wie man sie hinterlässt, wenn man einmal durch einen Flur schreitet. Und ich hatte sie nur wahrgenommen, weil es meine Wohnung war. Weil ich seit Jahren hier lebte, weil ich wusste, wie sie roch, wie sie schmeckte, wie sie sich anfühlte. Auch in der Nacht. Gerade da.

Das verschmierte K unten auf dem Klingelschild musste unbedingt nachgezogen werden.

Immer noch herrschte Totenstille. Ich stand mit dem Rücken zur Tür. Irgendwo in meiner Wohnung befand sich ein Mensch. Ein Mann. Wartend, lauernd, den eigenen Atem unterdrückend. Im Wohnzimmer vielleicht oder in der Küche. Oder im Schlafzimmer? Was war mit Christine?

Ohne es näher begründen zu können, war ich mir sicher, dass sich Christine nicht in der Wohnung befand. Sie lag doch nicht im Bett, während da ein Typ durch die Zimmer strich! Vielleicht war sie wegen ihm ausgezogen. Vielleicht war es doch ein Polizist, der auf mich wartete.

Aber warum machte er dann kein Licht? Warum trat er nicht auf mich zu, mit den üblichen Sprüchen: muss Sie festnehmen … verhafte Sie wegen des Verdachts auf …?

Nichts. Alles blieb ruhig. Wer war der Mensch? Was wollte er?

Ich wartete. Wann hatte ich das letzte Mal geatmet? Unter meinen Achseln sammelte sich Schweiß. Was tun?

Vorwärts? In die Offensive gehen, die Konfrontation suchen? Ohne jede Waffe?

Oder bildete ich mir das alles nur ein?

Ich bildete mir nichts ein. Da war etwas Fremdes in meiner Wohnung. Ein fremder Geruch, eine unbekannte Ausstrahlung. Ein Mann. Ein Unbekannter. Kein Polizist. Von dem ich nur eines wusste: Er war böse.

Ja, der Mann, der dort irgendwo im Dunkeln stand und auf mich wartete, war böse. Fragt nicht, woher ich diese Überzeugung nahm. Ich spürte ihn einfach, den Herzschlag des Bösen.

Als mir das klar wurde, löste ich mich von der Tür, öffnete sie leise und stahl mich hinaus. Geräuschlos schloss ich die Tür wieder.

Dann rannte ich durchs Treppenhaus hinunter ins Freie.

KAPITEL 28

Farben weckten mich. Gelb, Orange und Rot tanzten vor meinen geschlossenen Augen. Das Kaleidoskop des Lebens. Oder, nüchterner: die Schleier im 1. Stock des Hotels Wallenstein, in das ich mich nachts geflüchtet hatte. Als ich ankam, war alles dunkel gewesen. Die Kerzen gelöscht, die Menschen schlafend. Kein Gitarrengeklimper mehr. In einer Ecke hatten Matratzen gelegen.

Es dauerte, bis ich Schlaf fand.

Geflohen vor einem Unbekannten. Aus meiner eigenen Wohnung. Die Sache wurde immer verworrener, sie fügte sich auch im Traum nicht zusammen.

Vielleicht fügte sie sich überhaupt nicht mehr zusammen. Vielleicht ging seit Kurzem ein Riss durch die Welt, die Dinge fremdelten, sie passten nicht zueinander. Unser Planet war von einem galaktischen Blitz getroffen worden. Jetzt klaffte da ein Spalt, die Gesetze der Logik hatten ausgedient. Ich würde noch einmal in die Unterwelt hinabsteigen, um zu sehen, ob sie wenigstens dort noch galten.

»Magst du Tee?«, fragte jemand.

Es war eine junge Frau. Sie trug weite Pluderhosen und ein Unterhemd. Feinripp weiß mit breiten Trägern. Auch wenn ich persönlich nicht auf Feinripp stand – ihre braungebrannten Schultern kamen so schön zur Geltung.

»Tee im Sommer?« Ich rieb mir die Augen. »Okay, warum nicht.«

Durch die offenen Fenster wehte es schon wieder warm herein. Das gestrige Gewitter war bloß ein Strohfeuer gewesen. Und wenn jetzt jemand behauptet, das sei ein arg schiefes Bild, dann verweise ich auf den brennenden Baum in der Südstadt. Von wegen schief!

In der Nacht hatte ich nicht erkennen können, wie viele Menschen sich in dem Raum befanden. Jetzt war er fast leer, bis auf mich, die Pluderhosenfrau und ein Pärchen, das in einer Ecke knutschte. Matratzen waren zu einem Stapel getürmt, Kissen lagen herum, es gab einen Tisch mit Blumen darauf und zwei Schränkchen. Im sanften Schwung der Schleier verwehte jeder Anflug von Morbidität. Getrunken wurde aber auch hier, an leeren Flaschen herrschte kein Mangel. Es war wie das Lager unter der Brücke, nur eben in der Hippieversion.

Der Tee kam. Schon bevor ich die Tasse in der Hand hielt, wusste ich, dass er mir nicht schmecken würde. Wie lange hatte ich keinen gescheiten Kaffee mehr getrunken! Gestern nicht, vorgestern nicht. Aber erstens war Tee besser als nichts, und zweitens wurde er mir gebracht. Von einer jungen Frau mit langem Blondhaar, das nur ein bisschen zottelte. Wenn man das vegane Feuer in ihrem Blick ignorierte, konnte man sie fast hübsch nennen.

»Danke«, sagte ich. »Ich hoffe, das ist okay, dass ich mich heute Nacht einfach so dazugelegt habe.«

»Bist du Spion?«

»Bitte?«

»Von der Stadt. Die schicken jetzt immer Spione, um uns auszuhorchen.«

»Verstehe ich nicht.«

»Der Obama-Besuch. Die wollen alles unter Kontrolle haben. Alles. Wenn hier einer das Falsche sagt, kommt er in den Knast.«

»Ach so. Nein, ich bin kein Spion. Eher das Gegenteil. Sobald hier auch nur eine Nasenspitze Polizei um die Ecke lugt, bin ich weg.«

Sie nickte. Dann begann sie mir einen Vortrag zu halten: warum die Amerikaner damals 9/11 inszeniert hatten und wieso Al Qaida eine Erfindung der Medien sei; warum Obama demnächst von den eigenen Leuten umgebracht würde und wie sie es anderen in die Schuhe schieben würden, zum Beispiel den Deutschen. So machten sie es nämlich immer, die Amerikaner.

»Aber Obama steht doch kurz vor dem Regierungsende. Der hat eh nicht mehr viel zu sagen.«

»Er ist immer noch schwarz, oder?«

Dem konnte ich schlecht widersprechen.

Einmal Nigger, immer Nigger, fuhr sie fort. Natürlich sagte sie nicht ›Nigger‹, sondern gebrauchte den aktuell korrekten Begriff, irgendwas mit afroamerikanischer Hautfarbe, und behauptete, diese Menschen stünden ihr ganzes Leben auf der Abschussliste des CIA. Wir übrigens auch. Das Pärchen in der Ecke löste sich aus seiner Umschlingung, um ins selbe Horn zu stoßen, und so erkaufte ich mir eine Tasse schlechten Tees mit einer halbstündigen Lektion über die Schlechtigkeit der Welt.

»Alles klar«, sagte ich irgendwann. »Jetzt hätte ich mal eine andere Frage. Ich habe gehört, dass es in der Altstadt jede Menge Geheimgänge gibt. Kellerverstecke und so was. Wisst ihr davon? Könnt ihr mir Tipps geben?«

Konnten sie nicht. War wohl kein Thema, das sie interessierte. Ihre Welt war hell, orange, duftig, weit weg von jedem finsteren Kellerloch. Ein Leben im ersten Stock. Als der Tee getrunken war, erhob ich mich und trat zu einem der Fenster. Der Himmel war wie reingewaschen, kein Wölkchen stach aus dem Blau. Nach dem Stand der Sonne zu urteilen, hatte ich verdammt lange geschlafen. Ich fragte nach der Uhrzeit, aber auch da erntete ich bloß Achselzucken. Was spielte es schon für eine Rolle, wie viel Uhr es war, wenn die Amis gerade den Planeten verhökerten?

»Danke für den Tee«, sagte ich. »Ich pack's dann mal.«

»Hast du ein bisschen Geld?«, fragte die Blonde.

»Für den Tee?«

»Nein, überhaupt. Solidarität und so. Wenn du was hast, leg es dort hinten in die Schale.« Sie blinzelte mich aus wasserblauen Augen an, dass mir ganz anders wurde. Seit dem Überfall in Eberbach reagierte ich auf das Thema

Geld empfindlich. Dass mir von den drei Schätzchen Unbill drohte, glaubte ich zwar nicht, aber wissen konnte man nie.

»Tut mir leid, ich habe nicht einen Cent. Null Komma Null. Du kannst mich gern durchsuchen.«

Tja, was soll ich sagen? Sie durchsuchte mich tatsächlich. Das hätte die Kontrolleurin aus der S-Bahn sehen sollen! Fuhr mir in sämtliche Hosentaschen, egal welcher Körperteil sich gerade darunter befand. In jeden Winkel krochen ihre Finger. Ich musste lachen – weil ich es so komisch fand und weil ich kitzlig war. Auf Kuhns Fotos warf sie nur einen kurzen Blick, dann machte sie weiter. Tastete sogar meine Hosenbeine ab und schüttelte meine Sandalen aus.

»Nichts«, stellte sie emotionslos fest.

»Wenn ich wieder was habe, komme ich zurück und bezahle meine Schulden.«

»Ist gut.«

Ich schlüpfte in meine Treter und ging. Auf der Treppe begegnete ich zwei Frauen, die mir zulächelten. Sie waren weniger hübsch als die im Unterhemd, dafür durchsuchten sie mich nicht. Der Kinderwagen stand an derselben Stelle wie heute Nacht, auch das Planschbecken war noch da. Draußen sah ich mich blinzelnd um. Der Sommer machte einfach da weiter, wo er vor dem Gewitter aufgehört hatte. Die Sonne brannte, der Asphalt glühte, als hätte es den gestrigen Regen nie gegeben. Von wegen Apokalypse! Ein Witz von Unwetter war das gewesen, kleines Muskelspiel der Elemente.

Und dennoch. Der gestrige Tag hatte vieles geändert. Fast alles! Ohne das Gewitter hätte ich mich gestellt und säße jetzt hinter Gittern. Hätte den Einstieg in die Heidelberger Unterwelt verpasst, den Mann in meiner Wohnung. Weil ein paar Meter neben mir ein Baum brannte, stürzten heute Fragen auf mich ein. Wer lauerte mir in meinem eigenen Haus auf? Wurde ich verfolgt? War ich jemandem auf die Schliche gekommen? Gab es einen Zusammenhang zwischen dem Unbekannten und den Polizisten in Oberhof?

Tief Luft holend trat ich ins Freie. Was da vom Himmel strahlte, war eine Mittags-, keine Morgensonne, und die Bestätigung lieferte mir die Bahnhofsuhr, die Viertel nach zwölf anzeigte. Da war ich meinem Ziel, nachtaktiv zu werden, ja schon ein Stück nähergekommen.

Die Schlafplätze unter der Brücke waren verlassen. Ein paar Decken lagen noch neben einem Pfeiler, Zeitungen hatten sich im Gebüsch verfangen, bei den Rumänen lag ein umgekippter Kugelgrill. Das war's. Kein Mensch zu sehen. Hatten sie den Graukopf und seine Kumpel eingebuchtet? Oder war er bei den anderen im alten Bahnbetriebswerk gelandet? Dorthin hatten sie doch gewollt, soweit ich mich erinnerte. Das Betriebswerk war ein halbverfallener Bau an den Gleisen Richtung Mannheim. Ich machte mich auf den Weg, aber dann sah ich die Gruppe von gestern Abend auf dem Bahnhofsvorplatz herumlungern. Der offiziell Willy-Brandt-Platz heißt, ein Name, der einiges über Heidelbergs Verhältnis zur Sozialdemokratie verrät. Jedenfalls waren sie alle da: die Rastafrau mit ihrem Köter, die Kumpel des Grauzopfs und dieser selbst. Der Hund bellte mal wieder, deshalb hatte ich sie bemerkt. Ein paar saßen auf dem Rand großer Blumenkübel, die anderen standen herum. Auf dem Boden saß niemand. Wie auf Bestellung patrouillierten zwei Uniformierte vom Ordnungsdienst der Bahn vorbei.

»Morgen«, sagte ich und stellte mich zu der Gruppe. »Gut geschlafen?«

Der Graue musterte mich. »Und du? Wohin hast du dich verdrückt?«

»Prima Tipp, das mit dem Wallenstein. Gab sogar Matratzen dort.«

»Hippies!«, lachte einer der anderen verächtlich.

»Matratzen, Tee und Welterklärungen. Wie war's bei euch?«

Der Graue winkte ab. Eine Weile herrschte Schweigen. Ich spürte, wie sie mir verstohlene Blicke zuwarfen. Abwägende, misstrauische Blicke.

»Ja«, sagte ich schließlich, »ich geh dann mal wieder. Vielleicht gebt ihr mir noch einen Tipp, wo man sich vor zu viel Sonne schützen kann.«

Der Graue zuckte mit den Schultern.

»Du hast gestern von Verstecken in der Altstadt erzählt. Durchlöcherter Käse und so. Einen Unterschlupf, den keiner kennt, könnte ich tatsächlich gebrauchen.«

»Dachte ich mir.« Er fuhr sich übers Kinn. »Eigentlich …«

»Was, eigentlich?«

»Eigentlich kosten Informationen Geld.«

Ich seufzte. Der Kapitalismus hatte gesiegt, hier war der Beweis. Triumph auf ganzer Linie! »Sorry, ich hab keins. Null.«

»Nicht eine Münze?«

»Nicht eine. Vorgestern wurde ich überfallen.« Ich zeigte auf meine Backe. »Sie hatten schlagkräftige Argumente.«

»Gut, dann sollen die, die das getan haben, irgendwann deine Schulden bezahlen.« Er wandte sich an einen seiner Kumpel. »Holst du mal einen Stadtplan von der Infostelle?«

»Wieso ich?«, maulte der. »Hab doch eben erst …«

»Mach schon.«

Missgelaunt trottete der andere zum Pavillon des Verkehrsvereins, der aus dem Meer der Fahrräder herausragte wie eine Hallig bei Flut.

Wir sahen ihm nach, bis er im Inneren des Häuschens verschwunden war, dann sagte der Grauzopf: »Gestern wussten wir ja nicht, dass die Prominenz unter uns weilt. Hättest du uns ruhig verklickern können.«

»Prominenz?«

»Für einen Artikel in der Zeitung hat's gereicht.«

»Wann?«, fuhr ich auf. »Wo? Heute?«

Er nickte Kumpel Nummer drei zu. Der griff nach einem herumliegenden Exemplar der Neckar-Nachrichten und reichte es mir. Es war die Zeitung von heute. Auf Seite 1 im Lokalteil gab es einen Bericht über mich: dass ich Hauptverdächtiger im Fall Schmider sei, dass ich die Flucht ergriffen hätte und zur Fahndung ausgeschrieben sei. Hinweis auf meinen Verbleib nehme jede Polizeidienststelle entgegen. Ein Foto gab es natürlich auch.

Ich fluchte. Obwohl ich mit der Meldung längst gerechnet hatte, jagte sie mir einen Schrecken ein.

»Siehst du«, sagte der Typ, der mir die Zeitung gegeben hatte, zu dem Grauhaarigen. »War doch richtig, dass ich dem meine Matte nicht überlassen habe.«

»Red keinen Quatsch. Wenn die Leute alles glauben würden, was in der Zeitung steht, wären wir längst im Arbeitslager.« Er nahm mir das Blatt aus der Hand. »Es geht mich ja nichts an – aber hast du?«

»Den Mord begangen?« Ich zuckte die Achseln.

»Gestern hätte ich noch Ja gesagt. Die Wahrheit ist: Ich weiß es nicht. Dieser eine Abend ist völlig aus meinem Gedächtnis gelöscht. Aber alle Indizien weisen auf mich.«

»Keine Erinnerung?«

»So gut wie keine.«

»Alkohol?«

Ich nickte.

»Schade, dass hier nichts von einer Belohnung steht. Freien Unternehmern wie uns muss man ein Angebot machen, sonst rühren wir keinen Finger.« Er gab seinem Kumpel die Zeitung zurück und wartete, bis ihm der andere den Stadtplan aus der Touri-Info brachte. Der Plan bestand aus einem einzigen Blatt, das kostenlos an Besucher verteilt wurde. Auf der Rückseite war die Innenstadt in größerem Maßstab abgebildet. »Also«, sagte der Graue, »es gibt natürlich jede Menge Keller und Löcher, die nach ein paar Metern enden. Praktisch alle alten Häuser im Zentrum hatten so ein Ding, manche verrammelt, andere zugeschüttet oder seit Ewigkeiten nicht mehr betreten. Für dich dürften diejenigen Zugänge interessanter sein, die untereinander in Verbindung stehen. Die ein Netz unter der Altstadt bilden. Wegen der Fluchtmöglichkeiten zum Beispiel.«

»Klingt gut.«

»Dann würde ich dir die Klingenteichstraße empfehlen.« Er zückte einen Bleistiftstummel und machte Kreuze an mehrere Häuser. »Hier gibt es überall Keller oder Garagen, die in den Hang gehauen sind und weit hineinführen. Da wurde früher Wein gelagert. In manchen von denen könntest du Handball spielen.«

»Und wie komme ich da rein?«

»Ausprobieren. Die meisten sind abgeschlossen, aber so ein Uralttor kriegt einer wie du mit dem Zahnstocher auf. Du bist doch Privatdetektiv, oder?«

Ich zog eine Grimasse. Die Zeitungsmeldung war ausführlich gewesen.

»Nehmen wir dieses Haus«, fuhr der Graue fort. »Von dort kannst du bis ans Ende der Altstadt spazieren. Unterirdisch. Es gibt ein paar Engstellen mit Schutt und Geröll, aber möglich ist es. Von dem daneben auch, allerdings wurde dort kürzlich ein neues Gitter angebracht. Andere Zugänge sind hier und hier und hier.«

Fasziniert sah ich ihm zu, wie er die Altstadt mit Bleistiftkreuzen überzog. Wenn er recht hatte, gab es in jeder zweiten Gasse eine Möglichkeit, Heidelbergs Unterwelt zu betreten.

»Warum weiß keiner davon?«, fragte ich. »Warum erstellt der Verkehrsverein keine Karte für diese Gänge? Wäre doch eine Touristenattraktion.«

»Weil es zu gefährlich ist beziehungsweise zu teuer, die Gänge zu sichern. Weil sie zum größten Teil auf Privatgrund liegen. Weil die Stadt keine Lust auf Touristenmassen hat, die durch irgendwelche Katakomben trampeln. Nein, dieses Fass macht keiner auf. Die zuständigen Leute wissen natürlich Bescheid: das Denkmalamt, die vom Stadtarchiv und der Uni. Zumindest kennen sie die meisten Gänge.« Er reichte mir den Plan. »Nicht alle.«

»Die kennst nur du.«

»Vielleicht.«

»Dann weißt du auch, ob es den berühmten Geheimgang vom Schloss zum Neckar gibt. Und weiter zum Heiligenberg.«

»Könnte sein.«

»Verrätst du mir was darüber?«

Sein Gesicht verfinsterte sich. »Nein.«

»Okay. Trotzdem danke. Das hilft mir weiter.«

Es waren so viele Kreuze, dass ich die Qual der Wahl hatte. Ich konnte es ganz hinten, kurz vorm Karlstor, versuchen, rund um den Uniplatz oder bei der Heiliggeistkirche. Und sogar …

»Moment.« Ich packte den Grauzopf am Arm. »Du hast hier auch ein Kreuz gemacht. In der Hasengasse. Also gibt es dort einen Zugang?«

»Sonst hätte ich wohl kaum …«

»Meinst du, es gibt noch mehr davon? In der Hasengasse, meine ich.«

»Bestimmt. Die Gebäude dort stammen alle aus dem frühen 18. Jahrhundert. Nicht unbedingt ihre oberirdischen Anteile, aber die Fundamente.«

Ich nickte. Das Kreuz in der Hasengasse war nur eines von vielen. Für den Grauen mochte es keine besondere Bedeutung haben. Für mich umso mehr.

Ich meine, ich bin kein Mensch, der an Sachen wie Schicksal oder Vorsehung glaubt. Ob der liebe Gott würfelt oder nicht, wäre zu überprüfen. Angewandte Stochastik! Was den Mord an Schmider betraf und alles, was sich daraus ergab, so würde ich auf Würfel tippen. Gott hatte den Teufel zum Tee geladen, und einer von beiden spielte falsch. Oder beide. Aber das hier war kein Zufall. Alles andere konnte Zufall sein: dass mich der Blitz in der Südstadt um ein paar Meter verfehlt hatte, dass meine DNA am Tatort gefunden worden war, dass die Polizei um die Ecke bog, als ich eben mit Kommissar Fischer telefonierte … Alles denkbar. Aber die Hasengasse? Ausgerechnet?

»Ist was?«, fragte der Grauzopf. »Du guckst so komisch.«

»Alles gut, danke. Ich habe bloß gerade einen Tipp gekriegt.«

»Von wem?«

»Wenn ich das wüsste.«

KAPITEL 29

Die Hasengasse.

Haus Nr. 7. Zehn Namensschilder, das dritte von oben: Fahrenschon. Mein Zeigefinger, der kurz und zärtlich darüberstreicht.

Unsinn, doch nicht zärtlich. Das habe ich erfunden! Aus Gründen der … keine Ahnung, aus welchen Gründen. Niemand streicht zärtlich über ein Namensschild. Höchstens im Groschenroman.

Ich klingle. Alle Gebäude hier stammen aus dem 18. Jahrhundert, hat der Grauzopf behauptet. Ihre Fundamente. Ihre Substanz.

»Die Post!«

Meine Stimme, dilettantisch verstellt, bleibt unerkannt. Wäre sie erkannt worden, hätte man das als Zeichen interpretieren können. Erst der Blitz, dann das Kreuz auf der Karte, jetzt das Erkennen. Ein Zeichen? Noch wehre ich mich gegen diese Art der Bestimmung, will selbst entscheiden, wohin die Reise geht. Das Leben: kein Würfelspiel.

Ich betrete den Hof. Dann der Abstieg in den Gewölbekeller. Der verbotene Zugang. Mein Eintritt in die Unterwelt, das Licht der Taschenlampe, Moos in den Mauerritzen, Dunkelheit, Enge, Beklemmung. Das Steinmetzzeichen. Der verschüttete Gang. Zuletzt die Mauer, an der ich scheitere. Eine Sackgasse. Immerhin, ich habe es versucht. Vergeblich. Bin halt bloß eine Marionette. Warum sehe ich die Haken nicht, an denen der große Puppenspieler meine Fäden befestigt hat? An denen er meine Glieder führt? Irgendwo müssen sie doch sein.

Ich lasse mich auf dem Boden nieder, lehne den Rücken an die Mauer, den Hinterkopf. Die Lampe liegt neben mir, ihr Licht fällt durch den Gang.

Jetzt habe ich keine Wahl mehr.

Ich weiß, was ich zu tun habe.

Ich kann nichts dafür.

*

Es war ein seltsames Gefühl, dort unten zu sitzen, an die Mauer gelehnt, das Scheitern vor Augen. Ein Gefühl zwischen Ohnmacht und Erleichterung. Ich hatte es schließlich versucht. Es war nicht meine Schuld, was jetzt passierte. Dass ich wortbrüchig werden, dass ich jemanden in Schwierigkeiten bringen würde. Hatte ich das Kreuz in der Hasengasse gemacht? Hatte ich die Mauer errichtet? Na also.

Nein, Max Koller kann nichts dafür.

In meinem Rücken juckte es. Irgendwie juckte es dauernd dort hinten. Pickel, oder was? Ich schabte mit den Schulterblättern an der Mauer entlang, doch es wurde nicht besser. Also stand ich auf, schnappte mir die Taschenlampe und ging zurück. Den ganzen Weg, an Gabelung und Abzweigung vorbei, bis zur Holztür. Im Keller legte ich die beiden Lampen an ihren Platz, dann stieg ich die Treppe nach oben. Das Licht des hellen Tages ließ mich blinzeln. Wie es Boten aus der Unterwelt so ergeht.

Fahrenschon. Dritter Name von oben. Klingeln musste ich nicht mehr, ich befand mich ja schon auf dem Grundstück. Durch das Treppenhaus in den zweiten Stock. Hohe Altbauetagen, blitzblanker Dielenboden, buntes Glas in den Wohnungstüren. Neben der Tür wieder der Name, diesmal mit Initialen: S. & P.

Ich klopfte.

Diese endlosen Sekunden: vom Nachhall des Klopfens über die anschließende Stille bis zum ersten Geräusch von Schritten. Vertrauten Schritten. Sie näherten sich. Mein Herz pumperte gegen die Rippen wie ein Gefangener gegen die Gitterstäbe.

Die Tür wurde geöffnet.

»Hallo, Signe«, sagte ich.

Sie blieb wie angewurzelt stehen.

Ich schwieg. Brachte bloß ein Achselzucken zustande. Vielleicht ging es als Entschuldigung durch.

Sie verzog keine Miene. Ihre blauen Augen schauten so geradeaus wie immer. Eine Hand lag auf dem Türgriff, die andere hing locker neben ihrer Hüfte.

»Max?«, sagte sie schließlich.

»Sieht so aus.«

Es gab eine ganze Menge, was ich ihr hätte sagen können. Sätze, die eine Erklärung enthielten zum Beispiel.

Oder eine Bitte. Ein einfaches ›Hilf mir. Ich bin in der Sackgasse, Signe. Ich weiß nicht mehr weiter.‹ Oder, frech: ›Ich kann nichts dafür, es war ein Zeichen. Mein Puppenspieler hat mich hierhergeführt. Du weißt doch, der, der uns alle führt.‹ Am besten wäre natürlich eine Entschuldigung gewesen, eine richtige.

Nichts davon sagte ich. Wartete bloß auf ihre Reaktion. Wenn sie mir jetzt die Tür vor der Nase zuschlagen würde, gab es keinen Plan B. Dann war ich wirklich am Ende.

Aber sie warf die Tür nicht zu, im Gegenteil. Sie musterte mich noch einmal eingehend, dann schüttelte sie den Kopf und trat einen Schritt zurück.

»Komm rein.«

Ich trat ein. In die Wohnung, die so gut roch, nach alten Dielen und frischen Blumen. Angenehm kühl war es auch, eine echte Oase im Sommer. An der Wand hing ein großer Spiegel, in den ich nicht zu schauen wagte, außerdem moderne Kunst, aber nur ein bisschen. Meine Unterweltsfluchtexistenz hatte hier nichts verloren.

Ich drehte mich um. Signe wartete neben der geschlossenen Tür, die Arme vor der Brust verschränkt, und beobachtete mich. Dabei gab es überhaupt nichts zu beobachten, ich stand bloß im Flur herum und war schmutzig.

»Magst du ein Glas Wasser? Oder was anderes zu trinken?«

Ich nickte.

»Du weißt ja, wo das Wohnzimmer ist.«

»Ist dein Mann nicht da?«

»Nein.«

Sie verschwand in der Küche. Erst jetzt fragte ich mich, was ich gemacht hätte, wenn ihr Mann zu Hause gewesen wäre. Wenn er mir statt ihrer die Tür geöffnet hätte.

Er war nicht da. Schon wieder ein Argument gegen die Würfeltheorie.

Im Wohnzimmer noch mehr Kunst. Eine Designer-Stehlampe, helle Möbel, Stuck an der Decke. Ich setzte mich nicht. Meine Kleider waren seit Tagen nicht gewaschen, voller Salzränder, dreckstarrend von meinen Ausflügen in die Unterwelt. Sogar geschlafen hatte ich in ihnen. Das kurze Bad im Neckar zählte nicht.

Signe kam herein und reichte mir ein Glas Wasser. Ich kippte es in einem Zug hinunter.

Dann herrschte wieder Schweigen zwischen uns. Ich vermied, sie anzusehen, aber irgendwohin musste ich ja gucken, und so entging mir nicht, dass sie eine blaue Bluse trug, die zu ihren Augen passte, und eine leichte Leinenhose. Um jedes ihrer Handgelenke schlang sich ein Metallreif. Einer hatte ein geometrisches Muster, der andere zwei Schlangenköpfe, die sich fast berührten. Ihr hellblondes Haar war zu einem Pferdeschwanz gebunden.

»Korrigiere mich, falls ich mich irre«, durchbrach sie schließlich die Stille, »aber hatten wir bei unserem letzten Treffen nicht vereinbart, uns nie mehr zu sehen?«

Ich nickte.

»Und warst nicht du derjenige, der darauf gedrängt hat?« Sie stemmte die Arme in die Hüften. »Interessante Art der Auslegung, finde ich. Ich zum Beispiel habe unter ›nie mehr‹ tatsächlich ›nie mehr‹ verstanden – und nicht bloß ›ein paar Wochen nicht‹. Aber auch da kann ich natürlich falsch liegen.«

»Du liegst nicht falsch«, sagte ich. »Es tut mir leid. Ich habe es damals genauso ernst gemeint wie du, das musst du mir glauben. Aber in der Zwischenzeit ist so viel passiert, ich bin … alles ist anders. Anders als vorher, meine ich.«

Ich wich ihrem Blick aus. »Mann, Signe, mach es mir nicht so schwer! Du wirst doch wohl Zeitung gelesen haben.«

Sie hob eine Braue. »Welche Zeitung?«

»Die Neckar-Nachrichten.«

»Haben wir nicht.«

Richtig, im Haus Fahrenschon las man FAZ und Süddeutsche. Lokales stand nicht auf der Abonnementsliste. Dann wusste sie also nichts von der Fahndung. Nichts von dem Verdacht gegen mich, nichts vom Verhältnis zwischen Christine und Schmider. Sollte ich all das noch einmal durchhecheln, bis ins letzte Detail?

»Herrgott!«, rief ich. »Warum hast du mir auch diese verdammte SMS geschickt? Ich hatte dich doch schon fast vergessen! Ohne sie wäre ich niemals hier aufgetaucht.«

»Welche SMS? Ich habe dir nichts geschickt, Max.«

»Vor zwei Wochen. Das Treffen in diesem Café in der Steubenstraße. Wozu eigentlich? Und warum bist du nicht gekommen?«

»Einen Moment«, sagte sie kalt. »Wir hatten eine Abmachung: kein Treffen mehr. Daran habe ich mich gehalten, ohne jede Ausnahme.«

»Wegen dieser SMS habe ich die Polizei auf dem Hals! Dadurch kamen die doch erst auf meine Spur.«

»Ich verstehe kein Wort. Wieso Polizei, wieso Spur?«

»Weil«, ich biss mir auf die Lippen, »weil ich jemanden umgebracht habe.«

»Du?« Ihr Blick wurde eisig. Sie glaubte mir nicht. Verständlicherweise.

Ich schloss die Augen. Wie oft hatte ich das nun schon erklären müssen? Zuletzt dem Grauzopf. Davor Kommissar Fischer, dem Gauangellocher Tod, den Rammlern aus Eberbach. Ich wollte nicht mehr. Ich wollte einfach nicht mehr.

»Geht es um den Mord in Handschuhsheim?«, fragte Signe.

Ich schlug die Augen auf. »Du liest die Neckar-Nachrichten also doch.«

»Um davon zu erfahren, braucht man keine Zeitung. Ein Gang zum Bäcker reicht. Das Opfer wohnte Ecke Steubenstraße, richtig? Die du gerade erwähnt hast. Was nicht heißt, dass mir sämtliche Zusammenhänge schlagartig klar geworden wären. Willst du dich nicht setzen und mir alles in Ruhe erzählen?«

»In meinem Zustand rühre ich eure Möbel nicht an.«

Plötzlich spielte ein Lächeln um ihre Lippen. Das erste Lächeln, seit ich hier war, und es fuhr mir durch Mark und Bein. »Stimmt«, sagte sie. »Du siehst wirklich zum Weglaufen aus. Riechen tust du auch nicht gut.«

»Ich bin seit zwei Tagen auf der Flucht. Habe unter einer Brücke geschlafen und in einem Gartenhaus. Zwei Typen haben mich verprügelt und mich ausgeraubt. Ich hab keinen Cent dabei, kein Handy, nichts.«

Sie sah mich nachdenklich an. »Und der Mord?«

»Ich weiß es nicht. Gedächtnisverlust. Totaler Blackout.«

»Wie geht es deiner Frau?«

»Christine? Wieso, was soll mit der sein?«

»Mann, Max!« Sie rollte mit den Augen. Hatte diese Frau eben noch gelächelt? Lange her. »Spiel nicht den Deppen. Kannst du mir jetzt verraten, was du hier willst? Was du von mir willst?«

Ich zuckte die Achseln. »Keine Ahnung. Ich … irgendwie hat es mich hierher getrieben. War vermutlich ein Fehler. Ich haue lieber wieder ab.«

Sie schwieg. Weil ich mich nicht setzen wollte, hatten wir einander gegenübergestanden. Die ganze Zeit, in ihrem Wohnzimmer. Wie zwei Statuen. Irgendwann fiel mir auf, dass ich das Glas noch in den Händen hielt.

»Danke für das Wasser«, sagte ich und gab es ihr zurück. »Ich bin dann mal weg.«

Als ich an ihr vorbei wollte, packte sie mich am Arm. Ich wusste ja, dass sie zupacken konnte, aber dieser Griff schmerzte regelrecht.

»Deine Wunde an der Backe sieht nicht gut aus«, sagte sie. »Du solltest sie auswaschen. Du solltest dich überhaupt mal waschen, und zwar gründlich. Was ich dir noch anbieten kann: etwas zu essen, etwas zu trinken und etwas zu telefonieren. Wenn du Geld brauchst oder Internet, kein Problem. Und wenn du dich verstecken musst, ist das auch kein Problem. Unter einer Bedingung: dass du mir erzählst, was passiert ist.«

Ich wusste nicht, was ich sagen sollte. Ihre Finger lagen wie Schraubzwingen um meinen Arm.

»Aber dieses Angebot formuliere ich nur einmal«, setzte sie leise hinzu.

Ich sah auf ihre Hand hinab. Die beiden Schlangen hatten stechend grüne Augen. Seitlich an ihrem Zeigefinger entdeckte ich eine längliche Narbe, eine Wunde vom Brötchenschneiden. Ich hatte ihr damals das Pflaster aus dem Bad geholt.

»Du hast einen neuen Armreif«, sagte ich.

»Darf ich das als Ja interpretieren?«

Ich nickte. Sie ließ mich los. »Im Gegenzug musst du mir erzählen, wo du ihn herhast«, sagte ich. »Den Armreif.«

»Handtücher liegen im Bad. Duschzeug steht genug rum. Brauchst du sonst noch was?«

Ich verneinte, ging ins Badezimmer und ließ eine Wanne

Wasser ein. Baden im Hochsommer – so weit war es mit mir gekommen. Ich schüttete zwei Sorten Schaumbad ins Wasser, zog mich aus und tauchte tief unter, immer wieder. Weichte mich so richtig ein.

Verdammt, tat das gut.

Auf Außenstehende musste mein Geplansche wie ein Werbespot für die beiden Schaumbäder wirken. Zum Glück gab es keine Außenstehenden. Ein wohliges Gefühl kroch bis hinunter in die Zehenspitzen. Ich fühlte, wie die Anspannung der letzten Tage wich. Dauernd auf Achse, auf der Flucht, aus dem Schlaf gerissen, das hielt der härteste Privatdetektiv nicht aus. Ganz zu schweigen von den Fragen, die in meinem Kopf hämmerten, die meinen Schädel mürbe machten und mein Hirn weich. Von wegen psychische Belastung! Schmerzen wie nach einem Marathon waren das, die totale körperliche Erschöpfung.

Noch mal untertauchen.

Natürlich lag es nicht an Schaum und warmem Wasser allein, dass die Spannung von mir abfiel. Sondern an dem Angebot, das Signe mir gemacht hatte. Sie war meine Rettung. Niemand wusste von ihr, niemand konnte sich verplappern. Das Haus in der Hasengasse war der perfekte Rückzugsort. Wenn sie mir wirklich ein oder zwei Tage Unterschlupf gewährte, konnte ich von hier aus weitermachen: telefonieren, Leute befragen, recherchieren. Ich hätte schon viel früher Asyl bei ihr suchen sollen. Aber dazu musste ich wortbrüchig werden.

Die Tür ging auf. Signe kam herein und setzte sich auf den Rand der Wanne.

»Ich habe ein paar Einwegrasierer da. Täte dir ganz gut.«

»Von deinem Mann? Sorry, aber das kann ich nicht.«

»Nicht von ihm. Peter hat sein Rasierzeug dabei.«

»Wo ist er denn?«

»Auf einem Kongress in Kopenhagen. Übermorgen kommt er zurück.«

Ich betrachtete meine Knie, die aus dem Schaum ragten. »Irgendwie ist dein Mann dauernd weg. Jedenfalls immer, wenn man es braucht.«

»Dazu sind Männer doch da«, lächelte sie.

Meine Hand kam aus dem Wasser und begann am rechten Knie zu kratzen. Zeigefinger, Mittelfinger, auch der Daumen beteiligte sich. Sie kratzten, obwohl es dort gar nicht juckte. »Ja«, sagte ich. »Danke.«

Signe legte den Kopf zur Seite.

»Danke fürs Aufnehmen und all das.«

Sie schwieg. Vielleicht kam es mir nur so vor, aber die kleine Furche in ihrem Kinn war tiefer als sonst.

»Und sorry, dass ich mein Versprechen nicht halten konnte«, fuhr ich fort. »Ich wäre dir nicht böse gewesen, wenn du mich wieder weggeschickt hättest.«

Sie fingerte an ihrem Armreif herum, drehte ihn in eine Richtung und wieder in die andere. Dann schaute sie nach oben in eine Zimmerecke.

»Reiner Egoismus«, murmelte sie.

Meine Hand war noch immer am Knie zugange. Ich wartete, bis sich Signes Worte verflüchtigt hatten. Bis Vokale und Konsonanten einmal durch den Raum gehüpft waren, auf den Badewannenrand, über die Schaumkissen und durchs offene Fenster hinaus.

Dann griff ich nach Signes Arm und zog sie zu mir ins Wasser.

KAPITEL 30

Eine Hand glitt über meinen Rücken, kraulte mich, glitt weiter, kehrte zurück und begann, mit dem Fingernagel an einer Stelle zu knibbeln. Ich brummte. Nicht ganz wach und nicht mehr schlafend.

Das Bettzeug raschelte, als sich Signe aufsetzte.

»Was hast du da, Max?«

»Nix.«

»Fühlt sich aber komisch an.«

»Man nennt es Rücken. Kann sein, dass ich einen komischen Rücken habe. Sehe ihn ja nie.«

Ihr Fingernagel arbeitete weiter. Es kitzelte. Aber egal, was sie tat, es war angenehm. Sie hätte mich auch kneifen können oder an den Haaren ziehen; ich mochte einfach alles, was Signe mit mir anstellte. Den Gedanken, dass ich in ihrem Ehebett lag, also an genau der Stelle, die sonst ihr Mann für sich beanspruchte, hatte ich erfolgreich verdrängt.

War ja nicht das erste Mal.

Kopenhagen … Ich hatte keine Ahnung, was ein Professor für deutsche Literatur auf einem Kongress in Dänemark wollte, aber es war mir auch egal. Im Gegenteil, ich fand solche Kongresse absolut unterstützenswert, es sollte viel mehr von ihnen geben. Ein Hoch auf die Dänen! Nur die Vorstellung, morgen in Sachen aus Peters Kleiderschrank zu schlüpfen, bereitete mir Unbehagen. Der Kerl war viel größer und kräftiger als ich. Ein Trumm von Professor! Meine eigenen Klamotten lagen im Bad und warteten sehnlichst auf einen 60-Grad-Waschgang. Auch die Jeans.

»Tut das nicht weh?«

»Nö. Warum?«

»Weil da so ein Hubbel ist. Hattest du den früher schon?«

»Glaub nicht.«

»Ziemlich hart, das Ding.«

»Jucken tut's immer wieder mal. Ausgerechnet dort, wo man mit den Händen nicht hinkommt.«

»Dann ist ja gut, dass ich jetzt da bin.«

Das stimmte. Ihr neuer Armreif mit den Schlangenköpfen lag auf dem Nachttisch. Altirischer Schmuck, auch als Nachbildung noch eindrucksvoll. Bis ich Signe kennengelernt hatte, war ich noch nie jemandem begegnet, der Gälisch konnte. Dass sie sich für eine derart unbedeutende, aus Raum und Zeit gefallene Sprache interessierte, wollte mir einfach nicht in den Kopf. Aber vermutlich war genau das ihre Stärke. Ich war ja auch aus Raum und Zeit gefallen, und sie kümmerte sich um mich. Immer noch im Halbschlaf, wälzte ich mich herum und schmiegte mich mit geschlossenen Augen an sie. Meine Nase berührte ihr Kinn, ihren Hals, das Schlüsselbein.

»Nee«, sagte sie. »Ich will jetzt wissen, was da ist.«

Sie knipste die Nachttischlampe an. Ohne auf mein Grunzen zu achten, zerrte sie meinen Rücken ins Licht und fummelte weiter. Plick, plick, machte es auf meiner Haut.

»He«, knurrte ich. »Das tat jetzt aber weh.«

»Da ist ja auch was. Unter der Haut.«

»Pickel? Mitesser?«

»Viel härter. Dass dich das nicht gestört hat!«

»Gejuckt hat es halt.«

»Warte.«

Was genau sie in den folgenden Minuten mit mir anstellte, entzog sich meiner Kenntnis. Jedenfalls drückte und knetete sie an meinem Rücken herum, als gelte es, einen Gegner unschädlich zu machen. Immer wieder sollte ich stillhalten, damit sie sich das Ding aus nächster Nähe ansehen konnte. Danach ging es mit dem Gequetsche weiter. Angenehm war das nicht.

»Jetzt lass doch, Signe.«

Sie murmelte etwas Unverständliches. Dann sprang sie auf und verließ das Zimmer. Ich hörte sie im Bad kramen. Gähnend langte ich nach hinten. Meine Arme waren immer noch zu kurz. Nichts gegen dermatologische Neugier, aber musste das mitten in der Nacht sein?

Signe kam zurück. »Hier, trinken.«

Ich nahm das Glas, das sie mir hinhielt, und schnupperte daran. »Whisky? Schon wieder?«

»Trink.«

Sie wartete, bis ich das Glas geleert hatte. Vor dem Schlafen hatten wir ein paar Whiskysorten getestet und den mit dem unaussprechlichsten Namen zum Sieger erklärt. Warum sie jetzt mit noch mehr ankam, blieb ihr Geheimnis.

»Hinsetzen und vorbeugen. So weit nach vorne, wie es geht.«

Ich hätte mich auch auf den Kopf gestellt, wenn sie es befohlen hätte. Obwohl ich keinen Kopfstand kann. Was sie mit diesen Turnübungen bezweckte, wollte mir allerdings nicht einleuchten. Egal, ich machte brav einen Buckel, drückte den Kopf Richtung Knie und wartete. Signe träufelte etwas Kühles auf die Stelle an meinem

Rücken – plötzlich fühlte ich einen stechenden Schmerz, der mich aufschreien ließ.

»Stopp!«, rief sie. »Nicht bewegen!« Verdammt noch mal, sie quetschte einfach weiter an der Stelle herum. Zum Glück nur kurz. Dann stieß sie einen triumphierenden Laut aus.

Ich drehte mich um. Signe streckte mir ihren Zeigefinger entgegen. Er war blutverschmiert. Und oben auf der Fingerspitze lag ein winziger runder Gegenstand. Wie eine Knopfbatterie, nur viel kleiner. Außerdem ganz flach.

»Nun schau dir das an«, sagte sie.

Ich begriff überhaupt nichts.

»Das hier, Max, war in deinem Rücken. Unter der Haut. Was sagst du jetzt?«

Außer einem Kopfschütteln brachte ich nicht viel zustande. Auf der Decke neben Signe lagen Papiertaschentücher, ein braunes Fläschchen und ein Skalpell. Ich wusste nicht, was verrückter war: dass dieser Gegenstand in mir drin gesteckt oder dass sie mir die Haut aufgeschlitzt hatte.

»Hast du eine Ahnung, was das sein könnte?«, fragte sie. »Und wie es dahinkommt?«

»Nein«, stotterte ich. »Nein … die Sache ist mir völlig schleierhaft. Völlig.«

Sie nickte. Wie sie mich anschaute! Ihre Augen blitzten angriffslustig. Sie nahm eines der Taschentücher, breitete es aus und legte das flache runde Ding darauf. Dann hatte sie schon einen Zipfel des Tuchs in der Hand, um ihren Finger daran abzuwischen, aber das tat sie nicht. Sie steckte den Finger in den Mund und leckte ihn ab. Mit meinem Blut. Als sie fertig war, packte sie meinen Nacken und zog mich nah an sich heran.

»Denk nach«, flüsterte sie. »Denk um Gottes willen nach, Max!«

Verdammt, ich wollte ja! Aber denk mal nach, wenn eine Frau wie Signe vor dir sitzt, mitten in der Nacht, dein Blut auf ihren Lippen. Ich löste mich aus ihrem Griff, stand auf und ging zum Fenster. Die Lichter der Altstadt. Eine schmale Mondsichel über den Dächern. Milde Temperaturen, kein Wind. Trotzdem lief es mir kalt über den Nacken. Ich dachte an den Marionettenspieler, an die Fäden, die mich mit ihm verbanden, an die Haken, die irgendwo in meinen Gliedern eingelassen waren. Wann hatte ich dieses Bild vor Augen gehabt? Heute erst, als ich unten im Gang war. Als ich auf dem Boden saß, an die Mauer gelehnt, und nicht mehr weiter wusste. Bevor Signe mich rettete.

Ich hatte den Haken gefunden.

»Scheiße!«, brüllte ich und ließ eine Faust auf das Fensterbrett fahren.

Zurück zu Signe. Gemeinsam sahen wir uns den Gegenstand an, den sie aus meinem Rücken geholt hatte. Er war extrem flach, nur in der Mitte leicht aufgewölbt, dafür zum Rand hin scharfkantig. Würde man einen Diskus auf Linsengröße schrumpfen lassen, käme ungefähr das hier heraus.

»Ich fasse es nicht«, stöhnte ich. »Es kann einfach nicht wahr sein!«

»Weißt du denn, was das ist?«

»Sag du mir lieber, woher du wusstest, dass da etwas in mir drin steckt.«

»Ich habe es gefühlt. Da war ein Fremdkörper. Und ehrlich gesagt, habe ich mir Sorgen um dich gemacht. Also dachte ich, eine gründliche Untersuchung könnte nicht schaden.«

»Aber wie kam das Ding in mich rein?«

»Gute Frage. An der Stelle war ein kleiner Schnitt, so eine rote Linie. Als wenn dich jemand angeritzt und das Scheibchen reingestopft hätte. Hast du das nicht gemerkt? Keine Erinnerung?«

»Nein!« Mit beiden Händen schlug ich auf die Matratze ein. »Keine Erinnerung, nichts!«

»Und? Was ist das nun?«

»Ein Sender.«

»Was für ein Sender?«

»Ein Transponder, der ein Signal aussendet. Wie sie ihn Tieren ins Ohr klippen, um ihre Bewegungen zu überwachen. Eine andere Erklärung fällt mir nicht ein.«

»Du meinst, du bist überwacht worden? Damit? Jeder Schritt von dir?«

»Jeder. Vorgestern, ich wollte mich eigentlich stellen, taucht plötzlich eine Streife auf. Im hinterletzten Kaff des ganzen Odenwalds! Letzte Nacht war jemand in unserer Wohnung, als ich auch gerade rein bin. Der wusste, wo ich mich rumtrieb. Deswegen.« Ich zeigte auf den blutigen Chip.

»Aber wer? Polizei?«

»Kaum. Das ist illegal. Wenn, dann ein völlig durchgeknallter Supercop. Vielleicht Leute vom Geheimdienst. Vielleicht …« Ich sprang auf. Es hielt mich nicht im Sitzen. »Verdammt, ich weiß es nicht! Ich weiß nur, dass da jemand über all meine Bewegungen informiert ist. Jetzt auch.«

Signe starrte mich an. »Du meinst, jetzt … in diesem Moment … sitzt einer vor seinem Bildschirm und empfängt ein Signal aus meiner Wohnung? Aus dieser Straße?«

»Das vielleicht nicht. Ich meine, wir haben ein oder zwei Uhr, da wird doch keiner …«

»Max!«, unterbrach sie mich flüsternd. »Das ist eine scheiß Vorstellung. Lass uns das Ding kaputtmachen. Sofort!«

»Ja – nein. Warte!« Ich setzte mich wieder neben sie auf die Bettdecke, strich ihr übers Haar. »Wenn wir den Sender zerstören, wissen die, dass wir ihn entdeckt haben.«

»Na und? Sollen sie doch!«

»Vielleicht können wir Kapital daraus schlagen, dass wir die Entdeckung geheim halten.«

»Wie denn?«

»Indem wir diese Typen auf eine falsche Fährte locken. Oder indem wir sie entlarven. Ich könnte den Sender an irgendeinem verrückten Ort deponieren, den sie früher oder später aufsuchen. Wenn ich mich in der Nähe versteckt halte, erfahre ich vielleicht, wer dahintersteckt.«

»Und wo soll das sein? Was für ein Ort?«

»Keine Ahnung. Das überlege ich mir noch.«

»Max, ich will das Ding nicht in meiner Wohnung haben. Keine Minute mehr. Bring es fort, irgendwohin, mir ist alles egal. Wenn du das nicht tust, haue ich es kaputt.« Ihre Hand krallte sich in meinen Arm.

»Okay, ich verstehe das. Trotzdem sollten wir nichts überstürzen. Wenn ich den Sender unter der Alten Brücke ablege, kriegen die sofort raus, dass ich nicht dort bin. Dann können wir ihn auch zerstören. Wenn ich ihn in irgendeiner Wohnung deponiere, bringen wir die Menschen dort in Gefahr.« Ich nahm ihre Hand und schmiegte meine Backe hinein. »Es sollte ein öffentlicher Ort sein, der aber nicht jedem zugänglich ist. Ein Zimmer im Rathaus zum Beispiel. Wobei ich mir nicht ausmalen will, was sie denken, wenn sie …«

»Eine Kirche?«

»Da können sie jederzeit rein.«

»Peter ist im Ältestenrat der Heiliggeistkirche. Er hat einen Schlüssel zur Sakristei.«

Ich überlegte. Was bedeutete es für meine Überwacher, wenn die Signale plötzlich aus der Sakristei kämen? Sie würden vermuten, dass ich Asyl beim Pfarrer gefunden hatte. Oder eingebrochen war. Und: Sie würden das nicht ohne Aufsehen überprüfen können. »Kirche ist gut. Dann bringe ich den Sender jetzt rüber. Hast du vielleicht ein Kästchen oder eine kleine Dose für das Ding?«

»Und wenn sie dich dabei beobachten?«

»Unwahrscheinlich, so mitten in der Nacht. Aber du hast recht, ich werde vorsichtig sein.«

Signe eilte hinaus. Bis sie zurück war, überdachte ich den Plan noch einmal. Die Idee mit der Sakristei war perfekt. Sie brachte uns mindestens einen Tag Zeitgewinn. Natürlich hätte ich den Sender auch in einem Fernzug deponieren können, Eurocity nach Zürich oder so, das hätte für maximale Verwirrung gesorgt. Aber dann hatten wir keinen Zugriff mehr auf das Teil. Also die Heiliggeistkirche.

»Was zum Anziehen habe ich dir auch mitgebracht«, sagte Signe und warf ein paar Kleider aufs Bett. Als ich zögerte, blitzte sie mich an. »Was ist? Mit der Frau eines anderen ins Bett gehen kannst du, aber seine Sachen ausleihen nicht?«

Schweigend begann ich mich anzuziehen. Eine schlabbrige Unterhose, eine Short, ein viel zu breites Hemd. Währenddessen steckte Signe den Transponder in einen Frischhaltebeutel und stopfte beides in eine Filmdose.

»Zu dicht sollten wir das Ding nicht einwickeln«, meinte sie. »Sonst dringt das Signal nicht mehr durch.«

Ich zog eine Grimasse. »Ach, weißt du, wenn es durch Haut geht …«

»Wo versteckst du die Dose?«

»Entscheide ich vor Ort. Kannst du dich ans Fenster stellen und kontrollieren, ob jemand auf der Straße ist?«

Peters Slipper passten mir erstaunlicherweise. Entweder hatte er Ballettfüßchen oder ich Riesenquanten.

»Alles ruhig draußen«, sagte Signe.

»Dann gehe ich jetzt. In zehn Minuten bin ich zurück.«

Bevor ich die Tür erreicht hatte, war Signe bei mir. Mit beiden Händen packte sie meinen Kopf und drückte mir einen Kuss auf die Lippen.

KAPITEL 31

In der Hasengasse herrschte tiefe Stille. Es war eine Sommernacht wie aus dem Bilderbuch, der Himmel voller Sterne, die Luft würzig. Fast hätte man sich alleine fühlen können. Leider nur fast. Der Inhalt einer Filmdose sprach dagegen.

Verstohlen blickte ich mich um, während ich Richtung Hauptstraße ging. Auf halber Strecke bog ich rechts ab in eine noch engere Gasse. Nach wenigen Metern ließ ich das Döschen fallen. Es rollte vor eine Haustür, wo es zum

Liegen kam. Ich ging weiter, bis ans Ende der Gasse, bog wieder ab und blieb stehen.

Dann wartete ich. Eine Minute, noch eine. Es war absolut nichts zu hören. Ein Auto unten am Neckarufer, Stimmen vom Marktplatz her – aber kein Laut aus der Gasse. Vorsichtig linste ich um die Ecke. Nichts. Weitere Minuten verstrichen. Immer wieder wagte ich einen Blick. Alles blieb ruhig. Wenn sie mich in dieser Nacht, in diesem Moment beschatteten, dann mussten sie irgendwann kontrollieren, warum das Signal aus einer menschenleeren Altstadtgasse kam.

Aber da war niemand.

Ich beschloss, auf Nummer sicher zu gehen, und lief einmal um den Block herum: hoch zur Hauptstraße, links ab bis zur Einbiegung Hasengasse, ein Blick um die Ecke. Wieder nichts. Die Luft war rein. Ich sammelte das Döschen auf und lief weiter zum Marktplatz. Dort hatte noch eine Kneipe geöffnet, aber viel Betrieb war nicht mehr. Einzelne Nachtschwärmer zogen umher, die Heiliggeistkirche ragte stumm und dunkel in den Himmel. Ich wartete einen ruhigen Moment ab, dann zückte ich den Schlüsselbund, den Signe mir gegeben hatte, und öffnete die Seitentür der Kirche. Als ich sie hinter mir schloss, versank ich regelrecht in einem Meer aus Finsternis und Stille. Bei den Katholiken brannte doch wenigstens ein Ewiges Licht, oder? Ein Schauer lief mir über den Rücken. Aber der hatte auch etwas mit meiner Kindheit zu tun, diesem verworfenen Dasein als Pfarrerssohn, der sich im Schatten von Verständnis und Güte nicht anders zu helfen gewusst hatte, als nachts gegen den Altar zu pinkeln. Zu dritt waren wir gewesen, drei besoffene Halbstarke, und die beiden anderen konnten so viel kichern und tönen, wie sie wollten, die bleierne Stille des Gotteshauses lastete schwer auf meinem Gewissen.

Es war eine viel kleinere Kirche gewesen, die Kirche meines Vaters, drüben in der Pfalz. Aber das Schweigen war dasselbe. Die Schwärze vieler Nischen und Buchten, in denen 1000 Augen lauerten. Der Geruch nach Sandstein und Holz. Der unausgesprochene Vorwurf, der aus den Mauern dampfte.

»Sorry«, sagte ich zu dem Mann am Kreuz, als ich an ihm vorbeiging. Das hatte ich damals auch gesagt, während ich den Hosenlatz schloss. Ich glaube, der Mann hatte es mir nicht übel genommen. Er war auf meiner Seite.

Hätte er mich sonst unbehelligt gelassen? Bis heute?

Die Sakristei war ein eher kleiner Raum mit wenigen Möbeln. Ich versteckte die Filmdose in einer Schrankschublade hinter irgendwelchen Tüchern, ganz tief drin. Man musste die Schublade schon komplett aufziehen, um den fremden Gegenstand zu entdecken. Dann schloss ich die Sakristei wieder ab und verließ die Kirche.

Signe erwartete mich schweigend.

»Alles gut. Die Idee mit der Sakristei war Gold wert.«

»Dir ist niemand gefolgt?«

»Garantiert nicht. Trinkst du noch einen Whisky mit?«

»Glaubst du, ich könnte jetzt schlafen?«

Auf der Whiskyflasche stand AnCnoc, aber Signe behauptete, der Name werde ›Anock‹ ausgesprochen. Wie auch immer, das Zeug schmeckte fantastisch, obwohl dieser AnCnoc zu den eher milderen Whiskys gehörte, und in dieser Situation gab es ohnehin nichts Besseres. Auf dem Bett sitzend stießen wir an. Das Operationsbesteck war weggeräumt. Signe wischte mir das Blut vom Rücken – das Hemd ihres Mannes hatte ein paar Tropfen abbekommen, auch das noch –, und ich war froh, die viel zu großen Sachen wieder loszuwerden. Wenigstens bis zum nächsten Morgen.

»Ich habe nachgedacht, während du fort warst«, sagte sie.

»Ich auch.«

»Und zwar habe ich mich gefragt, was der Grund sein könnte, warum du überwacht wirst.«

»Dann haben wir das Gleiche gedacht.«

Über das Glas hinweg sah sie mich an. »Deine Antwort?«

»Zuerst du.«

»Nun, entweder hat dir jemand eine Art elektronische Fußfessel verpasst, weil du ein Mordverdächtiger bist. Warum er das tun sollte, kann ich mir zwar nicht vorstellen, aber was weiß ich, wie Verfassungsschützer und andere Geheimorganisationen funktionieren.«

»Oder?«

»Oder Schmiders Mörder steckt dahinter. Er hat dafür gesorgt, dass die Polizei dich für den Täter hält, und nun will er über deine Schritte informiert sein.«

Schweigend nahm ich einen Schluck Whisky.

»Korrekt?«, fragte sie.

»Korrekt.« Ich stellte mein Glas beiseite und legte mich auf den Rücken. Während ich zur Decke starrte, sprach ich weiter. »Jemand überwacht mich. Eine Einzelperson oder eine Gruppe, eine Organisation. Dieser Jemand hat irgendwie mit dem Mord an Schmider zu tun. Er ist Täter oder Ermittler oder Betroffener … wenn Ermittler, dann im Hintergrund, möglicherweise nicht einmal offiziell. Wenn Betroffener, dann vielleicht Initiator der Tat. Anstifter.« Ich wandte den Kopf und sah Signe an. »Ja, vielleicht hat er mich angestiftet. Hat mich als Mittel zum Zweck missbraucht.«

»Unsinn. Du warst doch stockbesoffen an dem Tag, nicht wahr? Du hast Schmider nicht ermordet, Max.«

»Meine DNA war am Tatort.«

»Das kann man manipulieren.«

»Und wie?«

»Keine Ahnung. Mein Gebiet sind Sprachen, nicht Aminosäuren.«

Ich richtete den Blick wieder zur Decke. »Er manipuliert mich. Auf welche Art auch immer. Und er tut es weiterhin: indem er mich überwacht. Um zu verhindern, dass ich mich ins Ausland absetze. Nein, vielleicht will er ja gerade, dass ich mich absetze. Das wäre ein Schuldeingeständnis.«

»Den Gefallen hast du ihm getan«, seufzte sie.

»Bist du auch der Meinung, dass ich mich stellen soll? Verdammt, Signe, ich ziehe das jetzt durch. Solange ich mich auf zwei Beinen halten kann.« Ich setzte mich auf. »Und solange du mich nicht rausschmeißt. Ich meine, ich komme gegen jede Abmachung hierher, bringe dein Leben durcheinander … Wenn ich gehen soll, musst du es nur sagen. Kein Problem.«

»Du hast mein Leben nicht durcheinandergebracht, Max.«

»Echt nicht?«

»Nein.«

Ich blickte sie an. In der Nacht trug sie ihr Haar offen, strubbelig hing es um ihren Kopf. Sie hatte diese senkrechte Furche am Kinn, fast schon eine Kerbe, wie man sie bei Frauen selten sah. Schmale, helle Augenbrauen.

»Signe?«

»Ja?«

»Wenn du nicht verheiratest wärst … und wenn ich es auch nicht wäre …« Ich wich ihrem Blick aus. »Meinst du, wir beide, also da hätte was draus werden können?«

»Red keinen Quatsch!«, fauchte sie.

»Warum nicht? Man wird doch mal fragen dürfen.«

»Wir sind aber verheiratet, beide. Und wir hatten vereinbart, uns nicht mehr zu sehen. Das hier ist eine Ausnahme. Eine Riesenausnahme, mit der niemand von uns hatte rechnen können. Ich helfe dir, Max, ich helfe dir sogar gerne, aber zerbrich dir ansonsten nicht den Kopf.«

Ich schluckte. Es gibt Dinge, die sind nicht zu verstehen. Es liegt nicht an dir oder an mir, sondern an den Dingen selbst. Sie enthalten den Widerspruch in sich. Signe diese Sätze sprechen zu hören, während sie das Gegenteil tat, war im Höchstmaß irritierend. Nein sagen, aber das Ja leben. Wasser predigen und Wein trinken – so hätte es mein Vater formuliert.

»Okay, okay«, sagte ich. »Du hast ja recht. Sorry für mein albernes Geschwätz. Muss am Whisky liegen. Wo waren wir?«

»Bei dem Ding in deinem Rücken. Wer's getan hat. Wann, warum und wie.«

»Genau. Ich wollte dich nämlich was fragen.« Ich schloss die Augen. »Warte, gleich hab ich's.« Während ich nachdachte, machten ihre Finger wieder Dinge, die sie nicht tun sollten. Zerbrich dir nicht den Kopf, Max! Tat ich aber. Dazu hat der Mensch doch seinen Kopf: damit er ihn sich zerbricht. »Pass auf, das war's: unser Treffen in der Steubenstraße.«

»Fängst du wieder damit an?«

»Du kannst dich also nicht daran erinnern, mir eine entsprechende SMS geschrieben zu haben?«

»Was für eine SMS?«

»Vor etwa zwei Wochen bekam ich eine Nachricht, abgeschickt von deinem Handy: Ich solle nachmittags in ein Café in der Steubenstraße kommen. Du müsstest mit mir sprechen.«

»So ein Blödsinn! Wir hatten doch Funkstille vereinbart.«

»Das hat mich ja auch gewundert. Trotzdem bin ich natürlich hin.«

»Und?«

»Na, du warst nicht da.«

»Ach nein.«

»Ich hab dann zwei oder drei Mal versucht, dich anzurufen, obwohl ich kein gutes Gefühl dabei hatte. Aber du hast nicht abgenommen. So, und jetzt kommt's: Dieses verpasste Treffen war genau zwei Tage vor dem Mord, der Tatort liegt vielleicht 100 Meter entfernt, und weil mich eine Überwachungskamera filmte, als ich dort war, konnten mir die Bullen einen Strick draus drehen. Als ich sagte, ich sei nie bei Schmider gewesen, hielten die mir die Aufnahme vor die Nase.«

Signe starrte mich an. »Du meinst, das Ganze war ein Trick? Jemand hätte dich mit Absicht in dieses Café gelotst?«

»Wenn du die SMS nicht geschrieben hast?«

»Das konnte ich nicht. Ich habe mein Handy vor ein paar Wochen verloren.«

»Verloren?« Jetzt war ich es, der überrascht schaute.

»Oder es wurde mir geklaut. Darüber habe ich noch gar nicht nachgedacht. Aber jetzt sieht die Sache natürlich anders aus.«

»Du hast dein Handy nicht mehr? Deshalb gingst du nicht ran, als ich anrief!«

»Ich wäre auch so nicht rangegangen, wenn ich deinen Namen gesehen hätte.«

»Na, wenigstens hattest du ihn eingespeichert«, knurrte ich. »Ist ja auch egal. Wichtig ist nur eins: Da hat jemand dein Handy benutzt, um mich in die Nähe des Tatorts zu lotsen. Während ich überhaupt nicht auf den Gedanken kam, dass ein anderer als du dahinterstecken könnte, war es für die Polizei ein weiteres Indiz, dass ich der Täter sein musste.«

»Das heißt aber auch, dass der Unbekannte über uns Bescheid wusste. Max, wie kann das sein? Wir haben uns jetzt seit zwei oder drei Monaten nicht gesehen!«

Ich seufzte. »Seit zwei Monaten, zwei Wochen und einem Tag.«

»Hör mir zu, verdammt! Da muss uns jemand über Wochen beobachtet haben.«

»Es reicht, wenn er einmal in einer Kneipe neben uns saß.«

»Wir hätten vorsichtiger sein sollen.«

»Noch vorsichtiger? Du schneidest mir den Rücken auf und sagst solche Sachen?«

Sie schüttelte den Kopf. »Das eine hat mit dem anderen nichts zu tun. Macht dir der Gedanke, so überwacht worden zu sein, keine Angst?«

»Doch, macht er. Genauso wie mir der Gedanke, weiterhin überwacht zu werden, Angst macht. Oder die Vorstellung, dass jemand etwas unter meiner Haut versteckt hat. Oder der Zustand, von der Polizei gejagt zu werden. All das macht mir Angst. Aber weißt du, was das Schlimmste ist, Signe? Sich selbst für einen Mörder zu halten. Dagegen ist diese ganze Überwachungsgeschichte ein Klacks.«

Sie schwieg. Strich sich mit einer Hand eine Strähne hinters Ohr. Dann sagte sie: »Und? Hältst du dich immer noch für Schmiders Mörder?«

Ich zuckte die Achseln. »Gerade wachsen die Zweifel. Und zwar sekündlich.«

»Was machen wir jetzt?«

Sie hatte ›wir‹ gesagt. Die Frage hätte ja auch lauten können: ›Was machst du jetzt? Was wirst du tun, Max?‹ Aber nein, sie hatte die Mehrzahl gewählt, hatte von uns gesprochen. Damit war die Frage im Grunde beantwortet. Es spielte nämlich keine Rolle, was ich als Nächstes tat, jedenfalls keine große. Wichtig war nur, dass Signe dabei war. In welcher Form auch immer.

»Ich habe da schon eine Idee«, sagte ich.

KAPITEL 32

»Also, das darf ich jetzt eigentlich nicht«, sagte Dr. Pietsch und schloss hastig die Tür. Hinter seiner rechteckigen Brille flackerten die Äuglein. Auf seiner Stirn stand Schweiß.

»Klar. Weiß ich doch.«

»Ich finde das komisch, immer wenn Sie etwas von mir wollen, ist es illegal.« Zwei Mal drehte er den Schlüssel im Schloss. »Oder wenigstens am Rande der Legalität.«

»Wir waren schon mal beim Du, Helmut.«

»Echt?«

»Max.« Ich streckte ihm eine Hand hin, die er reflexartig schüttelte. »Sieh es doch so: Die Gesetzesübertretung wird durch eine zweite halblegale Handlung nicht größer.«

»Nein?«

»Einmal illegal, immer illegal.«

»Und was gibt halblegal plus halblegal?«

»Ganzlegal?«

Er grinste säuerlich. »Wenn mich Marc nicht auf Knien gebeten hätte …«

»Einen alten Schulfreund darf man nicht enttäuschen. Ihr habt euch mal um die gleiche Frau gestritten, stimmt's? Ich erinnere mich an eine Rothaarige, die du bei unserem letzten Treffen erwähnt hast.«

»Glaube ich nicht. Pass auf, Max, es wäre mir lieb, wenn wir unser Gespräch so kurz wie möglich halten könnten. Gleich ist Visite, und der Chef macht mich zur Schnecke, wenn ich nicht pünktlich bin.«

»Ich bin gleich wieder weg. Brauche nur eine Information. Darf ich?«

Pietsch nickte. Ich nahm auf einem Besucherstuhl Platz, er hinter seinem Schreibtisch. Um seine Mundwinkel zuckte es, während er mich musterte. Zwei Mal setzte er zu einer Frage an, verkniff sie sich aber. Endlich brach es aus ihm heraus: »Das hier … also, das ist doch nicht echt, oder?« Er zeigte auf mein Haupt. »Ich meine, letztes Mal hattest du ganz andere Haare.«

Ich grinste. »Gut, was? Kastanienbraun steht mir, finde ich.«

»Ja«, sagte er, doch es klang wie das Gegenteil. Achtlos griff er nach einem gefalteten Schreiben, um es glattzustreichen, immer wieder. Als er fertig war, pustete er darüber und legte es mit spitzen Fingern beiseite. »Zur Fahndung ausgeschrieben«, murmelte er. »Also, wir waren früher ja auch … aber das haben wir nie …«

Geschafft, ergänzte ich im Stillen. Ja, so war er, dieser Dr. Pietsch. Vordergründig ein Papierglattstreicher und Staubfortpuster. Beim geringsten Anlass Schweiß auf der Stirn. Stramm konservatives Elternhaus. Aber sonst! Schon in der Schule hatte er Knallfrösche ins Lehrerzimmer geworfen. Aufmüpfig an der Uni, rotzfrech zu den Dozenten. Trotzdem ein Einserabschluss; Helmut wusste genau, wann er sich zusammenreißen musste. Im Arztkittel spielte er den Verfassungstreuen. Dahinter aber lauerten noch immer die Szenarien von früher.

Knallfrösche bei der Visite? Warum nicht!

Ein Klopfen an der Tür ließ uns zusammenfahren.

»Ja?«, quiekte Dr. Pietsch und schnellte aus seinem Stuhl hoch. »Nein, Moment! Ich kann gerade nicht. Jetzt nicht!«

»Mach auf, Helmut! Ich bin's, Marc.«

Der Arzt grunzte vor Erleichterung. Umrundete seinen Schreibtisch, fast ohne anzustoßen, schloss die Tür auf und ließ Covet eintreten. Verstohlener Blick nach draußen, Tür wieder zu, abschließen.

»Wie siehst du denn aus?«, belferte Marc. Dann stürzte er auf mich zu und umarmte mich. Drückte mir schier die Luft ab, der Kerl! Als ich endlich wieder frei atmen konnte, nebelte mich sein After Shave ein und was er sonst noch über und in sich goss.

»Ich find's cool«, sagte ich. »Die beste Perücke, die ich jemals getragen habe.«

»Sie hat genau meine Haarfarbe. Aber exakt! Ich hoffe, du willst damit nicht ausdrücken, dass ich …«

»Was?«

»Weiß auch nicht.« Er zog sich einen Stuhl heran, setzte sich und gab mir einen Klaps. »He, ich bin froh, dass es dir gut geht.«

»Findest du?« Der Aufenthalt bei Signe schien Wunder gewirkt zu haben. Eben noch Landstreicher mit verbeulter Backe, jetzt ein Typ, dem man ansah, dass es ihm gut ging. Aber wer wusste schon, mit welcher Erwartung Marc zu diesem Treffen gekommen war.

»Wunderbar, diese Wiedersehensfreude«, flötete Dr. Pietsch. »Trotzdem sollten wir zur Sache kommen, bevor uns mein Chef persönlich seine Aufwartung macht.«

»Hosenschisser«, winkte Covet ab. »Sag mir vorher, wo du untergeschlüpft bist, Max. Wie man dich erreichen kann.«

»Gar nicht. Ich melde mich bei dir.«

»Aber du kannst doch nicht …«

»Doch, kann ich. Ich habe es der Person versprochen. Keine Diskussion.«

»Sturkopf!«

»Hosenschisser an Sturkopf«, meldete sich Pietsch. »Sie hatten eine Frage an mich – beziehungsweise du, sorry.«

»Ja.« Ich rückte meine Perücke zurecht. Hinter dem linken Ohr kitzelte sie ein bisschen. »Die Sache ist folgende: Ich bin mittlerweile davon überzeugt, dass jemand die Indizien im Mordfall Schmider manipuliert hat. Und zwar so, dass nur einer als Täter infrage kommt, nämlich ich. Die Kontaktaufnahme mit dem Opfer, die Fingerabdrücke an der Tatwaffe, die DNA am Tatort: Alles deutet auf mich. Wie man meine Fingerabdrücke an einen Messergriff bekommt, kann ich mir ausmalen. Aber wie ist es mit den DNA-Spuren? Wie kann es sein, dass sie Speichel von mir in Schmiders Wohnung gefunden haben? Haare, okay. Hautschuppen, meinetwegen. Aber Speichel? Kannst du mir das erklären, Helmut?«

Dr. Pietsch zuckte zusammen. Oder nein, das wäre zu stark formuliert; lediglich seine Brauen schnellten nach oben. Auf seinem Gesicht stritten Nervosität und Stolz um die Vorherrschaft. »Nun«, begann er, »wenn du mich so fragst, Max …« Dazu strich er sich langsam über sein vorstehendes Kinn.

»Wie soll das gehen, all diese Indizien zu manipulieren?«, mischte sich Covet ein. »Stell dir den Aufwand vor! Wer soll dazu in der Lage sein?«

»Das weiß ich noch nicht«, sagte ich. »Lass uns erst einmal hören, ob es technisch machbar ist. So ein DNA-Nachweis gilt ja als todsichere Sache.«

»Schon, aber …« Dr. Pietschs Hand löste sich vom Kinn. »Todsicher, naja. Nur theoretisch.« Sein Kopf wackelte hin und her.

»Und? Was heißt das?«

Er stand auf und begann, durch das Zimmer zu wandern. Zur Tür und wieder zurück, um den Schreibtisch herum – so ungefähr. »Du sagst, sie haben Haare, Hautschuppen und Speicheltropfen von dir am Tatort gefunden?«

»Ja.«

»Wo genau?«

»Keine Ahnung. Direkt an der Leiche vermutlich. Dort, wo sie immer suchen: an Türklinken, Lichtschaltern und anderen Gegenständen.«

»Verstehe. Die Kriminaltechnik sammelt in solchen Fällen alles, was sie an Humanmaterial finden kann, und die Methoden werden immer ausgefeilter. Wenn sie wollen, entgeht denen keine Hautschuppe. Diese eine genügt ja auch. Im Labor wird anschließend die vorhandene DNA vermehrt, und zwar durch eine Polymerase-Kettenreaktion, dann trennt man sie der Größe nach auf, um zu den charakteristischen Mustern zu kommen.« Pietschs Äuglein funkelten. »Jede DNA ist einzigartig. Gegen so einen eleganten Nachweis ist die Sache mit den Fingerabdrücken klobiges Handwerk.«

»Wissen wir, Helmut. Komm zur Sache!«, moserte Covet.

Ich warf ihm einen skeptischen Blick zu. »Wissen wir das? Ich nicht.«

»Wenn du mich nun fragst«, fuhr Dr. Pietsch fort, »wie eine dritte Person deine DNA an den Tatort bringen könnte, lautet meine Antwort: nichts leichter als das. Sie rasiert dir ein paar Haare ab. Sie schabt ein bisschen an deiner Haut herum, das merkst du gar nicht. Beides in ein steriles Plastiksäckchen – fertig. Das reicht für ein halbes Dutzend Tatorte.« Er blieb hinter dem Schreibtisch stehen und rieb sich die Hände. »Die Sache mit den Tröpfchen scheint auf den ersten Blick komplizierter, ist es aber nicht. Man nehme ein Wattestäbchen, fahre damit durch deinen Mund und stecke es in eine Sprühdose. Wasser drauf, gut schütteln, und schon kann ich den kompletten Tatort mit deiner DNA einsprühen. Beziehungsweise die relevanten Stellen, man will ja nicht übertreiben. Noch ergiebiger ist ein benutztes Taschentuch. Ein Kleidungsstück von dir, das Mundstück einer Zigarette, der Bleistift, auf dem du herumkaust.«

»Dann müsste dir dieser Mensch aber verdammt nahegekommen sein«, meinte Covet.

Ich dachte an meinen Rücken. »Ist er, Marc. Ist er.«

Der Arzt setzte seine Wanderung fort. Stress wegen der Visite? Kuschen vor dem Chefarzt? Nichts mehr davon war zu spüren. Abenteuerlust sprach aus seiner Miene. »Es gibt natürlich ein Problem für den Manipulator, und das ist das Problem der Kontamination. Er muss Handschuhe tragen, mindestens. Besser noch einen Mundschutz. Dann braucht er steriles Material, zum Beispiel eine Pinzette. Und wenn ich mir vorstelle, wie er den Tatort mit deiner DNA präpariert, während er bei jedem Schritt durch das Zimmer selbst Hautschuppen verliert … So einfach ist es dann doch wieder nicht.«

»Denk an das Phantom von Heilbronn«, sagte Marc.

»Genau. Die Verpackerin, deren DNA an sämtlichen Wattestäbchen klebte. Das genetische Material der armen Frau fand den Weg an jeden Tatort, der mit Hilfe dieser Stäbchen untersucht wurde. Nur weil in ihrer Firma bestimmte Vorschriften nicht eingehalten wurden. So war es doch, Marc, oder?«

»Seitdem sind Polizei und Staatsanwaltschaft dringend angehalten, sich nicht zu sehr auf DNA-Nachweise zu verlassen. Was sie in deinem Fall aber offensichtlich tun.«

»Bei mir kommen ja noch andere Indizien hinzu«, sagte ich. »Aber müsste man nicht auch die DNA des wahren Täters in Schmiders Wohnung finden? Er hat ja nicht nur den Mord begangen, sondern zusätzlich noch falsche Spuren gelegt. Also war er längere Zeit vor Ort.«

Pietsch wiegte den Kopf. »Nicht, wenn er sehr vorsichtig war. Er könnte Schutzkleidung getragen haben. Einen Ganzkörperanzug, wie er bei der KTU vorgeschrieben ist.«

Ich starrte ihn an. Einen Ganzkörperanzug, natürlich! Wurstpelle in Weiß, Kapuze inklusive. In dem man aussah wie ein Gespenst.

»Helmut«, krächzte ich. »Weißt du, was du da eben gesagt hast? Ich könnte dich knutschen!«

Er verzog das Gesicht. »Bitte nicht. Meine Frau merkt sofort, wenn ich Körperkontakt mit Fremden hatte. Dafür braucht die nicht mal einen DNA-Nachweis.«

»Dann knutsch mit ihr. In meinem Namen, bitte.« Ich wandte mich an Covet. »Du musst etwas für mich erledigen. In Schmiders Nachbarschaft ein Mädchen befragen, ich erkläre es dir später. Helmut, du bist ein Genie. Mir wird immer klarer, auf welche Weise ich gelinkt worden bin.«

»Auch wer es getan hat?«, wollte Marc wissen.

»Noch nicht. Ehrlich gesagt, tappe ich da völlig im Dunkeln. Mir fällt niemand …«

Ich brach ab. Wieder klopfte es an der Tür. Dr. Pietsch schaute alarmiert.

»Hallo, Dr. Pietsch?«, hörten wir eine Frauenstimme rufen. »Haben Sie die Visite vergessen?«

»Nein, ich komme!«, antwortete der Arzt mit schriller Stimme. »Ich komme ja. Gehen Sie schon mal vor!« Er begann mit den Armen zu fuchteln. »Los, raus mit euch beiden«, zischte er. »Aber ein bisschen dalli!« Er trieb uns zur Tür, klaubte irgendwelche Akten zusammen, drängte uns wieder weg, schloss auf und lugte hinaus. Auf seiner Stirn glänzte der Schweiß. Aber seine Augen leuchteten vor Glück.

»Danke, Helmut«, sagte ich.

»Jaja, quatsch keine Arien. Jetzt macht euch vom Acker und informiert mich, was aus der Geschichte geworden ist. Bevor es in der Zeitung steht, bitte.«

Damit schob er uns hinaus.

KAPITEL 33

Die kastanienbraune Perücke, die mir Signe bei ihrem Altstadtfriseur besorgt hatte, machte sich nicht nur auf den Klinikfluren gut, sondern ebenso in der Heiliggeistkirche. Da vor allem, denn die Alternative zum Kunsthaar wäre ein Hut gewesen, und dass man in Kirchen keine Hüte trug, wusste ich noch von früher.

Ich saß also in einer der Kirchenbänke und wartete. Meine Verkleidung bestand aus der Perücke, einer Sonnenbrille und den Sachen von Signes Mann. Eigentlich seltsam, dass sich Covet nur an meiner Kopfbedeckung gestoßen hatte. Passten Peters Klamotten vielleicht besser zu mir? Das wollte ich nicht hoffen. In hellen Erdtönen umschlabberte es meinen Körper, lauter edle Stöffchen vom Hemdkragen bis zur Bundfalte. Was der Herr Professor halt so trug im Hellas-Urlaub. Beim Anprobieren hatte Signe gemeint, ich solle mich nicht so anstellen, schließlich könne ich ja schlecht nackt herumlaufen. Dann müsse ich die Sachen halt als Verkleidung akzeptieren.

Ein Kostümfest, einverstanden. Fasching im Hochsommer. Mir war alles recht, was mir half, Licht in diese immer noch dunkle Angelegenheit zu bringen.

Im weiten Kirchenschiff verloren sich nur wenige Menschen. Immer wieder schauten Touristen vorbei, flanierten langsam durch den Raum, lasen Prospekte, unterhielten sich flüsternd. Einmal machte sich ein Kirchendiener, oder wie man das Personal nennt, vorne am Altar zu schaffen. Mich beachtete er nicht. Ich sah einen Mann mit Orgelnoten in der Hand und einen, der etwas in ein Notizbuch schrieb, während er umherwandelte. Zur Sakristei ging niemand.

Wann würde den Leuten, die mich überwachten, auffallen, dass etwas mit dem Sender nicht stimmte? Wie lange dauerte es, bis sie reagierten? In Oberhof hatten sie die Polizei auf meine Spur gesetzt. Als ich nachts meine Wohnung aufsuchte, waren sie schon da. Warum? Weil das kritische Situationen waren? Punkte, an denen sie die Kontrolle bewahren wollten? Oberhof zum Beispiel lag ein gutes Stück von Heidelberg entfernt. Aber Eberbach war deutlich weiter weg. Und meine Wohnung? Was hätte ich dort groß anstellen können? Telefonieren natürlich. Das Internet nutzen. Außerdem hätte ich mich liebend gern mit Bargeld eingedeckt. Aber das wussten sie ja nicht. Sie hatten keine Ahnung, dass ich überfallen und ausgeraubt worden war.

Oder?

An diesem Punkt kam ich nicht weiter. Irgendwann würden sie die Sakristei aufsuchen, würden wissen wollen, warum sich das Signal nicht mehr fortbewegte. Es konnte heute sein oder morgen oder noch später. Ich brauchte Geduld.

Wenigstens wusste ich nun, wie ich zum Hauptverdächtigen im Fall Schmider geworden war. Ich kannte noch nicht alle Details, aber viele. Der Täter – der Einfachheit halber ging ich von einer Einzelperson aus – hatte alles von langer Hand geplant. Er musste Signe und mich bei einem unserer seltenen Treffen beobachtet haben. Bei unserem letzten hatte er Signes Handy geklaut, um mich damit in die Steubenstraße zu lotsen. In ein Café, dessen Besucher von einer Überwachungskamera erfasst wurden. Dann der

Tatabend. Max Koller ist besoffen. Sturzbesoffen sogar, ein ideales Opfer. Auf dem Weg vom ›Englischen Jäger‹ nach Hause, wahrscheinlich erst auf den letzten Metern, werde ich überwältigt; dass ich mich später nicht mehr daran erinnern kann, liegt am Alkohol. Vielleicht hat der Täter auch nachgeholfen, mit K.o.-Tropfen oder so was. Er nimmt die Schlüssel aus meiner Hosentasche, schleppt mich in mein Büro, legt mich aufs Feldbett. Dann geht es los mit der Operation. Er stopft mir den Sender unter die Haut, sammelt reichlich DNA von mir ein und drückt mir ein Messer in die Hand. Dann packt er seine Siebensachen und verschwindet. Nein, falsch! Erst wählt er Schmiders Nummer – mit meinem Handy. Vielleicht spricht er mit ihm, vielleicht auch nicht. Hauptsache, es kommt ein kurzer Kontakt zustande. Dabei trägt er natürlich Handschuhe, Mundschutz und alles, was dazugehört. Jetzt erst fährt er zu Schmider. Unter irgendeinem Vorwand gelingt es ihm, sich Zutritt zu dessen Haus zu verschaffen. Er ersticht ihn, legt spätestens dann seine weiße Schutzkleidung an – das Gespensterkostüm, genau! – und verteilt meine DNA in der Wohnung. Verstreut meine Haare, meine Hautschuppen, sprüht, was das Zeug hält. War's das? Fast. Nun muss er nur noch die Tatwaffe in irgendeinem Mülleimer deponieren. Nicht zu nahe am Haus natürlich, es soll ja realistisch wirken.

Dieses Arschloch!

Aber warum das Ganze? Warum ich? Was rechtfertigte diese minutiöse Vorbereitung? Schmider, so viel stand fest, war bloß ein Zufallsopfer – nein, nicht ganz. Er wurde zum Opfer, weil man mir ein wunderbares Motiv unterschieben konnte: Eifersucht. Zumindest für die Öffentlichkeit war das ein wunderbares Motiv, die Öffentlichkeit war nämlich blöd. Die wusste nicht, dass ich keine Eifersucht kannte.

Okay, schlechtes Thema.

Lassen wir die Frage, ob es in Max Kollers Gefühlshaushalt einen laufenden Posten namens Eifersucht gab oder nicht, einmal beiseite. Es änderte nichts an der Tatsache, dass ich aus Sicht der ermittelnden Personen der ideale Täter war. Die hätten mich auch ohne Indizien ins Visier genommen. Ich war der Mörder, Schmider das Opfer. Aber warum, in Herrgotts Namen, wollten der oder die wahren Täter unbedingt mich hineinreiten? Die hatten mich ja nicht aus Spaß ausgesucht! Nicht bei dem Aufwand. Ging es um Rache? War ich jemandem auf den Schlips getreten?

Klar war ich das. Einer ganzen Menge Leute sogar. Aber wem so stark, dass er einen Mord beging? Dass er ihn über Wochen vorbereitete?

Oder war es gerade anders herum? Was, wenn es doch um Schmider ginge? Angenommen, er und nur er sollte das Opfer sein – und bei der Suche nach einem Deppen, dem man den Mord in die Schuhe schieben konnte, kam ich dahergestolpert. Der gehörnte Ehemann.

»Exehemann«, sagte ich in den stillen Kirchenraum hinein.

Genau, Ex. Aber auch da spielte es keine Rolle, was ich dachte und fühlte, sondern wie die Öffentlichkeit reagierte. Nach dem Motto: An dem Koller seiner Stelle hätt ich den Kerl auch plattgemacht! – So weit, so schlecht. Blieb die Frage, aus welchem Grund jemand Harald C. Schmider hätte beseitigen wollen. Den freundlichen, schmierigen Harald, seines Zeichens Sammler von Aschenbechern, Angestellter der Stadt. Ein Mann ohne

Feinde. So wie ich ein Mann ohne Eifersucht war, Musil ließ grüßen. Bestimmt hatten die Bullen nach allen möglichen Mordmotiven gesucht, hatten Schmiders Leben auf den Kopf gestellt, ohne etwas zu finden.

Nein, das passte nicht. Schmider musste sterben, damit ich zum Verdächtigen wurde. Damit mein Leben aus den Fugen geriet.

Und das war gelungen.

Ein Brummen in der Hosentasche riss mich aus meinen Gedanken. Signes neues Handy, das sie mir morgens überlassen hatte. Ich schaute auf das Display: Marcs Nummer. Mit halblauter Stimme nahm ich das Gespräch an.

»Sieht aus, als hättest du recht, Max.«

»Ehrlich? Schieß los!«

»Ich habe mit der Kleinen gesprochen. Ganz einfach war es nicht. Ihre Mutter saß daneben und kontrollierte jedes Wort, das ich an ihre Tochter richtete. Wenn sie geahnt hätte, dass ich im Auftrag des Hauptverdächtigen handle, hätte sie sofort die Polizei eingeschaltet.«

»Ja und?«

»Das Schlafzimmer des Mädchens geht nach hinten raus. Man hat freie Sicht auf die Rückseite von Schmiders Haus. Sie kann also durchaus etwas gesehen haben, was sich im Wohnzimmer abspielte.«

»Durchs Fenster. Oder die Terrassentür.«

»Genau.«

»Und was hat sie gesehen?«

»Ein Gespenst. Oder Monster. Die Bezeichnungen wechselten, aber die Gespenster waren in der Mehrheit. Als ich nachfragte, wie das Gespenst aussah, sagte sie, wie Gespenster halt aussehen. Langer weißer Umhang. Gespenstermäßig.«

»Mehr nicht?«

»Leider nein. Ich fragte natürlich nach Details, ob es wirklich ein Umhang war oder nicht eher ein Overall, ob man das Gesicht sah und die Schuhe, aber damit konnte sie nicht dienen. Die Kleine war vermutlich im Halbschlaf oder nur kurz wach, da bleibt nicht viel mehr als der allgemeine Eindruck hängen.«

»Aber der scheint eindeutig gewesen zu sein: eine vollkommen in Weiß gekleidete Person.«

»Ja.«

»Mann oder Frau?«

»Ein Gespenst, Max. Gespenster sind sächlich.«

»Und was tat es, das Gespenst? Hat die Kleine den Mord beobachtet?«

»Hätte sie dann so munter darüber berichtet? Nein, sie scheint zwar beide Ereignisse miteinander in Verbindung zu bringen, aber nicht auf einer realistischen Ebene, sondern ganz naiv: Da kam ein Gespenst, und jetzt ist der Mann tot.«

»Soll heißen, sie hat keine Ahnung, was nebenan wirklich passierte. Sie hat nichts beobachtet.«

»Zumindest kann sie es nicht beschreiben.«

»Okay. Ein Beweis ist das natürlich nicht. Aber ein weiterer Mosaikstein. Vielen Dank, Marc. Du hast mir sehr geholfen.«

»Wollen wir's hoffen. Wie geht es nun weiter?«

»Ich halte dich auf dem Laufenden. Bis bald!«

Die letzten Worte hatte ich geflüstert, denn der Typ mit dem Notizbuch war zurückgekommen. Was schrieb der bloß dauernd auf? Entweder war er ein Verdächtiger oder ein Kulturjunkie, und Kulturjunkies waren erst recht verdächtig. Grundsätzlich und generell.

Aber um ehrlich zu sein, wirkte der Mann vor allem eins, nämlich harmlos. Typ pensionierter Lehrer. Da, fast wäre er gegen eine Säule gestolpert. Der konnte einem wahrscheinlich zu jedem Stein eine Geschichte erzählen. Die Heiliggeistkirche als Rentnerglück.

Apropos … Mir fiel etwas ein. Ich suchte in meiner Hosentasche – die eigentlich Peters Hosentasche war – nach dem Altstadtplan mit den Anmerkungen des Graukopfs. Beim Frühstück hatte ich Signe gezeigt, wo er überall Kreuze gesetzt hatte, und wenn ich mich richtig erinnerte, war auch die Heiliggeistkirche markiert. Tatsächlich, hier musste es einen Zugang geben. Ich sah mich um. Dort drüben, gleich neben dem Eingang, war ein Türchen, das augenscheinlich in die Tiefe führte. Schade eigentlich. Hätte ich nicht gerade etwas Wichtigeres zu tun …

Drei Reihen vor mir setzte sich der Rentner in eine Kirchenbank und faltete die Hände. Ich vertiefte mich wieder in den Plan. Allein vier Kreuze säumten die Klingenteichstraße, die sich hoch zum Schlossberg schlängelte. Eins bei der Talstation der Bergbahn, zwei am Uniplatz, mehrere im hinteren Bereich der Altstadt – verrückt, wie durchlöchert diese Stadt war. Und warum wussten so wenige darüber Bescheid? Oder lag es an mir und meinem Desinteresse?

Ich hätte den Rentner fragen sollen, ob er die Zugänge kannte. Aber der war eingenickt. Sein Kinn hing auf der Brust, ab und zu drang ein leises Schnarchen zu mir herüber.

Eine Stunde später gab ich meinen Beobachtungsposten auf.

KAPITEL 34

Unverrichteter Dinge kehrte ich in die Hasengasse zurück. Signe hatte eingekauft und ein kleines Mittagessen gezaubert. Spaghetti mit rotem Pesto. Ich entledigte mich meiner Perücke und nahm Platz. Schweigend starrte ich auf meinen Teller.

»Was ist?«, sagte sie. »Keinen Hunger?«

»Doch.«

»Also?«

»Naja … Eigentlich wollten wir uns nicht mehr sehen. So war's abgemacht. Und jetzt …«

»Sprich weiter.«

»Jetzt bin ich bei dir untergekrochen, übernachte hier, du bekochst mich …«

»Du meinst, demnächst denken wir über Kinder nach und schließen einen Bausparvertrag ab?«

Ich zuckte mit den Achseln.

»Wir werden uns auch nicht mehr sehen, wir beide«, sagte sie. »Sobald das hier überstanden ist. Es handelt sich nun mal um eine besondere Situation. Was an unserer Abmachung nichts grundsätzlich ändert.«

»Und wenn morgen dein Mann zurückkommt?«

»Werden wir eine Lösung finden. Ich werde dich jedenfalls nicht vor die Tür setzen. Nicht wegen Peter. Und jetzt iss was.«

Gehorsam griff ich nach der Gabel. Verfehlte sie aber, langte versehentlich über den Tisch und hielt plötzlich Signes Hand in meiner.

Sie lächelte. »Hast du deine Frau angerufen?«

Ich zog die Hand zurück und schüttelte den Kopf.

»Max.« Jetzt lächelte sie nicht mehr. »Du rufst Christine an. Sofort. Sonst schmeiße ich dich am Ende doch noch raus. Sie muss wissen, wie es dir geht.«

»Und wo erreiche ich sie? Vorgestern Nacht war sie nicht zu Hause. Ob sie noch zur Arbeit geht, weiß ich nicht. Vielleicht ist sie bei Fatty und Eva untergekommen, vielleicht wo ganz anders.«

»Sie wird ja wohl ein Handy haben.«

»Das könnte abgehört werden.«

»Jetzt fantasierst du. Du brauchst ihr ja nicht zu sagen, wo du dich gerade befindest.«

Ich zog einen Flunsch. »Hatte ich auch nicht vor.«

»Ruf an.« Sie schob mir ihr Handy über den Tisch. »Ich stelle dir die Pasta warm.«

Seufzend nahm ich das Telefon. Warum verlieren Frauen jegliche Attraktivität, sobald sie im Recht sind? Seltsames Naturgesetz. Ich probierte es mit Christines Handynummer. Signe schnappte sich ihren Teller und stand auf.

»Ich gehe so lange raus.«

»Nein!«, zischte ich. »Du bleibst!«

Sie nahm wieder Platz. Ich hörte das Freizeichen und gleich darauf Christines Stimme.

»Ich bin's«, sagte ich. »Mir geht's gut.«

Vernehmliches Atmen am anderen Ende. Dann sagte sie: »Ja. Hallo. Wie geht's dir?«

»Gut. Hab ich doch gerade … Wo bist du? Bist du zu Hause?«

»Bei der Arbeit, wo sonst?«

»Ach so. Das heißt, du kannst jetzt nicht reden.«

»Moment.« Ich hörte, wie sie kurz mit einer anderen Person im Zimmer sprach. Dann raschelte es, ich vernahm Schritte und das Schließen einer Tür. »So. Jetzt können wir. Wo steckst du, Max?«

»In Sicherheit. Pass auf, Christine, es wird alles gut. Diesmal wirklich. Ich bin gerade dabei, eine Riesensauerei aufzudecken. Du kannst dir nicht vorstellen, was …«

»Verdammt, Max, wo bist du? Verrat mir das!«

»Lieber nicht. Wir werden bestimmt abgehört.«

»Werden wir nicht!« Sie schrie fast. »Greiner und Sorgwitz haben mir versprochen, dass sie es nicht tun, und ich habe versprochen, dass ich ihnen Bescheid gebe, sobald du dich meldest.«

»Was hast du? Den beiden, ausgerechnet?« Ein »spinnst du?« konnte ich gerade noch unterdrücken. Wie kam meine Ex dazu, sich auf einen Deal mit Fischers Bluthunden einzulassen?

»Diese beiden«, sagte sie mühsam beherrscht, »verhalten sich absolut korrekt, auch wenn du das nicht glaubst. Ich bin gottfroh, dass sie die Ermittlungen leiten. Bei jemand anderem wäre ich längst durchgedreht.«

»Christine, es tut mir leid, dass du den ganzen Mist durchmachen musst, aber es wird nicht mehr lange dauern. Ich weiß jetzt, dass mich einer gelinkt hat. Irgendjemand hat es geschafft, den Verdacht auf mich zu lenken. Alle Indizien sind manipuliert, alle!«

Pause. »Und wer soll das sein?«

»Das weiß ich noch nicht. Ich bin aber dran.«

»Wer das sein soll, Max!«

»Wie gesagt, ich arbeite dran. Dieser Mensch hat mir einen Sender implantiert, kannst du dir das vorstellen?«

Okay, schon während ich sprach, wurde mir klar, dass dies die falsche Frage war. »Nein«, entgegnete Christine denn auch folgerichtig.

»Es ist aber so. Ich weiß, dass es verrückt klingt.« Mein und Signes Blick trafen sich. Sie war die einzige Person, die alles hätte bezeugen können. Nur sie. »Frag Covet, Christine, er weiß Bescheid.«

Aber auch das war keine gescheite Idee. Ich hatte Marc von dem Sender erzählt, genau wie jetzt ihr. Die Wunde an meinem Rücken hatte ich ihm nicht gezeigt. Und selbst wenn: Aussagekräftig war auch sie nicht. Das einzige Beweisstück lag versteckt in der Sakristei der Heiliggeistkirche.

»Ach Max«, seufzte sie. »Hör auf mit diesen Hirngespinsten. Als wir uns das letzte Mal sahen, wolltest du mir beweisen, dass du nie mit Harald telefoniert hast, und jetzt kommst du …«

»Es sind keine Hirngespinste«, rief ich. »Heute Morgen habe ich mir von einem Mediziner erklären lassen, wie man Fremd-DNA am Tatort verteilt.«

»Harald fühlte sich von dir verfolgt, schon vergessen?«

»Weil ich ein Mal in der Nähe seiner Wohnung war, ja. Ein Mal nur, und das rein zufällig.«

»Und gelästert hast du auch rein zufällig über ihn? Frag Fatty.«

»Ja, sorry …« Ich spielte Felgaufschwung mit der Gabel zwischen meinen Fingern. »Das ist mir auch peinlich, glaub mir. Trotzdem habe ich ihn nicht …«

»Und was sollte dann der Anruf bei Kommissar Fischer?«

Mir fiel fast der Hörer aus der Hand. Signe schaute mich alarmiert an. »Wie … was …?«, stotterte ich.

»Wir haben uns getroffen«, sagte Christine, »er und ich, und haben lange über dich gesprochen. Er erzählte mir, dass du den Mord gestanden hättest.«

»Nein«, flüsterte ich. Ohne es zu wollen, war ich aufgestanden. Die Vorstellung, dass zwei Menschen, die mir wichtig waren, sich zu einem Glas Wein oder was auch immer trafen, um über mich zu reden … um *lange* über mich zu reden … Es war einfach nur entsetzlich! Eine grauenhafte Vorstellung. »Nein, Christine, das ist … das war ein Irrtum.«

»Weißt du, was Kommissar Fischer am meisten getroffen hat? Dass du ihm erst versprichst, dich zu stellen, und es dann nicht tust. Dass du sein Vertrauen missbraucht hast. Das ist ihm wirklich nahe gegangen.«

»Ich kann das erklären!«, rief ich und begann, durch die Küche zu tigern. »Ich meine, das ist doch gerade der Punkt: Mir ist klar geworden, dass ich es nicht war. Dass ein anderer dahintersteckt. Als ich anrief, war ich tatsächlich davon überzeugt, Schmider etwas angetan zu haben. Aber nun weiß ich, dass dem nicht so ist. Ich habe mich geirrt, Christine!«

»Du irrst dich gerade ziemlich oft, kann das sein?«

»Jetzt nicht mehr. Ich kann es dir beweisen.«

»Dann stell dich. Heute noch.«

Ich lehnte meine Stirn gegen die Tür. »Das geht nicht. Noch nicht, Christine. Mir fehlen die Beweise. Erst muss ich wissen, wer hinter der Sache steckt. Wer den Mord begangen hat. Dann werde ich mich stellen. Glaub mir, ich bin ganz dicht dran.«

Die Stille nach meinen Worten war beängstigend. Warum sagte sie nichts? Warum reagierte sie nicht? Meine Stirn klebte an der Küchentür, in meinem Nacken stand kalter Schweiß.

Endlich klang Christines Stimme aus dem Hörer. »Vor wem fliehst du eigentlich, Max?«, hörte ich sie fragen. »Vor der Polizei oder vor mir?«

»Vielleicht vor mir selbst?«, sagte ich tonlos.

»Ja, das glaube ich manchmal auch.«

Ein Knacken verriet, dass sie aufgelegt hatte. Ich blieb an der Tür stehen, unbeweglich, das Telefon in den Fingern. Bis ich Signes Hand auf meinem Arm spürte.

Ich drehte mich um. »Eine scheiß Idee war das«, sagte ich heiser. »Eine scheiß Idee, dieser Anruf.«

Sie schüttelte den Kopf. »Iss was.«

KAPITEL 35

Nach dem Telefonat mit Christine war jegliche Energie wie weggeblasen. Ja, vielleicht sollte ich mich stellen. Die Aufklärung anderen überlassen. Wollte schon immer mal ein Gefängnis von innen erleben. Hinterher schrieb man sich einen Erfahrungsbericht von der Seele, der es zum Bestseller brachte: *Schuldlos im Knast. Wie ich Deutschlands Strafvollzug überlebte*. Zusammen mit der Haftentschädigung ergab das ein hübsches Sümmchen. Ich könnte einen auf Privatier machen und mir zwei Frauen gleichzeitig halten.

Also, worauf wartete ich?

»Hallo?« Signes Gesicht schob sich in mein Blickfeld. »Spielst du jetzt heulendes Elend? Denk mal an deine Frau, wie die sich fühlt! Oder denk an Schmider. Du musst dich schon entscheiden: Geh zur Polizei – oder versuch's weiter auf eigene Faust. Aber nicht diese Jammerlappennummer!«

»Ich bin ein Jammerlappen«, stöhnte ich. »Vorname Jammer, Nachname Lappen.«

»Soll ich die Polizei anrufen?« Sie griff zum Handy.

»Nein! Ich mache ja weiter. Lass mich nur meine Gedanken ordnen.«

Und das war leichter gesagt als getan. Was stand als Nächstes an? Welche Optionen blieben? Mehr, als erneut meinen Beobachtungsposten in der Kirche zu beziehen, fiel mir nicht ein. Christine noch einmal anzurufen, hatte keinen Zweck. Ich konnte Covet bitten, ihr von den manipulierten Indizien zu erzählen, vom Chip in meinem Rücken, vom Gespenst in Schmiders Wohnung – aber weshalb sollte sie ihm glauben? Sie glaubte meinem Geständnis von vor zwei Tagen, weil es so untypisch für mich war. Um sie davon wieder abzubringen, brauchte ich Beweise. Nicht nur für die Polizei und die Öffentlichkeit, sondern auch für sie.

Wenigstens schien Marc mir zu glauben. Und Signe, immerhin. Menschen, die mir weniger nahe standen als Christine. Die nicht enttäuscht worden waren und es deshalb leichter hatten, mir eine Chance zu geben. Wie stand es mit Fatty? Lieber nicht darüber nachdenken, wie hin und her gerissen er sein musste. Ich schrieb ihm ein paar Zeilen des Inhalts, dass ich nun sicher sei, Schmider nicht getötet zu haben. Keine Einzelheiten, bloß die Bitte um Vertrauen. Nach kurzem Nachdenken setzte ich noch hinzu: »Vielleicht kannst du Christine davon überzeugen.«

Meine Güte, klang das hilflos.

Den Brief warf ich auf dem Weg zur Kirche ein. Ich trug wieder die Perücke, die Brille, die Professorenkluft. Auf dem Marktplatz stockte mir der Atem, als ich einem Bekannten begegnete. Es war Michael Deininger, ein Banker, der mich vor Jahren mal engagiert hatte. Sein Blick fiel auf mich, blieb kurz an meinen Haaren hängen und glitt weiter. Keine Spur des Wiedererkennens. Ein Hoch auf Signes Frisör!

Vorm Rathaus ein Infostand zum bevorstehenden Präsidentenbesuch. Flyer wurden verteilt: zu den Straßensperrungen, den Sicherheitsmaßnahmen, den notwendigen Einschränkungen. Ein Fernsehteam angelte sich Passanten für kurze Interviews. Ich schaute wohl einen Sekundenbruchteil zu lange hin; schon kam eine breit lächelnde Brünette auf mich zugestürmt.

»Hallöchen, hallöchen, wir würden Ihnen gern ein paar Fragen zu dem …«

»Tourist«, wehrte ich ab. »Nix Deutsch.«

»From which country? Do you speak English? Español? Français?«

»Gälisch«, murmelte ich und gab Fersengeld.

Wäre ja noch schöner, wenn Kommissar Fischer mein Gesicht in der Landesschau sehen könnte. Oder Christine! Nicht mit dieser Perücke.

In der Kirche die gleiche weltabgeschiedene Ruhe wie am Vormittag, Stillstand der Zeit. Nur das Licht war anders. Es fiel nicht mehr durch die Fenster des Chors, sondern von der Seite schräg nach vorn. Ich suchte mir wieder meinen Platz mit Blick auf den Eingang der Sakristei. Wenn sie über Mittag gekommen waren, hatte ich Pech gehabt. Dann konnte ich hier warten bis in alle Ewigkeit.

Bis zum Jüngsten Gericht, exakt.

Schon nach wenigen Minuten musste ich gähnen. Mein Gott, diese Langeweile! Zum Warten war ich einfach nicht gemacht. Vorhin hatte es doch besser geklappt. Aber vorhin hatte ich auch nicht dauernd an Christine denken müssen. An Christine und Signe, genauer gesagt.

Was ich dachte? Ja, das möchtet ihr wohl wissen, ihr Geier! Keine Chance. Geht euch überhaupt nichts an. Bin doch kein Auskunftsbüro! Wenn das alles hier vorbei war, würde ich Signe Fahrenschon ohnehin nicht wiedersehen. Nie mehr. Klare Ansage. Christine vielleicht auch nicht. Das war ja kaum noch zu retten, das zwischen uns. Dann stand ich komplett ohne Frau da. Brauchte an niemanden mehr zu denken.

Weshalb ich jetzt, da es noch nicht so weit war, umso intensiver über die beiden nachdachte. Was auch immer.

»Ja«, knirschte ich, »das wüsstet ihr wohl gern!«

Dann knirschte ich nicht mehr, denn der Sakristei näherte sich ein Mann. Leider sah ich ihn nur von hinten: dunkles Haar, hellblaues Hemd, Jeans. Ohne Eile, aber zielstrebig ging er auf die Tür der Sakristei zu. In der rechten Hand ein Smartphone. Für alles andere in der Heiliggeistkirche zeigte er kein Interesse.

Ich hielt den Atem an und fingerte nach Signes Handy. Brachte die Kamera in Anschlag.

Was würde er tun? Wenn er der Mann war, auf den ich wartete, musste ihn das Signal bis direkt vor die Tür lotsen. Und genau so war es. Dauernd schaute er auf sein Smartphone, blieb kurz stehen, ging weiter, war noch fünf Meter entfernt, blieb wieder stehen. Leichtes Kopfschütteln. Weiter bis zur Tür. Handykontrolle. Er legte ein Ohr an die Tür … lauschte … trat wieder einen Schritt zurück. Noch ein Blick auf das Display. Dann hob er den Kopf und sah sich um.

Und ich hätte beinahe mein Handy fallen lassen.

Es war der Typ vom Neckar! Der mich in Eberbach niedergeschlagen hatte, zusammen mit seinem astbewehrten Kumpel. An seiner rechten Hand blitzte der Ring, der mir die Backe aufgerissen hatte. Die Haare zurückgekämmt und noch öliger als damals.

Also war es doch kein Zufall gewesen, dass sie mich aufgespürt hatten. Der Überfall war geplant!

»Na warte, du Schwein«, murmelte ich und drückte auf den Auslöser.

Ein Geräusch rechts hinter mir ließ mich herumfahren. Da stand Prügelotto Nummer zwei und zog ein ähnlich verdutztes Gesicht wie ich. Hätte ich das mit dem Foto lieber mal sein lassen! Keine Ahnung, ob er mich in meiner Verkleidung erkannte oder nicht – dass ich seinen Kumpel abgelichtet hatte, würde er mir nie und nimmer durchgehen lassen. Schon machte er einen Schritt auf mich zu. Ich sprang auf, quetschte mich durch die Kirchenbänke und türmte. Jetzt wurde auch der andere auf mich aufmerksam.

Unsere Schritte hallten durch das Gotteshaus. Wer schaffte es als Erster zur Tür? Ich! Riss sie auf, stürmte hinaus und prallte gegen eine Gruppe von Touristen.

»Halten Sie die auf!«, rief ich den verdutzten Besuchern zu. »Die wollen mich umbringen!«

Ob sie Deutsch sprachen? Und ob das eine gute Idee war? Ich hatte kein Recht, Unbeteiligte in Gefahr zu bringen. Ohne mich umzudrehen, rannte ich weiter, weg von der Heiliggeistkirche, weg auch von der Hasengasse. Instinktiv versuchte ich, meine Verfolger vom einzig sicheren Ort, der mir geblieben war, fernzuhalten. Ich erreichte die Hauptstraße, brüllte Menschen aus dem Weg, drängelte, schubste. Wohin jetzt? Zum Uniplatz? An all den Touristenmassen vorbei? Abbiegen?

Auf Höhe des Küchengässchens drehte ich mich um. Da kamen sie! Ich erkannte den öligen Schopf des Dunklen und gleich dahinter das hellere Haar seines Kompagnons. Wer ihnen im Weg war, den rempelten sie zur Seite. Also weiter! Ich tauchte in die Enge des Küchengässchens ein und bemerkte zu spät, dass mir just in diesem Moment von unten eine Frau entgegenkam.

»Weg da!«, brüllte ich und hetzte über das aufgeworfene Pflaster Richtung Untere Straße. Mit einem Schreckensschrei drückte sich die Frau an die Wand. Das Küchengässchen ist die schmalste Gasse der ganzen Stadt, nur mit Mühe gelang es mir, eine Kollision zu vermeiden. In der Unteren Straße angekommen, bremste ich scharf ab. Diese Massen! Ball der Flaneure! Ich wandte mich nach links, hörte erneut Schreie aus dem Küchengässchen – und dann tat ich etwas ganz Verrücktes.

Ich meine, wir hatten Sommer. Dass sich die halbe Menschheit durch die Heidelberger Altstadt wälzte, war das eine. Das andere waren die Stühle, die vor den Kneipen standen, und die Untere Straße besteht nun mal komplett aus Kneipen. Vor mir erstreckte sich also ein Ozean von Stühlen – Korb-, Bast-, Holz-, Bar- und wie sie alle hießen –, eine vielbeinige Herde war das, die sich mir entgegenstellte. Früher oder später musste meine Flucht hier scheitern. Kurz entschlossen warf ich mich auf einen freien Stuhl, Blick in Laufrichtung, griff beidhändig nach einem zweiten – und wartete.

Wartete.

Zwei Sekunden, drei, vielleicht vier.

Endlos.

Beide Hände krampften sich um das Gestänge des Stuhls. Er war leicht. Plastikgeflecht und Metallstangen. Mein Atem ging stoßweise. Die Augen starrten ins Nichts. Ich war ganz und gar Ohr: hörte auf die Schritte in meinem Rücken … die jetzt um die Ecke bogen … die auf mich zukamen.

Rechts hinter mir schnaufte es.

Da sprang ich auf, machte eine halbe Drehung und pfefferte meinem Verfolger den Stuhl in die Fresse.

Mit einem Schmerzensschrei knallte er zu Boden. Seine Gelfrisur geriet durcheinander. Auch die Umstehenden schrien auf. Sein Kumpel wurde von dem Stürzenden mitgerissen, wankte zur Seite und landete auf allen Vieren. Gleichzeitig schepperte es auf dem Pflaster.

Das kam von dem Revolver, den der Getroffene hatte fallen lassen.

Für einen kurzen Moment herrschte Bewegungslosigkeit. Es war, als hätte der Blitz in der Unteren Straße eingeschlagen – wie damals bei den Amikasernen, auf dem Weg zu Kommissar Fischer. Meine Verfolger lagen auf dem Boden, die Spaziergänger glotzten, ich hielt den Stuhl in beiden Händen und keuchte.

Nicht zu vergessen der Revolver des Ölfritzen, der nur darauf wartete, den Besitzer zu wechseln.

Bevor sich einer der beiden aufrappeln konnte, ließ ich den Stuhl fallen und grapschte nach der Waffe. Wieder Schreie; die Leute wichen zurück.

»Keine Sorge!«, rief ich. »Alles gut. Es geht mir nur um die zwei hier.«

Dem blonderen von beiden, der sich halb aufgerichtet hatte, hielt ich den Lauf vor die Nase. Langsam hob er die Hände. Der andere stöhnte bloß.

»Werfen Sie die Waffe weg!«, brüllte jemand. »Weg damit, aber sofort!«

»Ja. Gleich«, sagte ich und merkte im selben Moment, dass das geflunkert war. Für mich gab es kein *gleich*. Ich hatte schlichtweg keine Ahnung, was als Nächstes anstand. Wie ging es jetzt weiter? Sollte ich die Polizei rufen lassen? Wen würden die festnehmen? Mich, die? Welche Beweise hatte ich, dass ich von den beiden Halunken niedergeschlagen und ausgeraubt worden war?

»Einen Moment«, sagte ich. »Ich bin fast so weit.«

Meine Verfolger trugen jedenfalls nicht zur Entscheidungsfindung bei. Der eine schwieg und glotzte, der andere schwieg und blutete. Ziemlich stark übrigens, zwischen den Pflastersteinen sammelte sich bereits rote Flüssigkeit. Wozu seine Nase in diesem Leben noch fähig war, stand in den Sternen.

Motorenlärm brachte schließlich die Lösung. Zwei uniformierte Polizisten rollten auf dicken Maschinen durch die Untere Straße auf uns zu. Im Schritttempo bahnten sie sich einen Weg durch die Passanten. Sie sehen und an Flucht denken, war eins. Wieder einmal. Ich trug eine Waffe, ich hatte einen Mann k.o. geschlagen, ich stand auf der Fahndungsliste. Bis ich die Beamten da von meiner Unschuld überzeugt hatte, konnte es dauern. Und diese Zeit hatte ich nicht.

Außerdem steckte ich in den Kleidern von Signes Mann. Bevor ich mich so erwischen ließ, sprang ich lieber in den Neckar. Oder kehrte in die Unterwelt zurück.

»Das sind Verbrecher«, erklärte ich den Umstehenden

und zeigte auf das Schlägerduo. »Ganz schwere Jungs. Die müssen in den Knast, klar?«

Dann stürmte ich los, Richtung Heiliggeistkirche. Den Revolver hielt ich unter meinem Hemd versteckt. Unbehelligt erreichte ich die Kirche.

KAPITEL 36

Im Kircheninneren schaltete ich sofort mehrere Gänge zurück. Klemmte die Waffe hinten unter den Hosenbund, hängte das Hemd darüber, zog eine Unschuldsmiene. Hey, ich bin bloß ein harmloser Tourist! Privatdozent auf Sommertour, sieht man das nicht? Fast hätte ich gepfiffen, als ich zu der kleinen Tür an der Westseite schlenderte. Kurz umschauen – niemand achtete auf mich. Tür auf, hineinschlüpfen, Tür zu. Eine Treppe führte in die Tiefe.

Unten zwei Räume, einer für Stühle und andere Gerätschaften, einer für die Andacht. Aber keine Tür, kein Durchgang – Sackgasse. War ich im falschen Keller gelandet? Hatte sich der Grauzopf geirrt? Moment, neben den Stühlen bedeckte ein schwerer Vorhang die Wand. Als ich ihn zur Seite schob, kam eine pechschwarz gestrichene Holztür zum Vorschein. Das musste sie sein! Ich rüttelte an der Klinke. Abgeschlossen! Zum Teufel noch mal!

Panik kam auf, die sich aber gleich wieder legte. Neben der Tür war ein Haken angebracht, und an dem Haken hing ein großer, alter Schlüssel. Ich probierte – er passte. Der Graue hatte also doch recht gehabt. Ein Problem gab es trotzdem: Es war verdammt finster hinter der Tür, und so sehr ich auch tastete, ich fand keinen Lichtschalter. Musste ich mir den Weg schon wieder in totaler Finsternis bahnen? Wie vor Tagen, auf der Flucht ins Hotel Wallenstein?

Stopp. Wozu waren wir hier in einer Kirche? Ich eilte in den Andachtsraum. Vor dem Altar standen Kerzen, einige abgebrannt, andere noch unversehrt. Und Streichhölzer lagen dort auch herum: für den vergesslichen Gläubigen. Sogar Feuerzeuge gab es. Mit einem davon zündete ich die dickste Kerze an, steckte es ein, nahm die Kerze in die linke Hand, den Schlüssel in die rechte. Der Revolver steckte im Hosenbund. Und jetzt Abmarsch!

Das Licht der Kerze fiel in einen schmalen, sauber gemauerten Gang. Ich zog die Tür hinter mir zu und sperrte ab. Den Schlüssel nahm ich mit. Er war natürlich nur geliehen. So, wie das Feuerzeug und die Kerze geliehen waren. Ich würde alles wieder zurückbringen, mehr oder weniger heil.

Und die Waffe?

Mal sehen.

In welche Himmelsrichtung der Gang verlief, konnte ich nicht sagen. Jedenfalls nicht zum Neckar, dazu hätte es bergab gehen müssen. Erst führte er geradeaus und leicht bergan, dann machte er einen Rechtsknick, gleich darauf wieder leicht nach links und später noch einmal nach rechts. Kurz vor dem letzten Knick gab es eine Abzweigung, die aber komplett verschüttet war. Das flackernde

Kerzenlicht füllte den Gang mit Leben, sorgte für unruhiges Schattenspiel. Ich bemühte mich langsam zu gehen, eine Hand schützend um die Flamme gelegt. Wie bei einer Prozession. Einer unheimlichen nächtlichen Prozession.

Plötzlich zuckte ich zusammen. Heißes Kerzenwachs war auf meine Hand getropft. Rund um den Docht hatte sich so viel Flüssigkeit gesammelt, dass ich sie abschüttete. Auf der Kerze waren Wolken abgebildet, aus denen eine väterliche Hand ragte. Ein Finger zeigte zum Boden wie ein Blitz.

»Zeichen«, murmelte ich, den Körper noch voller Adrenalin. »Lauter Zeichen …«

Zeichen oder nicht, so allmählich hätte mich interessiert, wohin der Gang führte. Er war deutlich besser in Schuss als der unter der Hasengasse. Gleichmäßig gesetzte Mauersteine, der Boden weitgehend eben, wie gefegt. Außerdem war er vollständig trocken. Tiere gab es keine, von den obligatorischen Spinnen in den Ecken einmal abgesehen.

Und dann hörte ich ein Geräusch.

Mitten in der Bewegung hielt ich inne. Da hatte ich mich so an das gleichmäßige Tapp-tapp meiner Schrittfolge gewöhnt, schön einer nach dem anderen … und plötzlich mogelte sich ein fremder Schritt dazwischen. Tapp-ta-tapp. Irritiert sah ich auf meine Füße. Ich hatte doch nur zwei. Wo war Fuß Nummer drei?

Bevor ich an der Gültigkeit sämtlicher Naturgesetze zweifeln konnte, kam das nächste akustische Signal angeflattert: eine Art Schaben. Danach ein Kratzen, ein Scharren, ein Schlurfen. Es hörte gar nicht mehr auf mit den Geräuschen!

Und dann sprach jemand.

Der Jemand sagte: »Ja, ja«, anschließend räusperte er sich vernehmlich.

Sofort pustete ich die Kerze aus. Ja, ja? – Nein, nein!, lautete das Echo in meiner Brust, und was mein Herzmuskel da gerade veranstaltete, spottete jeder Beschreibung. Das konnte doch nicht wahr sein! Ein Mensch, hier unten? Erregt bis in die Haarspitzen stand ich in völliger Dunkelheit. Halt, nicht in völliger. Irgendwo da vorn gab es einen schwachen Lichtschein. Es war kein stetes Licht, sondern nahm ab und wurde wieder stärker, wie der Schein einer Lampe, die hin und her geschwenkt wird.

Und jetzt? Zurück zur Kirche? Eigentlich die nächstliegende Lösung. Ich konnte im Andachtsraum warten, bis die Luft rein war. Irgendwann würde die Polizei die Suche nach mir einstellen. Oder mich aufspüren.

Ich kehrte nicht um. Ich blieb auf meinem Platz stehen, Augen und Ohren offen, und wartete. Auf wen oder was auch immer. Das Kratzen und Schaben ging weiter, der Lichtschein veränderte sich, ab und zu hörte man ein Räuspern. Es lag an diesem Räuspern und es lag an dem, was der Mann gesagt hatte, dass ich stehen blieb. »Ja, ja« – wenn das mal nicht friedlich klang. Es klang wie das Gegenteil von dem, was mir in der Unteren Straße widerfahren war.

Außerdem – wieso fiel mir das jetzt erst ein? – hatte ich eine Waffe. Zur Sicherheit tastete ich nach dem Revolver, der brav im Hosenbund steckte. Langsam bewegte ich mich durch die Dunkelheit vorwärts. Das Licht kam näher, die Geräusche verstärkten sich. Als ich nur noch weniger Meter entfernt war, merkte ich, dass der Gang einen Knick nach links machte. Vorsichtig schlich ich weiter und lugte um die Ecke. Da war ein Metallgitter mit dünnen Stäben. Hinter den Stäben ein Mann. Er trug eine Stirnlampe, mit der er mal in die eine, mal in die andere Richtung leuchtete. Ihr Licht war stark und grell. Immer wieder verschwand die Gestalt ganz aus meinem Blickfeld, was mich auf einen größeren Raum hinter dem Gitter schließen ließ oder wenigstens eine Ausbuchtung des Gangs. Der Mann selbst machte einen harmlosen Eindruck. Er war alt, sehr dünn, mit einem Gesicht voller Falten und schütterem Haarkranz rund um den hohen, schmalen Schädel. Ganz oben auf seiner Glatze lag eine einzelne lange Strähne, die zur Fahne wurde, wenn er den Kopf wandte. Anschließend kehrte sie wieder an ihren Platz zurück.

»Was machst du«, summte der Mann, »mit dem Knie, lieber Hans, mit dem Knie, lieber Hans, beim Tanz?«

Er bückte sich und stocherte auf dem Boden herum – womit und warum, konnte ich nicht erkennen. Als er sich wieder aufrichtete, stöhnte er.

Ja, ja, dachte ich. Die Bandscheiben.

Gleichzeitig spürte ich, wie die Spannung von mir abfiel. Der alte Mann gehörte nicht zu der Sorte Mensch, vor der man sich fürchten musste. Ob er allein hier unten war? Seine Unterhaltung führte er bislang mit sich selbst. Ich bemerkte ein Blatt Papier in der Hand, das er eifrig studierte. Er drehte es hin und her, fuhr mit dem Finger darauf herum, brabbelte vor sich hin.

»Ja, ja«, hörte ich ihn sagen.

Was tat der Kerl hier unten? Zwischen ihm und mir befand sich das Gitter. Vielleicht war es verschlossen. Vielleicht sollte ich doch lieber den Rückzug antreten. Andererseits hätte ich gern gewusst, wie der Alte hierhergekommen war. Welchen Zugang er gewählt hatte.

Plötzlich drehte er sich zu mir um. Das Licht seiner Lampe blendete mich. Hatte er etwas gehört? War ich unvorsichtig gewesen? Egal, er entdeckte mich, und als ich den Kopf zurückzog, war es bereits zu spät.

Ich hielt den Atem an. Wo blieb der Schrei des Alten? Der Entsetzensschrei?

Nicht, dass er einen Herzinfarkt bekam!

Er bekam keinen Herzinfarkt. Hinter der Ecke hörte ich ihn sagen: »Ah, da sind Sie ja.«

Stille. Ich stand mit dem Rücken gegen die Wand gepresst und wollte meinen Ohren nicht trauen. Meinte der mich? *Da sind Sie ja?* Er würde mich doch nicht erwartet haben! Die Polizei und irgendwelche Halbstarken waren mir auf den Fersen, und dieser Opa empfing mich mit einem Kommentar, trocken wie die Wüste Gobi. Wenn das ein Spiel war, dann kannte ich es nicht.

Ich schob den Revolver noch ein Stückchen tiefer, kam aus meinem Versteck hervor, nickte in das grelle Licht der Lampe und sagte: »Guten Tag.«

»Guten Tag. Ich habe schon auf Sie gewartet. Würden Sie das bitte entfernen? Oder mir wenigstens verraten, was es damit auf sich hat?«

Ich blinzelte in den Lichtstrahl, der sich an den Gitterstäben brach. »Naja«, sagte ich. »Ich kann's versuchen. Aber noch weiß ich nicht, worum es geht.«

»Na, um das hier.« Der Strahl schwenkte zur Seite, als er auf irgendetwas zeigte. »Kommen Sie doch näher.«

Die Kerze immer noch in der Hand, ging ich zu dem Gitter und rüttelte daran. Keine Chance. »Ich würde ja gerne, aber … Haben Sie einen Schlüssel?«

Er schüttelte den Kopf. Das Licht schüttelte mit.

»Na dann«, sagte ich. »Schade.«

Der Mann steckte den Zettel ein und trat an das Gitter heran. Er schob einen Riegel zur Seite. Das Gitter schwenkte auf.

»Ah«, sagte ich. »So also.«

Ich betrat einen Raum von vielleicht drei mal vier Metern Grundfläche. Hinten rechts gab es einen Zugang, eine Öffnung linkerhand war zugemauert. In einer Ecke lagerte allerlei Gerümpel: Bretter, Planen, ein Stuhl, Eimer.

»Was hat diese Maßnahme zu bedeuten, mein Herr?«, fragte der Alte mit hochgezogenen Brauen.

»Entschuldigung, könnten Sie den Winkel ihrer Stirnlampe etwas verändern? Sie leuchten mir direkt in die Augen, wenn Sie mich ansehen.«

»Oh, Entschuldigung.« Er zog den Riemen der Lampe tief in den Nacken und schob gleichzeitig den Scheinwerfer so weit aus der Stirn, dass der Strahl nun steil zur Decke zeigte. Dort, wo die Lampe auf seiner Stirn gesessen hatte, prangte ein roter Kreis.

»Danke«, sagte ich. »Um welche Maßnahme geht es, wenn ich fragen darf?«

»Die Mauer natürlich«, entgegnete er mit empörtem Unterton. »So lange ich denken kann, war dieser Durchgang immer frei. Immer! Und jetzt: zugemauert. Mit welchem Recht, frage ich Sie.«

»Keine Ahnung. Sie fragen den Falschen.«

Er musterte mich streng. »Sind Sie nicht vom Amt für Denkmalschutz?«

»Bedaure.«

»Sondern?«

»Wie soll ich sagen, ich bin eher privat hier. Aus … ja, aus Interesse.«

Seine Miene hellte sich auf. »Sie interessieren sich für unterirdische Gänge? Ein Gleichgesinnter? Das freut mich! Das freut mich sogar sehr. Leute in Ihrem Alter haben sonst ganz andere Sachen im Kopf.«

»Welche denn?«, platzte es aus mir heraus.

Er blickte mich verwirrt an. »Ich weiß nicht … andere.«

»Ist ja auch egal. Kennen Sie sich hier unten aus?«

»Das kann man wohl sagen.« Stolz trat an Stelle der Verwirrung. »Ich bin dabei, die Gänge zu kartografieren.«

»Tatsächlich? Dann wissen Sie auch, wie man hier wieder herauskommt?«

»Aber sicher. Sie nicht?«

»Ich kenne nur den Zugang von der Heiliggeistkirche. Leider steht mir kein Kartenmaterial zur Verfügung.«

»Einen Moment.« Er kramte den Zettel von vorhin wieder hervor und faltete ihn auseinander. Spinnennetzdünne Linien zogen sich über das Papier, daneben standen einzelne Wörter in ebenso dünner Schrift. Krakelige Buchstaben, aber nicht ohne Charakter. Das Ganze ähnelte eher einer kultischen Zeichnung als einem Lageplan.

»Momentan, junger Mann, befinden wir uns hier.« Sein Zeigefinger stieß auf den Zettel nieder wie ein Raubvogel. Dort, wo er das Papier berührte, liefen drei Linien in einer Art Knubbel zusammen. Der Knubbel, das schien der Raum zu sein, in dem wir uns befanden. Eine der Linien endete am Grundriss der Heiliggeistkirche: der Weg, den ich gekommen war. Sogar die verschüttete Abzweigung auf halber Strecke war eingetragen. Die beiden anderen Linien teilten sich mehrfach; auch hier gab es offenbar blinde Gänge.

»Ist das der Weg, der herausführt?«, fragte ich und zeigte auf eine der Linien.

Der Alte nickte. »Es gibt zwei Ausgänge, beide in der Nähe des Uniplatzes. Leider verschlossen. Die Zeiten, in denen die Stadt noch ein Auge zudrückte, sind vorbei.«

»Und wie sind Sie dann hereingekommen?«

»Ich?« Er legte den Kopf schief und schaute mich an, als hätte ich ihn gefragt, ob wir hier unten Party feiern wollten.

»Von der Kirche aus geht es ja nicht. Oder stand das Gitter offen?«

Seine hellen Augen waren noch immer auf mich gerichtet. »Na gut«, sagte er schließlich, beugte sich vor und flüsterte mir hinter vorgehaltener Hand zu: »Sie dürfen es aber nicht verraten. Ehrenwort?«

»Ehrenwort«, raunte ich zurück.

»Hier.« Er wies auf eine gestrichelte Stelle in seinem Plan. »Der Weg ist eigentlich verschüttet. Aber ich habe einen Durchgang geschaufelt.«

»Wohin führt der Gang?« Ich versuchte, das Wort am Ende der Linie zu entziffern. »Zur Klingenteichstraße?«

Er nickte. »Der Berg dort ist durchlöchert wie … wie …«

»Wie ein Schweizer Käse.«

»Sie sagen es.«

»Und die dritte Linie, die ebenfalls hier beginnt? Bei ihr handelt es sich ja wohl um den zugemauerten Gang, richtig?«

»Ich verstehe nicht, was das soll. Dahinter gibt es überhaupt nichts Besonderes. Hier, sehen Sie, der Gang führt nach Osten, weiter in die Altstadt hinein, dort verzweigt er sich und endet in verschiedenen Kellern.«

»Einen Zugang kenne ich. Man kann von der Hasengasse einsteigen. Der Gang ist ebenfalls zugemauert.«

»Aber warum?« Der Alte schüttelte den Kopf. »Ich kann mir keinen Grund vorstellen. Es sei denn …«

Er hielt inne. Seine Brauen sträubten sich. Seine Augen wurden groß und größer. Die Nase nahm Witterung auf.

»Es sei denn«, fuhr er fort, »sie wären auf Teile des alten Augustinerklosters gestoßen. Ja, das könnte sein. Zu Luthers Zeiten lag das Straßenniveau ja noch deutlich tiefer als heute. Ich muss unbedingt im Amt nachfragen.« Er steckte den Zettel wieder ein. »Sind Sie wirklich nicht vom Denkmalschutz?«

»Nein, tut mir leid. Wenn ich ehrlich bin, würde ich jetzt ganz gern wieder ans Tageslicht. Meinen Sie, ich finde den Weg allein?«

»Ich komme mit«, seufzte er. »Am Ende tun Sie sich noch was, und dann haben wir den Salat.« Er zeigte auf die Kerze aus der Heiliggeistkirche. »Bezeichnen Sie das als moderne Methode des Lichtspendens? Zu meiner Zeit waren wir froh, als endlich batteriegetriebene Leuchten aufkamen, aber es kann natürlich sein, dass ich die neuesten Entwicklungen auf dem Markt verschlafen habe.«

»Nein«, sagte ich. Sollte seine Bemerkung ironisch gemeint sein, dann ließ er sich in dieser Hinsicht nichts anmerken. Also behauptete ich, meine Taschenlampe habe unverhofft den Geist aufgegeben, woraufhin er mir riet, stärker auf Qualität zu achten. Gerade unter Tage sei zuverlässiges Material eine Überlebensgarantie. Folgsam stiefelte ich hinter ihm her.

Schon nach kurzer Zeit gabelte sich der Weg. »Hier rechts«, erklärte mein Führer, »geht es zu den beiden von der Stadt verschlossenen Ausgängen. Links zur Klingenteichstraße.«

Nicht überraschend führte der Gang nun bergauf.

Gleichzeitig wurde er enger, unebener, machte unmotivierte Schlenker und bereitete so dem Fortkommen einige Mühe. Mein Respekt vor dem alten Mann und seiner Zähigkeit wuchs. Aber das war noch nichts gegen die Situation, die uns nach einigen Minuten erwartete. Von der Decke hatten sich Felsbrocken gelöst, Schutt und Erde waren nachgeströmt und blockierten den Weg. Rechterhand gab es zwar einen schmalen Spalt, aber wie der Opa sich dort ohne jede Hilfe hindurchgezwängt hatte, war mir ein Rätsel.

Ich deutete zu dem Spalt hoch. »Das ist das Loch, das Sie freigelegt haben?«

Er nickte. »Bergauf dürfte es nicht ganz einfach sein, durchzuklettern. Insofern ist es gut, dass Sie dabei sind.«

»Dann gehen Sie mal vor.«

Unter Einsatz beider Hände erklomm er die Aufschüttung und zog sich nach oben, während ich von hinten drückte. Schon verschwand sein Kopf in der Öffnung und mit ihm das Licht der Stirnlampe. Ich schob weiter, bis er sich komplett durch den Spalt gezwängt hatte. Gleich darauf fiel Licht von der anderen Seite zu mir herüber.

»Jetzt Sie!«, rief er gutgelaunt.

Ich verdrängte den Gedanken, was aus mir geworden wäre, wenn er sich an dieser Stelle von mir verabschiedet hätte, und begann zu krabbeln. Erst mit der blöden Kerze in einer Hand, aber das ging überhaupt nicht. Ich steckte sie zum Revolver, um beide Hände freizuhaben. Auch so wurde es schwer genug. Dauernd rutschte ich mit den Füßen weg, sichere Griffe gab es kaum. Als ich mich an einem stabil wirkenden Felsbrocken festklammerte, rutschte der plötzlich weg und kollerte unter Getöse den Gang hinunter.

»Alles in Ordnung bei Ihnen?«, kam es von der anderen Seite.

»Ja – nein! Ich bin gleich da.«

Wütend über meine Ungeschicklichkeit stemmte ich mich hoch und zog und quetschte mich durch die Lücke. Jetzt wurden Peters Sachen auch noch dreckig! Dann hatte ich es geschafft und landete kopfüber vor den Füßen des Alten. Die Kerze rutschte aus meiner Hose, auch der Revolver wollte sich verabschieden. Es gelang mir gerade noch, ihn in sein Versteck zurückzuschubsen, bevor der Alte ihn bemerkte.

»Von hier aus ist es wirklich einfacher«, sagte er. »Es geht bergab.«

Ich stand auf und klopfte mir den Dreck von den Kleidern. »Kennen Sie eigentlich den Geheimgang vom Schloss zum Neckar?«

»Selbstverständlich.«

»Wie bitte? Da sind Sie aber der Erste. Die allermeisten Leute bestreiten, dass es ihn überhaupt gibt.«

Er schüttelte den Kopf. »Natürlich gibt es ihn. Schon Eichendorff ist darin herumgeklettert. Leider ist er verschüttet, und zwar gründlich. Streng genommen kenne ich nur winzige Teile des Gangs.«

»Immerhin.«

»Gehen wir weiter?« Er wartete, bis ich die Kerze aufgelesen hatte, dann übernahm er wieder die Führung. »Auch kann ich nicht sagen, wie weit der Gang wirklich reicht. Ob es die vielbeschworene Verbindung zur anderen Neckarseite gibt, beispielsweise. Beim Abriss des ›Englischen Jägers‹ soll ja ein Schacht zum Vorschein gekommen sein, aber solche Meldungen gibt es alle halbe Jahr aus Neuenheim.«

»Haben Sie eben ›Englischer Jäger‹ gesagt?«

»In der Tat.«

»Das ist so eine Art Lieblings … also, ich war da oft.«

»Ich auch in meinen jungen Jahren. Die letzte Wirtin, diese Dame aus Italien, ist jetzt meine Nachbarin.«

»Und wo wohnen Sie, wenn ich fragen darf?«

»Im Margarethenheim.«

»Ah.« Das Margarethenheim war ein Altenheim für Bedürftige irgendwo in der Altstadt. Dort also war Maria untergekommen. Nicht zu Hause, wie ich vermutet hatte, nicht in vertrauter Umgebung. Sondern in einem Heim, zusammen mit Gestalten wie dem alten Höhlenforscher.

»Wir sind da«, sagte er.

Der Gang endete an einer Holztür. Er stemmte sich mit der Schulter dagegen und drückte sie auf. Wir traten in einen Gewölbekeller, der mit allerlei Gerümpel vollgestellt war. In der Mitte stand ein großer Tisch, auch er überladen mit Kram.

»Was haben wir hier gefeiert«, seufzte der Alte.

»Jetzt nicht mehr?«

Er schloss die Tür wieder und rückte eine Holzplatte davor. »Die Erben streiten sich um das Haus. Schon seit Jahren. Was wollen Sie machen?« Betrübt schüttelte er den Kopf. »Was wollen Sie machen?«

Der Keller gehörte zu einem verwahrlosten Haus, das noch Spuren einstiger Herrlichkeit aufwies. Blinzelnd stieg ich ins Freie und sah mich um. Die Fensterläden waren heruntergelassen, im Hof lugte das Unkraut aus allen Ritzen. Man hätte was machen können aus dem Ding. Nicht nur aus dem Keller.

»Begleiten Sie mich bis nach Hause?«, fragte der alte Mann.

»Ehrensache.«

Fünf Minuten später hatten wir das Margarethenheim erreicht. Zwei Pflegekräfte standen rauchend vor dem Eingang.

»Na, Herr Strobel«, rief der Mann, »haben Sie sich mal wieder eine Extratour geleistet?«

»Das möchten Sie wohl gern wissen, Herr Trautmann.«

»Sie sollen sich doch nicht so dreckig machen, Herr Strobel«, meinte die Frau.

»Besser Dreck als Rauch«, sagte der Alte würdevoll und zwinkerte mir zu.

KAPITEL 37

»Okay, was haben wir?«

Ich saß im Schneidersitz auf dem Boden und stützte den Kopf in beide Hände. Durch die Fenster von Signes Wohnzimmer fiel honiggelbes Abendlicht. Signe hatte ihren Laptop auf den Knien und surfte im Internet.

»Wir haben … einen Mörder.« Ich stellte die Whiskyflasche vor mir auf die Dielen. »Eine Person oder mehrere, vielleicht eine Gruppe. Dieser Person gelingt es, den Verdacht von sich abzulenken. Und zwar vollständig. Stattdessen gelte ich als Täter.« Ich hatte schon mein Whiskyglas in der Hand, als ich mich umentschied. Ich stand auf, nahm den Revolver vom Tisch und legte ihn ebenfalls auf den Boden. So, dass sein Lauf direkt auf die Flasche zeigte. Dann setzte ich mich wieder. »Ich fliehe, werde aber überwacht. 24 Stunden am Tag. In Eberbach hetzt man mir zwei Schläger auf den Hals.« Peters Kirchenschlüssel mussten für das Prügelduo herhalten. »Welche Verbindung gibt es zwischen dem Mörder und den beiden Typen? Arbeiten sie für ihn, sind sie Freunde?«

»Könnten sie den Mord begangen haben?«, mischte sich Signe ein. »Im eigenen Interesse? Dann bräuchtest du die Whiskyflasche nicht.«

Ich drehte das Etikett der Flasche in meine Richtung. »Du meinst, die beiden stecken hinter allem? Hinter dem Mord, den falschen Indizien, der Überwachung? Theoretisch denkbar. Aber warum? Was wollen die von mir? Ich habe keinen von beiden jemals gesehen, da bin ich mir sicher. Warum sollten sie ausgerechnet mich so reinreiten?«

»Um von sich selbst abzulenken. Du warst der ideale Täter, wegen deiner Frau.«

»Dann müssten sie aber ein Motiv gehabt haben, Schmider umzubringen. Und das hat bislang noch keiner gefunden.«

»Was war Schmider eigentlich von Beruf?«

»Irgendwas bei der Stadt. Mitarbeiter im Bauamt.«

»Tief- oder Hochbau?«

»Keine Ahnung. Vom Typ her eher Flachbau, aber ganz flach.«

Sie schwieg. Starrte eine Weile auf den Bildschirm ihres Laptops, dann begann sie zu tippen.

»Denkbar ist das schon«, fuhr ich fort, »dass Flasche und Schlüssel dieselben Personen sind, aber mein Gefühl sagt mir, dass es da noch jemanden geben muss, der es auf mich abgesehen hat. Aus welchem Grund auch immer. Für mich ist Schmider nach wie vor ein Zufallsopfer.« Jetzt kam das Glas zum Einsatz. Ich stellte es etwas abseits auf. Genau zwischen das Glas und den Revolver legte ich meine Uhr. Hatte Christine meinem Leben nicht den Takt vorgegeben? »Lächerlich«, murmelte ich und schob die Uhr einen Tick weiter zu mir hin. Also zur Waffe.

»Was ist lächerlich?«, wollte Signe wissen.

»Nichts.«

»Er hat beim Amt für Baurecht und Denkmalschutz gearbeitet. Steht hier. Soll ich dir den Nachruf vorlesen?«

»Danke, nein. Baurecht und Denkmalschutz, das passt zu Schmider. Theoretisch möglich, dass er sich da mit einem Immobilienhai in die Haare gekriegt hat. Vielleicht war er an einem handfesten Skandal dran. Aber so etwas kommt raus im Laufe der Ermittlungen. Und ob es gleich einen Mord rechtfertigt?«

Signe stellte den Computer beiseite. »Einen Mord – ja. Diesen Mord – nein.«

»Du meinst, er ist zu aufwendig?«

»Viel zu aufwendig. Dein Schaubild ist ja noch lange nicht vollständig.« Sie stand auf und legte ihren Schlangenarmreif neben die anderen Gegenstände. »Er hat mir das Handy geklaut, um dir eine SMS zu schicken. Er wusste über unser Verhältnis Bescheid, so wie er über das Verhältnis deiner Frau zu Schmider Bescheid wusste. Dazu muss er uns beobachtet haben, wochenlang. Und dann das Material, das er eingesetzt hat: den Sender, die passenden Überwachungsgeräte, den Schutzanzug, jede Menge steriler Instrumente … Stell dir diesen Aufwand vor! All das für einen hundsnormalen Mord?«

»Rache kann ein verdammt starker Antrieb sein.«

»Rache gegenüber wem? Dir oder Schmider? Und wer soll das sein, der so von Rache zerfressen ist, dass er sich wochenlang auf diese Tat vorbereitet?«

»Du willst mir also sagen, dass das hier«, ich beschrieb einen Kreis um die Gegenstände vor mir, »zu groß ist für einen gewöhnlichen Mord. Dass mehr dahintersteckt. Richtig?«

Sie nickte.

Gleich darauf meldete sich ihr Handy. Nach einem Blick auf das Display verließ sie das Zimmer, um im Flur zu telefonieren. Derweil brütete ich finster über meinem Schaubild. Vielleicht hatte Signe recht, und es ging gar nicht um mich und Schmider. Oder nicht nur. Aber worum ging es dann? Mir fiel ums Verrecken nichts ein.

Gedankenverloren nahm ich den Revolver zur Hand. Wenigstens hatte ich jetzt eine Waffe. Wenigstens das.

Signe kam zurück. »Das war Peter.« Sie legte das Handy auf den Tisch und setzte sich. »Er wird morgen so gegen zwei da sein.«

»Okay«, sagte ich.

Sie lächelte. »Tut mir leid. Aber es konnte ja nicht ewig so weitergehen.«

»Natürlich nicht.« Ich zog eine Grimasse. »Vielleicht gibt es morgen einen Pilotenstreik. Oder dein Mann lernt beim Frühstück eine attraktive Dänin kennen.«

»Unwahrscheinlich. Er will Obama reden hören. Dafür lässt er sogar seine Däninnen stehen.«

»Der Uniplatz ist abgesperrt, wisst ihr das nicht?«

»Wir haben Karten.«

Klar, wie konnte ich das vergessen? PH-Professoren gehörten zu den handverlesenen Gästen an diesem Nachmittag. Samt Gattinnen. Unsereins zog derweil durch die Stadt und suchte sich einen Schlafplatz für die Nacht. Sollte ich es bei dem Grauzopf und seiner Truppe probieren? Oder fragte ich den alten Strobel nach einer verschwiegenen Ecke?

»Morgen Mittag bin ich weg«, sagte ich. »Dann brauchst du auch keine Angst mehr zu haben, dass dir was passiert.«

»Es geht nicht um mich. Sondern um dich. Und um Christine.« Sie machte eine Pause. »Deshalb bin ich auch der Meinung, dass du zur Polizei gehen solltest.«

Verächtlich ließ ich Luft ab.

»Geh zur Polizei, Max, und erzähl, was du weißt. Damit würdest du einigen Leuten helfen. Es ist keine Niederlage für dich. Verstehst du, keine Kapitulation.«

»Aber warum jetzt?«, rief ich. »Signe, ich bin kurz davor, alles aufzudecken! Ich weiß, dass ich gelinkt wurde, dass ein anderer Schmider umgebracht hat – ich brauche nur noch seinen Namen. Nur noch dieses winzige Detail. Könnt ihr nicht so lange warten?«

»Christine nicht.«

»Woher willst du das wissen? Du kennst sie doch gar nicht. Woher willst du wissen, dass sie es nicht mehr aushält?«

»Weil ich bei ihr war.«

Das verschlug mir die Sprache. Plötzlich war da Kälte in meinem Nacken. Gänsehaut, die mir die Schultern zusammenzog.

»Wie bitte?«, stammelte ich. »Du … bei Christine?«

Sie nickte.

Ein Warum lag mir auf der Zunge. Ach was, eines – Hunderte! Warum du, warum jetzt, warum Christine, warum heimlich? Dazu viele 1000 andere Fragen. Wie konntest du? Woher wusstest du? Was fällt dir ein, was unterstehst du dich, bist du von Sinnen, was geht dich …? Ich schluckte sie alle hinunter, alle 1000 Fragen auf einmal, und es war ein verdammt dicker Brocken. Aber es musste sein, denn ich hatte genug von diesem ewigen Nichtbegreifen, vom belämmert Gucken, von den Fragezeichen, die man sich gegenseitig um die Ohren haut. Irgendwann mussten Ausrufezeichen her! Bitteschön:

»Verdammt noch mal«, brüllte ich und sprang auf, »mir reicht's! Das ist gegen unsere Abmachung. Du hattest kein Recht, sie einfach zu besuchen. Nicht, ohne mich vorher zu fragen! Mich kotzt das an, diese Geheimniskrämerei, dieses Frauengetue hinter meinem Rücken. Wahrscheinlich habt ihr euch noch prima verstanden, ihr beiden! Was denkt ihr eigentlich, wer ich bin?«

Okay, da war es wieder, das Fragezeichen. Aber kein echtes, denn natürlich erwartete ich keine Antwort auf meine Frage. War bloß so ein rhetorisches Dingens. Die Wut hatte mich durch das Zimmer getrieben, jetzt stand ich wieder vor Signe, wusste nicht, wohin mit meinen Händen und der Hitze in meinem Kopf, fluchte, wartete.

Aber da kam nichts. Nichts außer einem Blick, der so wehmütig war, dass mir ganz anders wurde. Eine Spur Bitternis lag darin, ein Lächeln und die Erkenntnis, dass nicht wir es sind, die den Lauf der Welt bestimmen. Wir nicht. Wir können höchstens mal ein Ausrufzeichen setzen. Aber das ist dann nicht mehr als ein Symbol unserer Ohnmacht und Unzulänglichkeit.

»Du machst mich fertig«, stöhnte ich und sank – wie soll ich sagen? – in diesen Blick hinein. Auf sie drauf. An sie dran. »Ihr macht mich fertig. Alle.«

Sie ließ es geschehen. Rieb ihre Backe an meinem kratzigen Schädel und hörte mir zu, wie ich stöhnte. Als ich damit fertig war, sagte sie immer noch nichts.

»Kommt dein Mann wirklich morgen?«, fragte ich.

»Ja.«

»Gibt es ihn überhaupt, deinen Mann? Vielleicht hast du ihn nur erfunden, um mir Angst zu machen?«

Sie lachte. »Möchtest du es überprüfen? Du kannst gern hierbleiben, bis er kommt. Aber danach müssen wir eine Lösung für dich finden.« Sie machte eine Pause, dann sprach sie weiter. »Ich habe Christine erzählt, was du herausgefunden hast. Dass du nicht der Mörder Schmiders bist. Auch die Sache mit dem Sender. Einfach alles, was ich wusste.«

»Und? Hat sie dir geglaubt?«

»Ich würde sagen, ja.«

»Hast du ihr auch das mit uns beiden erzählt?«

»Sicher.«

»Und?«

»Was und?«

»Wie sie reagiert hat.«

»Das Geständnis hat meiner Glaubwürdigkeit nicht geschadet. Eher im Gegenteil.«

»Das meinte ich nicht.«

Sie schwieg. Signe bei Christine, ich konnte es einfach nicht fassen. Beide unter einem Dach, an einem Tisch. Im Gespräch über mich. Klar hatten sich die beiden gut verstanden! Schon oft war mir der Gedanke gekommen, dass Christine Signe sympathisch finden würde. Vielleicht sogar attraktiv. Nur dass es dazu niemals kommen würde.

Dachte ich.

»Du hast schon eine tolle Frau, Max«, hörte ich Signe sagen. »Pass gut auf die auf, hörst du?«

Ich stöhnte.

Nachts stand ich am offenen Fenster und zählte die Sterne. Je länger ich stand, desto mehr entdeckte ich. Und das, obwohl Teile des Himmels durch die Dächer der Altstadt verdeckt waren. Irgendwann spürte ich Signes Hand auf meiner Schulter.

»Kannst du nicht schlafen?«

»Nein.«

»Ach Max.« Ihre Hand kroch weiter.

»Kennst du die Sternbilder?«

»Ein paar. Warum?«

»Strobel hat mir seinen Plan der unterirdischen Gänge gezeigt. Dieses Netz von Linien. Es erinnerte mich an Karten vom Nachthimmel. Karten von Sternbildern.« Ich wartete, und weil sie nichts sagte, sprach ich weiter. »Da kam mir der Gedanke, dass Strobels Plan vielleicht ein Spiegel unserer Sternbilder ist. Oder umgekehrt: dass der Verlauf der Gänge nachts am Himmel sichtbar wird. Man muss halt bloß die Linien zwischen den Sternen ziehen.«

»Aber Strobels Linien sind doch nicht alle gerade, oder?«

»Der Himmel ist ja auch gekrümmt.«

Sie zog die Stirn kraus, dann lachte sie. »Du suchst wohl gerade Erklärungen, wo keine sind, was? Komm ins Bett, Max.«

»Wenn du meinst.«

»Da fällt mir ein … Deine Frau sagte etwas über diese Gänge.«

»Christine?«

»Ja, etwas Seltsames. Als ich ihr erzählte, dass du auf deiner Flucht in die Heidelberger Unterwelt geraten bist, meinte sie, dann wärst du Schmider ähnlicher, als du wüsstest.«

»Schmider? Wieso denn das?«

»Ich hätte nachfragen sollen. Vielleicht hat er sich auch für dieses Zeug interessiert. Lass es uns morgen klären.«

»Was hat Schmider mit …«

»Da!« Sie packte mich am Arm. »Eine Sternschnuppe!«

Ich hatte sie verpasst, aber das machte nichts. Es folgten noch viele. Wir standen am Fenster, schwiegen und genossen den nächtlichen Funkenregen. Stundenlang.

KAPITEL 38

Der Morgen des letzten Tages.

Er brach an wie alle Tage davor. Mit viel Sonne, gleißendem Licht, Temperaturen, die sich der 30-Grad-Marke näherten. Im Radio Warnungen vor Hautkrebs und Werbung für Sonnencreme. Aber auch der Hinweis, dass von Westen eine Regenfront im Anzug war. Gegen Abend, spätestens in der Nacht sei mit heftigem Niederschlag zu rechnen.

An die Besucher der Obama-Rede würden gratis Regenschirme verteilt, meldete der SWR.

Als das Musikgedudel wieder losging, fiel mein Blick auf die Uhr, die in Signes Küche hing. Auf den unersättlichen Sekundenzeiger. Stoisch fraß er sich seinen Weg durch die Zeit. Jeder Tick ein Bissen. Jede Sekunde ein Verlust an Leben.

»Was ist los, Max?«

Ich riss mich vom Anblick der Uhr los und wandte mich Signe zu.

»Man müsste sie zwingen können. Die Zeiger. Zwingen, in die andere Richtung zu gehen. Rückwärts, meine ich: zum Freitag, zum Donnerstag, zu all den Tagen, an denen wir uns gesehen haben. Ich habe eine Waffe, ich könnte sie zwingen.«

»Und irgendwann wärst du dann in der Zeit angelangt, als wir uns noch nicht kannten. Willst du das?«

Ich schüttelte den Kopf. »Scheiß Idee. Die Zeit anhalten, geht auch nicht. Alles sinnlos.«

Sie starrte eine Weile in ihre Kaffeetasse, dann sagte sie: »Wenn du möchtest, können wir den Vormittag gemeinsam verbringen, ohne an den Mord und all das zu denken. Wir fahren zum Dilsberg und tun so, als sei die Welt in Ordnung. Gegen Mittag sind wir wieder zurück und sagen Tschüss.«

Ich legte den Kopf schief und zog eine Grimasse, die sie tatsächlich zum Lachen brachte.

»Schon gut«, sagte sie. »Das war noch dämlicher als das mit den Zeigern. Also, was wirst du jetzt tun?«

»Christine anrufen.«

Schweigend sah sie mir zu, wie ich die Nummer meiner Ex wählte und wartete. Ich schloss die Augen. Nicht daran denken, dass Signe gestern bei ihr war. Nicht daran denken, dass Christine alles wusste. Es ging bloß um eine Information. Um eine schlichte Auskunft.

»Christine, ich bin's. Ich habe nur eine kurze Frage. Was hatte Schmider mit den Gängen unter der Altstadt zu tun? Du sagtest gestern etwas in dieser Richtung zu …«

Den Namen sparte ich mir. Ich schlug die Augen wieder auf. Signes Blick ruhte auf mir, während ich Christines Erklärungen lauschte. Wir sind nicht zu dritt, dachte ich, das sieht nur so aus. Die eine sehe ich, die andere höre ich. Getrennte Welten. Sie haben nichts miteinander zu tun.

»Ja«, sagte ich. »Verstehe. Könnte hierin der Grund für den Mord liegen? Hat er dir gegenüber jemals erwähnt, dass ihm dieses Wissen gefährlich werden könnte? Vielleicht bedrohte ihn jemand deswegen, oder es gab irgendwelchen Ärger?«

Signe stand auf und holte frische Butter aus dem Kühlschrank.

»Okay«, sagte ich. »Danke. Hätte ja sein können. Nein, alles gut.« Dann machte ich große Augen, setzte zu einer Frage an – und verkniff sie mir. Stattdessen hielt ich Signe das Telefon hin. »Sie will mit dir sprechen.«

»Guten Morgen, Christine«, meldete sich Signe. Mehr hörte ich nicht, weil ich nichts hören wollte. Ich ging hinaus, aufs Klo oder was auch immer. Sollten die beiden doch bequatschen, was sie wollten.

Als ich zurückkam, lag das Telefon neben Signe auf dem Frühstückstisch. »Was hat dir Christine über Schmider gesagt?«, erkundigte sie sich.

»Habt ihr das nicht besprochen?«

»Nein.«

Ich setzte mich. »Sie meinte, bei der Stadt sei er derjenige gewesen, der sich mit unterirdischen Gängen am besten auskannte. Wenn Meldungen von Bürgerseite kamen, wurde er geschickt.«

»Und was heißt das nun?«

WA
WIR FRE

DB FERNVERKEHR AG
STEPHENSONSTR. 1
60326 FRANKFURT AM MAIN
UID NR.: DE 260656754

Zugnummer:	ICE	000691
Dienstnummer:		03
Wagennummer:		93805804

MC #02
REG MANINGER 12-11-2015 18:34 000341
PLATZNUMMER. 6

RECHNUNG

RECHNUNGSNUMMER.	198
1 BITBURGER -GLAS 0,3 L	EUR 3,30
TOTAL	**EUR 3,30**
BAR	EUR 3,30
NETTO	EUR 2,77
MWST 19%	EUR 0,53

Es bediente Sie: HERR MANINGER
Verkaufsort: RESTAURANT

MWST-AUSWEIS: LEISTUNGSORT GEMAß
ART. 57 RICHTLINIE 2006/112/EG

REISEN UND DABEI GUT SPEISEN.
AN BORD BIETEN WIR IHNEN EINE GROßE AUS-
" REGELMÄßIG WECHSELNDER GERICHTE AN.
FREUEN UNS AUF IHREN NÄCHSTEN BESUCH

»Keine Ahnung. Vielleicht hat er den legendären Geheimgang zum Schloss entdeckt, und jetzt versucht irgendein Schatzsucher … ach, was weiß ich. Ist doch alles Spekulation.« Ich wollte eben zur Kaffeetasse greifen, als ich in der Bewegung innehielt. »Moment. Es gibt da unten etwas Auffälliges. Der alte Strobel hat es mir gesagt, und ich habe es selbst gesehen. Ein Gang ist frisch zugemauert. Und zwar an zwei Stellen. Einmal, wenn man hier bei euch im Haus einsteigt. Das andere Mal an einem Knotenpunkt beim Uniplatz. Möglicherweise ist etwas dahinter versteckt.«

»Oder jemand?«

Ich sah sie überrascht an. »Du hast Fantasie …« Jemand – das schien mir dann doch etwas zu viel des Schlechten. Andererseits: Was sonst hätte den Mord an einem unbescholtenen Bürger gerechtfertigt? Und den Aufwand, eine falsche Fährte zu legen? Verrückte Bilder stiegen in mir auf: Sklaven, an Kerkerwände gekettet. Verkaufte Kinder, verratene Flüchtlinge …

Erst das Ticken der Wanduhr, das plötzlich in mein Bewusstsein drang, brachte mich zur Besinnung. Ich schüttete den Rest Kaffee hinunter und stand auf.

»Ich werde mit Strobel sprechen. Und eventuell steige ich noch mal in die Gänge hinunter. Falls ich mir eine Taschenlampe von euch leihen darf.«

»Pass auf dich auf«, sagte Signe.

Eine Viertelstunde später stand ich vor dem Margarethenheim. Falsches Haar und Sonnenbrille, der übliche Mist, aber wenigstens wieder in meinen eigenen Kleidern. Die nach Signes Waschmittel rochen. Ich hatte ihr Handy dabei und eine Taschenlampe, hinten im Hosenbund steckte der Revolver. Nicht nur deshalb hatte ich

Hauptstraße und zentrale Altstadtplätze auf meinem Weg hierher gemieden. Die Stadt war gestopft voll. Sie vibrierte geradezu vor Erregung anlässlich des Besuchs aus Übersee. Es gab Absperrungen, überall Polizei, dazu Mitglieder der Schwarzen Sheriffs. Immer schön im Hintergrund bleiben.

An der Pforte las ein dicker Mann die Neckar-Nachrichten. Der grau gewordene US-Präsident zwinkerte vom Titelblatt. Ich erkundigte mich nach Strobel und wurde in den zweiten Stock geschickt. Schon im Treppenhaus roch es nicht gut. Ich sage es ungern, aber es roch nach alten Menschen. Vielleicht, nein, ganz bestimmt roch es in den Altersheimen der Reichen anders, so war es doch immer. Ob unter der Brücke, auf dem Fußballplatz oder in der Bahn – du siehst den Unterschied nicht nur, du riechst ihn auch.

Strobel war nicht da. Ein ordentliches, aufgeräumtes Zimmerchen, aber leer.

»Ist wohl wieder auf Achse«, meinte ein Pfleger, während er einen Essenswagen durch den Flur schob.

»Sie meinen, auf Erkundungstour? Unterirdisch?«

»Offiziell darf er nicht. Aber hält er sich dran? Der Strobel ist ein Sturkopf.«

Ich sah ihm hinterher. Jetzt vermischte sich das spezielle Altersheimbukett mit dem Geruch nach Fleischsoße und Geschmacksverstärker. Warum musste jemand wie Strobel hier enden?

Nun, ganz einfach: weil sich sonst keiner um ihn kümmerte.

Dies denken und mit dem Blick an einem Namensschild an einer Tür hängen bleiben, war eins. Auf dem Schild stand ein Name, den ich kannte. Den ich sogar gut kannte.

Noch so jemand, um den sich niemand kümmerte.

Ich kratzte mich am Kopf. An der Perücke, um genau zu sein. Eigentlich hatte ich keine Zeit. Eigentlich wollte ich weg. Musste ich weg, irgendwie. Aber Maria war nicht irgendeine Bekannte. Sie hatte meine Lieblingskneipe geführt, jahrzehntelang. Meinen Zufluchtsort, trunkene Gegenwelt. Hatte sich aufgeopfert für uns Saufnasen. Da ging man nicht so einfach an ihrer Tür vorbei.

An der Tür zu ihrer letzten Wohnung.

Ich klopfte an, und als ich nichts hörte, klopfte ich noch einmal. Wieder nichts. Vorsichtig drückte ich die Klinke nach unten und steckte meinen Kopf ins Zimmer. Marias Unterkunft wirkte noch winziger als die Strobels. Da war ein Bett, davor ein Stuhl, und da war ein Schrank. An der Wand das obligatorische Kreuz. Die Vorhänge zugezogen.

»Maria?«, sagte ich und trat ein. Auf Zehenspitzen. Keine Antwort. Im Bett lag jemand, ich sah eine Hand auf der Decke liegen. Schade, dass ich keinen Blumenstrauß dabei hatte. Man brachte doch immer einen Blumenstrauß mit, wenn man zu Alten oder Kranken ging. Ich hatte nichts außer dem Revolver in meinem Hosenbund und der Taschenlampe, die ich mir von Signe geliehen hatte.

»Maria?«

Jetzt sah ich sie. Gott, ich erkannte sie kaum wieder! Das Gesicht eingefallen und aschfahl, die Augen ohne Leben, auf der Bettdecke die beiden Hände, abgelegt wie Kleidungsstücke. Und wie klein sie war! Ein Häufchen Mensch, das in ein Kinderbett gepasst hätte. Sie schaute nicht auf, als ich neben sie trat. Ihr Blick war starr zur Zimmerdecke gerichtet.

»Ich bin's, Max«, sagte ich. »Max Koller. Kennst du mich noch?«

Mehr fiel mir nicht ein. Schon gar nichts Passendes. Sollte ich vielleicht fragen, wie es ihr ging? Meine Güte, ich hatte nicht gewusst, dass sie so krank war. Oder so alt. Vor einem halben Jahr hatte sie uns noch bedient bis nachts um eins. Okay, es war schon länger her, ein Jahr mindestens, und zuletzt hatte sie sich immer öfter vertreten lassen. Trotzdem. War das die Frau, die den ›Englischen Jäger‹ geschmissen hatte? Jahrzehntelang?

Irgendwie hatte ich überhaupt nichts von Maria gewusst.

»Weißt du, ich kam zufällig vorbei«, sagte ich. »Da dachte ich, ich schaue mal rein.«

Hohnlachend warfen die Wände meine Wörter zurück. Hauten mir jedes einzeln um die Ohren. Warum fiel mir nichts Gescheites ein? Oder wenigstens etwas Ehrliches?

Vielleicht sollte ich ihre Hand nehmen. Ein bisschen drücken.

Ich brachte es nicht fertig.

Und während all dieser Zeit blinzelte die alte Frau nicht ein einziges Mal.

Hilfesuchend schaute ich mich um. Da war nichts, worüber wir uns hätten unterhalten können. Kein Bild, kein Gegenstand, keine Erinnerung. Ein karges, kaltes Zimmer. Der Wartesaal vor dem großen Abschied. Dass Maria aus Sizilien stammte, davon wusste diese Wohnung nichts.

»Ich geh dann mal wieder«, sagte ich und hoffte fast, dass sie mich zurückhalten, dass sie endlich eine Reaktion zeigen würde.

Nichts.

Plötzlich ein Gedanke. Ich hatte ja doch etwas, das ich ihr zeigen konnte. Das vielleicht ein paar Worte wert war, und sei es im Selbstgespräch. Die Fotos aus Eberbach!

Signe hatte sie mir zusammen mit den gewaschenen Kleidern zurückgegeben, und ich hatte sie automatisch in die Jeans gesteckt. Wo sie ja hingehörten.

»Pass auf, ich zeig dir was, Maria.« Ich kramte die Abzüge hervor. Die zerknitterten, vom Regen durchweichten und wieder getrockneten Abzüge. »Schau, so haben wir Abschied vom ›Englischen Jäger‹ gefeiert. Da war vielleicht was los, das kann ich dir sagen. Schade, dass du es nicht … Hier, guck mal, das bin ich. Natürlich nicht mehr nüchtern, Ehrensache. Und Tischfußball-Kurt, mit Coppick und Hansen. Es war eine würdige Feier, absolut.«

Lag es an meinem Gebrabbel oder an den Bildern, dass sich in Marias Augen etwas tat? Vielleicht war ich auch bloß aus Versehen gegen ihr Bett gestoßen. Gleichwie, ihre Lider zuckten, und ihr Blick hakte sich an der einen oder anderen Gestalt auf den Fotos fest.

»Da, der schöne Herbert hat schier geflennt an dem Abend. Selbst mein Kumpel Fatty kam vorbei, dabei ist der nicht so der Kneipengänger. Und schau dir mal diese Truppe an, komplett in Rosa, die Idioten. Die haben wir natürlich rausgeschmissen. Leander müsste auch …«

Ich brach ab, denn Maria hatte einen seltsamen Laut von sich gegeben, eine Mischung aus Zischen und Stöhnen. Wollte sie mir etwas sagen? Hatte sie ihre Kneipe erkannt?

Sie röchelte. Ihre Augen wurden plötzlich weit, aber nicht aus Freude, sondern aus Angst. Ja, es war nackte Angst, die aus ihrem Blick sprach.

»Maria? Was ist los?«

Ich sah auf das Foto, das ich in der Hand hielt, konnte aber nichts Verdächtiges erkennen. Ging es ihr nicht gut?

Ihre Lippen bewegten sich, als wollte sie mir etwas mitteilen. Jetzt hob sich sogar ihre Hand von der Decke.

»Soll ich jemanden rufen? Brauchst du Hilfe? Verdammt, Maria, ich weiß nicht, was ich machen soll!«

Neben ihrem Kopfkissen lag etwas, das aussah wie ein Notfallknopf an einem Kabel. Als Maria wieder stöhnte, drückte ich das Ding. Zitternd streckte sie die Hand aus und zeigte mit einem Finger auf das Foto. Ihre Lippen formten eine Silbe, die zu leise war, um mein Ohr zu erreichen.

»Was meinst du? Sag's noch mal, bitte!«

Ich näherte meinen Kopf ihrem Mund. Es war nur ein Hauch, der von ihr zu mir drang, eine einzige Silbe, und doch verstand ich klar und deutlich: »Kant.«

Kant? Perplex schaute ich sie an. Was sollte das heißen? Kant? Schelling? Hegel? Der gute Leander bezeichnete sich gern als Philosoph – und wir ihn auch, weil das so lustig klang. Eher war ich Oberbürgermeister als er ein echter Philosoph, außerdem war Leander auf dem Foto, das Maria so in Aufruhr versetzt hatte, nicht abgebildet. Stattdessen Herbert und ich sowie zwei weitere Gäste aus dem ›Englischen Jäger‹. Glasige Blicke, rote Augen.

Was meinte Maria bloß?

Im nächsten Moment öffnete sich die Tür und eine vierschrötige Pflegerin kam herein. Ich weiß nicht, ob man das Adjektiv ›vierschrötig‹ auch auf Frauen anwenden darf, aber in diesem Fall plädiere ich dafür. Es war offensichtlich, dass Maria in den Pranken dieser Dame augenblicklich gesunden würde – oder eingehen wie eine Primel. Mich jedenfalls scheuchte das Trumm in Weiß mit einer einzigen Handbewegung vor die Tür, da konnte ich protestieren, so viel ich wollte.

Verwirrt machte ich mich auf den Rückweg. Was hatte mir Maria sagen wollen? Auf der Treppe stieß ich fast mit einem Entgegenkommenden zusammen, so sehr war ich in die Betrachtung meines Fotos vertieft. Ich konnte nichts Auffälliges daran entdecken. Links stand Herbert, rechts ich, zwischen uns einer der jüngeren Gäste und ganz rechts der Bärtige mit der Brille.

Kant … Plötzlich blieb ich stehen.

Natürlich kannte ich den Namen. Aber … das konnte nicht sein. Das durfte nicht sein!

Der Kerl sah doch völlig anders aus.

Na und? Damals hatte er sich auch verkleidet.

Er wurde angeschossen, war auf der Flucht, die halbe Polizei des Landes im Nacken.

Aber gefasst wurde er meines Wissens niemals.

Der zottelige Bart … die dicke Brille … Der Typ auf dem Foto sah aus wie ein Trottel. Oder wie einer, der sich als Trottel verkleidet hat. Um aus dem Besoffenen direkt daneben, der sich für einen Privatermittler hielt, einen Obertrottel zu machen. Einen Trottel bis in alle Ewigkeit.

Ich ließ mich auf eine Treppenstufe sinken. Hermann von Kant war zurückgekommen. Er hatte im ›Englischen Jäger‹ neben mir gestanden. Hatte Bier mit mir getrunken, um mich anschließend unschädlich zu machen und Schmider zu töten. Aus Rachsucht. Er also war es.

Er steckte hinter allem.

KAPITEL 39

Wie ein Geschoss krachte die Faust des Mörders gegen meinen Schädel. Ich geriet ins Straucheln und fiel.

In meinem Rücken gähnte die Baugrube. Wasser spritzte.

Wo blieb der Gnadenschuss?

Brings hinter dich, Mörder. Aber mach schnell.

Er machte es nicht schnell. Er machte es auf seine eigene, durchdachte Weise. Ich spürte einen harten Gegenstand auf der Wange, der mein Gesicht ins Wasser drückte. Einen Gegenstand, der nach Leder roch. Von Kant wollte mich ersäufen wie einen räudigen Hund, ohne sich die Hände schmutzig zu machen.

*

Die Welt, die sich außerhalb des Margarethenheims erstreckte, war nicht mehr dieselbe wie vorhin. Es gab einen neuen Farbton darin, eine Nuance von Hässlichkeit und Schmerz. Die Stadt, in der ein Hermann von Kant sein Unwesen trieb, war eine andere als die ohne seine Anwesenheit. Auf den Gesichtern der Passanten lag ein Schatten. Die Fenster: beschlagen von Schuld. Niemand konnte sich freisprechen, wir alle hatten unser Teil daran. Wir hatten zugelassen, dass einer wie Kant heranwuchs, mitten unter uns. Vor allem war es meine Schuld. Ich hätte verhindern können, dass er weiterlebte, weitertötete, aber ich hatte es nicht geschafft. War ihm ja selbst nur knapp entkommen. Wenn ich daran dachte, spürte ich noch immer seinen Schuh auf meiner Wange. Er hatte mich ersäufen wollen, weil ich ihn als Drahtzieher des Attentats auf dem Uniplatz entlarvt hatte. Dann: Handgemenge, meine Flucht, die Schießerei bei Maria. Kant hatte überlebt. Ich ebenfalls.

Dafür hatte es nun Schmider erwischt. Kants spezielle Art, sich an mir zu rächen.

Ja, ich trug die Schuld an Schmiders Tod. Freilich auf eine andere Weise, als ich geglaubt hatte.

Langsam setzte ich mich in Bewegung. Wie sollte man in dieser Situation kühlen Kopf bewahren? Dabei fühlte ich mich eiskalt, kalt bis in die Zehenspitzen. Bloß bis zu meinem Kopf reichte die Kälte nicht. In ihm rasten die Gedanken. Ich musste Signe informieren, unbedingt. Ich musste auch Christine informieren, Fatty, Covet, Kommissar Fischer, einfach alle. Also zurück in die Hasengasse.

Stattdessen blieb ich stehen. Wenn Rache an mir das alleinige Motiv für den Mord an Schmider war, dann brauchte ich allen übrigen Spuren gar nicht mehr nachzugehen. Dann hatte die Tatsache, dass sich der Ermordete in Heidelbergs Unterwelt auskannte, keine weitere Bedeutung. Und der zugemauerte Gang? War ein zugemauerter Gang, mehr nicht.

All das konnte ich also auf sich beruhen lassen. Oder, umgekehrt: Ich schloss es ein für alle Mal aus. Dazu genügte, vielleicht, ein Gespräch mit dem alten Strobel. Deshalb war ich ja hier, vor den Toren des Margarethenheims, nur einen Steinwurf entfernt von der Klingenteichstraße. Sollte es doch eine Verbindung zwischen Kant und den Gängen geben, musste ich das herausfinden. Also stiefelte ich wieder los, wie ein Fiebernder, gegen den Widerstand meiner starren Gliedmaßen. Heiße Stirn, Kälte von innen: Das waren doch die Anzeichen einer Fieberattacke, oder?

Als ich das verlassene Haus erreichte und in den Keller hinabstieg, sah ich, dass die große Holzplatte zur Seite gerückt war. Strobel befand sich also unten. Ich knipste Signes Taschenlampe an und zerrte die klemmende Tür auf. Keine Vorkommnisse bis zur Engstelle. Abgesehen von der Tatsache, dass Kant immer bei mir war. Dass er neben mir ging, mich nicht losließ.

Wir kriegen dich, schwor ich ihm. Ich kriege dich!

Bergab ging es tatsächlich einfacher durch den Spalt. Die Lampe im Mund, zwängte ich mich auf die andere Seite, wo ich mehr rutschend als kletternd ankam. Dabei verlor ich die Lampe, die prompt erlosch. Im Dunkeln spielte ich eine Weile Topfschlagen, bis ich sie wiederfand. Dann tappte ich weiter. Ich kam an die Abzweigung zum Uniplatz und hielt mich rechts.

»Herr Strobel?«, rief ich, weil ich meinte, etwas gehört zu haben.

Gleich danach bemerkte ich einen schwachen Lichtschein vor mir. Zur Sicherheit knipste ich meine Lampe aus. Während ich mich auf Zehenspitzen weiterbewegte, spitzte ich die Ohren. Außer meinen eigenen Geräuschen war jedoch nichts zu vernehmen. Auch das Licht vor mir veränderte sich nicht.

»Herr Strobel?«, wiederholte ich, als ich nur noch wenige Meter entfernt war.

Keine Antwort. Ich betrat den Raum mit dem zugemauerten Gang und dem Gerümpel in der Ecke. Vor mir auf dem Boden lag der alte Strobel, zusammengekrümmt, in einer Blutlache. Seine Stirnlampe war an und bestrahlte die Wand.

Leise fluchend kniete ich mich neben ihn und tastete nach seinem Puls. Der klaffende Spalt in Strobels Kehle verriet mir, dass ich umsonst tasten würde. Sein faltiges Gesicht drückte Überraschung aus. Keinen Schmerz. Die eine Haarsträhne lag wie ein Ankerseil im Blut.

Und sein Handgelenk war noch warm.

Ich schnellte hoch und blieb in geduckter Haltung stehen. Während ich nach dem Revolver griff, jagten meine Blicke von rechts nach links. Hier der Gang, den ich gekommen war; dort derjenige, der zur Heiliggeistkirche führte. Zwei finstere Löcher. Gestanzte Schwärze. Nicht der geringste Laut drang an mein Ohr. Trotzdem. Ich fühlte mich wie auf dem Präsentierteller. Mit einem Satz war ich in der Ecke neben dem Müllberg und drückte mich gegen die Wand. Das Licht von Strobels Stirnlampe fiel in eine andere Richtung. Fürs Erste war ich aus der Schusslinie.

Meine Hand umklammerte den Griff des Revolvers. Vorsichtig steckte ich die Taschenlampe ein. Hatte ich auf dem Weg hierher nicht ein Geräusch gehört? Einbildung? Wenn hier unten einer war – wo konnte er stecken? Am ehesten in dem Gang, der zur Kirche führte. Oder auf der entgegengesetzten Seite, in dem kurzen Abschnitt, der beim Uniplatz endete.

Mein Blick fiel auf den Toten. Ein Schnitt durch die Kehle, wie bei Schmider. Die Handschrift Hermann von Kants.

Immer noch kein Laut. Dafür schlich sich ein anderes Detail in meine Wahrnehmung. Irgendetwas stimmte hier nicht. Irgendetwas hatte sich seit gestern verändert. Aber was?

Suchbild mit Fehler. Das altbekannte Spiel. Wo steckte er? Es ging nicht um Strobels Leiche. Es ging um den Raum, um die Gegenstände darin. Welche Gegenstände? Da waren doch bloß die Wände, die Ausgänge, einer davon zugemauert, und das Gerümpel in der Ecke.

Das Gerümpel, genau. Das war es.

Der Stuhl gleich neben mir. Gestern hatte er anders herum auf den Brettern gelegen. Mit den Füßen zur Wand. Und wenn mich nicht alles täuschte, war der Stapel seither gewachsen.

Ganz langsam, ohne die beiden Zugänge aus den Augen zu lassen, ging ich in die Knie. Mit der freien Hand lüpfte ich eine der Planen, die aus dem Stapel ragten.

Eine Schulter kam zum Vorschein. Ein Kopf. Öliges Haar.

Der Prügelotto!

Seine Augen waren geschlossen, das Haar fiel ihm in die Stirn, und genau in der Mitte dieser Stirn befand sich ein Loch. Schwarz und blutverkrustet.

Ich versuchte, meinen Atem unter Kontrolle zu bringen. Bleib konzentriert, Max! Denk an die Zugänge. Spitz die Ohren. Halt den Revolver fest. Alles okay. Alles im Griff.

Der mit den fettigen Haaren lag nicht allein unter dem Gerümpel. Als ich die Plane noch ein wenig weiter zurückzog, kam der Kopf seines Kompagnons zum Vorschein. Ebenfalls mit Einschussloch.

Drei Leichen unter der Erde. Zwei davon in die Ecke gekehrt, unter Plunder versteckt wie ein Haufen Dreck. Drei Leichen. Und ich als einzig Lebender.

Nein.

Ich war nicht der Einzige.

Nicht in diesem Moment. Nicht hier unten. Ich spürte es, bevor mir klar wurde, von welchem meiner Sinne das Signal stammte. Ich war nicht allein. Ich war genauso wenig allein wie damals in meiner Wohnung.

Sein Geruch verriet ihn. Sein verdammtes After Shave. Wie damals. Wie vor drei Tagen. Ich konnte ihn *riechen*!

War er nähergekommen? Trug er im Näherkommen seine Ausdünstungen vor sich her? Nein, wahrscheinlich lag der Geruch schon die ganze Zeit in der Luft, und ich nahm ihn erst jetzt wahr. Mit Verspätung, nach all den akustischen, optischen, haptischen Eindrücken. Jetzt herrschte Totenstille. Vor mir der tote Strobel, neben mir der Müllhaufen mit den beiden Leichen. Ein Teil des unterirdischen Raums im Lichtkegel von Strobels Stirnlampe, ansonsten Halbdunkel, Dämmer und die Schwärze der Ausgänge.

Mein Blick saugte sich an der Lampe fest. An der verräterischen Lichtquelle. Licht bedeutet Leben, heißt es doch. Dieses Licht hier konnte das Gegenteil bedeuten.

Ich nahm den Revolver in die linke Hand, hechtete nach vorn und drückte den Aus-Knopf der Stirnlampe. Sofort sprang ich wieder zurück, in die Dunkelheit hinein. Im selben Moment krachte es, als stürzten sämtliche Gänge in sich zusammen. Aus den Augenwinkeln sah ich Mündungsfeuer. Es war nur ein einziger Schuss, der hier unten, in der Enge der Tunnel, zur Kanonensalve wurde. In das verebbende Echo hinein tönten Geräusche von Schritten; jemand entfernte sich, strebte weg vom entlarvenden Mündungsfeuer. Ich hielt den Revolver in Richtung des Gangs, den ich gekommen war, und drückte ab. Wieder die verheerende Kanonade. Und wenn ich nun einen Querschläger abbekam? Ich wusste ja nicht einmal, ob meine Kugel den Raum überhaupt verlassen hatte. Schluss mit dem Irrsinn! Außerdem kannte der Angreifer nun auch meine Position. Ich kroch zurück, stieß gegen den Müllhaufen mit den beiden Toten, tastete mich weiter, zum anderen Ausgang, der zu dem Gitter führte. Ich entriegelte es und schlüpfte hindurch. Gleich danach der Rechtsknick. Erst jetzt wagte ich es, meine Lampe anzuknipsen. Blinzelte. Begann zu rennen.

Zuckend fiel das Licht über die gemauerten Wände. Dieser Gang war für alles Mögliche gedacht, nur nicht für schnelle Fortbewegung. Immer wieder stieß ich mit der Schulter seitlich an oder geriet ins Stolpern. Aber ich fiel nicht, und mein Kopf blieb heil.

Als ich endlich an der Tür zur Kirche anlangte, war sie natürlich abgesperrt. Signe hatte den Schlüssel abends noch an seinen Platz zurückgebracht. Jetzt blieben genau zwei Möglichkeiten. Die zweite bestand in roher Gewalt. Treten, hebeln, schießen. Lieber Möglichkeit eins probieren. Ich fischte Signes Handy aus der Tasche. Ob es hier unten Netz gab …? Ja, gab es. Stark war das Signal nicht, und ich musste das Telefon dicht an die Tür halten, aber der Anschluss kam zustande.

»Geh dran, Signe«, zischte ich und knipste die Lampe aus. »Geh dran!«

Sie meldete sich. Glück gehabt!

»Hör zu«, flüsterte ich, »du musst mir aus der Klemme helfen. Komm in die Heiliggeistkirche und sperr mir die Tür auf, die zu dem unterirdischen Gang führt. Aber beeil dich!«

»Okay, ich komme.«

Ich steckte das Handy weg und löschte die Lampe. Was täte ich nur ohne Signe?

Während ich im Dunkeln auf sie wartete, versuchte ich, mich in Kant hineinzuversetzen. Was würde er jetzt unternehmen? Wenn er mich stellen wollte, musste er mir durch den Gang folgen. Ohne Licht, um kein Ziel abzugeben. Oder er kam oberirdisch zur Kirche und wartete draußen auf mich. Was allerdings voraussetzte, dass er wusste, wohin der Gang führte. Aber das wusste er, darauf wollte ich wetten.

Ich ballte eine Faust. »Beeil dich, Signe …!«

Andererseits war es keineswegs sicher, dass er mich verfolgen würde. Immerhin war ich bewaffnet. Er hatte seine Chance gehabt und überhastet geschossen. Bei den nächsten Schritten würde er Vorsicht walten lassen.

Mit dem Revolver in der rechten Hand und dem Rücken zur Holztür horchte ich in die Dunkelheit. Aber niemand kam. Niemand näherte sich. Auch meine Nase meldete: Luft rein.

Dafür hörte ich irgendwann das Geräusch von Schritten jenseits der Tür. Leise drehte ich mich um. War er das? Oder Signe? Jemand zog den Vorhang beiseite. Drückte die Klinke, rüttelte daran.

»Max? Bist du da?«

Kants Stimme war es nicht. Aber auch nicht die von Signe.

»Der Schlüssel hängt seitlich an einem Haken«, sagte ich.

»Moment.«

Die Tür ging auf. Vor mir stand Christine.

»Ich weiß jetzt, wer hinter allem steckt«, sagte ich. »Wir müssen vorsichtig sein. Er ist gefährlich.«

Sie umarmte mich.

KAPITEL 40

»Hermann von Kant?« Kommissar Fischer machte eine Kunstpause. »Sind Sie sicher?«

»Ganz sicher. Ich habe ihn wiedererkannt.« Dass nicht ich es war, der den Mörder erkannt hatte, sondern eine alte sterbende Frau, brauchte Fischer nicht zu interessieren. Die Angelegenheit war ohnehin schon kompliziert genug. Signe räumte Geschirr in die Spülmaschine. Christine saß neben mir am Küchentisch und betrachtete die Fotos aus dem ›Englischen Jäger‹.

»Sie meinen, von Kant hätte den Mord an Schmider nur inszeniert, um sich an Ihnen zu rächen? Weil Sie ihn damals fast geschnappt haben?«

»Ja.«

»Das übersteigt meine Fantasie.«

»Vielleicht steckt noch etwas anderes dahinter. Aber Rache ist zumindest eines der Motive. Ich habe hier Fotos, auf denen ist er drauf. Wenn auch in Verkleidung.«

»Dann stellen Sie uns die zur Verfügung.« Fischer sagte es ganz nüchtern, wie er ohnehin einen geschäftsmäßigen Ton draufhatte. Der Gute war immer noch sauer, dass ich mein Versprechen, mich zu stellen, nicht gehalten hatte. Es knackte und rauschte im Telefon, und dann meinte ich, Stimmen zu hören. Nach Fischers Frau klang das nicht. Hatte der Kommissar Besuch?

»Ja, habe ich«, gab er mir Bescheid. »Zwei Kollegen sind auf einen Kaffee vorbeigekommen. Die Herren Greiner und Sorgwitz, falls Sie es genau wissen möchten. Wir reden über Gott und die Welt – und wie es der Zufall will, haben wir über Sie auch schon gesprochen.«

»Das heißt, die beiden hören mit?«

»Sollten sie?«

Ich stand auf und begann, in der Küche umherzugehen. Die übliche Konzentrationsgeschichte. »Okay, dann für Sie alle drei: Hören Sie mir bitte kurz zu, bevor Sie Ihre Techniker verständigen, um den Anruf zurückzuverfolgen. Dass ich keine Erinnerung mehr an den Tatabend habe, muss daran liegen, dass ich betäubt wurde. Mit K.o.-Tropfen oder so was. Kant hat DNA-Proben von mir bei Schmider verteilt, er hat mir die Tatwaffe in die Hand gedrückt und mir zusätzlich einen Chip implantiert, um mich zu überwachen. Diesen Chip kann ich Ihnen zeigen.«

»Tun Sie das, Herr Koller«, hörte ich Greiners verzerrte Stimme. »Wir warten auf Sie.«

»Vor vier oder fünf Tagen haben Sie einen Anruf bekommen, dass ich angeblich in Oberhof gesehen wurde. Einen anonymen Anruf. Daraufhin haben Sie eine Streife losgeschickt, um das zu überprüfen. Ist das richtig?«

Stille auf der anderen Seite. Ich sah sie vor mir, die drei, wie sie stirnrunzelnd Blicke wechselten, in ihren Erinnerungen kramten, Tage abzählten.

»Ob das richtig ist?«, hakte ich nach.

»Es gab einen solchen Anruf, ja«, kam Greiners Bestätigung.

»Sehen Sie. Das war Kant. Zwei seiner Handlanger haben mich in Eberbach zusammengeschlagen und ausgeraubt. Die beiden liegen erschossen in einem Gang unter dem Uniplatz. Wahrscheinlich wollte er sie loswerden. Dazu ein älterer Herr, der dort öfter herumschleicht.

Schauen Sie sich das an, vom Untergeschoss der Heiliggeistkirche gibt es einen Zugang.«

Wieder Stille. »Sie drehen jetzt das ganz große Rad, was?«, hörte ich schließlich Sorgwitz sagen.

»Ich drehe nicht«, giftete ich zurück, »ich beschreibe Tatsachen.«

»Aber was will dieser Kant?«, meldete sich Fischer zu Wort. »Ich kann mir nicht vorstellen, dass er all das nur tut, um Ihnen zu schaden, Koller. Verstehen Sie mich nicht falsch, der Aufwand ist einfach zu groß. Natürlich kann man eine falsche DNA-Spur legen, keine Frage, aber dazu braucht man medizinisches Vorwissen, man braucht entsprechende Gerätschaften und wahrscheinlich auch eine bestimmte Erfahrung. Und das mit dem Chip klingt abenteuerlich.«

»Den kann ich Ihnen zeigen. Wollen Sie mit der Dame sprechen, die ihn mir …«, ich wich Christines Blick aus, »die ihn entdeckt hat, verdammt noch mal?« Und um zu verhindern, dass die Kommissare nachhakten, sprach ich rasch weiter. »Hören Sie zu, ich weiß nicht, was dieser Kant noch vorhat. Ich weiß nur, was er mir und vor allem Schmider angetan hat. Deshalb mein Vorschlag: Ich serviere Ihnen den Mann auf dem Silbertablett. Heute noch. Unter der Bedingung, dass Sie nicht sofort die Handschellen klicken lassen, sobald ich Ihnen über den Weg laufe.«

»Sie haben keine Bedingungen zu stellen«, plärrte Greiner, und Sorgwitz meinte, es liege ein Haftbefehl gegen mich vor, daran müssten sie sich halten.

»Wie wollen Sie uns Kant servieren?«, fragte Kommissar Fischer.

»Mithilfe des Chips. Des Senders, den er mir implantiert hat. Das Ding liegt an einem sicheren Ort. Ich hole es und trag es so lange mit mir herum, bis Kant aus der Deckung kommt. Dann haben Sie ihn.«

»Nein!«, fuhr Christine auf. Signe, am Geschirrschrank zugange, drehte sich um und schüttelte ebenfalls den Kopf.

»Zu gefährlich«, beschied Fischer.

»Gefährlich, aber machbar. Wenn Sie auf Zack sind. Ich werde mich nur auf dem Uniplatz bewegen, rund um die Absperrungen. Dort sind so viele Menschen unterwegs, dass mir nichts passieren kann. Kant wird mich beobachten. Er wird wissen wollen, was ich dort mache. Warum ich mich wieder unter die Leute traue. Das ist Ihre Chance. Sie folgen mir und schlagen zu.«

»Wie stellen Sie sich das vor?«, rief Sorgwitz. Es klang, als habe er sich das Handy geschnappt, um mich aus nächster Nähe anzupöbeln. »Wir haben heute alle Hände voll zu tun. Da können wir nicht auf Ihre Spielchen eingehen, Koller!«

»Sie sollen Schmiders Mörder finden, das haben Sie heute zu tun, Sorgwitz! Sie wollen mir doch nicht erklären, dass Sie für die Bewachung des amerikanischen Präsidenten zuständig sind.«

»Heute ist jeder für Obamas Sicherheit zuständig, vom Polizeianwärter bis zum Innenminister, einfach jeder. Wenn draußen im Neuenheimer Feld eine Laterne verdächtig blinkt, habe ich persönlich sie zu verhaften, so sieht's aus, Herr Koller!«

»Es ist in der Tat eine spezielle Situation für meine Kollegen«, mischte sich Fischer wieder ein. »Übrigens auch für mich. Dass ich mich aus dem Mordfall Schmider zurückgezogen habe, entbindet mich noch lange nicht von den Zusatzaufgaben an diesem Wochenende. Davon abgesehen, ist Ihr Vorschlag undurchdacht und viel zu riskant, deshalb können wir darauf nicht eingehen. Wobei ich Ihnen nicht vorgreifen will.«

Letzteres war an seine Kollegen gerichtet, die sonst seine Untergebenen waren.

»Schon okay, Chef«, murmelte Kommissar Greiner denn auch brav.

»Wie Sie meinen«, sagte ich. »Dann wiederhole ich hier vor Zeugen noch einmal meine Angaben zum Fall Schmider. Erstens, der Mörder heißt Hermann von Kant. Er hat den Mordverdacht auf mich gelenkt, um sich an mir zu rächen. Zweitens, es gibt weitere Opfer. Wo sie liegen, habe ich Ihnen beschrieben. Drittens, ich werde mich nun mit dem Sender, den Kant verwendet hat, auf den Uniplatz begeben, um den Mann so aus der Reserve zu locken. Es liegt in Ihrem Ermessen, ob Sie die Gelegenheit nutzen und ihn verhaften. Falls Sie es nicht tun und die Sache geht schief – gut, das ist dann Ihre Verantwortung. Hier sind zwei Personen, die mitgehört haben.«

Okay, vielleicht hätte ich andere Formulierungen wählen sollen. Geschmeidigere. Andererseits hatte ich wenig Lust, den Diplomaten zu spielen. Nicht nach meinen Erlebnissen von eben. So oder so, es war gesagt, und auf der anderen Seite der Leitung explodierte jemand: Kommissar Fischer. Er brachte es nicht ganz auf die Lautstärke der beiden Schüsse unter Tage, aber fast.

»Was erlauben Sie sich?«, brüllte er. »Sie Schandmaul, Sie verdammtes! Sie glauben wohl, Sie können sich alles erlauben! Wir lassen uns nicht erpressen, verstanden? Die Welt dreht sich nicht nur um Sie! Sie haben Ihr Wort nicht gehalten, Sie haben gelogen und betrogen, Sie sind das niederträchtigste und hinterfotzigste Stück …«

Den Rest verstand ich nicht, weil ich das Telefon mit

gestrecktem Arm von mir hielt. Die beiden Frauen starrten mich an.

Dann wurde es ruhig im Hörer. Vorsichtig näherte ich das Ding meinem Ohr. Ich vernahm ein Gemurmel mehrerer Stimmen, aber kein Geschrei mehr. Entweder hatte Kommissar Fischer einen Herzinfarkt erlitten und seine beiden Kläffer versuchten es mit Erste-Hilfe-Maßnahmen, oder die drei berieten sich. Aber worüber?

Doch nicht über meinen Plan?

»Hallo?«, sagte ich. »Sind Sie noch dran?«

Das Gemurmel ging weiter. Was quatschten die bloß? Christine nahm die Gelegenheit wahr und meinte, Fischer habe recht, das sei eine haarsträubende Idee, aber ich wimmelte sie ab.

Endlich hörte ich ein Räuspern am anderen Ende, und ich wusste sofort, dass es nicht mein alter Lieblingskommissar war, der sich jetzt melden würde.

»Herr Koller?«, sagte der Mann.

»Herr Sorgwitz?«

»Wir kommen.«

»Wie, Sie kommen?«

»Ihr Vorschlag ist hirnverbrannt, aber die einzige Möglichkeit. Geben Sie uns eine Stunde, bis dahin beziehen wir Position auf dem Uniplatz.«

Meine Kinnlade klappte herunter. Ich nahm das Telefon vom Ohr und starrte es an, aber an ihm lag es nicht. »Habe ich das eben richtig verstanden?«, sagte ich. »Sie … Sie wollen mir helfen?«

»Wir helfen uns gegenseitig.«

»Steht Frau Fischer mit der Dienstwaffe ihres Gatten hinter Ihnen? Oder wie kommen Sie dazu …?« Ich brachte den Satz nicht zu Ende.

»Mir ist etwas eingefallen«, sagte der Kampfhund kühl. »Ich glaube, ich weiß nun, wer Hermann von Kant ist und wo wir ihn finden.«

»Wo? Wer?«

»Das werden wir sehen. Wenn Ihr Plan aufgeht, haben wir den Beweis.«

Er legte auf. Ich wusste nicht, was ich sagen sollte. Fischer machte mich zur Schnecke, und Sorgwitz wollte mir helfen. Ausgerechnet Sorgwitz! Die Sonne drehte sich um die Erde!

Aber was wusste der Kerl? Was war ihm plötzlich eingefallen?

»Dieser Geheimniskrämer«, fluchte ich. »Dieser elende Geheimniskrämer!«

»Er spricht von sich«, sagte Signe zu Christine.

Die schüttelte den Kopf. »Max, dein Plan ist verrückt! Kant weiß doch längst, dass du den Chip entdeckt hast. Er weiß, dass du ihm auf der Spur bist. Ihr habt aufeinander geschossen. Warum sollte er sich noch um den Sender kümmern?«

»Wo der Sender ist, bin auch ich. Das genügt ihm. Ob ich ihn durchschaut habe oder nicht, spielt keine Rolle.«

»Er wird ahnen, dass es eine Falle ist.«

»Vielleicht. Trotzdem wird er wissen wollen, was für eine Art Falle es ist. Ob ich sie ihm stelle oder die Polizei.«

Sie biss sich auf die Lippen. »Weißt du, was, Max? Du bist genau wie er. Ihr rechnet nur in Sieg und Niederlage, und jetzt wollt ihr es persönlich ausfechten. Wir anderen sind bloß Staffage, die Polizei, wir, der Rest der Stadt. Am liebsten würdest du ihn zum Duell fordern. Auf dem Uniplatz, vor allen Leuten.«

Darauf sagte ich erst einmal nichts. Ich sollte sein wie er? Christine hatte unter meiner Flucht gelitten, unter all den Zweifeln, und dann kam auch noch die Sache mit Signe dazu. Aber ich wie Kant?

»Bist du derselben Meinung?«, fragte ich Signe.

»Ja.« Sie machte eine Pause, um dann fortzufahren: »Allerdings glaube ich, dass noch mehr dahintersteckt. Kant will das Duell auch, ja. Aber das hätte er längst haben können. Warum dieses Versteckspiel, dieses Zappeln lassen, die Überwachung? Ich glaube, er hat etwas vor, und um herauszufinden, was, muss er aus der Reserve gelockt werden. Zur Not mit Max' Plan.«

Christine schwieg.

Ich ebenfalls.

KAPITEL 41

Das abgesperrte Gelände vor der Neuen Uni war nicht groß. Es hatte seine natürlichen Begrenzungen in den beiden Baumreihen, die rechtwinklig auf das Gebäude zuliefen, und im Südflügel der Alten Uni, der die vierte Seite dieses Rechtecks bildete. Vor dem Eingang zur Neuen Uni war eine Tribüne aufgebaut, mit Rednerpult, Stühlen, Blumenschmuck, Lautsprechern und der amerikanischen Flagge. Bestimmt würde der US-Präsident nicht unerwähnt lassen, dass es die Initiative eines New Yorker Botschafters und Ex-Studenten war, der sich das Gebäude hinter ihm verdankte. I lost my heart in Heidelberg … Von den rumpeligen Pflastersteinen auf dem Platz davor war kaum etwas zu sehen, so viele Teppiche hatten die Organisatoren ausgelegt. Blaue Teppiche, keine roten. Darauf die Stuhlreihen für das handverlesene Publikum, für die Größen aus Wirtschaft und Wissenschaft, die Heidelberger Bundestagsabgeordneten, die Mäzene und Mitläufer, die Maßgeblichen und Mundgefälligen. Die M-Society also. Nur der Max gehörte nicht dazu. Dafür der Marc; schon vor Wochen hatte mir mein Freund Covet stolz mitgeteilt, dass es ihm gelungen war, eine der raren Presse-Karten zu ergattern.

»Weil du den Schwarzen Gürtel hast?«, hatte ich gefragt.

»Weil ich meinen Chef mit Nacktfotos erpresst habe«, lautete seine Antwort. »Der wiederum seinen Chef. Und der seinen, bis hoch zum Deutschen Presserat. Mindestens.«

Irgendwo, wahrscheinlich ganz hinten außen unter den Platanen, würde also Marc Covet in seiner Eigenschaft als Lokalreporter der Neckar-Nachrichten sitzen. Ein Platz auf der steil aufragenden Zuschauertribüne, genau gegenüber der Neuen Uni, dürfte ihm verwehrt bleiben. Wer hier saß, hatte Geld oder Einfluss oder beides. Oder Nacktfotos von sämtlichen Rednern, die heute auftraten.

Ansonsten gab es Plätze für Radio- und Fernsehanstalten, schwenkbare Kameraarme lauerten krakenartig im Hintergrund. Vor dem Rednerpult war eine Laufschiene verlegt, um dynamische, aber rumpelfreie Bilder vom deutsch-amerikanischen Verhältnis zu liefern. Das sollte ja auch dynamisch und rumpelfrei sein. Zwischen den Reihen wuselten Techniker, Sicherheitsleute und Hostessen herum, einige Zuhörer waren wohl auch schon eingetroffen und fächelten sich Luft zu. Die Sonne brannte mit derselben Kraft wie in den vergangenen Tagen vom Himmel, nur ab und zu wurde sie von vorbeiziehenden Wolken in Schach gehalten.

Ich rief Signe an. »Seht ihr mich? Ich gehe jetzt einmal an der Absperrung vorbei, hoch zur Unibibliothek, und dann wieder zurück.«

»Wir haben dich im Blick, Max. Wir sind schräg hinter dir.«

»Gut.«

Ich steckte das Handy weg. Was waren das für Gefühle, die das zweimalige »wir« in mir auslöste? Wir – da marschierten Signe und Christine tatsächlich gemeinsam durch die Stadt, hatten das gleiche Ziel, verbündeten sich, unterstützten einander. Christine hatte den Sender aus der Sakristei geholt, Signe ihren Mann telefonisch auf später vertröstet. Und alles wegen mir. Hatte ich das verdient?

Lieber nicht darüber nachdenken.

Natürlich war der Uniplatz voll. Die Hauptstraße auch, sie waren es ja schon am Vormittag gewesen. Zu den üblichen Samstagsflanierern kamen jetzt noch die Schaulustigen, die Geladenen, die Organisatoren. Ganz zu schweigen von den Sicherheitskräften. Alle Naslang traf man auf Uniformierte, teilweise mit Hunden. Ich drehte mich dann immer weg oder versteckte mich hinter Passanten, denn ich trug keine Perücke. Nie wieder kastanienbraun! Hermann von Kant würde mich so oder so erkennen, daran lag es nicht. Ich wollte bloß nicht seine Methoden anwenden, diesen ganzen Bart- und Brillen-Scheiß. Hatte es einfach nicht mehr nötig. Ich wie er? Das wäre zu beweisen.

Ob nun allerdings jeder Streifenpolizist von Kommissar Sorgwitz die Order bekommen hatte, meine Anwesenheit zu ignorieren, wagte ich nicht zu beurteilen. Daher: wegducken, ausweichen, vermeiden. So kam ich unbehelligt bis zum Uniplatz, dem Reich der Schwarzen Sheriffs. Sie hatten um den eigentlichen Sperrbereich einen weiteren Korridor gezogen, in dem sie und nur sie patrouillierten. Hier wurden potenzielle Gäste nach allen Regeln der Kunst durchsucht. Außer den Einsatzfahrzeugen der Polizei gab es auch zwei Vans mit verspiegelten Scheiben, die wohl dem Sicherheitsdienst gehörten.

Im Schutz der Menge schob ich mich an der Absperrung vorbei. Was für ein Aufwand! Obama hatte nur noch ein einziges Jahr, er war Präsident auf Abruf, da lohnte sich ein Attentat doch überhaupt nicht. Wenn ich es richtig erkannte, waren auf dem Uniplatz sämtliche Mülleimer abmontiert. Spürhunde schnüffelten in allen Ecken. Die umliegenden Gebäude waren vermutlich längst geräumt. Naja, es waren hauptsächlich Unibauten, die am Samstag ohnehin leer standen. Mein Blick fiel auf das Haus mit dem Flachdach, von dem Hermann von Kant damals den Anschlag koordiniert hatte. Jetzt waren dort oben bestimmt Scharfschützen positioniert.

Langsam ging ich weiter. Der Vierfachmord beim Altstadtfest war der Grund, warum ich den Uniplatz zum Schauplatz des Treffens mit Kant gewählt hatte. Da war eine Rechnung offen. Ich tastete nach dem Revolver, der wie immer hinten im Hosenbund steckte. Mein Hemd hing darüber.

Plötzlich sah ich Kommissar Sorgwitz auf mich zukommen. Meinem Blick ausweichend, drückte er sich durch die Menge, bis er auf meiner Höhe war. Er schaute stur geradeaus. Aber er nickte. Seine Lider machten die kurze Bewegung mit. Es war ein Nicken, das Beruhigung signalisieren sollte. Wir sind da. Wir haben alles im Griff.

Mein Gott, ich hätte nicht gedacht, dass ich mich einmal über die Anwesenheit des Kampfhundes freuen würde!

Fragte sich nur, was Sorgwitz über Kant wusste? Welche Idee war ihm gekommen? Am liebsten wäre ich hinter ihm hergelaufen, um ihn darauf anzusprechen. Aber wenn er es mir am Telefon nicht verriet, würde er auch jetzt nicht damit herausrücken. Er war halt Bulle und ich Privater. Schicksal.

Mittlerweile war ich oben an der Plöck angelangt, einem der Zugänge zum Uniplatz. Auch hier wurde kontrolliert. Fahrzeuge durften gleich wieder kehrt machen, die Tiefgarage unter der Bibliothek war nämlich gesperrt. Ich sah mehrere Personen in lebhafter Diskussion mit Sicherheitskräften. Einem jungen Kerl wurde eben der Rucksack ausgeleert. Aus der Plöck näherte sich eine kleine Gruppe mit Transparenten. Ich las die Begriffe *Guantánamo*, *NSA* und *Afghanistan*. Auf einem Plakat wurde Obama aufgefordert, seinen Friedensnobelpreis zurückzugeben. Die Gruppe war, wie gesagt, ziemlich klein.

Von Kant keine Spur.

Ich kehrte um. Zurück zum Uniplatz, an der Mensa vorbei, einem der hässlichsten Gebäude nördlich der Alpen, weiter Richtung Hauptstraße. Ein Streifenwagen rollte im Schritttempo durch die Menge. Die Stimmung war ausgelassen, man konnte es nicht anders sagen. Manche wedelten mit deutschen und amerikanischen Fähnchen, auch einige Privathäuser waren beflaggt. Über uns kreiste ein Hubschrauber. Ich erhaschte einen Blick auf Christine, die mit dem Rücken zu einer Buchhandlung stand und nach mir

Ausschau hielt. Dass sie besorgt geblickt hätte, wäre eine Untertreibung gewesen.

Kurz vor dem Löwenbrunnen, der ebenfalls abgesperrt war, vermutlich damit keiner darauf herumkletterte, bog ich rechts ab Richtung Jesuitenkirche. Hier, zwischen dem nördlichen Ende des Sperrbereichs und der Alten Uni, war es besonders eng. Immer wieder kam es zu Körperkontakt. Jemand rempelte mich an, entschuldigte sich in gebrochenem Deutsch. Unauffällig rückte ich meinen Revolver zurecht. Zwei breitschultrige Schwarze Sheriffs durchkämmten die Menge mit ihren Blicken. Ich musste an meine Nacht unter der Brücke am Bahnhof denken, an die halbe Nacht, genauer gesagt. Jeder hatte so seine eigenen Erfahrungen mit dem Staatsbesuch. Die einen wurden von ihren Schlafplätzen vertrieben, die anderen erhielten Spezialaufträge. Und kamen sich nun verdammt wichtig vor in ihren schwarzen Monturen, dem Fliegerkäppchen und dem Namensschild an der Brust. Türsteher in Uniform. Ja, glotzt nur! Dass ich eine Waffe trage, merkt ihr doch nicht.

Okay, hier war es eindeutig zu voll. Zurück zum Uniplatz, wo man nicht dauernd einen Ellbogen ins Kreuz bekam. Noch immer kein Lebenszeichen von Kant. Eine Wolke schob sich vor die Sonne. Sofort fiel ein Schatten über unsere Köpfe. Kaum verzog er sich wieder, kam die Bewegung vor mir ins Stocken. Drei, vier Leibwächter bahnten einem Grüppchen von Anzugträgern eine Gasse durch die Menge. VIPs auf dem Weg zum reservierten Ehrenplatz. Anzüge sind ja auch eine Art von Uniform, nicht wahr?

Ein weiterer Sicherheitsanruf bei meinen Damen. Sie hatten mich im Gedränge aus den Augen verloren, fanden mich nach kurzer Beschreibung aber gleich wieder.

»In 20 Minuten treffe ich mich mit Peter an der Absperrung«, sagte Signe. »Wir gehen dann zusammen rein.«

»Wenn die Veranstaltung läuft, müssen wir den Versuch vielleicht eh abbrechen. Mal sehen, wie die Stimmung dann ist. Sorgwitz hat sich jedenfalls schon blicken lassen.«

»Deine Frau hat vorhin kurz mit ihm gesprochen.«

Ach, hatte sie? Sorgwitz und Christine, auch so ein Thema. Wenn der Kampfhund auf mich traf, flogen die Fetzen, bei meiner Ex dagegen mutierte er zum Schoßhündchen. Dito sein Kumpel, der Rottweiler.

»Sie ist meine Exfrau«, sagte ich noch, aber da hatte Signe das Gespräch schon beendet.

Und weiter ging's. Wo bleibst du, Mörder? Das Döschen mit dem Chip ruhte in meiner Hosentasche. Das Ding würde doch nicht ausgerechnet heute seine Aktivität eingestellt haben, während wir uns einen Wolf liefen? Nein, wenn Hermann von Kant Material einsetzte, hatte das garantiert die Halbwertzeit von Plutonium.

Apropos: War so ein implantierter Sender eigentlich gesundheitsschädlich?

»Max!«, rief jemand.

Ich schaute auf. Ein Panda kam auf mich zu. Kein echter, sondern ein Mensch mit Pandaohren, schwarz geschminkter Nase und schwarzweißem T-Shirt. Für die Ähnlichkeit mit dem Bären sorgte neben den Ohren vor allem der Körperumfang des Mannes.

»Nee«, sagte ich. »Fatty!«

Wir starrten uns an. Keiner kapierte etwas. Bis ich in seinem Rücken noch weitere Pandas entdeckte. Sie trugen die gleichen Shirts, die gleichen Stoffohren, und groteskerweise waren sie alle übergewichtig. Außerdem schwankten sie und hatten einen verdammt trüben Blick.

»Dein Kumpel, der heiraten will«, nickte ich. »Jetzt feiert ihr seinen Junggesellenabschied. Und du übst schon mal für deine eigene Hochzeit.«

»Mann, Max, ich dachte, du bist zur …« Er senkte die Stimme. »Was ist denn nun? Fahnden sie nicht mehr nach dir? Hat sich alles geklärt?«

»Nein. Nicht ganz. Du, das ist jetzt ein echt blöder Zeitpunkt …« Ich zog ihn zu mir heran und schaute mich um. Natürlich gafften die Leute, aber sie taten es nicht wegen mir, sondern wegen Fatty, dem Panda. »Hermann von Kant, erinnerst du dich? Er ist wieder da, und er hat mir den Mord an Schmider angehängt. Ich bin eben dabei, ihm eine Falle zu stellen.«

Fattys Augen wurden groß und rund. Bärenmäßig, ich sage es ja! »Hermann von Kant?«, flüsterte er. »Der Attentäter? Was für eine Falle?«

»He, Friedhelm!« Eine Tatze fuhr auf seine Schulter nieder. »Wo bleibst du denn?«

In Sekundenschnelle waren wir von Pandabären umringt. Friedhelm nannten sie ihn? Das konnten keine Freunde sein! Fatty befreite sich auch sofort von der Tatze und zischte den anderen zu, sie sollten sich vom Acker machen, er habe etwas mit mir zu besprechen.

»Das ist ein Freund von dir? Ey, krass!«

Und schon ging es los mit dem Gelächter und dem Gegröle und der ganzen alkoholisierten Distanzlosigkeit. So ähnlich wie damals im ›Englischen Jäger‹, nur tageszeitengemäß abgemildert. Außerdem schwarz-weiß statt rosa, was ja schon mal ein Fortschritt war. Sie drückten mir einen Schnaps in die Hand, klopften mir auf die Schulter, hakten sich ein, und der mit dem Bauchladen durfte natürlich auch nicht fehlen.

»Jetzt schiebt ab, verdammt noch mal!«, wütete Fatty. »Ich komme nach.«

»Erst anstoßen. Auf den Bräutigam.«

Welcher der Pandas zum Altar geführt werden würde, war nicht auszumachen. Es interessierte mich auch nicht. Ich fragte mich, warum die Schwarzen Sheriffs die Bärenrotte so weit hatte kommen lassen. Die waren doch gemeingefährlich! Wenn Obama die zu Gesicht bekam, warf er Deutschland aus der Nato.

»Hallo, Meister, kannst du Kondome gebrauchen? Kann man immer. Hier, drei Euro das Stück. Himbeere!«

»Die aus Eberbach waren billiger«, gab ich zurück.

Meine Güte, wie sie da lachten. »Ja, Eberbach …!«

»Außerdem ist Himbeere eklig.«

»Zieht Leine!«, schimpfte Fatty. »Zum letzten Mal!«

Ich winkte ab. Der Kerl war selbst schuld, dass er bei dem Spektakel mitmachte. Das hatte er nun davon. Lauter klebrige Kumpels.

»He, wie wär's mit einem Furzkissen? Kommt immer gut. Und Stinkbomben, die sind wieder voll in! Hier, mit neuer Mixtur.«

»Ich hab kein Geld dabei«, sagte ich.

»Och nö.«

»Hab ich wirklich nicht. Wir könnten höchstens tauschen.« Ich zog das Döschen mit dem Chip aus der Tasche und legte es in den Bauchladen. »Das ist auch eine Stinkbombe. Aber bitte erst später öffnen, das gibt sonst eine Massenpanik.«

»Na gut, weil du's bist«, meinte der Bauchladenbär. »Als Kumpel vom Friedhelm. Dafür nimmst du aber auch unser Stinkezeug. Funzt voll, ehrlich!«

Weil ich nicht zugreifen wollte, steckte er mir sein Präsent in die Hemdtasche. Unter grölendem Gelächter der übrigen Pandas. Ich musste mich sehr beherrschen, um nicht meinen Revolver zu zücken. Aber dann war es auch gut, und das Grüppchen trollte sich.

»Wenn du schon heiraten musst«, sagte ich zu Fatty, »dann tu mir den Gefallen und verzichte auf so einen Klamauk.«

»Für wie blöd hältst du mich?«, entgegnete er schmollend. »Denkst du, mir macht das Spaß? Aber jetzt will ich wissen, was hier los ist! Wieso Hermann von Kant?«

»Ich habe keine Zeit für lange Erklärungen. Kant steckt hinter allem. Er hat mehrere Menschen umgebracht. Und nun sind wir dabei, ihm eine Falle zu stellen. Wenn es klappt, taucht er demnächst hier auf. Sorgwitz ist mit seinen Leuten in der Nähe. Christine auch.«

»Christine?«

»Geh zurück zu deinen Bärchen, Fatty. Wir kriegen das schon hin.«

»Wie bitte?«, fuhr er auf. »Ich soll Däumchen drehen, während ihr …? Ich bleibe! Sag mir, was ich tun soll.«

»Fatty …«

»Los, sag's mir! Ich kann auch seinen Namen rufen, wenn du magst.«

»Mann! Kein Wunder, dass diese Viecher vorm Aussterben stehen. Bleib meinetwegen in meiner Nähe, aber nicht direkt bei mir, und halte nach Kant Ausschau. Weißt du überhaupt, wie er aussieht?«

»Klar, hab ihn doch damals beschattet.«

»Er muss sein Aussehen verändert haben. Aber bitte, versuch's. Es sind genug Polizisten unterwegs, denen du Bescheid geben kannst. Okay?«

Er nickte und gab mir einen Schulterklaps.

»Und zieh deine Ohren aus, Fatty!«

»Nö.«

Kaum war er weg, kam mir Kommissar Sorgwitz entgegen. Mit fragend hochgezogenen Augenbrauen. Ich machte eine beruhigende Geste: Keine Sorge, es waren bloß Pandas. Vegetarier und Gemütsbären. Über ihre Kondompreise sollten wir allerdings sprechen.

Sorgwitz verschwand wieder in der Menge.

Verdammt, wo blieb von Kant? Der bizarre Auftritt von Fattys Rudel würde ihn doch nicht in die Flucht geschlagen haben? Oder lag es an Sorgwitz? Kannte er ihn? Hielt er sich deshalb bedeckt?

Ich war wieder an der Absperrung angelangt und ließ meine Blicke über die Stuhlreihen gleiten. Allmählich füllte sich der Zuschauerbereich. Mir lief die Zeit davon. Wenn die Veranstaltung erst einmal begonnen hatte, würde Sorgwitz auf ein Ende der Aktion drängen. Ganz abgesehen davon, dass Signe dann längst an der Seite ihres Mannes Platz genommen hatte.

Wir hatten nicht einmal die Möglichkeit gehabt, uns zu verabschieden.

Auch daran war dieser verdammte von Kant schuld. Auch daran. Aber noch immer wusste ich nicht, worum es ihm wirklich ging. Um Rache? Nur darum? Signe hatte recht, der Aufwand war zu groß. Wochenlange Vorbereitungen, das Risiko, aufzufliegen, vier Morde – und all das bloß, um es einem zweitklassigen Privatflic zu zeigen? Was war mit dem unterirdischen Gang? Warum hatte Kant die Leichen ausgerechnet dort versteckt? Schmider, sein erstes Opfer, hatte sich mit Heidelbergs Unterwelt ausgekannt. Das war doch kein Zufall!

Noch immer stand ich am Rand der Absperrung. Weitere VIPs kamen, begrüßten sich übertrieben herzlich. Ein Schwarzer Sheriff hatte Mühe, seinen Schäferhund zu bändigen. Ich dachte an Kommissar Greiner, der jetzt wahrscheinlich die Toten barg. Der in diesem Moment mit seiner Mannschaft irgendwo da unten herumkroch, genau unter unseren Füßen. Der Raum mit den drei Zugängen lag doch unter dem Uniplatz, oder? Strobels Skizze fiel mir ein, auf der auch der zugemauerte Gang verzeichnet war. Das Sternbild aus der Tiefe. ›Ich kann mir keinen Grund denken, ausgerechnet diesen Abschnitt zu verschließen‹, hatte der alte Mann gesagt. Sollte Schmider das angeordnet haben?

Plötzlich wurde mir kalt. Ich spürte, wie sich meine Nackenhaare aufrichteten. Auf dem Uniplatz trieben sich jetzt schon Tausende herum, und es würden noch mehr werden. Wichtige Leute, bekannte Leute, irgendwann auch der US-Präsident. Sie alle versammelten sich über einem von zwei Seiten verplombten Gang, von dem niemand wusste, was er enthielt. Der Einzige, der es hätte wissen können, war tot: Harald C. Schmider.

An derselben Stelle hatte Hermann von Kant schon einmal ein Attentat verübt.

Meine Hand zitterte, als ich sie in die Hosentasche gleiten ließ. Ich musste Sorgwitz anrufen, sofort.

»Einen Moment, bitte.« Vor mir stand einer der Schwarzen Sheriffs. »Personenkontrolle. Dürfte ich Sie bitten mitzukommen?«

»Gleich. Ich muss telefonieren.«

»Das können Sie hinterher. Bitteschön.« Er wies auf den Van mit den verspiegelten Scheiben. Ein zweiter Uniformierter stand neben mir.

»Es ist dringend!«

»Das hier ist dringender.«

»So hören Sie doch! Ich muss nur kurz …«

»Bitte leisten Sie keinen Widerstand«, schnitt mir der andere das Wort ab. »Wir haben polizeiliche Befugnisse. Nach der Aufnahme Ihrer Personalien dürfen Sie tun, was Sie möchten.«

Meine Machtlosigkeit ließ mich verzweifeln. Aber eher hätte sich die Eiger-Nordwand erweichen lassen als diese beiden Idioten. Wahrscheinlich hatte ich zu lange über den Platz vor der Neuen Uni gestarrt. »Machen Sie bitte schnell. Ich muss die Polizei anrufen.«

Wortlos führten sie mich zu dem Van, wo ich meine Papiere zeigen sollte. Ich sagte, ich hätte keine, sie seien mir gestohlen worden, und wenn sie mir nicht glaubten, sollten sie bei der Polizei nachfragen. Bei Kommissar Fischer, Kommissar Sorgwitz, Kommissar Greiner, egal.

»Umdrehen!«

Jetzt sparten sie sich schon die Bitte. Ich wollte sie zur Vernunft bringen, irgendwie, da packten sie mich, drehten mich mit dem Gesicht zu dem Fahrzeug und tasteten mich ab.

»Er ist bewaffnet!«, zischte der eine. Ich hörte ein Klicken in meinem Rücken.

»Keine Bewegung, Freundchen! Beide Hände hinter den Kopf, aber ganz langsam. Wenn du zuckst, drücke ich ab.«

»Die Waffe ist nur zu meiner Verteidigung da«, stöhnte ich. »Ich mache alles, was Sie sagen, aber hören Sie mir zu. Bitte!«

Die Seitentür des Van wurde aufgeschoben. »Hier rein! Hände immer schön hinter dem Kopf.« Während der eine mich ins Innere des Wagens lotste, begann der andere zu telefonieren. Ich verstand nicht genau, was er sagte, aber dass es um einen Verdächtigen ging, der statt Papieren einen Revolver mit sich trug, daran bestand kein Zweifel. Im Van gab es außer den Sitzen vorne nur eine Rückbank, auf der ich Platz zu nehmen hatte.

»Nah ans Fenster! Und jetzt eine Hand oben an den Griff.«

»Bitte rufen Sie die Polizei. Sie tun mir …«

»Ruhe!«

Gleich darauf stieß der andere zu uns, schloss die Tür und befestigte mein Handgelenk mit einem Kabelbinder am Haltegriff. Ich sträubte mich kurz, aber dann sah ich, wie der Kerl zitterte. Seinem Kollegen stand der Schweiß auf der Stirn. Die hielten mich für einen Attentäter! Wenn ich nicht aufpasste, rutschte denen ein Schuss heraus. Es war zum Schreien.

Als auch meine andere Hand an den Haltegriff gebunden war, atmeten die zwei erst einmal durch.

»Hast du den Chef informiert?«, fragte der mit der Waffe. Der andere nickte und stieg vor zum Fahrersitz. Langsam setzte sich der Van in Bewegung.

»Können wir jetzt reden?«, sagte ich. »Nun geht ja wohl keine Gefahr mehr von mir aus.«

»Chef kommt«, knurrte mein Bewacher.

Im Schritttempo fuhren wir hoch zur Unibibliothek. Durch die verspiegelten Scheiben sah ich Kommissar Sorgwitz auf einen vom Sicherheitsdienst zueilen. Na, hoffentlich hatte seine Intervention Erfolg. Denn wenn ich richtig lag mit meinen Verdacht, zählte jede Minute.

Ein letzter Blick zurück zum Uniplatz mit seinen Hunderten, Tausenden von Schaulustigen. Vielleicht stimmte es ja auch nicht. Vielleicht sah ich bloß Gespenster.

Vor der Peterskirche hielt der Van. Fahrer- und Seitentür wurden geöffnet, mein Bewacher stieg aus.

»Danke, ich übernehme«, hörte ich jemanden sagen.

Auch der Fahrer verließ den Wagen. Ein anderer Schwarzer Sheriff nahm seinen Platz ein und startete. Die Seitentür fiel zu. Wir fuhren los, Richtung Ebert-Anlage.

»Na, du Mistkäfer?«, sagte der Mann am Steuer.

Es war Hermann von Kant.

KAPITEL 42

Er trug die gleiche schwarze Uniform wie seine Kollegen, das gleiche Käppi, dazu Kopfhörer und Headset. Ich konnte einen gestutzten Vollbart erkennen, aber keine Brille. Mit dem ungepflegten Typen aus dem ›Englischen Jäger‹ hatte er keine Ähnlichkeiten. Und wenn doch, hatte ich sie verdrängt.

»Schwein«, sagte ich, beide Hände am Haltegriff. »Sie sind das ekelhafteste Schwein, das mir jemals über den Weg gelaufen ist. Ich wusste nicht, dass es Kreaturen wie Sie gibt. Gegen Sie sind islamische Terroristen nette Jungs von nebenan.«

»Ist das alles?«, lachte er. »Nur weiter. Mehr davon, na los! Sprich dir alles von der Seele, solange du noch die Möglichkeit hast.«

»Sie haben keine Chance, Kant. Die Polizei ist hinter Ihnen her. Diesmal kriegen wir Sie.«

Er bog rechts ab und dann gleich wieder links. »Wenn mich nicht alles täuscht, hast du mir das schon einmal prophezeit. Wir saßen damals auch zusammen im Auto, erinnerst du dich? Und? Wurde ich gefasst? Du bist ein Schwätzer, Max Koller.«

Meine Blicke flogen hin und her, ob irgendwo jemand auf uns aufmerksam würde, ob einem der verspiegelte Van verdächtig vorkäme. Aber so viele Fußgänger an diesem Tag auch unterwegs waren, sie nahmen nur kurz Notiz von uns. Wandten sich dann wieder ihren Begleitern zu, plapperten weiter. Die Sonne schien. Der amerikanische Präsident war auf dem Weg an den Neckar. Ich sah lächelnde, erwartungsfrohe Gesichter – aber niemand sah mich.

Und die Schwarzen Sheriffs, die überall standen, was taten die? Sie legten zwei Finger an ihre Mützchen und nickten Kant zu. Verdammt, er war ihr Boss! Der Chef des privaten Sicherheitsdienstes, den man für den Besuch Obamas engagiert hatte. Ausgerechnet!

»Ich weiß, was Sie vorhaben, Kant«, sagte ich. Die beiden Kabelbinder schnitten in meine Handgelenke.

»Ach ja? So, wie du wusstest, was mit Schmider passiert ist? Mach dich nicht lächerlich, Koller, du weißt gar nichts. Du bist in jede meiner Fallen gegangen, wie der letzte Depp.«

»Ich habe alles herausgekriegt.«

»Und warum sitzt du dann hier, gefesselt, hilflos? Wer so blöd ist wie du, hat es nicht anders verdient. Das war ja Sinn und Zweck der Übung: dass du merkst, was du für ein armseliges Würstchen bist.«

»Sie meinen, deshalb haben Sie das alles arrangiert? Nur deshalb?«

Er fuhr rechts ran und stellte den Motor ab. Wir befanden uns in der Schlossstraße, nur ein paar Kurven oberhalb der Altstadt und doch eine Ewigkeit vom Trubel des Uniplatzes entfernt. Etwas entfernt schlenderte ein Pärchen, sonst war die Straße menschenleer.

»Du kannst mich ruhig duzen, Koller«, sagte Kant, während er sich abschnallte.

»So was wie Sie duzt man nicht. Man kann sich auch durch Sprache schmutzig machen.«

Schallendes Gelächter bildete die Antwort. Dann kletterte er nach hinten. An der Wand war ein Klappsitz angebracht, auf den er sich setzte. Jetzt erkannte ich ihn wieder. Nicht den verkleideten Kant aus dem ›Englischen Jäger‹, sondern den von damals. Der zu mir in Fattys Mini gestiegen war. Der mir eine Pistole an die Schläfe gehalten hatte. Der mich in einem halbfertigen Rohbau ersäufen wollte und dem ich nur um Haaresbreite entkommen war. Einer von Marias Gästen hatte ihn mit seiner Waffe in die Flucht geschlagen. Kant war angeschossen worden, aber niemand wusste über die Schwere seiner Verletzung Bescheid.

»Das ist von damals«, sagte ich, auf seinen Unterkiefer starrend.

Er verzog sein Gesicht zu einer Grimasse, die mich an ein Tier erinnerte. An kein freundliches Tier. Etwas Menschliches hatte sie jedenfalls nicht. Wenn eine Geisterbahn grinsen könnte, dann so. Dass es keine normale Grimasse war, lag an der Beschaffenheit von Kants Unterkiefer. Ein wüstes Puzzle von Narben und eingesackter Haut links vom Kinn ließ vermuten, dass hier kein Knochen mehr war. Oder bloß Restbestände. Das bisschen

Bartsteppe konnte das Desaster nicht verbergen. Offenbar waren auch Muskeln und Nervenstränge nachhaltig beschädigt, denn Kants Lippe hing auf dieser Seite nach unten, sein Mund stand leicht offen.

»Kleines Andenken an die Schießerei in der Kneipe«, zischte er. »Verpfuschte OP hinterher, da kam einiges zusammen. Den ›Englischen Jäger‹ haben wir ja gemeinsam unter die Erde gebracht, fehlt noch der Schütze von damals. Wärst du so freundlich, mir seinen Namen zu verraten?«

»Vergessen. Kannte den gar nicht. Und selbst wenn …«

»Ja, ja, die Heldennummer. Steht dir nicht, du Wurst. So, und jetzt an die Arbeit.« Er klappte einen großen Aluminiumkoffer auf, der hinter dem Beifahrersitz stand, und entnahm ihm einen Laptop. Während das Gerät hochfuhr, gab er per Headset die Anweisung, ihn in den nächsten fünf Minuten nicht zu stören. Dann klappte er den Arm mit dem Mikro nach unten.

Ich sah aus dem Fenster. Die Straße lag verlassen da. Unter uns die Dächer der Altstadt, der breite Riegel der Neuen Uni, die Freifläche dahinter. Zu dem Hubschrauber, der über der Stadt kreiste, hatte sich ein zweiter gesellt. Die hatten alles im Blick: die Gebäude, den Platz, die wuselnde Menschenmenge. Wenn wenigstens einer von den Tausenden, die im Zentrum zusammenströmten, es sich anders überlegte und bei uns oben vorbeischaute! Aber was würde ich dann tun, gefesselt, wie ich war? Ich konnte mit aller Gewalt gegen die Scheiben treten. Vielleicht gelang es mir sogar, sie zu zerstören. Es würde meine letzte Handlung als Lebender sein.

Was blieb sonst? Reden? Eine Wortlawine entfesseln? Besser als nichts.

»Ich weiß, dass Sie schon vor Wochen in der Stadt waren«, sagte ich, während von Kant auf der Tastatur des Laptops herumtippte. »Sie haben mich beschattet. Mich, meine Frau und Schmider.«

»Vergiss deine blonde Freundin nicht«, meinte er, ohne den Kopf zu heben. »Was sich da für Gelegenheiten ergaben! Irgendwann war es die Qual der Wahl. Erst wollte ich was mit deiner Frau anstellen, entführen oder so. Aber dann entdecke ich ihr Foto in Schmiders Wohnung. Hat die doch tatsächlich ein Verhältnis mit dem Langweiler! Wahnsinn.«

»Da passten plötzlich zwei Dinge zusammen.«

»Zwei? Mindestens. Genauso die Geschichte mit deiner Schlampe.« Er tippte unablässig weiter, während er sprach. »Da sitze ich mit euch im Café, am Nebentisch. Du Hirni merkst natürlich nichts. Ich dagegen plötzlich: He, da läuft was zwischen den beiden! Oder auch nicht, weil die sich nicht trauen.« Jetzt sah er auf. »Du bist wirklich der verklemmteste Typ, der mir je begegnet ist, Koller!«

»Das nehme ich als Auszeichnung. Und dann haben Sie Frau Fahrenschon das Handy geklaut?«

»Sie hat es mir ja praktisch aufgedrängt mit ihrer Unvorsichtigkeit. Aber glaub bloß nicht, dass ich auf solche Zufälle angewiesen wäre. Damit«, er zeigte auf den Laptop, »konnte ich euren kompletten SMS-Verkehr mitlesen. Ihren, deinen, den von deiner Frau. Du miefiger Provinzschnüffler hast keine Ahnung, was technisch alles möglich ist. Man muss nur an der richtigen Stelle sitzen.«

»Als Chef eines international operierenden Sicherheitsdienstes zum Beispiel.«

»Früher hatte ich noch ganz andere Positionen. Staatskram. Aber nach der Sache in Heidelberg musste ich in die Privatwirtschaft wechseln. Und als ich dann den Auftrag für den Obama-Besuch bekam, dachte ich, da könnte ich doch eine offene Rechnung begleichen. Ich war schon vor einem halben Jahr in der Stadt, da wusste außerhalb der Sicherheitskreise noch keiner von dem Besuch, nicht mal der Oberbürgermeister.«

»Und weil Sie …«

»Scht«, machte er und klappte den Mikroarm nach oben. »Ich habe doch gesagt, keine Störung! Nein, die sollen sich gedulden. Immer schön nach Vorschrift. Sag ihnen, ich melde mich.« Das Mikro verschwand wieder. »Die Bullen suchen nach dir, Mistkäfer. Das können sie tun, bis sie schwarz werden. Vor einer Stunde wollte mich ein Kommissar Sorgenreich sprechen.«

»Sorgwitz.«

»Genau, ein Witz ist der. Denkt, ich stehe einfach so zu seiner Verfügung!«

»Kommissar Sorgwitz weiß, wer Sie sind. Seine Kollegen auch.«

»Ach, hör doch auf mit deinen Märchen!« Er widmete sich wieder dem Computer.

»Das ist kein Märchen!«, brüllte ich. »Sie wissen nicht, was wir alles wissen. Dass Sie in Sicherheitsmontur meine DNA am Tatort verteilt haben. Dass Sie dabei gesehen wurden, von einer Zeugin. Dass Sie mir den Sender implantiert haben.«

»Ja, und wie habe ich das getan? Weißt du das auch? OP-Saal, Chirurg in grünem Kittel? Nee, Koller, dafür hatten wir schon beim Geheimdienst unsere Gerätschaften. Dir das Ding unter die Haut zu schießen, hat mich vielleicht fünf Sekunden gekostet. Fünf Sekunden, verstehst du? Im Vergleich zu meinen Methoden bist du Steinzeit! Homo Heidelbergensis!«

»Geheimdienst? So was dachte ich mir.«

Er winkte ab. »Lange her.«

Anschließend herrschte Schweigen. Kant konzentrierte sich auf die Computereingaben, ich zermarterte mir das Hirn, was ich tun konnte. Reden, ja. Randalieren, wenigstens ein einziges Mal. Meine Handgelenke schmerzten. Vor den verspiegelten Scheiben breitete sich die Stadt aus wie eine Picknickdecke. Ihre Dächer schmolzen in der Sonne. Alles wirkte so friedlich. Friedlich und menschenleer.

Da kam einer die Schlossstraße hinunter. Ein junger Mann, muskelbewehrt, in engem T-Shirt. Wenn der zuschlug, war von Kant Matsche.

»Nanana«, machte der Mörder. »Wer wird denn hier rumschreien wollen? Wenn du das tust, leg ich den Kerl als Erstes um. Und du darfst zuschauen.«

Ich schwieg. Der Mann spazierte vorbei, ohne dem Van Beachtung zu schenken. Als er außer Sicht war, sagte ich: »Sie waren in meiner Wohnung. Ich habe Sie gerochen. Weil Sie Ihre Ausdünstungen nicht unter Kontrolle haben.«

»Ja, und weißt du, was? Es hat Spaß gemacht, da zu stehen und deine Angst zu spüren. Irre Spaß!«

»Irre blöd, meinst du wohl. Geht es noch dümmer? Erst dadurch kam ich auf den Gedanken, dass ein anderer hinter dem Mord an Schmider steckt. Dass da noch jemand ist, der überall mitmischen möchte: weil er eitel ist, weil er sich selbst überschätzt, weil er nicht im Hintergrund bleiben kann.«

»Na und?«, lachte er. »Genau das war mein Ziel: Du solltest merken, wie du manipuliert wirst. Du – und keiner sonst. Hoffentlich hast du allen Leuten von dem geheimnisvollen Unbekannten erzählt. Die mussten dich doch für bescheuert halten.«

»Die wichtigen nicht. Signe Fahrenschon hat den Sender entdeckt. Damit haben Sie nicht gerechnet.«

Er winkte ab. »War doch eh zu spät. Ich hoffe, du hast deine Flucht ausgiebig genossen. Wie fühlte sich das an, so ohne Geld, ohne Pass, ohne Handy? Da kommt man plötzlich auf ganz komische Gedanken, stimmt's?«

»Nicht auf so komische wie Sie.« Ich starrte nach draußen, suchte die Schlossstraße mit den Augen ab. Nichts. Von Kant hörte auf zu tippen. Nur sein Zeigefinger fuhr ruhelos über das Touchpad. Der Zeigefinger der linken Hand – richtig, er war ja Linkshänder, jetzt erinnerte ich mich wieder. Seinem Gesichtsausdruck nach zu urteilen, kontrollierte er das Geschriebene.

»Ich weiß, was Sie vorhaben«, sagte ich. Es war die letzte Patrone in meinem Magazin, bildlich gesprochen. Leider nur bildlich. »Ich weiß, warum Sie Harald C. Schmider umgebracht haben. Weil er der städtische Ansprechpartner für die unterirdischen Gänge war und sofort bemerkt hätte, dass Sie eine Passage zumauern.«

Kant schaute auf. Sein Mund stand offen, aber das hatte nichts zu sagen, das tat er ja immer. Eher schon sein wachsamer Blick, den er auf mich richtete. Lauernd und abwartend.

»Es muss ziemlich mühsam gewesen sein, so viel Sprengstoff in den Gang zu bringen«, fuhr ich fort. »Haben die zwei, die mich in Eberbach überfielen, dabei geholfen? Mussten sie deswegen sterben? Und warum Obama? Der hat doch nichts mehr zu sagen.«

Kants Miene wurde starr. Er sah mich eine Weile an, dann nickte er. »Hey«, entfuhr es ihm. »Hey, Mann.«

Ich schwieg.

»Nicht schlecht«, sagte er und lehnte sich auf seinem Klappsitz zurück. »Wirklich nicht schlecht, du Wurst. Ich klopfe dir symbolisch auf die Schulter. Nimm das Andenken daran mit in die Ewigen Jagdgründe.«

»Warum sollte ich? Die Polizei wird gleich hier sein. Kommissar Greiner lässt gerade die Mauern aufbrechen und das Sprengstoffkabinett räumen. Ihren Anschlag können Sie sich sonst wo hinstecken.«

Er lachte heiser. »Denkst du. Denkst du, Koller! Weil du von nichts eine Ahnung hast, deshalb. Die Zündung löse ich von hier oben aus, durch einen einfachen Befehl. Ein Druck auf die Enter-Taste, das war's. Egal, was die da unten anstellen. Außerdem bluffst du nur.«

»Vielleicht bluffen Sie, Kant! Ich glaube nicht, dass Sie Dutzende von Menschen auf Knopfdruck umbringen können. Sie wollen bloß, dass man es Ihnen zutraut. Aber am Ende wird nichts daraus. Dann versagt eine Zündung, der Computer hängt, oder das bisschen Gewissen, das Sie vielleicht noch haben, regt sich. Aber die Schlagzeilen, die sind Ihnen gewiss.«

»Spinnst du? Willst du mich reizen, oder was?« Er breitete die Arme aus. »Nenn mir ein Argument, warum ich den Anschlag nicht ausführen sollte.«

»Weil die Menschen auf dem Uniplatz unschuldig sind.«

»Unschuldig?« Kant brach in Gelächter aus. »Die und unschuldig? Auf welchem Planeten lebst du eigentlich? Frag mal die Opfer deutscher Waffen, ob sie die Leute dort unten für unschuldig halten. Dein Bundesland lebt prächtig von Killermaschinen aus Friedrichshafen und Oberndorf. Syrer, Iraker, Mexikaner – je länger dort geballert wird, desto besser geht es Baden-Württemberg. Da sprudeln die Gewerbeeinnahmen! Und zack, schon ist der Landeszuschuss für die neue Kita in Heidelberg gesichert.«

»Mir kommen die Tränen. Ausgerechnet Sie …«

»Ja, ich, Koller. Ich bin bloß ehrlich.« Mit der Linken zog er eine Pistole. »Hiermit schaffe ich Arbeitsplätze in Deutschland. Und alle profitieren davon. Die auf dem Uniplatz auch. Tragen Billigshirts, genäht von irgendwelchen Bangladeshis, die gerade in ihrer Werkstatt verbrannt sind. Kriegen Zinsen von ihrer Bank, weil die auf Hungersnöte in der Dritten Welt wettet. Jetten auf die Malediven, solange die noch über dem Meeresspiegel liegen. Unschuldig? Du kannst mich mal!«

»Dass Sie mir jetzt mit Moral kommen …«

»Moral?«, unterbrach er mich erneut. »Nee, kein Bedarf, Koller. Moral ist was fürs Heimatmuseum. Ich bin bloß Realist. Ich nenne die Dinge beim Namen. Niemand ist unschuldig, du nicht, ich nicht. Also spar dir deine Verrenkungen. Ob heute 100 sterben oder 1000 oder null, spielt keine Rolle.«

»Wissen Sie, was? Sie betrügen sich. Sie betrügen sich selbst, Kant. Sie wollen bloß die Scharte von damals auswetzen, Ihre ganz persönliche Niederlage. Deshalb muss es ein Attentat auf dem Uniplatz sein, deshalb soll ich dran glauben.«

»Netter Nebeneffekt, das stimmt«, grinste er. »Und eine gewisse Symbolik kann ich dem Schauplatz nicht absprechen. Aber dafür verantwortlich bin nicht ich, sondern Obamas PR-Abteilung. Was mich allerdings viel mehr interessieren würde, ist die Frage, wie du auf den Gedanken kamst, dich in die Gänge zu wagen. Wer hat dich darauf gebracht?«

»Der liebe Gott.«

»Ach?«

»Ja. Er hat mir einen Blitz geschickt, ins Innere der Erde gezeigt und Ihren Namen genannt. Mein Ohr war an diesem Tag verstopft, deshalb habe ich erst später kapiert, dass er Sie meint.«

»Schon gut«, meinte er und legte die Pistole beiseite. »Du darfst es für dich behalten. Dein ganz privates Geheimnis, es sei dir gegönnt.« Dann stieß er einen unterdrückten Fluch aus und klappte das Mikro wieder nach oben. »Was soll das? Ich habe euch doch gesagt, keine Störung!«

Anschließend verstummte er. Nachhaltig. Mit starrem Blick lauschte er den Informationen von außerhalb. Sein Mund stand noch weiter offen als sonst. Eine Regungslosigkeit, die nichts Gutes verhieß. Urplötzlich brüllte er los: »Was?« – und sprang auf, soweit es die Deckenhöhe des Vans zuließ. Blanke Wut verzerrte seine Miene, als er nach draußen schaute. Die Stadt lag da wie zuvor. Still. Verlassen. Sonnenüberglänzt. »Das kann doch nicht wahr sein«, tobte von Kant. »Wer hat das veranlasst? Ihr müsst das sofort stoppen. Sofort! Notausgänge wieder schließen! Das ist ein Fehlalarm! Hört ihr? Fehlalarm!«

Er bollerte mit der Faust gegen die Scheiben, stampfte mit dem Fuß auf, fluchte. Sein Gesicht war gelb vor Hass. Erst als sein Blick auf mich fiel, riss er sich zusammen.

»Wird der Platz geräumt?«, fragte ich mit Unschuldsmiene. »Die Veranstaltung abgesagt? Na los, Kant, geben Sie es schon zu. Und Sie dachten, ich bluffe!«

»Schnauze!«, blaffte er. Dann schaute er wieder aus dem Fenster. Es dauerte, bis er seinen Atem unter Kontrolle hatte.

»Schade, nun wird Obama nie die Stadt sehen, in der seine Schwester studiert hat.«

Kant drehte sich weg und raunte Anweisungen ins Mikro, die ich nicht verstand. Nach einem sofortigen Stopp und Drohungen à la Ich-schneid-euch-die-Eier-ab klang es eher nicht. Dann wandte er sich wieder mir zu. »Egal«, sagte er und setzte sich. »Wir ziehen das jetzt durch. Die Zahl der Opfer spielt keine Rolle, wie gesagt. Und ob Neger darunter sind, auch nicht.«

Überrascht schaute ich ihn an. Wieso lispelte von Kant plötzlich? Am zerfetzten Unterkiefer lag es nicht, vorhin hatte er ganz normal gesprochen. Aber dann fiel mir ein, dass er damals in Fattys Mini auch ins Lispeln verfallen war – und zwar genau in dem Moment, als er merkte, wie ihm die Fälle davonschwammen. Als seine Niederlage nicht mehr abzuwenden war. Wir fiehen daf jetft durch … Der Zungenschlag der Verlierer!

»Geben Sie auf, Kant«, sagte ich. »Sie bringen's nicht.«

Statt einer Erwiderung wandte er den Kopf. Ich ebenfalls. Jemand näherte sich dem Van. Signe! Kant und ich wechselten Blicke. Wenn sie jetzt umkehrte, wenn sie Sorgwitz herbeirief, hatten wir eine Chance. Die Menschen auf dem Uniplatz, sie selbst, vielleicht sogar ich. Doch sie kam näher.

Bleib weg!, dachte ich. Verdammt, halt dich fern, Signe!

Kant hielt die Pistole in der Linken. Aus der Lücke zwischen seinen Lippen drang kein Laut. Jetzt hatte Signe das Fahrzeug erreicht. Sie warf einen Blick in die Fahrerkabine, dann versuchte sie es an den verspiegelten Seitenfenster. Beschattete die Augen mit einer Hand, brachte das Gesicht ganz nahe an die Scheibe. Kant tat es ihr nach. Ihre Köpfe waren nur Zentimeter voneinander entfernt, ihre Nasen berührten sich fast – aber sie wusste nichts davon.

Was sollte ich tun? Ihm gegen den Hals treten? Was brachte das?

Im nächsten Moment schwang die Tür des Vans auf. Signe starrte in den Lauf der Pistole, die Kant auf sie richtete. Mit einem Kopfnicken forderte er sie auf einzusteigen.

»Bleib draußen«, fuhr ich sie an.

Sie kletterte in den Wagen.

»Neben ihn«, befahl der Mörder.

Sie setzte sich zu mir auf die Rückbank. Es war wunderbar, sie hier zu haben. Wunderbar und schrecklich zugleich.

»Der Uniplatz wird geräumt«, sagte Signe. »Greiners Hunde haben auf Sprengstoff angeschlagen. Obama wird nicht nach Heidelberg kommen.«

»Er weiß es schon«, sagte ich. »Nur mit dem Wahrhaben tut er sich schwer.«

»Ihr glaubt, ihr könnt mich zum Aufgeben überreden«, zischte Kant. »Vergesst es! So einen Platz komplett zu räumen, dauert. Ihr habt keine Vorstellung, wie viel Sprengstoff dort unten liegt. Noch nicht. Wir starten jetzt!« Er steckte die Pistole ein, zog stattdessen ein Messer und stand auf. »Keine Bewegung!«, herrschte er Signe an, während er auf mich zukam. Reflexartig spannte ich sämtliche Muskel an. Mein Kopf drohte zu zerspringen, so heiß war er plötzlich. Kants hassverzerrte Miene. Das Messer in seiner linken Hand. Ich konnte nichts tun. Nichts …

Ich war wie gelähmt, als er nach meiner rechten Hand griff und sie zur Seite bog. Tief schnitt die Plastikfessel in meine Haut ein. Kant setzte das Messer an und säbelte den Kabelbinder am Haltegriff durch. Meine Hand war frei.

»Ganz ruhig«, sagte er. »Keine falsche Bewegung, keine plötzliche Hektik. Das gilt für euch beide.«

Dann nahm er wieder Platz und rückte den Alukoffer mit dem Laptop darauf in meine Richtung. Ich erkannte ein offenes Fenster auf dem Bildschirm mit der Bitte um Eingabebestätigung. *Press enter …*

»Du wirst die Ladung zünden, Mistkäfer«, säuselte Kant. Er säuselte, weil es ihm Spaß machte, Menschen zu quälen – aber er lispelte. »Einmal auf die Enter-Taste drücken und dann das Feuerwerk genießen.«

»Leck mich«, sagte ich.

Sein Messer kam näher. »Du wirst drücken, Kleiner. Früher oder später wirst du. Und du halt dich ruhig, Schlampe!« Signe hatte anscheinend eine Bewegung gemacht, die mir entgangen war.

Etwas knirschte. Ich war es, ich knirschte mit den Zähnen! Was sollte ich sonst auch tun? Ich hatte eine Hand frei und konnte ihm theoretisch die Fresse polieren. Aber mit welchem Ergebnis? Bevor auch die andere frei war, hatte er sich wieder aufgerappelt. Außerdem hielt er Abstand, trotz seines Messers.

»Na los, Koller, keine falsche Scheu. So sehr hängt dein Herz doch auch nicht an diesem erbärmlichen Kaff, oder? Die Enter-Taste, aber bisschen dalli!«

»Hören Sie auf«, rief Signe. »Schalten Sie Ihren Verstand ein und hören Sie einfach auf!«

Die Spitze von Kants Messer zitterte ein wenig, als er sagte: »Ich könnte dir natürlich jeden Quadratzentimeter Haut einzeln rausschneiden, Koller. Kann ich machen. Ich kann aber auch mit deiner kleinen Schlampe hier anfangen.«

Signe starrte ihn an. *Press enter*. Ich zermarterte mir den Kopf, was ich tun konnte, einhändig, aber ohne Waffe. Wenn ich wenigstens einen Kuli griffbereit hätte, um ihn Kant ins Auge zu stoßen! Aber ich hatte nichts. Überhaupt nichts.

Oder?

In diesem Moment passierten zwei Dinge gleichzeitig. Das erste war unspektakulär: Mein Blick blieb an Kants Mund hängen. An der Lücke zwischen Ober- und Unterlippe, die gerade ziemlich groß war, geformt von Mordlust und Anspannung.

Umso entscheidender war die zweite Aktion: Mit einem Schrei stürzte sich Signe nach vorn, packte Kants linken Unterarm und verbiss sich in seiner Hand. Der Hand, die das Messer hielt. Der Angegriffene schrie ebenfalls, ließ das Messer aber nicht fallen.

Ich schrie mit.

Kant schlug nach Signe. Mit der freien Rechten, immer wieder. Ich schlug auch, produzierte aber nur Luftlöcher, weil ich ja mit der Linken noch festhing. Verdammt, ich traf ihn einfach nicht! Signe wurde hin und her geschleudert, die beiden verknäuelten sich regelrecht ineinander. Und dann, als sie eben in meine Nähe kamen, nahm Kant das Messer in die rechte Hand und stach zu. Signe brach zusammen.

Triumphierend wandte der Mörder mir sein Gesicht zu. Das Gesicht mit dem offenstehenden Mund. Endlich war er nahe genug. Ich holte aus und stopfte ihm das, was ich in der Hand hielt, zwischen die Zähne. Drückte nach, gab ihm einen Kinnhaken, bis ich es knacken hörte.

Das Knacken kam nicht von seinen Zähnen. Sondern von den Glasampullen, die mir die Pandas geschenkt hatten.

Kants Augen wurden groß und starr. Er setzte zu einem Schrei an, der in einem Gurgeln erstarb. Aus seinem Mund quoll eine Mischung aus einer gelben Flüssigkeit, Blut und Speichel.

Der Gestank war fürchterlich.

Sein Oberkörper verkrampfte sich. Er fuchtelte mit den Armen, offensichtlich sah er nicht mehr klar. Ich holte aus, so weit ich konnte, und jagte ihm meine Faust ins Gesicht. Diesmal waren es seine Zähne, die hässliche Geräusche von sich gaben, dazu der spärliche Rest seiner Kieferknochen. Er fiel um und rührte sich nicht.

Neben ihm lag Signe, zusammengekrümmt. Unter ihrem Bauch kroch ein rotes Rinnsal langsam auf Kant zu.

»Signe«, flüsterte ich. »Nein! Nein …!«

Noch immer war ich mit der Linken an den Haltegriff gefesselt. Wo war das verdammte Messer? Ich langte nach unten, schob Signe ein wenig zur Seite und entdeckte es. Es steckte in ihrem Bauch, unterhalb der Rippen. Aufstöhnend griff ich danach und zog daran. Signe stöhnte ebenfalls. Mit einem Wutschrei knallte ich das Messer gegen den Kabelbinder, durchtrennte ihn in Sekundenschnelle und stand auf. Kant röchelte. Keine Regung mehr bei Signe. Ich wusste nicht, was zuerst tun: ihr helfen – aber wie? Kant totschlagen? Die Polizei rufen?

Der Computer! Zitternd beugte ich mich über das verdammte Teil. *Press enter – Delete*, das stand zur Wahl. Ich rückte den Pfeil auf das Abbruch-Feld, hielt den Finger über das Touchpad … zögerte … und gab den Befehl.

Aktion abgebrochen, meldete der Laptop. Ich sah durch die Scheiben. Alles still draußen.

Hier drinnen dagegen war der Gestank mittlerweile so fürchterlich, dass ich glaubte, mich übergeben zu müssen. Ich riss die Seitentür auf und atmete tief durch. Dann packte ich den röchelnden, zuckenden Kant und beförderte ihn hinaus. Warf ihn einfach auf die Straße. Jetzt zu Signe. Die Blutlache unter ihrem Körper war entsetzlich groß. Die Blutung musste gestoppt werden, die Wunde abgebunden, verschlossen, was auch immer. Ich drückte eine Hand auf Signes Bauch – fühlte ihre Wärme, die Wärme ihres Bluts. Aber ohne Verbandszeug? Keine Chance. Vielleicht im Auto …? Nichts. Ich ließ Signe los und trat in die offene Tür. Kein Mensch auf der Straße. Die waren alle unten, beim Spektakel. Beim abgesagten Spektakel.

»Signe«, flehte ich, »halt durch! Halt bitte durch!«

Ich hob sie auf, zerrte sie aus dem Wagen, aus dem Gestank, trat auf den liegenden Kant und wäre fast gestürzt. Dann öffnete ich die Fahrertür und quetschte uns beide hinein, zog, drückte, liebkoste, bis sie auf dem Beifahrersitz lag und mit dem Kopf in meinem Schoß. Ich startete den Van, schlug scharf links ein und trat aufs Gaspedal. Beim Anfahren gab es einen Widerstand, irgendetwas wurde von einem Hinterrad überrollt. Von draußen hörte ich Kant aufstöhnen.

»Signe«, flüsterte ich, immer wieder.

Ich fuhr den Weg, den wir gekommen waren, zurück, aber eigentlich war es anders, denn es fuhr mich. Ich konnte überhaupt nicht fahren. Mir war übel, mein Schädel glühte, außerdem sah ich nichts. Wildes Herumpatschen brachte die Scheibenwischer in Gang, aber daran lag es nicht. Erst als ich Salz auf den Lippen schmeckte, kapierte ich, was es war: Tränen. Ein Wolkenbruch von Tränen. Die angekündigte Regenfront. Ich presste meine Hand auf Signes Bauch, in ihre Wärme hinein, und überließ der Erdanziehung den Rest. Schlossstraße, Friedrich-Ebert-Anlage, das Steuer nach rechts reißen, an der Ampel nach links – hupt doch, so viel ihr wollt. Durch die offene Seitentür drang frische Luft, die den Geruch nach faulen Eiern milderte. Dann die Plöck und die Grabengasse, die zum Uniplatz führte. Polizisten und Schwarze Sheriffs trieben eine unübersehbare Menschenmenge vor die Unibibliothek und weiter weg vom Veranstaltungszentrum. So wird es gewesen sein, aber für mich war es bloß eine einzige, verschwimmende Menschenwelle, die durch die Plöck nach Westen schwappte. Die den Weg zum Uniplatz freigab. Das Meer teilte sich. Ich behielt den Fuß auf dem Pedal. Signes Wärme an meiner Hand. Vor mir, aus dem Nebel der Grabengasse, kamen Schemen auf uns zu, die letzten Ordnungskräfte vermutlich, die den Platz verließen. Ich fuhr weiter.

»Durchhalten, Signe«, flüsterte ich.

Rechterhand der helle Klotz der Neuen Uni. Kein Mensch zu sehen. Hinter dem Gebäude riss ich das Steuer nach rechts, genau wie vorhin. Schaukelnd bahnte sich der Van seinen Weg unter Bäumen hindurch. Äste schlugen auf das Dach des Wagens. In der Absperrung war eine Lücke: der Notausgang, durch den die Besucher evakuiert worden waren. Das Podium verlassen, die Stuhlreihen und die Tribüne gähnend leer. Erst jetzt nahm ich den Fuß vom Pedal. Der Van rollte aus und kam vor Obamas Rednerpult zum Stehen.

Totenstille um mich herum.

KAPITEL 43

Man muss sich das, glaube ich, so vorstellen.

Ein großer Platz, mitten in einer Stadt. Die Sonne brennt auf das Kopfsteinpflaster. Rund um den Platz stehen Häuser. Häuser haben Augen. Viele Augen. Mit denen blicken sie auf den Platz herunter, verfolgen alles, was sich dort tut.

Dann sind da die Stühle. Viele Reihen Stühle. Zuschauerreihen. Eine Tribüne, acht Stufen übereinander, ebenfalls mit Stühlen bestückt. Man hat beste Sicht auf die Bühne. Auf das Podium vor dem breiten, nüchternen Universitätsbau, das geschmückt und drapiert ist für den Auftritt des Helden. Die Flagge. Das Rednerpult. Die Blumen. Mikrofone und Lautsprecher. Ein königliches Schauspiel, Tragödie oder Komödie, geschliffene Sprache, die Schlacht der Metaphern.

Aber niemand ist da.

Die Bühne: verlassen. Das Rednerpult harrt seines Helden, die Blumen brauchen Wasser.

Es ist niemand da.

Keiner sitzt auf den Stühlen, auch die Tribüne ist menschenleer. Flugblätter liegen herum. Im Teppich, der über das Pflaster gebreitet wurde, ist ein Knick. Und die Augen der Häuser ringsum bleiben tot.

Über dem gesamten Platz liegt gespenstische Stille.

Selbst das Laub der Platanen flüstert unhörbar leise.

Totenstille.

Aber da ist ein Fahrzeug. Ein Van mit offener Schiebetür. Den haben wir fast übersehen, obwohl er direkt vor der amerikanischen Flagge steht. Da ist jemand drin. Vorne. Ein Mensch.

Jetzt öffnet sich die Fahrertür. Einer steigt aus. Ruckelig. Nicht besonders geschickt. Es sieht komisch aus, wie der Mann den Wagen verlässt. Es sieht komisch aus, weil er etwas auf seinen Händen trägt. Auf Händen und Unterarmen, genauer gesagt. Er trägt einen Menschen auf seinen Händen, einen blutenden, reglosen Menschen. Vielleicht ist der Mensch tot, man kann es nicht sagen. Es ist ein weiblicher Mensch. Eine Frau. Sie hat blonde Haare und rotes Blut. Viel Blut. Auch der Mann hat Blut an sich, im Gesicht, an den Händen, am Oberkörper. Aber es scheint, als sei das nicht sein Blut. Sondern ihres.

Es ist nachvollziehbar, dass der Mann so ungeschickt aus dem Wagen steigt. Er hat eine Last zu tragen. Es ist ganz still. Niemand, wirklich niemand ist da. So groß der Platz, so zentral und so weitläufig. Und doch so verlassen.

In der Stille bricht der Mann zusammen. Nicht auf einmal, sondern in Raten. Erst knickt seine rechte Schulter ein, dann die linke. Seine Knie zittern. Er sinkt zusammen. Jetzt kniet er auf dem Pflaster. Die Blutende liegt auf seinen Händen und Oberschenkeln. Sie rührt sich nicht.

Er sich auch nicht.

Totenstille.

So bleiben sie, bis ein Martinshorn in der Ferne das Ende des Theaterstücks ankündigt.

Vorhang.

Niemand applaudiert.

Niemand.

*

Es ist immer noch ziemlich still um mich herum. Nicht ganz still, aber immerhin. Was der Alltag an Geräuschen hervorbringt, lässt sich leicht ausblenden. Falsch: lässt sich einfügen in die Landschaft um mich herum. Fluss, Berge, Wald, Himmel. Jeder Laut wird zum Farbtupfer im großen Sommerpanorama. Ein anfahrender Zug, der Straßenverkehr, Rufe und Gelächter, Stimmen in der Ferne: Das passt sich an, ist Nuance, Pinselstrich, Klecks.

Nichts, was einen aus der Versenkung risse. Nichts, was stört.

Auf dem Neckar tanzen die Sonnenstrahlen. Eine Libelle kommt angetaumelt. Eine Libelle, mitten in der Stadt! Jetzt steht sie in der Luft, ihre Flügel schwirren. Weiter geht's. Weiter.

Ein neues Geräusch: Schritte, die sich nähern.

Ich starre ins Wasser. Auf meine Füße, die im Fluss baumeln.

Die Welt beginnt zu schaukeln, als sich jemand zu mir auf den angeschwemmten Baum setzt. Die Wellen schaukeln, die Äste des Baums, der Baum selbst und ich mit ihm. Dann beruhigt sich alles wieder. In einiger Entfernung treibt eine Entenfamilie mit dem Strom.

»Hier bist du«, sagt die Frau neben mir.

Hier bin ich, denke ich.

Sie zieht ihre Sandalen aus und taucht die Füße in den Fluss, genau wie ich. Das Neckarwasser schwappt gegen ihre Knöchel. Erst gegen meine Knöchel, dann gegen ihre. Dasselbe Wasser, dieselben Moleküle. Wenn uns sonst alles trennt, wenigstens diese eine Verbindung gibt es.

»Sie kommt durch«, sagt die Frau neben mir.

Ihre Worte tanzen über den Fluss. Sie glitzern sogar ein bisschen. Wie die Libelle eben.

»Ihre Lungenfunktion wird beeinträchtigt bleiben. Sie hat viel Blut verloren. Aber sie schafft es, sagen die Ärzte.«

Ich nicke. Die Enten sind schon weit weg. Das Wasser zieht Kreise, bewegt sich in immer neuen Wirbeln Richtung Westen. Ich spüre Christines Blick auf mir.

»Freust du dich nicht?«, will sie wissen.

»Doch.« Achselzucken.

Sie zögert eine Weile, dann sagt sie: »Von Peter soll ich dir ein Dankeschön ausrichten.«

»Nein!«

»Für deine Hilfe. Ohne dich wäre sie verblutet.«

»Ohne mich würde sie leben. Hätte kein Messer im Bauch.«

»Sie wird leben.«

»Sagen die Ärzte.«

Wir schweigen beide. Christine weiß, dass ich keine Ärzte mag. Aber was täten wir ohne sie? Ich hatte eine Hand auf Signes Wunde, ihr Blut floss zwischen meinen Fingern hindurch, mehr brachte ich nicht zustande. Sie wäre gestorben, in meinen Armen. Noch bevor der Notarztwagen, dessen Martinshorn ich gehört hatte, den Uniplatz erreichte, kamen zwei Sanitäter angerannt und versorgten Signe. Ich kniete neben ihnen auf dem Boden und wartete darauf, dass irgendein Blödmann maulte, so einen stinkenden Patienten habe er noch nie erlebt.

Ich wartete vergebens.

»Kennt er dich?«, sagt Christine irgendwann.

»Wer?«

»Signes Mann.«

Ich schüttele den Kopf.

»Ihr habt euch nie gesehen?«

»Nein.«

»Wie gesagt, er ist dir dankbar.«

Ich stoße ein bitteres Lachen aus.

»Im Krankenhaus habe ich auch erfahren, wie es um Hermann von Kant steht. Er ist …«

»Stopp!«, unterbreche ich sie. »Sprich nicht weiter. Ich will nicht wissen, wie es ihm geht. Hörst du, ich will einfach nicht. Lass mir die Illusion, er sei tot.« Ich lege beide Hände über die Augen. »Und schau mich jetzt nicht an. Dein Blick verrät dich. Schau mich erst wieder an, wenn du an etwas anderes denkst. Kant ist tot. Fort und tot. Es darf ihn nicht mehr geben.«

Sie schweigt. Legt eine Hand auf meinen Oberschenkel. Ich spüre, wie die Kühle des Neckarwassers und die Berührung durch ihre Hand in die Schwärze vor meinen Augen einsickern. Nach einer Weile kann ich meine Hände wieder wegnehmen.

»Alles klar«, sagt Christine. »Ich denke an etwas anderes.«

»Gut.« Ich wage immer noch nicht, sie anzusehen.

»Die Polizisten haben sich nach dir erkundigt.«

»Welche Polizisten?«

»Greiner und Sorgwitz.«

»Unsinn.«

»Doch. Sie wollten wissen, wie es dir geht. Du musst zugeben, dass die beiden entscheidend dazu beigetragen haben, dass es auf dem Uniplatz nicht zur Katastrophe kam. Greiner hat die Räumung veranlasst. Und Sorgwitz war immer in deiner Nähe.«

»Nicht, als es ernst wurde. Da hat er gepennt.«

»Genau wie ich. Oder Signe. Wie wir alle. Als dich die beiden Security-Leute ansprachen, war niemand von uns zur Stelle. Und selbst wenn, hätte es nichts genutzt. Das ist dir doch klar, oder?«

»Sorgwitz hätte es verhindern können.«

»Hätte er nicht. Kurz vorher versuchte er noch, mit Kant zu sprechen, aber der ließ ihn abwimmeln.«

Jetzt sehe ich sie an. »Sorgwitz wollte ihn sprechen? Wusste er, dass Kant der Chef der Schwarzen Sheriffs war? Dann hätte er ihn doch sofort verhaften müssen.«

Christine schüttelt den Kopf. »Er wusste es nicht. Es war bloß ein Verdacht. Kant hat sich in seiner Eigenschaft als Securitychef sehr bedeckt gehalten. Kaum einer bekam ihn überhaupt zu Gesicht. Sorgwitz lief ihm im Polizeipräsidium einmal zufällig über den Weg und fühlte sich an irgendetwas erinnert.«

Ich überlege. »Soweit ich weiß, sind sich Sorgwitz und Kant damals nie begegnet.«

»Nein, aber Sorgwitz hat die Akten immer wieder studiert und kannte die Fahndungsbilder.«

»Warum hat er Kant nicht gleich aus dem Verkehr gezogen? Dann läge Signe jetzt nicht im Krankenhaus.«

»Ein Heidelberger Kommissar soll den Einsatzleiter der Sicherheitsmaßnahmen rund um den Obama-Besuch verhaften, einfach so? Er wollte Kant ja zur Rede stellen, aber der war nicht zu greifen. Und von der anderen Seite hast du Druck gemacht. Du wolltest es ja unbedingt mit Kant ausfechten. Hier und jetzt, bis zum bitteren Ende.«

Ich setze zu einer Antwort an, lasse es aber sein. Es stimmt ja, ich trage die Schuld. Ich bin verantwortlich für den ganzen Schlamassel: für die Zuspitzung, die Rachefantasien, die Kollateralschäden. Sorgwitz kann nichts dafür. Er und Greiner sind keine Leuchten, keine Supercops, aber sie lassen die Kirche im Dorf, müssen sich nichts beweisen, tragen ihre Kämpfe nicht auf dem Rücken anderer aus.

Ich dagegen …

»Kannst du mir verraten«, sage ich leise, »wie ich mich in Zukunft noch auf die Straße trauen soll? Wo ich Signes Mann begegnen könnte, der wegen mir fast seine Frau verloren hat? Oder Angehörigen Strobels? Oder Signe selbst? Hinter jeder Ecke lauert ein Opfer, ein Vorwurf. So kann ich doch nicht weitermachen.«

»Nun mal langsam. Von Signe wirst du nie einen Vorwurf hören, ganz bestimmt nicht. Und Strobel – er war trotz Verbots dort unten. Deswegen brauchst du dir kein schlechtes Gewissen zu machen.«

»Und Peter?«

»Ich habe dir gesagt, was er ausrichten lässt.«

»Ja!«, lache ich auf. »Ich fange was mit seiner Frau an, lasse sie abstechen, und er sagt Dankeschön!«

Ein kleines Lächeln spielt um Christines Lippen. »Es ist, wie es ist.«

»Es ist vorbei, das ist es. Ich kann mich in dieser Stadt nicht mehr blicken lassen. Die Leute werden sich das Maul über mich zerreißen, und zwar zu Recht. Wenn ich allein an die Schlagzeilen in der Presse denke …«

»Die kenne ich schon. Marc hat mir gesagt, dass sich seine Kollegen drum prügeln, wer das Hohelied auf dich singen darf.«

»Was?«

»Für sie bist du der Retter Heidelbergs.«

Entsetzt blicke ich sie an. »Das meinst du nicht ernst, Christine. Sag, dass das nicht stimmt!«

»Ohne dich wäre die halbe Altstadt in die Luft geflogen.«

»Nein! Wegen mir wäre sie das fast. Verstehst du, *wegen* mir!«

»Ansichtssache.«

»Die dürfen das nicht schreiben! Ich springe in den Fluss, wenn sie das tun.« Und weil Christine bloß mit den Achseln zuckt, fahre ich mir mit den Händen durchs Haar, in den Nacken, über die Augen. Das darf doch alles nicht wahr sein! Wenn ich schon Bockmist produziere, dann muss es auch Bockmist genannt werden. Keine Lügen, bitte! Keine Märchen! Irgendwann beruhige ich mich, äußerlich zumindest, und schaue über den Fluss. Am anderen Ufer hüpfen Menschen ins Wasser, tauchen unter, kommen wieder an die Oberfläche. Wenn sie nur nicht auf das große Fass stoßen, das ich dort versenkt habe.

»Christine«, sage ich. »Ich höre auf, als Ermittler zu arbeiten. Es bringt nichts. Ich werde mir etwas anderes suchen. Was, wird sich zeigen.«

»Was denn?«

»Keine Ahnung. Etwas anderes.«

»Sicher?«

»Ja. Nein. Doch! Es ist vorbei. Ich weiß nicht, was ich anfangen soll, aber so geht es nicht weiter. So nicht.«

Mit schief gelegtem Kopf schaut mich meine Ex an. Natürlich glaubt sie mir nicht. Ich würde mir ja auch nicht glauben, an ihrer Stelle. An meiner Stelle aber glaube ich mir. Obwohl ich diesen Entschluss gerade erst gefasst habe. Mit den Füßen im Neckar, den Kopf voll widersprüchlicher Gedanken. Es geht so nicht weiter. Die Leute machen sich ein völlig falsches Bild von mir. Retter von Heidelberg! Was soll ich noch alles anstellen, bis auch der Letzte kapiert hat, dass ich das nicht bin? Eher der Totengräber der Stadt. Ich war in den Katakomben, in der

Unterwelt, und fast hätte ich die Enter-Taste gedrückt. Wahrscheinlich schnitzen sie schon die Ehrenbürgerplakette für mich. Und Greiner und Sorgwitz laden mich zum Geburtstagskuchen ein.

»Ich höre auf«, sage ich. »Das bin ich mir schuldig.«

»Wir könnten heiraten«, meint Christine. »Wenn wir nicht schon verheiratet wären. Entschuldigung, war ein blöder Scherz. Tut mir leid.«

»Bei mir ist es ernst. Ich höre auf.«

»Was ich eigentlich sagen wollte …«

Ich warte. Mit einer gewissen Bangigkeit. Ja, das ist das Wort, auch wenn es hölzern klingt: Bangigkeit. Wenn Christine vom Heiraten spricht, aber etwas anderes meint, gilt höchste Alarmstufe.

»Was ich eigentlich sagen wollte … Sind wir quitt, wir zwei?«

»Wie, quitt?«

»Naja.« Sie weicht meinem Blick aus. »Wegen Harald. Und Signe. Ob das jetzt für jeden von uns … Ich hatte meine Affäre, du hattest deine. Sind wir damit quitt?«

Ich lasse mich von dem Baumstamm gleiten und stehe bis zu den Waden im Wasser. Die blattlosen Äste zittern. »Das kannst du nicht vergleichen«, sage ich. »Das war etwas völlig anderes, das zwischen Signe und mir. Völlig!«

Sie runzelt die Stirn. »Wieso?«

»Mein Gott, ich wusste doch, wie sehr dich das treffen wird, deshalb habe ich es verheimlicht. Wenn der eine eifersüchtig ist und der andere nicht, ist das wie mit Äpfeln und Birnen. Das kannst du nicht vergleichen.«

»Äpfel und Birnen? Du meinst, ich war eifersüchtig und du nicht?«

Ich nicke.

Christine sieht mich an. Ihr Blick ist ernst, aber da schleicht sich ein Lachen in ihre Mundwinkel. Sie würde wohl gern losprusten, wenn es die Situation erlaubte.

Ich zucke mit den Achseln.

»Ich eifersüchtig und du nicht?«, schmunzelt sie.

»Was weiß ich«, stöhne ich.

»Quitt?«

Ich wende mich ab und lasse meinen Blick über den Fluss gleiten. »Quitt.« Was sind schon Worte?

»Apropos«, höre ich sie sagen. »Ich habe mich bei Kommissar Fischer für die SMS bedankt, die er dir in dem Moment schickte, als dich Greiner und Sorgwitz verhaften wollten.«

»Und?«

»Er hat mich fast verprügelt, so ist er ausgeflippt. Ein klares Eingeständnis.«

»Ich glaube nicht, dass er es war. Eher seine Frau. Der einzige Mensch, der mir noch vertraut hat.«

»Dann hat er sie aber angestiftet.«

»Nee.«

»Doch.«

»Seit wann weiß Fischers Frau, wie man eine Handynummer unterdrückt? Und selbst wenn: Er täte niemals etwas gegen die Vorschrift. Nie!«

»Er hat ihr von der bevorstehenden Verhaftung erzählt, hat den Zettel mit deiner Rufnummer auf dem Tisch liegen lassen und ist dann raus gegangen. So war's, wetten?«

Ich schweige. Vor mir liegt der Fluss. Der sich vor Jahrmillionen sein Bett durch den Odenwald gegraben hat. Der schon immer da war. Der nie aufhört zu fließen, der uns alle überleben wird, mich, Christine, Signe. Wenn es irgendwann doch einer schafft, die Stadt in die Luft zu jagen, wird es dem Fluss egal sein. Vielleicht ändert er seinen Lauf ein bisschen, das macht er ja ohnehin alle 1000 Jahre. Ob er an bewohnten Häusern vorbeifließt oder an Ruinen, juckt ihn nicht. Er fließt einfach. Ohne Pause.

Plötzlich ein Windstoß aus Westen. Am anderen Ufer funkelt das Laub in der Sonne.

»Da«, sage ich und strecke einen Arm aus. »Hast du das gesehen?«

»Was?«

»Er fließt rückwärts.«

»Der Neckar?«

»Ja. Eben ist er rückwärts geflossen. Hast du es nicht gesehen?«

»Wenn der Wind von Westen kommt, wirkt das manchmal so.«

»Nein, ich habe es genau gesehen! Er hat seine Fließrichtung geändert. Ganz kurz.«

Wir warten. Vielleicht klappt es ja noch einmal. Ein einziges Mal!

»Du kannst die Zeit nicht zurückdrehen, Max«, sagt Christine leise hinter mir.

Nein, das kann ich wohl nicht. Nicht einmal ich. Aber in der wenigen Zeit, die einem bleibt, kann man verrückte Dinge tun. Dinge, mit denen keiner rechnet.

Also gehe ich los. In den Fluss hinein. Mit den Knien im Wasser, mit den Oberschenkeln – ich lasse mich ganz hineingleiten und beginne zu schwimmen. Auf die Stelle zu, an der der Neckar eben rückwärts floss.

»Und was soll das jetzt?«, höre ich Christine rufen.

Ich drehe mich um. »Meinst du, ich schaffe es, bis zum Grund zu tauchen? Ich habe da zuletzt was verloren.«

Christine schüttelt den Kopf; klar, was soll sie auch tun. Ich hole Luft und tauche unter.

Als ich wieder an der Oberfläche bin, sehe ich meine Ex auf mich zukommen.

Wir schwimmen gemeinsam.

Weitere Krimis finden Sie auf den folgenden Seiten und im Internet:

WWW.GMEINER-SPANNUNG.DE

MARCUS IMBSWEILER
Glücksspiele

978-3-8392-1311-7 (Paperback)
978-3-8392-3943-8 (pdf)
978-3-8392-3942-1 (epub)

»Max Koller ist zurück! In einem Fall, der ihn durch die gesamte Republik führt.«

Olympia wirft seine Schatten voraus. Auch die deutsche Marathonhoffnung Katinka Glück sieht in den Spielen ihren Karrierehöhepunkt. Dann aber legt man der Läuferin anonym einen Startverzicht nahe. Schon bald kommt es zu versteckten Drohungen und Einschüchterungsversuchen. Steckt die Konkurrenz hinter diesen Machenschaften? Privatermittler Max Koller wird zum Schutz der Athletin eingeschaltet. Was für ihn mehr Bewegung bedeutet, als ihm lieb sein kann. Als dann auch noch ein Mord geschieht, kommt es zu einem dramatischen Finish.

Das Neueste aus der Gmeiner-Bibliothek

Unsere Lesermagazine

Bestellen Sie das kostenlose KrimiJournal in Ihrer Buchhandlung oder unter www.gmeiner-verlag.de

Informieren Sie sich …

www … auf unserer Homepage:
www.gmeiner-verlag.de

@ … über unseren Newsletter:
Melden Sie sich für unseren Newsletter an unter www.gmeiner-verlag.de/newsletter

f … werden Sie Fan auf Facebook:
www.facebook.com/gmeiner.verlag

Mitmachen und gewinnen!

Schicken Sie uns Ihre Meinung zu unseren Büchern per Mail an gewinnspiel@gmeiner-verlag.de und nehmen Sie automatisch an unserem Jahresgewinnspiel mit »mörderisch guten« Preisen teil!